Sandra Regnier

Die verborgenen Insignien des Pan

© Sandra Jüngen

Sandra Regnier ist in der Vulkaneifel geboren und aufgewachsen. Nach der Schule und einer Ausbildung zur Beamtin wollte sie lange nach Frankreich. Stattdessen heiratete sie einen Mann mit französischem Nachnamen und blieb zu Hause. Heute ist Sandra Regnier selbstständig und versteht es, den schönen Dingen des Lebens den richtigen Rahmen zu geben. Das umfasst sowohl alles, was man an die Wand hängen kann, als auch die Geschichten, die ihrer Fantasie entspringen.

Sandra Regnier

DIE VERBORGENEN INSIGNIEN DES

PAN

CARLSEN

Von Sandra Regnier außerdem bei Carlsen erschienen:
Das Flüstern der Zeit (Band 1 der Zeitlos-Trilogie)
Das geheime Vermächtnis des Pan
Die dunkle Prophezeiung des Pan

Von Sandra Regnier außerdem als E-Book bei Im.press erschienen:
Die Stunde der Lilie (Band 1 der Lilien-Reihe)

FSC
www.fsc.org
MIX
Papier aus verantwortungsvollen Quellen
FSC® C014496

Ein *Im.press*-Titel im Carlsen Verlag
September 2014

Betreuendes Lektorat: Pia Trzcinska
Redaktion: Evi Draxl
Umschlagbild: shutterstock.com / © Melpomene (Mädchen) /
© Oleg Senkov (Schloss) / © Madlen (Flügel)
Umschlaggestaltung: formlabor
Corporate Design Taschenbuch: bell étage
Druck und Bindung: GGP Media GmbH, Pößneck
ISBN 978-3-551-31435-2
Printed in Germany

Für meine Bestseller Marie-Jeanne und Raoul.
Und natürlich Valentin, der der Welt noch gefehlt hat.

TEIL I

ANDERWELT
DER KRONRAT

Die Halle war nur spärlich beleuchtet. Die Gesichter der Anwesenden, die um den runden Tisch saßen, waren so ernst, dass das dämmrige Licht sie wie Masken wirken ließ.

Regen klatschte gegen die Fensterscheiben und fern rollte der Donner. Passend zur Stimmung der fünf Männer und zwei Frauen.

»Wir müssen zu einer Einigung kommen«, sagte der Mann auf dem prunkvollsten Stuhl. Die anderen sechs sahen ihn unverwandt an. Ihre Gesichter zeigten nicht die geringste Mimik.

»Bist du ganz sicher, dass der neue Eintrag richtig gedeutet wurde?«, fragte eine Frau mit wallend roten Haaren, die drei Stühle von ihm entfernt saß.

»Das Buch der Prophezeiung hat sich noch nie geirrt«, sagte der Mann rechts neben ihr in einem Ton, als hätte sie ihn persönlich beleidigt.

»Das nicht, aber seine Seiten wurden schon falsch interpretiert«, warf der Mann ihm gegenüber ein.

Der Mann zur anderen Seite der Frau mit den roten Haaren räusperte sich. »Ich denke, dieses Mal gibt es nichts falsch zu verstehen.«

»Wir sprechen immerhin von einer Entscheidung, die sich nicht mehr rückgängig machen lässt«, gab die andere Frau zu bedenken, die ihre weißblonden Haare zu einem aufwendigen Zopf um den Kopf drapiert trug. »Ehe ich eine Entscheidung treffe, möchte ich diese genau abwägen.

Nicht wie beim letzten Mal, als wir den Entschluss fassten und anschließend das Buch den Untergang weissagte. Ihr erinnert euch?«

»Wir konnten es nur in letzter Sekunde revidieren«, stimmte der Mann auf dem Thron ihr zu. »Doch dieses Mal liegen die Fakten ganz anders.«

»Wie lautet der genaue Wortlaut des Buches?«, wollte der Mann links neben der Rothaarigen wissen. Er war der Konstabler, der Befehlshaber der Wachen in der Anderwelt.

Salbungsvoll wiederholte der Mann, der vorhin beleidigt geklungen hatte, die Zeilen auswendig.

Angekündigte Rettung wird es beschließen.
Rot gegen Weiß.
Hell gegen Dunkel.
Je nachdem, wie die Würfel fallen,
fällt Hell,
endet Dunkel.
Der Wurf steht unmittelbar bevor.

Erneut herrschte einen Moment lang Stille.

Dann sagte die Frau mit dem blonden Zopf, die Seneschallin des Königreichs: »Der erste Teil der Prophezeiung ist bekanntlich nichts Neues. Wann wurde der letzte Satz hinzugefügt?«

»Vor zwei Stunden«, antwortete der Mann, Merlin der Schule von Avalon.

Auf diese Aussage hin hörte man das tiefe Einatmen von verschiedenen Mitgliedern des Kronrats.

Der Konstabler beugte sich vor. »Wäre es nicht möglich, die Entscheidung der Retter, also die der Verheißenen, zu beeinflussen?«

»Lee ist doch schon auf sie angesetzt, oder? Ihm dürfte es nicht schwer-

fallen, sie gefügig zu machen«, sagte die blonde Seneschallin mit einem ironischen Lächeln zu dem Mann ihr gegenüber. »Er hat gute Chancen, die Prophezeite zu unseren Gunsten umzustimmen.«

»Zumal er ihr versprochen ist«, fügte die Rothaarige hinzu, die die Schatzmeisterin war.

»Das muss eine Bedeutung haben«, nickte der Konstabler. »Nicht umsonst erwähnt das Buch der Prophezeiung eine solche Verbindung. Wird Lee uns darin unterstützen?«

Die Frage war an den Mann rechts vom König gewandt.

»Lee wird das tun, was ihm aufgetragen wird«, antwortete der Kanzler bestimmt.

»Dazu wurde er erzogen«, stimmte der Merlin zu, der neben der rothaarigen Schatzmeisterin saß.

»Was denkst du, Eamon?«, wandte sich der Oberon an seinen Sohn, der bislang geschwiegen hatte.

Eamon holte tief Luft und sah in die erwartungsvollen Gesichter des Kronrates. Dann sagte er: »Ich denke, ihr alle kennt die Prophezeite nicht. Ihr wisst nur das über sie, was die Raben berichten. Sie wird das tun, was sie für richtig hält.«

»Was meinst du damit?«, fragte der Oberon. Seine Stimme war leise und herrisch zugleich.

»Sie ist nicht das, was ihr erwartet habt«, gestand Eamon und sah seinem Vater fest in die Augen.

Der König lehnte sich zurück. Niemand wagte es zu sprechen. Endlich sagte er: »Lee soll sich mehr anstrengen. Scheitert er, hat die Prophezeite keine Bedeutung mehr für uns.«

Eamons Lippen verdünnten sich zu einem Strich. »Und Lee? Was wird aus ihm? Das Buch der Prophezeiung nennt die beiden ab diesem Absatz nur gemeinsam.«

Jetzt sah der König auf den Kanzler neben ihm. »Scheitert Lee, werde ich das als Hochverrat werten.«

Keiner wagte es, den Kanzler anzusehen.

FELICITY
GANZ NORMALER WAHNSINN

Mein Leben lief eindeutig nicht mehr in den wie bisher geordneten Bahnen. Ich war verlobt mit einem Halbelf. Zwangsläufig verlobt, weil in einem Buch geschrieben stand, es wäre eine gute Verbindung. Ein Buch, das besagte, ich, Felicity Morgan, wohnhaft in London, mit Schuhgröße 40, sei die Retterin des Elfenreiches.

Das erste Buch, das ich gern ins Feuer werfen würde.

Achtzehn Jahre lang hatte ich gelebt, ohne von diesem Buch je gehört zu haben. Seit Lee, der besagte verlobte Halbelf, vor einem Dreivierteljahr in mein Leben getreten war, war nichts mehr wie vorher.

Ich sprang willkürlich in der Zeit, wurde gemeinsam mit Karl dem Großen entführt, erwachte am Vorabend der Revolution in Versailles und dann gab es noch diese mysteriösen Todesfälle, die irgendwie mit mir zusammenhingen. Und um dem Ganzen die Krönung zu verpassen, hatte sich mein ehemaliger Geschichtslehrer, ein Halbelf namens Ciaran, vor meinen Augen in einen Drachen verwandelt. Damit meine ich nicht in einen kleinen Waran – sofern man diese Echsen mit ihren zwei Metern als klein bezeichnen konnte –, nein, in ein Ungetüm von der Größe eines Blauwals, das Feuer spucken konnte und einen schwefeligen Atem verströmte.

Ich war geflohen und hatte ihn seither nicht mehr gesehen. Auch die Anrufe auf meinem Handy hatte ich ignoriert. Ich verdrängte alles aus meinen Gedanken, so gut ich konnte, auch wenn es mir nicht wirklich gelang.

Nur die Schule bot mir eine Art Flucht vor all den Geschehnissen. Am College herrschte zumindest eine gewisse Normalität, wenn man von den üblichen Freaks absah. Paul war definitiv einer. Vor ein paar Wochen hatte er angefangen als mein Schatten zu fungieren. Er folgte mir überallhin, sprach kein einziges Wort, sah mich mit einem Blick an, den kein Beagle besser hinbekäme, und wollte mir ständig meine Tasche tragen. Obwohl ich ihn nie ermuntert oder ihm ein Zeichen meiner Zuneigung gegeben hatte. Es war zum Davonrennen. Und genau das hatte ich auch gerade getan. Ich war vor ihm ins Mädchenklo geflüchtet, mit meiner Freundin Nicole im Schlepptau.

»Schaff dir so ein rosa Hello-Kitty-Teil an, wie die abgedrehte Chinesin vom Kunstkurs«, schlug mir Nicole vor, als ich meine Hände wusch. »Oder lass dir die Fingernägel kunterbunt machen. Mit dem Gesicht von Graham Norton drauf. Dann bist du ihn für immer los.«

»Ich habe das dumpfe Gefühl, sogar das Gesicht von Miss Ehle auf meinen Fingernägeln würde ihn nicht zurückhalten«, murmelte ich. Unsere Geografielehrerin war der Inbegriff eines modernen Blaustrumpfs. Garantiert war Margaret Rutherford aus den alten Miss-Marple-Filmen ihr Vorbild. Zumindest kleidete sich Miss Ehle genauso – mit Faltenrock, unter dem die Stützstrümpfe rausstachen, Strickweste und weißer Bluse. An ihren gut gelaunten Tagen hatte die Bluse ein Paisley-Muster.

»Ich sollte mir lieber wieder ein paar Pfund zulegen und bei

Mum im Pub arbeiten. Dann käme ich jeden Morgen zu spät und Paul hätte keine Chance, mir bei meinem Spind aufzulauern.«

Nicole stützte sich an die Wand und wartete, bis ich meine Hände fertig gewaschen hatte. »Ich weiß nicht, Feli, seit Lee an unserer Schule ist, hast du dich sehr verändert. Es ist nicht nur dein Aussehen, sondern auch dein Verhalten. Du bist ... energischer.«

Das war nichts Neues. Ich war sportlicher als vorher, hatte einen unproduktiven Job gegen einen lukrativen eingetauscht und mir vom ersten Gehalt etwas Make-up zugelegt. Das war definitiv eine gute Wendung. Die schlechte war, die Elfenwelt, die angeblich auf mich angewiesen war, war sich plötzlich nicht mehr sicher, ob ich nicht vielleicht eine Gefahr darstellte. Mein Leben war voller Überraschungen, seit Lee aufgetaucht war.

»Ich bin immer noch unschlüssig, ob es eine gute Veränderung ist oder ob ich nicht lieber wieder die alte Felicity sein möchte. Das war auf alle Fälle unkomplizierter.«

Keine Elfen, keine Prophezeiungen, keine Zeitsprünge. Vielleicht war es auch wesentlich langweiliger gewesen. Zumindest die Zeitsprünge machten Spaß. Sofern mir niemand einen überbriet und mich entführte.

Nicole überkreuzte die Arme vor der Brust. »Nein. Andernfalls wärst du tatsächlich im Pub deiner Mum gelandet. Wir hatten uns schon überlegt, was wir tun könnten.«

»Ehrlich?«, fragte ich amüsiert. »Wolltet ihr den Pub stürmen oder was?«

»So was in der Art. Jayden wollte eine Werbung im Internet schalten und Plakate entwerfen, damit mehr los ist, Phyllis wollte ihre Mutter einspannen, um die Innenausstattung ein wenig aufzumotzen, und dann deren High-Society-Kolleginnen dorthin locken. Was Corey und Ruby vorgeschlagen haben, vergessen wir lieber.«

Ich war gerührt. Wenn ich schon im Pub geendet wäre, wollten meine Freunde wenigstens dafür sorgen, dass er lief und Geld einbrachte. Hatte ich nicht die besten Freunde der Welt?

»Na, komm. Sonst nimmt Paul dir noch den letzten Zufluchtsort, den du hast.«

Er wartete, wie schon vermutet, an meinem Schließfach.

Allerdings machte er zur Abwechslung mal den Mund auf. »Samstag?«, fragte er in seiner seltsam heiseren, piepsigen Stimme.

»Samstag?« Ich sah ihn überrascht an. Er sprach so selten.

»Schwimmen. Im Kingfisher Leisure Center. Du hast gesagt, du würdest mitgehen.«

Oje. Stimmt. Das hatte ich ihm tatsächlich irgendwann versprochen, als er mir ganz besonders leidgetan hatte. Ich überlegte, ob ich eine Ausrede finden oder ihm endgültig sagen sollte, er solle sich verkrümeln. Aber dann dachte ich, dass ich keinesfalls das Recht hatte, so mit Paul zu reden. V. L., also vor Lees Ankunft am College, hätte ich mich vielleicht gefreut über Pauls Aufmerksamkeit. (Nicole teilte die Zeit mittlerweile in ein v. L. = vor Lee und ein n. L. = nach Lee ein.) Na ja, wahrscheinlich nicht wirklich. Ich wusste nur, wie es ist, ausgegrenzt zu sein. Ich hatte nie zu den beliebtesten Schülern gehört, aber ich hatte immerhin Phyllis, Corey, Nicole, Jayden und Ruby. Wir waren seit Beginn der Middleschool fest miteinander befreundet.

Pauls Dackelblick wurde noch flehender.

Er tat mir leid. »Okay. Übermorgen, zwei Uhr. Wir treffen uns dort.«

Paul zeigte keine wirkliche Reaktion. Nur seine Augen wurden ganz weit.

Ich schnappte Nicoles Arm und zerrte sie hinter mir zum Biosaal. »Lasst mich bloß nicht mit ihm allein!«, zischte ich.

Nicole grinste breit.

Der Vormittag verstrich im Nu. Die Mittagspause verbrachten wir alle gemeinsam in der Schulcafeteria. Nicole hatte die anderen schon wegen Samstag informiert. Meine Freunde waren begeistert.

»Kingfisher Leisure Center? Cool!«, rief Corey am Mittagstisch, als ich mich setzte. Paul stand noch an der Essensausgabe. »Schwimmen ist super. Da waren wir nicht mehr seit Phyllis' dreizehntem Geburtstag.«

»Erinnere mich nicht daran«, murmelte Phyllis verlegen.

»Wieso? Ich kann mir nicht vorstellen, dass du je irgendwo eine schlechte Figur gemacht hast.« Lee stellte sein Tablett neben dem von Corey ab und setzte sich.

»Das nicht. Aber ich habe nach den Geburtstagsmuffins einen Bauchplatscher vom Dreimeterbrett gewagt«, erklärte sie und errötete.

»Und dann ins Becken gekotzt«, vollendete Corey fröhlich.

Wir erinnerten uns gut. Das breite Grinsen auf allen Gesichtern zeigte es deutlich.

»Und deswegen wart ihr nicht mehr schwimmen? Das ist ja schon eine Weile her«, meinte Lee tröstend.

Jetzt wurde ich rot. »Nein. Das lag eher an mir.« Mehr musste ich nicht sagen. Das Geld war bei uns zu Hause schon immer knapp gewesen und meine Freunde hatten mir zuliebe auf Schwimmbadbesuche in teuren Vergnügungsbädern als Gemeinschaftsveranstaltung verzichtet.

Lee verstand auch sofort. »Und jetzt wollt ihr mal wieder hin?«

»Kommst du etwa nicht mit?«, fragte Nicole überrascht.

Lee zog eine Grimasse. »Schwimmen ist nicht ganz meine Wellenlänge.«

»Schönes Wortspiel. Jetzt komm schon. Dann gönn uns die Chance, dich einmal zu schlagen.« Corey boxte ihn jovial auf den Oberarm.

Lee verzog das Gesicht. »Ich überlege es mir.«

Das machte mich neugierig. Sonst war er immer darauf erpicht, in meiner Nähe zu sein. Ich nahm mir gerade vor ihn später danach zu fragen, als Phyllis mich anschubste.

»Ist dir auch was an Ruby aufgefallen?« Sie deutete auf den abwesenden Blick unserer Freundin.

Ruby hatte sich nicht an unserem Gespräch beteiligt. Was nichts Neues war. Wir würden sie sicherlich noch mindestens zwei Mal an Samstag erinnern müssen. Ich sah zu ihr rüber und fand, dass sie wie immer wirkte: in einer anderen Welt, den Geräuschpegel und Schulalltag um sich herum ausblendend. Rubyisch eben.

»Nö. Wirkt wie immer«, sagte ich und trank an meinem Wasser.

Phyllis blickte mich genervt an. »Siehst du eigentlich noch jemand anderen als dein persönliches Unterwäsche-Model?«

Ich grinste. »Fällt schwer, findest du nicht?«

Wir sahen beide zu Lee am anderen Tischende, der sich gerade wohlig reckte und mit Corey das Fußballspiel vom letzten Sonntag durchging. Das T-Shirt spannte über seiner Brust und zeigte die Andeutung seines perfekten Sixpacks. Halbelfen waren extrem attraktive Gestalten. Und auch wenn niemand wusste, dass Lee gemäß einer alten Prophezeiung mit mir verlobt war, wusste doch jeder von seinem Werben um mich. Daraus machte er auch keinen Hehl. Was wiederum nicht wenig schmeichelhaft für mich war.

Phyllis rollte die Augen. »Komm wieder runter, Feli. Als er vor einem Dreivierteljahr hier angefangen hat, konntest du nicht genug Abstand zu ihm halten. Und jetzt führst du dich langsam auf wie Felicity.« Sie sah mein grinsendes Gesicht und fügte hinzu: »Stratton. Ich meine Felicity Stratton.«

»Okay, vielleicht bin ich gerade etwas betriebsblind. Könntest du mir nicht wenigstens einen Tipp in Bezug auf Ruby geben?«

Ich sah wieder in Rubys Richtung, die gerade gedankenverloren versuchte mit ihrem Kugelschreiber den Kartoffelbrei zu essen. Das war nicht das erste Mal. Jayden gab ihr einen leichten Stups, doch Ruby stocherte mit ihrem Kuli ungerührt weiter. Das war schon ungewöhnlich. Normalerweise hätte sie auf Jaydens Schubs reagiert. So weit entfernten sich ihre Gedanken eigentlich nicht.

»Okay. Ich sehe, was du meinst«, sagte ich nachdenklich.

»Seit letzter Woche Donnerstag ist sie so«, klärte mich Phyllis auf. »Sie wollte sich in Englisch ausziehen, weil sie dachte, wir hätten Sport. Und in Kunst fing sie an zu zeichnen.«

Ich hob unbeeindruckt eine Augenbraue.

Phyllis stöhnte. »Wir arbeiten gerade mit Ton. Menno, der Typ nimmt dich ja völlig ein!«

»Ruby, hör auf damit«, sagte Nicole jetzt energisch und entwand Ruby den beschmierten Kugelschreiber. Um Rubys Mund herum waren blaue Striche zu erkennen.

Jetzt sah sie aus, als wäre sie aufgewacht. »Was ist denn?«

»Das müssten wir dich fragen«, entgegnete Phyllis. »Was ist los mit dir? Du schwebst zwar seit jeher schon mal woanders, aber so schlimm war es noch nie.«

Ruby sah den Stift neben ihrem Teller an. Ihre Augen wurden groß. Urplötzlich brach sie in Tränen aus und rannte aus der Cafeteria.

Wir starrten ihr betroffen nach.

»So schlimm war das jetzt auch nicht«, meinte Corey verlegen.

Ich sah zu Lee. Der schien völlig unbeeindruckt. Ein wenig mitleidig, aber keineswegs so ratlos wie wir anderen.

»Ich geh ihr mal hinterher«, murmelte Phyllis und erhob sich. »Nein, bleibt ihr hier«, sagte sie, als Nicole und ich Anstalten machten, sie zu begleiten. »Ich glaube, damit würden wir sie überfordern.«

Wir sanken wieder auf unsere Plätze zurück. Die weiteren Gespräche waren sehr hölzern. Ruby war zwar schon immer ein wenig kopflos, aber wir hatten sie in den acht Jahren unserer Freundschaft nie die Fassung verlieren sehen. Das erschreckte uns nicht wenig.

Als es in diesem Moment zum Pausenende schellte, atmeten wir kollektiv auf.

Vor der Englischstunde wollte ich Lee nun endlich auf seine Bemerkung mit dem Schwimmen ansprechen. Dummerweise kam mir unsere Schulschönheit Felicity Stratton in die Quere. Sie pflanzte sich auf Lees Schoß – mit dem Rücken zu mir, die ich direkt danebensaß – und strich ihm über die Wange.

»Lee, Darling, hast du am Samstag schon was vor?«

Sie gab nie auf. Beinahe jede Woche fragte sie ihn das und jedes Mal kassierte sie einen Korb, weil er immer etwas mit uns unternahm. Aber heute hätte Felicity vielleicht tatsächlich eine Chance.

»Fay und ich fahren ins Kingfisher Leisure Center zum Schwimmen«, sagte Lee.

Ich blickte überrascht auf. »Aber du hast doch ...«

Unter dem Tisch wurde mir auf den Fuß getreten.

Sofort schmiegte sich Felicity an ihn. »Ach, da war ich auch schon lange nicht mehr. Ich bin mir sicher, du bist ein hervorragender Schwimmer.« Sie strich anzüglich über seinen Brustkorb. »Ich komme mit und wir können den Saunabereich ausprobieren. Der soll sehr schön sein.«

Lee warf mir aus den Augenwinkeln einen Hilfe suchenden Blick zu.

In diesem Moment kam Paul. Er setzte sich an den Tisch neben dem unseren und lächelte mich schüchtern an.

»Sauna ist eine gute Idee«, sagte er mit seiner untrainierten Reibeisenstimme. »Das soll total entspannen.«

»Das tut es«, gab ich zu, »aber mit euch werde ich in keine Sauna gehen.«

Lee schob Felicity von sich, um mich ansehen zu können. »Wann, bitte schön, warst du je in einer Sauna?«

Jetzt drehte sich auch Felicity neugierig zu mir um.

Ich sah Lee in die Augen und dachte an den wunderschönen Tag, an dem Ciaran mich ins antike Rom gebracht hatte, damit wir dort die Diokletiansthermen besuchen konnten.

Lee machte große Augen und sagte leise: »Ach, so ist das.«

Felicity und Paul sahen gleichermaßen verblüfft von ihm zu mir.

»Kannst du etwa ihre Gedanken lesen?«, fragte Felicity misstrauisch und erhob sich. Seit sich die beiden kannten, war das vermutlich das erste Mal, dass sich Felicity freiwillig von ihm entfernte.

Lee schaute sie mit einem bezaubernden Lächeln an. »Wo denkst du hin? Wenn ich die Gedanken meiner Mitmenschen lesen könnte, würde ich an der Börse spekulieren oder ins Kasino gehen.«

»Auch wieder wahr«, gab sie zu und schmolz bei diesem Lächeln geradezu dahin. Wenn Lee ihr jetzt eine Lebensversicherung hätte verkaufen wollen, sie hätte die genommen. Garantiert.

Paul sah mich wieder an. »Hast du Lust, nach dem Schwimmen noch mit zu mir zu kommen?«

»Mensch, Paul, du Träne, sie geht mit Richard Cosgrove. Weshalb sollte sie sich mit dir abgeben?«, warf ihm Felicity in ihrer schnippischen Art an den Kopf.

Pauls Augen weiteten sich und sein Mund klappte auf. Ehe ich fragen konnte, woher Felicity Stratton von meiner Freundschaft mit Richard wusste, erschien Mr Sinclair und jagte alle auf ihre Plätze zurück.

Was hattest du mit meinem Cousin in der Sauna zu suchen?

Erschrocken zuckte ich zusammen. Ich hörte Lees Stimme in meinem Kopf, obwohl sich seine Lippen nicht bewegten. Ich sah ihn an. *Raus mit der Sprache: Wieso kann ich deine Gedanken hören?*, dachte ich.

Er lächelte, aber es war wieder alles still. Nichts. Lee seufzte und kritzelte auf ein Blatt Papier.

Ist so ein Felicity-Lee-Ding.

Ich sah ihn wieder an. *Du meinst, ein Wir-sind-einander-bestimmt-Ding?* (Äußerst praktisch, ich konnte es denken und sparte mir das Schreiben.)

Er nickte. Hieß das, wir waren tatsächlich füreinander bestimmt?

Ich konnte von niemand anderem die Gedanken hören oder lesen. Ciaran hatte lange mit mir geübt – aber vergeblich. Nur Lees Gedanken und die auch nicht immer.

Warum kann ich dich nur manchmal hören?

Ich weiß es nicht genau. Ich habe nur eine Vermutung.

Raus damit!

Du kannst mich nur dann hören, wenn du besonders emotional bist. Also? Was war in der Sauna?

Was sollte dort gewesen sein? Ich hatte einen wunderschönen Wellness-Tag gehabt.

DU GEHST MIT MEINEM COUSIN IN EINE SAUNA, ABER MICH STÖSST DU ZURÜCK?!

Das brauchte er nicht zu schreiben. Ich hörte es laut und deutlich in meinem Kopf. Und schlagartig ging mir ein Licht auf. Nicht wenn *ich* emotional war, hörte ich ihn, sondern wenn *er* emotional war. Ich war erleichtert, weil ich endlich dahintergekommen war. Gerade wollte ich ihn beruhigen und ihm erklären, dass es getrennte Saunabereiche für Männer und Frauen gegeben hatte, als sich die Tür zum Klassenzimmer öffnete.

Mein Magen rutschte um zehn Zentimeter nach unten, als hätte ich eine Stufe übersehen. Jetzt wäre mir beinahe ein Saunabesuch mit Lee lieber, als mich dem zu stellen, was nun auf mich zukam.

Mitten im Unterricht betrat Ciaran Duncan den Klassenraum. Sämtliche Mädchen setzten sich augenblicklich aufrechter hin und fast jede schüttelte ihre Haare oder leckte sich über die Lippen, damit die voller aussahen. Einschließlich Tony Loughlin, von dem jeder wusste, dass er anders gepolt war.

»Bernhard, ich muss mit Felicity Morgan sprechen«, sagte Ciaran zu Mr Sinclair gewandt.

Mr Sinclair sah ihn überrascht an. »Hat das nicht Zeit bis nach der Stunde? Wir stecken mitten in einer wichtigen Vorbereitung für die Quartalsklausur nächste Woche.«

Ciaran schüttelte den Kopf. »Es ist wirklich dringend.«

Ich hätte mich am liebsten unterm Tisch versteckt oder noch besser hinter Lee.

Die Augen aller meiner Mitschüler waren von Ciaran zu mir gewandert. Ich wusste, meine Wangen waren feuerrot und mein Deo begann zu versagen.

»Felicity?« Ciaran streckte mir auffordernd eine Hand entgegen.

Ich spürte, dass Lee bereits im Begriff war, sich gegen ihn zu stellen. Das wäre äußerst unklug. Ciaran hatte an dieser Schule als Lehrkraft gearbeitet. Lee war »nur« Schüler.

Ich warf Lee einen kurzen Blick zu. *Keine Sauna. Versprochen.*

Das beruhigte ihn jedoch ganz und gar nicht. Er wusste, dass irgendetwas zwischen Ciaran und mir vorgefallen war. Ciaran hatte seine Stelle am Horton College gekündigt und ich hatte den Kontakt zu ihm abgebrochen. Und jeden Gedanken an den Tag im Kellergewölbe neben der U-Bahn-Station verdrängt.

Nur leider konnte ich das der Umstände halber in diesem Moment nicht mehr länger tun. Ehe ich Lee unabsichtlich etwas verriet, erhob ich mich und folgte Mr Duncan.

Er schloss die Tür hinter uns und sah mich an. Ich blieb über einen Meter von ihm entfernt stehen. Meine Hände waren unter meinen Achselhöhlen versteckt.

»Du hast alle meine Anrufe ignoriert. Ich will doch nur mit dir reden. Ich hätte es gern unauffälliger gemacht.«

»Nur reden?«, hakte ich nach.

»Nur reden«, bekräftigte er. »Allerdings wäre es mir lieber, wir könnten zu mir nach Hause fahren. Dort sind wir vor Spitzeln sicher.«

Ich versteifte mich.

»Bitte, Felicity. Wir fahren mit der Tube, wenn du möchtest. Ich will dich nicht entführen.«

Ich überlegte. Sollte mit mir etwas geschehen, wüsste Lee, wo und bei wem ich zu finden war.

»Felicity. *Bitte.*«

Ich atmete tief ein. Dann nickte ich.

AUSSPRACHE

Ich saß in Ciarans kleinem Wohnzimmer und spürte die Erschütterung einer vorbeirasenden U-Bahn. Die Teetasse auf dem Tablett vor mir klirrte. Wenn man direkt neben einer U-Bahn-Station wohnte, konnte man das wohl nicht vermeiden.

Allerdings leuchtete mir jetzt, da ich sein Geheimnis kannte, vollkommen ein, weshalb sich Ciaran dieses Haus ausgesucht hatte. Obwohl er ein Agent des FISS, des Fairy Intelligence Secret Service, war und ihm dadurch eine Goldene Kreditkarte ohne Limit zur Verfügung stand, wohnte er in einer billigen Absteige in einer der unbeliebtesten Wohngegenden von ganz London. Die im Keller, dicht neben den U-Bahn-Gleisen liegende Höhle vereinfachte ihm seine Verwandlung. Nicht nur die Größe und die Hitze dieses Kellergewölbes, sondern auch die hinter einer dünnen Wand vorbeirasenden Züge, die sein Drachengeschrei übertönten.

Jetzt saß er mir gegenüber, ein Glas mit etwas Stärkerem in der Hand. »Sag was, Felicity«, murmelte er.

So schüchtern war er sonst nicht. Im Gegenteil, als Geschichtslehrer am Horton College trat er seinen Schülern – also mir – sehr autoritär gegenüber. Sein Selbstbewusstsein rührte aus nahezu zweitausend Jahren Lebenserfahrung. So alt war Ciaran tatsächlich, wenngleich er eher wie Anfang dreißig aussah.

Dass er nervös war, passte nicht zu ihm. Deswegen wusste ich gerade wirklich nicht, was ich sagen sollte. Deswegen und wegen meiner eigenen Nervosität.

»Ich kann verstehen, dass du erst einmal Zeit gebraucht hast, um alles zu verdauen, aber ich bin der Gleiche wie zuvor.« Er drehte sein Glas in den Händen, als habe er Angst. Angst vor mir? Vor meiner Reaktion? »Ich konnte mir das ja nicht aussuchen. Ich wurde so geboren. Ich habe dieses Blut in mir. Theoretisch ist es so, wie wenn man blonde Haare oder blaue Augen vererbt bekommt.«

Ich sah ihn an und hob abschätzig eine Augenbraue.

»Natürlich bin ich auch zur Hälfte Elf. Die andere Hälfte ist aber menschlich – na ja, fast. Verflixt, Felicity, dein Schweigen macht mich ganz nervös. Sag endlich was!«

Ich hatte noch kein Wort gesprochen. Was sollte ich sagen? Mein Gehirn verarbeitete gerade wieder die Bilder der Verwandlung, die ich in den letzten Tagen unterdrückt hatte, und ging sämtliche Begegnungen mit Ciaran durch. Einschließlich der, als er im achten Jahrhundert aufgetaucht war. Das war an Weihnachten gewesen. Vor ungefähr drei Monaten. »Hast du mich deshalb im achten Jahrhundert in Germanien entführen lassen?«, hauchte ich endlich.

»Nicht nur«, gestand er ohne Reue. »Ich wollte auch wissen, wo die Insignien Pans sind.«

Ich war sprachlos, wie kaltblütig er sein konnte. »Woher soll ich das denn wissen?«

»Gemäß der Prophezeiung bist du eng mit den Insignien verbunden. Auch wenn sie nicht in deiner unmittelbaren Umgebung sind, sowohl Elfen als auch Drachen brennen darauf, sie in die Finger zu bekommen. Und du bist diejenige, die sie zuletzt gesehen hat.«

»Ich habe sie nie gesehen«, widersprach ich vehement.

»Nicht bewusst. Aber sie verschwanden am Tag deiner Geburt. Die Entführung veranlasste ich, um herauszufinden, was du weißt und was du kannst. Im ersten Moment dachte ich, du wärst die Falsche, aber dann konnte ich in deinen Augen diese Vision sehen. Erinnerst du dich? Als wir beide in Germanien am Feuer lagen, konnte ich in deinen Augen eine Vision wahrnehmen. Die zeigte eine gemauerte Wand und davor lag etwas, das aussah wie ein Helm. Doch es musste etwas anderes gewesen sein. Eine von Pans Insignien. Ich konnte die Schwingung durch deine Augen hindurch spüren. Seither warte ich darauf, dass du dich verwandelst oder … rauchst oder etwas tust, was uns Drachenkinder ausmacht. Dein elfisches Erbe hast du mit dem Zeitsprung bereits unter Beweis gestellt.«

»Ich wusste, dass du mich hast entführen lassen. Karl hat es mir gesagt. Der Schlag vor den Kopf hat ganz schön wehgetan«, warf ich ihm vor.

»Die Burschen gingen etwas rauer ran, als ich gedacht hatte. Aber du hast dich auch ganz schön gewehrt.«

»Ist das deine Art ›*Entschuldige, Felicity, kommt nicht wieder vor. Ich mache es wieder gut*‹ zu sagen?«

Ciaran seufzte. »Ich habe mich vor deinen Augen in einen Drachen verwandelt und du erwartest eine Entschuldigung? Ist das alles, was dich im Moment interessiert?«

Nun ja … ein paar Fragen drängten sich schon auf. »Wer weiß davon?«

»Niemand. Nicht einmal meine Eltern wussten es.«

Ich schnaubte ungläubig und dachte: *Was ist mit deinen schuppigen Gefährten?*

Er las die Frage in meinen Augen. »Wenn ich mit meinem Mittelsmann zusammenkomme, sind wir immer in Drachengestalt. Ich kenne seinen richtigen Namen nicht und er nicht meinen.«

»Und Lee?«

»Bist du verrückt? Er ist der Sohn des Kanzlers. Auf gar keinen Fall darf Lee davon erfahren. Wir wurden auf Avalon erzogen, wo man seit Tausenden von Jahren berichtet, Drachen seien der Erzfeind der Elfen. Lee ist Agent durch und durch. Er würde mich, ohne zu zögern, ausliefern.«

Seit Lees Gefangennahme und Folter durch einen Drachen hatte sich seine Meinung bestimmt nicht verbessert. Der Drache hatte ihn töten wollen. Und er hätte es geschafft, wenn ich Lee nicht rechtzeitig gefunden hätte. »Lee ist nur Agent, weil er dann James Bond spielen darf. Vor allem nutzt er mit Vorliebe die Wirkung aus, die er auf Frauen hat.« Ich biss mir auf die Innenseiten meiner Wangen. Warum hatte ich das gesagt? Das hatte ich vielleicht einmal gedacht, ehe ich den Rest wusste. Aber jetzt glaubte ich nicht mehr wirklich daran. Nicht nach den Eröffnungen, die Lee mir in der Grotte gemacht hatte. Aber genau diese Eröffnungen hatten mich verunsichert und auf Abstand gehen lassen.

Ciaran las es in meinen Augen und grinste schwach. »Felicity, du weißt genau, dass du eine ganz besondere Wirkung auf ihn hast.«

»Ja, vielen Dank, dass du mich an unsere erzwungene Verlobung erinnerst. Habt ihr Elfen das Mittelalter eigentlich je verlassen?« Ich trank schnell einen Schluck Tee. Er schmeckte bitter. Passend zu meinem Gemüt. »Ist dir klar, dass ich mir damit vorkomme wie eine Frau aus der Renaissance? Die wussten genau, sie heiraten einen Schwerenöter und können nichts dagegen machen.«

»Die meisten haben es ihren untreuen Gatten mit gleicher Münze heimgezahlt.«

Ich rollte die Augen. Fiel ihm nichts Besseres ein? »Ich habe vergessen, wie alt du bist. Du hast ja Geschichte *gelebt.*« Ich wiederholte den Satz, den er mir an seinem ersten Tag als mein Geschichtslehrer an den Kopf geworfen hatte.

»Freut mich, dass du deine spitze Zunge wiedergefunden hast«, meinte Ciaran nüchtern. »Was ist nun mit dir? Wann hast du dich zum ersten Mal verwandelt?«

Ich stellte die Tasse ab und sah ihn erstaunt an. »Ich habe mich nicht verwandelt.«

Ciarans Blick war skeptisch.

»Nein, ehrlich nicht. Ich bin kein Drachenkind.« Ich *war* kein Drachenkind! Ich konnte keines sein. Dieser Lindwurm Reggie Raik, der Lee gefangen gehalten hatte, hatte auch so etwas angedeutet. Danach hatte ich versucht alle möglichen Hinweise wie Schuppen, Rauch beim Aufstoßen oder scharfe Eckzähne zu beachten. Ich hatte nichts gefunden. Nicht einmal ein seltsam geformtes Muttermal – wenn man von den üblichen kleinen Leberflecken absah.

»Komm schon, Felicity, du hast das Blut ebenfalls in dir. Ich konnte es riechen. Als ...«

Ich sah Ciarans Adamsapfel hüpfen. Mich überlief ein Schauder, den ich nicht unterdrücken konnte. Mit dem ›als‹ war der Moment gemeint, in dem er sich mir als Drache gezeigt hatte. Seine gespaltene Zunge war riesig und Angst einflößend gewesen. Wie bei einem Waran eben, nur größer, gefährlicher. »Aber ich habe mich noch nie verwandelt. Wie soll das überhaupt funktionieren? Braucht man dafür ein Ritual?«

»Man braucht Hitze«, erklärte er ruhig und trank einen weiteren Schluck von der goldenen Flüssigkeit in seinem Glas.

Das war mir nicht neu, doch plötzlich schrillten sämtliche Alarmglocken in mir los. »Die Sauna in deinem Büro«, fauchte ich.

Er nickte. »Weil ich nicht wusste, ob du Hilfe beim Verwandeln brauchst, dachte ich, ich greife dir unter die Arme.«

»In der Schule?!« Entsetzt dachte ich an den kleinen, fensterlosen Raum, der sein Lehrerbüro gewesen war.

»Wenn es angefangen hätte, hätte ich dich zurückgeholt«, versuchte er mich zu beschwichtigen. Er sah mich durchdringend an. »Ich dachte, du hättest die Verwandlung bereits hinter dir und könntest dich beherrschen.«

Ich schüttelte den Kopf. Er hatte tatsächlich versucht mich in der Schule zwischen all den Schülern in einen Drachen zu verwandeln. Was, wenn es ihm gelungen wäre? Wenn ich mich nicht hätte beherrschen können? Mich schauderte und ich war heilfroh, dass es nicht funktioniert hatte.

Wir schwiegen eine Weile und jeder trank sein Glas leer. Ab und an hörte ich die U-Bahn unterirdisch vorbeidonnern. Die Gläser klirrten jedes Mal leise.

»Und der Tag im alten Rom? Hast du mich in die Diokletiansthermen geschleppt, damit ich mehr Zeit in der Hitze verbringe und mich eventuell dort verwandle?« Ich war maßlos enttäuscht. Das war einer der schönsten Tage gewesen, die ich je erlebt hatte. Und das alles nur als Mittel zum Zweck?

Ciaran sah mich an und schüttelte energisch den Kopf.

»Nein. Ehrlich. Das habe ich wirklich nur für dich getan.«

Ich kniff die Augen skeptisch zusammen. Aber er schien es ehrlich zu meinen.

»Hast du wirklich nicht …?«, fing Ciaran irgendwann wieder an.

Ich hob fragend den Blick.

»Auf deinem Rücken. Die Male. Darf ich es mir mal ansehen?«

Ich zuckte unbeteiligt die Schultern, drehte mich um und hob mein Shirt. Ciaran trat hinter mich. Ich fühlte seine Finger leicht über meine Haut streifen.

»Das ist …« Seine Stimme war ehrfürchtig und staunend.

»Was?«, horchte ich auf. »Was ist da?«

»Ungewöhnlich. Dort ist nichts. Nur zwei kleine Muttermale. Keine Spur von diesen Warzen. Erstaunlich. Äußerst seltsam. Trotzdem. Ich *habe* es gerochen.«

Ciaran setzte sich wieder.

Dafür erhob ich mich. Ein Blick auf die Wanduhr sagte mir, dass der Unterricht beendet war. »Ich gehe jetzt. Lee wird sich schon fragen, wo ich bleibe. Was soll ich ihm sagen? Er wird Fragen stellen, wenn du mich so vor aller Augen aus dem Unterricht holst.«

Ciaran stand ebenfalls auf, ging zu der Anrichte an der Wand und entnahm einer Schublade etwas. Er reichte mir ein geknülltes Stück Stoff.

»Gib ihm das. Ich habe es am Urquhardt Castle gefunden, als ich den Tod von Monahan untersuchen sollte. Ich habe es bislang geheim gehalten.«

Ich schlug den Stoff auseinander. »Ist das eine Eierschale?«

Ich betrachtete das Teil argwöhnisch. Es war schwer. Ungefähr so schwer wie eine Untertasse, aber nur so groß wie eine Visitenkarte. Die Innenseite fühlte sich extrem glatt und geschmeidig an, die Außenseite war grau bis bläulich mit den typischen winzigen Kerben, die Eierschalen haben. Nur daran und an den abgebrochenen Rändern hatte ich es erkannt.

Ciaran nickte. »Das ist eine Eierschale. Aber von keinem bekannten Reptil oder Vogel. Es ist ein Teil eines Dracheneis.«

Ich sah ihn ratlos an. »Aber sagtest du vorhin nicht, du wärst geboren worden?«

»Das bin ich. Und genau das ist der Punkt. Wir sind Drachen*kinder*. Wir werden mit diesem Gen geboren wie ein normaler Mensch. Erst im letzten Drittel der Pubertät beginnt die Verwandlung von unserem Körper Besitz zu ergreifen. Selbst Fafnir hat sich ab einem gewissen Alter von einem Menschen in einen Drachen verwandelt. Und wir sind alle Nachkommen von Fafnir.«

»Ich weiß. Das hat mir der Lindwurm in Fingal's Cave erzählt. Den Namen des Lindwurms kenne ich übrigens. Er hieß Raik. Reggie Raik. Sagtest du nicht vorhin, ihr trefft euch immer anonym?«

Ciaran schnaubte abfällig. »Hast du den Namen mal gegoogelt? Das ist ein Pseudonym. Raik bedeutet Rauch.«

»Woher weißt du das?«, fragte ich verblüfft.

»Das war der Name meines irischen Großvaters.«

Oh. Na, dann würde er es wohl wissen. Ich starrte wieder auf die Schale in meiner Hand. »Was genau soll ich Lee nun sagen?«

Ciaran seufzte. »Erklär ihm, ich hätte diese Schale jetzt erst gefunden. Tatsächlich stand dein Name darin.«

Mein Name? Alarmiert betrachtete ich die Schale erneut von außen und innen. Ich konnte nichts erkennen.

»Ich habe ihn weggewischt«, gestand Ciaran. »Lee kann das Stück Schale dem Kronrat überreichen. Du kannst ihm von dem Namen darin erzählen.«

Ich atmete aus. Wenn der Kronrat meinen Namen mit einem weiteren Mord in Verbindung gebracht hätte, wäre ich vermutlich nicht mehr am Leben.

»Ganz genau«, stimmte Ciaran meinem Gedanken zu. »Aber Lee sollte es wissen. Das zumindest. Er wird es für sich behalten und gleichzeitig wissen, weshalb ich dich allein sprechen wollte. Aber die Drachengeschichte lieber nicht. Kannst du deine Gedanken vor ihm verbergen?«

Ich schluckte. Bislang hatte ich sämtliche Erinnerungen ausgeschaltet. Jetzt, nach diesem Gespräch, wurde es wieder real. Beängstigend real und nicht länger ignorierbar. »Ich weiß es nicht«, gestand ich leise. *Aber ich versuche es, so gut ich kann,* fügte ich in Gedanken hinzu.

Er nickte bedächtig. »Danke.«

Ein wenig unschlüssig stand ich in der Tür. Er sah so ... verletzlich aus. Mit einem Mal ging mir auf, was für ein schweres Los er zu tragen hatte. Er hatte sich noch nie jemandem anvertrauen können. Eine Last, mit der er immer leben musste. *Immer* konnte bei einem Drachen und Elfen *sehr* lang werden.

»Was ist, Felicity? Was denkst du?«

Er hob den Blick und sah mich an. Er sah so verloren und unglücklich aus. Der taffe Ciaran, der immer so starke, überlegene Kerl, den bislang nichts und niemand hatte aus der Ruhe bringen können.

Ich holte tief Luft und schlug einen übertrieben anklagenden Tonfall an. »Weißt du, Ciaran, wenn es um Fantasywesen ging, habe ich mir immer einen heißen, sexy Vampir gewünscht. So eine Art Edward Cullen oder einen Damon Salvatore. Und womit muss ich mich rumschlagen? Mit übergroßen Reptilien und arroganten Spitzohren.«

Das zauberte ein Lächeln auf Ciarans Gesicht. »Sag nur, wir sind nicht sexy. Darf ich dich an dieses Spiel in meinem Unterricht erinnern?«

Ich runzelte die Stirn. Darauf hatte Ciaran ganz schön empfindlich reagiert. Meine Freunde hatten mit mir gewettet: Jedes Mal, wenn er das Wort *Folter* gesagt hatte, hatte ich *sexy* rufen müssen. Ciaran hatte das nicht lustig gefunden. Im Gegenteil.

»Du darfst. Ich dachte nur, *ich* dürfe damit nicht mehr anfangen«, gab ich zurück.

Jetzt grinste er breit. »Schlagfertig wie eh und je. Entschuldige das mit der Entführung in Germanien. Ich mache es wieder gut.«

Ich hob eine Braue und begutachtete meine Fingernägel. »Ich wüsste schon, wie.«

Er sah mich aufmerksam an. »Ich bin ganz Ohr.«

»Nie wieder Nachsitzen! Und zu einem weiteren Tag in einer römischen Badeanstalt würde ich auch nicht Nein sagen.«

DER FLAMMENDE STEINKREIS

Als ich Ciarans Haus verließ, saß Lee direkt gegenüber auf einem der Stühle eines Straßencafés. Erschrocken starrte ich ihn an. Ich hatte nach Hause wollen, um das ganze Gespräch in Ruhe verdauen zu können. Ich hatte nicht mit ihm gerechnet.

Und mein erster Gedanke, als ich ihn ansah, war: Konnte ich Ciarans Verwandlung vor ihm verbergen?

Lees Augen weiteten sich. Das konnte ich von hier aus sehen. Er hatte mir in die Augen gesehen und schon hatte ich Ciaran verraten. Über die Straße hinweg hatte er meine Gedanken lesen können.

Verdammt, verdammt, verdammt.

Ich drehte mich um und flüchtete in die U-Bahn-Station. Das Rattern und Röhren einer abfahrenden U-Bahn ließ mich zusammenzucken. Nie wieder würde ich diese Geräusche hören, ohne an schuppige Riesenechsen zu denken. Wahrscheinlich würde ich mich ab sofort immer fragen, ob es wirklich eine U-Bahn war, die die Geräusche verursachte, oder sich gerade ein Drache in einer angrenzenden Höhle verwandelte.

»Fay!« Mich durchzuckte ein Stromschlag. Lee hielt mich am Arm fest. »Bitte, sag, dass das nicht wahr ist.«

Es wäre auch zu schön gewesen, wenn er meinen Wunsch

nach Privatsphäre respektiert hätte. »Was tust du hier? Wieso bist du mir gefolgt?«, fragte ich vorwurfsvoll.

Er sah mich ein wenig irritiert an. »Weil es sich so seltsam anhörte, dass Ciaran dich sprechen wollte.«

»Ich habe die letzten zwei Monate oft mit ihm allein gesprochen. Er hat mit mir Magie geübt«, sagte ich, nicht ohne Tadel.

»Aber nicht während des Unterrichts«, konterte er. »Das ist jetzt alles nebensächlich. Was zum Teufel hat das mit Ciaran zu bedeuten?«

Schnell wandte ich den Blick ab, weil ich schon wieder den sich verwandelnden Drachen sah. Leider nicht schnell genug.

Lee wurde bleich. »Dann ist es wahr?«, flüsterte er. »Ciaran?« Er wirkte, als müsse er sich setzen.

»Was wirst du tun?«, fragte ich bang.

»Ich muss das melden.«

»NEIN!«

Lee sah aus, als würde er sich am liebsten die Haare raufen. Wahrscheinlich hielt ihn nur jahrelange Kontrolle davor zurück. Denn sobald er seine dichte Mähne hob, zeigten sich seine Ohrspitzen.

»Lass uns irgendwohin gehen, wo wir ungestört sind.« Ich packte ihn am Oberarm und zog ihn mit mir in Richtung U-Bahn-Gleis.

Lee kam wieder zu sich. »Unsinn. Ich bin mit dem Wagen da.«

Also verließen wir den Eingangsbereich der U-Bahn wieder. Aber vor uns lag nicht mehr die Whitechapel Road.

Wir standen an einem Strand. Inmitten eines Steinkreises aus riesigen Felsbrocken. Und zu allem Überfluss begannen die Steine um uns herum in diesem Moment zu brennen.

»LAUF!«, schrie ich, fasste Lees Handgelenk und ließ auch trotz des Stromschlages nicht los, sondern rannte zwischen den Steinen hindurch landeinwärts. Ich war schon einmal hier gewesen. Beim letzten Mal hatte eine riesige Welle die Flammen gelöscht – und mich komplett durchnässt.

Wir schafften es, uns an den Klippen hochzuhangeln, als die Welle über die brennenden Steine hereinbrach. Sie erfasste trotzdem noch unsere Füße.

Im nächsten Moment standen wir wieder in der Whitechapel Road in London und umklammerten eine Straßensperre. Unsere Füße waren klatschnass.

Kurze Zeit später saßen wir in Lees Wagen, hatten die Schuhe ausgezogen und fuhren barfuß durch London. Wenn Lee nicht gerade auf die Straße sah, starrte er mich an.

»Wo willst du hin?«, fragte ich ihn nach einer Weile.

»Irgendwohin, wo wir nicht belauscht werden können.« Er stoppte an einer roten Ampel und wandte sich wieder mir zu. »Woher kanntest du diesen Ort?«

Ich erzählte ihm von meinem letzten überraschenden Sprung dorthin, vor einigen Wochen, als Lee noch in Gefangenschaft gewesen war.

Lee fuhr wieder an.

»Was ist damit? Warum bist du so entsetzt?«

»Das war der flammende Steinkreis«, antwortete er, als wäre damit alles gesagt.

»Ah. *Der flammende Steinkreis*«, wiederholte ich ironisch.

Lee überging meinen Sarkasmus und parkte auf einem Seitenstreifen etwas außerhalb der Innenstadt.

»Das Emirates Stadium?«, fragte ich entgeistert, als ich aus dem Fenster sah.

»Im Arsenal Museum sind wir ganz ungestört.«

»Das sind wir im Auto doch auch«, wandte ich ein.

»Ich muss mich bewegen.« Er stieg aus und erst jetzt schien ihm aufzufallen, dass er immer noch barfuß war.

Wir zogen unsere nassen, kalten Schuhe wieder an und Lee bezahlte die Eintrittskarten für das Museum. Es lag im Keller des Verwaltungsgebäudes vom Arsenal Fußballclub und tatsächlich waren wir dort allein. Der Wärter saß am oberen Ende der Treppe.

Lee ging in einen der hintersten Winkel, wo uns Vitrinen mit ausgestellten Pokalen noch weiter abschotteten. Wirklich, ein idealer Platz, um ungestört reden zu können. Auf einem modernen Flachbildschirm wurden die berühmtesten Tore des Fußballclubs gezeigt, die Wände zierten riesige Poster mit Spielern.

»Der flammende Steinkreis ist eine Legende«, sagte Lee und sah mir fest in die Augen. »Normalerweise erscheint er kurz vor unmittelbar bevorstehenden Gefahren. Zuletzt erschien der flammende Steinkreis, als Hitler an die Macht kam, davor, als der österreichische Thronfolger in Sarajevo erschossen wurde. Und davor zeigte er sich kurz nach dem Ausbruch der Französischen Revolution, und als er davor gesehen wurde, brach die große Pestwelle aus, die im vierzehnten Jahrhundert ein Drittel der europäischen Bevölkerung vernichtete.«

Ich setzte mich auf einen kleinen Vorsprung neben die Vitrine.

Lee begann in dem schmalen Gang auf und ab zu laufen. »Du siehst, alles Ereignisse in der Geschichte mit schrecklichen Auswirkungen. Ich *muss* Ciaran dem Oberon melden. Vielleicht ist er die nahende Katastrophe.«

Ich sah Lee erschrocken an. »Nein. Bitte nicht. Das wäre Ciarans Todesurteil.«

Lee seufzte und nickte. »Er ist ein Drache. Er kennt zu viele unserer Pläne. Es ist offensichtlich, dass er der Verräter ist. Derjenige, der die Wachmänner umgebracht hat. Auch der Giftmord in Böhmen geht wohl auf seine Kappe.«

»Nein, das glaube ich nicht«, widersprach ich heftig. »Ich kenne Ciaran mittlerweile recht gut. Ich kann mir nicht vorstellen, dass er jemanden dermaßen brutal tötet.« Das hatte ich vielleicht nach Germanien angenommen, aber seither hatte ich viel Zeit in seiner Gesellschaft verbracht. Ciaran war niemand, den man sich zum Feind machen sollte, aber er war auch jemand, der nicht hinterlistig spielte. Ich hatte ihm seine Empfindungen von weitem ansehen können. Ciaran war kein Schauspieler. »Sag Oberon und dem Kronrat nichts. Ciaran hat sich mir anvertraut. Ich glaube ihm. Mag sein, dass ich anfangs meine Zweifel hatte, aber jetzt weiß ich, warum er sich in Germanien so verhalten hat. Er dachte, ich wäre auch ein Drachenkind. Wenn du ihn verrätst und er getötet wird, ist das so, als hätte ich ihn getötet. Mit dieser Schuld will und kann ich nicht leben.«

Lee sah auf den Bildschirm vor sich und ich konnte erkennen, wie sehr er mit sich rang. Einerseits war da sein Cousin, den er von klein auf kannte, andererseits gab es entscheidende Hinweise, dass er der Verräter sein könnte.

»Lee, bitte«, sagte ich mit Nachdruck. »Können wir nicht überprüfen, ob er als Täter überhaupt in Frage kommt? Wir könnten schon mal seine Alibis zu den Tatzeiten checken.«

Lee nickte erleichtert. »Das können wir. Aber wenn die Beweislage für ihn erdrückend werden sollte, melde ich es.«

»Danke«, seufzte ich inbrünstig. In meiner Hosentasche vibrierte es. Ich zuckte erschrocken zusammen. Was, wenn Ciaran wusste, dass ich sein Geheimnis nicht einmal fünf Minuten hatte bewahren können? Mit zitternden Fingern fischte ich das Handy aus meiner Hosentasche.

Es war nur Cheryl, Coreys kleine Stiefschwester, der ich Englisch-Nachhilfe gab. Normalerweise hätte ich sie abgewürgt. Ich hatte mit dem verwöhnten kleinen Biest noch ein Hühnchen zu rupfen. Erleichterung überschwemmte mich, weil ich mich nicht Ciaran stellen musste. Meine Begrüßung fiel dadurch wesentlich freundlicher aus, als ich sie Cheryl sonst hätte angedeihen lassen. »Hey, Cheryl.«

»Hör mal, City, wir schreiben übernächste Woche Montag eine Arbeit in Englisch. Du musst mir helfen diese Novellen zu interpretieren, damit ich das Referat hinbekomme. Ich könnte morgen um fünf, Donnerstag um fünf und Freitag um sechs. Vorher muss ich noch mit Emily was für ihr Date kaufen gehen.«

Ich versuchte so unauffällig wie möglich tief Luft zu holen. Dieses elende kleine Miststück. Seit ich ihr Nachhilfe gab, sah sie in mir einen Untergebenen. Nur weil ich bezahlt wurde, gängelte sie mich, wie nicht einmal die Queen ihre Angestellten gängelte.

Blitzschnell verwarf ich den Gedanken, Corey oder Coreys Mutter einzuschalten. »Lee?«, fragte ich mit süßer Stimme, das Handy noch immer so in der Hand, dass Cheryl alles hören konnte. »Hättest du Zeit, Cheryl Englischnachhilfe zu geben? Ich muss an zwei Tagen, an denen sie Hilfe braucht, im Museum arbeiten.«

Ich hörte ein unterdrücktes Keuchen am anderen Ende des Telefons, dann: »Ich könnte die ganze Woche um halb fünf und auch noch zusätzlich Samstagvormittag oder Sonntag oder auch später, egal wann. Die Uhrzeit spielt keine Rolle. Notfalls schwänze ich die letzte Schulstunde. Emily braucht auch nicht wirklich meine Hilfe.« Cheryl hyperventilierte regelrecht beim Sprechen.

»Aber du sagtest doch gerade, immer erst ab fünf und dann müsstest du ...«

»Vergiss, was ich gesagt habe«, unterbrach sie mich hastig. »Macht er es?«

»Lee, Schatz, Cheryl fragt, ob du jeden Tag Zeit hättest, inklusive Wochenende. Sie ist auch ganz flexibel mit den Zeiten.«

Lee sah mich aus zusammengekniffenen Augen an. »Nein, Darling«, sagte er so laut, dass Cheryl es hören musste. »Hast du den Schwimmbadbesuch vergessen?«

»Oh, genau, Cheryl, diesen Samstag geht auch nicht. Wir sind im Schwimmbad.«

»Dann halt nächsten Samstag!« Cheryl überschlug sich beinahe vor Aufregung.

Lee lächelte, als ich ihm das daraufkommende Wochenende vorschlug, und zog dabei einen Mundwinkel hoch. »Hast du unseren Wochenendtrip vergessen? Ich könnte dir höchstens die Nachhilfestunden unter der Woche abnehmen.«

»Wohin fahren wir denn?«, säuselte ich.

Lee grinste diabolisch. »Lass dich überraschen.«

Am anderen Ende des Telefons war es mucksmäuschenstill.

Ich ging auf Lees Spielchen ein. »Cheryl? Lee würde dir helfen. Aber am Wochenende drauf geht es wieder nicht. Er hat mich zu einem romantischen Date mit Übernachtung eingeladen.«

Ich hörte sie laut und hart schlucken. »Oh, ihr seid zusammen?«

Jetzt schluckte ich. Lee sah mich erwartungsvoll an.

»Wir arbeiten dran«, sagte ich zu Cheryl.

»Oh. Okay«, meinte sie gedehnt. »Dann ... tschüss.«

Ich legte auf.

Lee blieb vor mir stehen und stellte ein Bein auf der Bank ab. (Sein nasser Turnschuh quietschte.) Er stützte seinen Ellbogen auf das Knie und beugte sich dicht über mich. »Na, dann ... arbeiten wir mal daran.«

Ich bekam einen hauchzarten Kuss auf die Wange.

NYMPHENBAD

Die Tage bis zum Wochenende zogen sich etwas gummiartig. Ich bangte. Ich war mir nicht sicher, ob Lee tatsächlich Ciarans Geheimnis für sich behalten würde. Dafür hatte sich Ruby wieder etwas beruhigt. Nach ihrem Ausbruch in der Cafeteria hatte sie nur einmal versucht mit einem Lineal den Kaffee umzurühren, aber ansonsten schien sie extrem bemüht ihre Gedanken beisammenzuhalten. Sie beteiligte sich an fast allen Gesprächen. Was eigentlich nicht weniger ungewöhnlich war, denn normalerweise träumte sie die halbe Zeit vor sich hin. Jedenfalls hatte sie darauf bestanden, uns zum Schwimmen zu begleiten. Und so standen wir am Samstag alle pünktlich am Schwimmbad.

Paul hatte zwar groß geschaut, als er die anderen neben mir am Eingang sah. Doch wie immer konnte man ihm nicht ansehen, ob er darüber enttäuscht oder ob es ihm egal war. Bis auf seinen Hundeblick war er extrem emotionslos.

»Hauptsache, du bist da«, hatte mir Phyllis mit einem Zwinkern zugeraunt.

Lee fehlte allerdings. Ich wusste nicht, ob ich enttäuscht sein sollte oder mir deswegen Sorgen machen musste. Doch zwanzig Minuten später war alles vergessen, denn wir sprangen ins Wasser, tunkten uns gegenseitig und hatten jede Menge Spaß. Ausnahmslos alle. Sogar Paul. Allerdings tunkte der immer nur mich.

Und dann tauchte leider auch noch Felicity Stratton auf, mit – ich schluckte – *Lee*.

Felicity ging unter die Dusche und drehte und wendete sich dort aufreizend, während Lee sich am Beckenrand niederließ. Er reckte die Beine im Wasser, als könne er sich nicht entscheiden ganz hinein- oder wieder hinausgehen zu wollen.

»Bleib mal kurz hier«, sagte ich zu Paul und schwamm zu Lee.

»Ich habe doch gewusst, dass du nicht widerstehen kannst uns deinen gestählten Körper zu präsentieren. Und Felicity konnte nicht widerstehen dich so zu sehen.«

Felicity stieg soeben mit grazilen Bewegungen auf den Sprungturm. Sie machte eine vollendete Figur in diesem Bikini, den sie bestimmt in der Abteilung FSK 18 gekauft hatte. Penelope Cruz war nichts gegen sie. Am Ende des Brettes warf sie Lee eine Kusshand zu, dann streckte sie sich olympiaverdächtig und sprang in einem perfekten Kopfsprung ins Wasser.

»Du hast nicht beim Kronrat gepetzt, oder?«, flüsterte ich leise.

Lee sah mich warnend an. »Natürlich nicht. Ich mag einfach keine größeren Gewässer. Du glaubst gar nicht, wie viel Überwindung mich das hier kostet.«

»Kannst du nicht schwimmen oder bist du nur wasserscheu?«

»Ich kann schon schwimmen. Aber sagen wir mal so: Wasser ist nicht mein Element.« Er stieß sich vom Beckenrand ab und tauchte neben mir unter. Als er wieder an der Wasseroberfläche ankam, klebten seine Haare am Kopf und zeigten seine hohe Stirn. Außerdem lugten seine Ohrspitzen zwischen den nassen Haaren hindurch.

»Lee! Deine Ohren!«, zischte ich und sah mich erschrocken um, ob es noch jemandem aufgefallen war.

Er zog eine Grimasse. »Das ist einer der Gründe, weshalb ich nicht gern schwimmen gehe.« Er schüttelte den Kopf und sein langes Haar verdeckte die Ohren wieder.

Felicity tauchte neben ihm im Wasser auf. »Wollen wir um die Wette schwimmen? Wer zuerst den Beckenrand erreicht?«

»Gewonnen«, sagte ich trocken und griff an den Rand, wo Lee vorhin gesessen hatte.

Felicity starrte mich verdrossen an. Lee grinste.

»Ich meinte natürlich ein Wettschwimmen bis zum *anderen* Rand«, entgegnete Felicity, ohne mich eines Blickes zu würdigen.

»Oh, na dann mal los!«, rief ich fröhlich und preschte, ihre saure Miene nicht beachtend, nach vorn.

Natürlich überholte mich Lee. Ich war keine besonders gute Schwimmerin. In Cornwall hatte ich es dank Grandpa im Meer gelernt und in London hatten wir ein Jahr lang Unterricht gehabt. Das waren alle Schwimmerfahrungen, die ich besaß. Aber es machte mir Freude.

»Da halte ich mit!«, rief Corey, der auf einmal an meiner anderen Seite vorbeizog.

»Tust du nicht!« Doch obwohl Ruby sich anstrengte, konnte sie Corey nicht einholen.

Zu unserer großen Überraschung zog schließlich Jayden zielstrebig an uns allen vorbei und erreichte den gegenüberliegenden Beckenrand als Erster. Zweiter war Corey, Lee Dritter. Felicity Stratton kam als Letzte an, mit einem Gesicht, als habe sie jemand gezwickt.

»Gratuliere, Jayden«, sagte Lee anerkennend. »Du bist echt schnell.«

»Neidisch? Oder warum wolltest du nicht mit schwimmen gehen?« Phyllis tauchte gut gelaunt neben uns auf.

»Er hatte bestimmt Hemmungen, seinen Luxuskörper zu zeigen«, sagte Nicole, die ihn andauernd anstarrte, seit er das Bad betreten hatte.

Lee lächelte träge. »Ich finde nicht, dass sich auch nur einer von euch verstecken muss.«

Ruby zwinkerte ihm vergnügt zu.

»Wo ist eigentlich Paul?«, fragte Nicole und grinste spöttisch in meine Richtung.

»O bitte. Er ist …« Ständig in meiner Nähe, hatte ich sagen wollen, aber das stimmte gerade nicht. Ich sah mich um und stutzte. Paul unterhielt sich im Wasser mit einer brünetten Schönheit. Ihr Haar war beinahe schwarz und sogar von hier aus konnte man die stechend blassblauen Augen erkennen. Augenscheinlich war sie eine von den Frauen, die es schafften, trockenen Haars ihre Bahnen zu schwimmen, und dann das Schwimmbad verließen wie andere einen Friseursalon. Diese Mähne war traumhaft schön. Ich konnte erkennen, dass Ruby, Nicole und sogar Phyllis in ihrem Badeanzug, der zwar hochgeschlossen, aber extrem elegant war, genauso dachten.

»Wer ist das?«, fragte Felicity Stratton mit gerunzelter Stirn.

»Das«, gab Lee gedehnt zur Antwort, »ist Deirdre.« Nur ich hörte seine Stimme in meinem Kopf sagen: *Und sie ist der zweite Grund, weshalb ich nicht gern in tiefere Gewässer gehe.*

In diesem Moment drehte sich Deirdre zu uns um. Mir wurde klar, was Lee meinte. Ihr Blick war sengend. Kein Wunder, dass ihre Haare so perfekt und trocken lagen. Sie war eine Nymphe.

»Hat ihr noch niemand gesagt, dass diese Karo-Rüschen-Teile

seit den Achtzigern absolut out sind?« Felicity gab sich nicht einmal Mühe, ihre Stimme zu senken.

Ich konnte genau sehen, wie betroffen sie war. Wer achtete schon auf den Bikini bei einer Frau wie Deirdre? Deren Blick wechselte von Lee zu Felicity. Sie ließ Paul mit einem entschuldigenden Lächeln stehen und schwamm zu uns.

»Hallo, Lee.« Ihre Stimme war überraschend tief und kehlig.

»Deirdre«, sagte Lee nur. Ich sah, dass er seinen Griff an der Stange verstärkte.

»Und das ist dann wohl Felicity«, sagte Deirdre und wandte sich zu Felicity Stratton.

»Ist das die Cousine, von der du mir erzählt hast, Lee? Die, die immer so anhänglich ist?«, fragte Felicity, ohne Deirdre aus den Augen zu lassen.

Lee hatte Felicity von einer Cousine erzählt und mir nicht?, durchfuhr es mich heiß.

»Das ist … eine Bekannte.« Lee war sichtlich nervös. Extrem nervös. Er strich sich über den Nacken, als würde der plötzlich jucken.

Deirdre sah Felicity an und ich war mir sicher, sie versuchte in Gedanken zu ihr zu sprechen. Es war offensichtlich, für wen Deirdre unsere Star-Club-Anführerin hielt. Ich wünschte mir zum ersten Mal, Ciarans Unterricht im Gedankenlesen hätte angeschlagen. Zu gern wüsste ich jetzt, was in den Köpfen aller Beteiligten vorging. Wenigstens Felicitys Gedanken zeichneten sich deutlich in ihrer betroffenen Miene ab. Mittlerweile war die Luft zum Schneiden dick. Ich lehnte mich zurück. Das hier war tausendmal besser als jeder Kinofilm. Jetzt fehlte nur noch Popcorn. Felicity hatte ja keine Ahnung, mit wem oder was sie sich da einließ.

»Was tust du hier, Deirdre?«, fragte Lee angespannt.

Ihr Blick hielt noch immer dem von Felicity stand, als sie antwortete. »Ich hatte Lust zu schwimmen. Ich habe dich lange nicht mehr gesehen, Lee. Du scheinst überhaupt nicht mehr schwimmen zu gehen. Nimmt dich deine Verlobte so sehr in Beschlag, dass du keine Zeit mehr für deine Freunde hast? Oder ist sie so eifersüchtig?«

Bei dem Wort *Verlobte* fielen Felicity Stratton beinahe die Augen aus dem Kopf. Auch meinen Freunden stand der Mund offen. Plötzlich ruhten aller Augen auf mir. Mit Ausnahme von Deirdres. Ihr Blick heftete sich an Lee. Das gefiel ihm überhaupt nicht. Hatte er etwa Schweißtropfen auf der Stirn?

Felicity fing sich zuerst wieder. Mit einem siegessicheren Leuchten in den Augen klammerte sie sich an Lee. »Lee, Darling, kommst du mit in die Sauna?« Anscheinend glaubte sie, Lee habe Deirdre von Heiratsabsichten erzählt. Und dass sie selbst die glückliche Braut sei.

Lee warf mir einen verzweifelten Blick zu. Ich ignorierte ihn. Ein Fehler, wie ich merkte, denn Lee zog sich mit Schwung aus dem Becken. »Ja, Felicity, lass uns in die Sauna gehen. Bis dann, Deirdre.«

Perplex sah ich ihm nach. Er wollte tatsächlich mit Felicity in die Sauna? Aber dort waren alle ... *nackt*!

»Wir sehen uns«, sagte Deirdre mit ihrer tiefen, rauchigen Stimme.

Nicht, wenn ich dich zuerst sehe, hörte ich Lee in meinem Kopf sagen. Ich biss mir auf die Lippen und sah zu Deirdre. Sie war im Begriff, uns achtlos stehenzulassen, als ein blonder Schopf auf uns zuschwamm. *Die* blonde Mähne kannte ich.

»Hallo, Mildred«, rief ich. Deirdre sah mich zum ersten Mal an.

»Hallo, Fay, ich hätte schwören können, Lee ist auch hier.«

»Er war hier. Er ist mit Felicity Stratton unterwegs in die Sauna«, erklärte Jayden.

»Sollen wir auch gehen?«, fragte Corey eifrig und wollte sich schon aus dem Wasser hieven.

Nicole machte Anstalten, ihm zu folgen.

»Untersteht euch«, fauchte Phyllis. »Ich werde ganz bestimmt nicht mit euch in eine Sauna gehen.«

»Ich auch nicht. Wie sieht's aus, Deirdre – deine Chance, Lee im Adamskleid zu sehen«, schlug ich der Nymphe vor, mein Tonfall fröhlicher, als ich mich tatsächlich fühlte.

»Wer sagt dir, dass ich ihn nicht schon so gesehen habe?« Deirdres Stimme kratzte ein wenig mehr als vorher.

Oha.

»Ist das auch eine Cousine von Lee?«

Ich musste hinsehen, um mich zu überzeugen, dass Ruby das gefragt hatte, denn sie sprach in einem rubyuntypischen harten Tonfall. Ihr Blick hing an Mildred.

»Äh …«, sagte ich, unschlüssig, wie ich Mildred tatsächlich vorstellen sollte. Sie half mir aus der Not.

»Lee und ich arbeiten manchmal zusammen. Meistens arbeite ich für seinen Vater und überbringe Lee Nachrichten. Deirdre arbeitet auch mit Lees Vater zusammen.«

Ruby betrachtete Deirdre noch immer mit halb geschlossenen Augen und verkniffenem Mund.

WENN DU NICHT WILLST, DASS ICH FELICITY ERTRÄNKE, KOMMST DU AUGENBLICKLICH HER UND HILFST MIR!

Ich hörte Lees Stimme überdeutlich, als stehe er neben mir, in mein Ohr schreiend.

»Entschuldigt mich.« Ich stemmte mich aus dem Becken. »Ich werde unseren Don Juan daran erinnern, dass ich gleich wegmuss. Er hat versprochen mich zu fahren.«

»Ach, komm schon, du willst doch nur sehen, ob seine Nase hält, was sie verspricht«, sagte Corey und spritzte mit Wasser nach mir.

Ich sah Deirdre in die Augen. »Wer sagt, dass ich das nicht schon weiß?«

Es tat *so gut,* Deirdres Mund aufklappen und einen selten dämlichen Ausdruck in diesem wunderschönen Gesicht zu sehen.

»Lee! Ich muss in einer halben Stunde im Museum sein, kannst du mich hinbringen? Du hast es versprochen!« Ich hatte meine Hand vor die Augen gelegt und stand an der Tür zur Sauna.

»Du kannst deine Augen ruhig aufmachen«, sagte Lee hinter mir. »Aber gut, dass du mich daran erinnerst. Ich komme sofort.« Lee saß im Whirlpool vor dem Sauna-Gehege. Felicity klebte an ihm wie ein Klammeräffchen. »Felicity, Süße, ich muss weg. Das hatte ich Fay versprochen.«

Er stand auf und sofort hielt ich mir wieder die Augen zu. Mir reichte noch immer, dass ich meinen Schwager Jeremy einmal gesehen hatte, als er unbekleidet aus dem Bad kam. Er hatte ganz vergessen, dass ich als Babysitter auf der Couch schlief, und sich – wie Gott ihn geschaffen hatte – neben mich gesetzt, um den Fernseher anzuschalten. Der Schock meines Lebens. Nur übertroffen von Mums Eröffnung, dass sie mit meinem Studiengeld ihre Schulden beim Finanzamt bezahlt hatte.

»Ich habe meine Badehose an«, sagte er trocken und ich nahm meine Hand wieder runter.

Ich blinzelte ihn unschuldig an. »Woher soll ich das wissen? Felicity hat ja ihr Oberteil verloren. Bestimmt im harten Strudel des Whirlpools.«

Es lag am Beckenrand. Sie griff mit funkelndem Blick danach. Wir sahen ihr nicht mehr beim Ankleiden zu, sondern gingen zu den Duschen.

»Danke. Ich schulde dir ein Essen«, raunte er mir zu und berührte gedankenverloren meine Schulter. Im selben Moment durchzuckte es uns beide schmerzhaft. Erschrocken sprang ich zur Seite und rieb mit geschlossenen Augen die schmerzende Stelle.

Als ich die Augen aufschlug, befanden wir uns mitten im Wald. Direkt vor uns stand ein Mann und der zielte mit einem gespannten Bogen auf uns.

REISE IN DIE VERGANGENHEIT

Er rief uns etwas zu.

Ich war so perplex, ich verstand kein Wort. »Hä?«, machte ich unbedacht.

Sofort wurde die Sehne noch weiter gespannt. Lee schob mich hinter seinen breiten Rücken. Wieder zuckte es, als er meine Haut berührte, und er ließ mich los, sobald er mich verdeckte.

Ich lugte an ihm vorbei. Der Mann trug eine zerschlissene grüne Tunika über ein paar braunen, engen Hosen und spitze Schuhe. Die Tunika war eher ein Überwurf, ganz anders als die weißen Tuniken, die ich im alten Rom gesehen hatte. Das hier war nicht Rom. Dafür war es zu kalt. Nichtsdestotrotz war der Wald ringsum grün und üppig. Ich tippte auf Spätsommer. Der Mann wiederholte seinen Ruf. Lauter und eindringlicher. Aber ich verstand trotzdem kein Wort. Er sprach kein Englisch. »Was sagt er?«, raunte ich Lee leise zu.

»Ich vermute, dass wir in der Klemme sitzen«, raunte Lee zurück. Er hob langsam beide Arme mit den Handflächen nach vorn.

Jetzt wurde mir richtig mulmig. »Lee?« Meine Stimme klang ein wenig schrill. »Kannst du uns zurückbeamen? Wir stehen halb nackt vor einem bewaffneten Mann. Ich fühle mich etwas unwohl.«

»Das tut mir leid«, sagte Lee trocken. »Aber nein, anscheinend gibt es hier etwas zu erledigen. Solange das nicht erfolgt ist, kann ich uns nicht zurück*beamen*.«

»Lee, der versteht uns nicht! Sagtest du nicht, das wären immer die Bösen? Die Guten könnten wir verstehen? Ich habe nur einen Badeanzug an! Gibt es hier wilde Tiere, die Angst riechen können? Hoffentlich haben die anderen nicht gesehen, wie wir uns in Luft aufgelöst haben. Was würde Paul sonst denken?«

Lee wandte nur leicht den Kopf, um mir einen Blick zuzuwerfen. Ich verstand. Wenn ich nicht augenblicklich die Klappe hielt, würde er mich ohrfeigen, damit ich nicht hysterisch wurde.

Doch ich hatte Angst. Lee stand zwar schützend vor mir, aber ich hatte ihn auch schon retten müssen. Er war nicht gänzlich unverwundbar. Und mir war *kalt*! »Hält Elfenhaut einem Pfeil stand?«, fragte ich leise.

»Nein«, raunte er zurück und nahm mir meine letzte Hoffnung.

Lee hatte noch nicht zu Ende gesprochen, als der Bogenschütze Gesellschaft von fünf Männern bekam. Man musterte uns mit sehr anzüglichen Blicken – und wahrscheinlich auch Worten, nur verstand ich die nicht – und fesselte uns die Hände. Dann begann ein Marsch, der mir ewig lang vorkam. Ich sah, wie sich das Licht der Sonne zwischen den dichten Baumkronen immer weiter senkte. Als ich die Sonne irgendwann im Ganzen durch die hohen Baumstämme erkennen konnte, stand sie schon recht tief und wir befanden uns unmittelbar vor einer mittelalterlichen Stadt.

Schon von weitem fiel auf, dass sie fortschrittlicher war als

Aachen im achten Jahrhundert. Die Stadtmauer war aus massiven Steinblöcken mit Zinnen statt Holzpfählen und Lehmbindung.

Als ich versuchte Lee zu fragen, wo wir uns befanden und welches Jahrhundert das war, verabreichte mir einer der Männer eine klatschende Ohrfeige. Meine Wange brannte – genau wie mein Stolz. Lee machte schon Anstalten, den Schläger anzurempeln, wurde jedoch schnell eines Besseren belehrt: Keine Sekunde lang nahmen die Männer ihre gespannten Bogen herunter. Sie richteten sie allesamt auf Lee und er blieb stocksteif stehen.

Danach redeten wir nicht mehr laut miteinander. Aber ich konnte Lees Stimme in meinen Gedanken hören. Das zeigte mir, wie aufgebracht er war. *Ich kann die Männer auch nicht verstehen,* hörte ich ihn sagen. Meine Befürchtung war damit bestätigt. In Germanien hatte mir Lee erklärt, bei einem Zeitsprung könne man die Nationalität verstehen, die einem wohlgesinnt war. Das sei Bestandteil der Elfenmagie.

Das hieß im Klartext: Der Feind hatte uns gefangen.

Erst als wir die Stadt betraten, senkten die Männer ihre Waffen. Trotz der Bewegung war mir inzwischen bitterkalt. Ich konnte nicht verhindern, dass meine Zähne klapperten wie bei einem Skelett in der Geisterbahn. Auch wenn es Sommer war, überschritten die Temperaturen keinesfalls neunzehn Grad. Außerdem musste es vor kurzem geregnet haben. Im Wald hatte es noch hie und da getropft und der Weg war äußerst matschig gewesen – ganz abgesehen von einigen Schlammlöchern und Viehdung in der Fahrspur.

Kaum hatten wir die Stadtmauer durchquert, kamen viele Menschen und Kinder angerannt und beäugten uns mit offenen Mündern. Sie trugen alle Gewänder, die sie beinahe vollständig verhüllten. Nur Lee und ich waren fast nackt. Ich wusste nicht mehr, wohin ich schauen sollte. Es war einfach schrecklich peinlich und ich wünschte mir mehr denn je das berühmte Loch. Ich würde jetzt, freiwillig und ohne zu zögern, hineinspringen. Immer mehr Menschen kamen zusammen. Unsere Ankunft schien sich schneller zu verbreiten als eine Botschaft bei Facebook. Die Wachen schnallten ihre Bogen auf den Rücken. Kein Wunder. Inmitten dieser Menschenmenge war eine Flucht unmöglich.

Rufe erschollen. In dieser fremdartigen Sprache. Und dann hörte ich: »Himmel, wie sehen die aus?«, und »Was trägt die da?« Erstaunt sah ich auf. Wieso waren Menschen darunter, die ich verstand? Ich blickte mich suchend um, in der Hoffnung, Ciaran oder einen anderen bekannten Elf in der Menge zu entdecken.

Und dann sah ich ihn. Ich wusste genau, dass ich ihn schon einmal gesehen hatte. Und ich wusste auch genau, wo. Er hatte bei meiner ersten Joggingrunde mit Lee und Jayden wie eine Erscheinung am Albert Memorial im Hyde Park gestanden. Gott, war das schon lange her. Da hatte ich Lee noch kaum gekannt.

Dieses Mal befand sich der Mann zwischen all den anderen Menschen in der Menge. Woran ich ihn nach über einem Dreivierteljahr erkannte? An seinem Augenzwinkern. Er sah mir in die Augen und zwinkerte genauso frech wie damals im Hyde Park.

Ich starrte ihn an. Aus Versehen hatte ich wohl einen Schritt zur Seite gemacht. Ich taumelte gegen Lee und der Stromschlag, der uns beide durchzuckte, war sehr schmerzhaft. Ein Raunen ging durch die Menge und ich vermutete, dass Lee und ich wieder mal Funken geschlagen hatten.

Der Augenblick der Ablenkung hatte allerdings gereicht: Der Mann war schon wieder wie vom Erdboden verschwunden. Warum konnte ich nicht genauso verschwinden? Er hatte zumindest warme Kleidung getragen. Wenn auch eine ungewöhnliche, wie mir jetzt wieder einfiel. Nicht so zerlumpt und in kräftigeren Farben. Außerdem war der Schnitt anders gewesen. Ob moderner oder altmodischer, wusste ich nicht mehr zu sagen.

In diesem Moment wurde ich an der Schulter getroffen.

»Au!«, rief ich erschrocken und sah entsetzt etwas Grünes, Schleimiges daran kleben. Es roch auch ekelhaft. War das fauler Kohl? Bewarfen die mich etwa mit verdorbenem Gemüse?! »Igitt!«, rief ich und sprang zu dem Wachmann, der neben mir ging. »Mach das weg.« Ich rieb meine Schulter an ihm. Er schubste mich angeekelt von sich und ich stolperte wieder gegen Lee. Erneut schlug ein Funken. Dieses Mal konnte auch ich ihn sehen. Die Menge machte ein erstauntes »Oh« und Lee handelte endlich.

Ich wusste nicht, wie, aber in der nächsten Sekunde hatte er seine Hände von den Fesseln befreit und ich hing kopfüber auf seiner Schulter. Die einzelnen Menschen um uns herum verwandelten sich in ein flirrendes Bild. Wenige Momente später veränderte sich das Bild in Grün- und Brauntöne und ich wusste, wir waren wieder im Wald.

Erst nach einer halben Ewigkeit, in der mir hundeübel wurde, weil mein Magen unliebsame Bekanntschaft mit Lees spitzer Schulter machte, hielt er an und ließ mich herunter. Wir waren auf einer Lichtung angekommen. Lee hatte mich auf einen umgestürzten Megalithen gesetzt, aber ich stand sofort auf, torkelte zu einem Gebüsch und übergab mich.

»Oh, tut mir leid, Fay.«

Lee war hinter mich getreten und ich hörte seine mitleidige Stimme. Ich winkte ab. Für eine geglückte Flucht nahm ich gern ein bisschen Übelkeit in Kauf. »L-l-lass nur«, stöhnte ich und brachte ein wenig Abstand zwischen mich und meinen Mageninhalt. »Du hast uns g-g-gerettet. Warum hast du d-d-das nicht schon früher getan, ehe w-w-wir uns vor all diesen Menschen ha-ha-halb nackt präsentieren mussten?«

»Weil die Männer die Bogen ständig wachsam gespannt hielten«, erklärte er entschuldigend. »Ich hatte Angst, ein Pfeil könnte dich treffen. Erst als sie die Waffen wegpackten, konnte ich den Fluchtversuch wagen. Ich bin leider nicht so schnell wie ein Pfeil.«

Das bezweifelte ich. Allerdings sah er zum ersten Mal aus, als wäre er ein wenig außer Puste.

Lee las den Gedanken in meinen Augen und grinste schwach. »Ich bin noch nie zuvor so schnell gerannt«, erklärte er. »Normalerweise ist Eamon der Schnellste von uns dreien. Du verleitest mich zu neuen Höchstleistungen.«

»F-f-freut mich.« Sarkasmus wirkte nicht, wenn man stotterte, stellte ich bitter fest. »Können wir eine Pfütze s-s-suchen und Mildred rufen? Mir ist k-k-kalt.«

Lee zog eine Grimasse. »Muss das sein?«

Ich schlotterte mittlerweile. Der »Fahrtwind« hatte nicht dazu beigetragen, dass mir wärmer wurde.

»Weißt du, Mildred wird wahrscheinlich nicht kommen, eher ...«

Er wollte noch nicht mal Deirdres Namen aussprechen. Wie gefährlich konnte uns diese Nymphe schon werden?

Lees Blick verfinsterte sich. »Nicht unbedingt gefährlich. Sie ist meine ganz persönliche Stalkerin. Jetzt, wo sie mich noch mal im Wasser gehabt hat, wird sie dafür sorgen, dass Mildred ständig für jemand anderen unterwegs ist, damit sie sich um mich kümmern kann.«

Ob er wusste, wonach das klang?

»Ja. Und genau das will Deirdre. Wir finden auch ohne Nymphe heraus, was hier zu tun ist.«

»M-m-mir ist schnuppe, w-w-was wir hier t-t-tun sollen. I-i-ich will W-W-Wollunterhosen.«

Lee grinste und hob eine Augenbraue. »Die sind aber nicht sehr sexy. Haben wir etwa schon dieses Stadium einer Beziehung erreicht?«

Am liebsten hätte ich ihm sein süffisantes Grinsen aus dem Gesicht gewischt. Leider war mir so kalt, dass ich nicht mal meine Zunge herausstrecken konnte. Zudem musste ich befürchten sie bei diesem Zähneklappern abzubeißen.

»Schon gut, ich werde sehen, was sich machen lässt.«

Aber er konnte überhaupt nichts mehr tun, denn aus den Hecken hinter uns traten fünf Männer, vier davon mit auf uns gerichteten gespannten Bogen. Nur einer von ihnen hielt ein Schwert.

»N-n-nicht schon w-w-wieder«, stöhnte ich.

»Da wurde uns nicht zu viel versprochen«, sagte der Mann mit dem Schwert. »Will, hast du jemals zuvor eine Frau in Unterwäsche gesehen? Willkommen im Sherwood Forest, meine Schöne.«

Dieses Mal verstand ich genau, was er sagte. Leider.

WILLKOMMEN IM SHERWOOD FOREST

Die Männer hatten uns zu einem kleinen Weiler im Wald geführt. Die Hütten machten eher den Eindruck, als seien sie ein Provisorium und nicht für den Winter geeignet. In der Mitte des Weilers war ein Feuer, um das ein paar Menschen saßen.

»Le-Le-Lee«, raunte ich mit großen Augen. »K-k-kann es sein, d-d-dass wir von R-R-Robin Hood g-g-gefangen g-g-genommen wurden?«

Lee schüttelte leicht den Kopf. »Das bezweifle ich. Robin Hood ist ein Mythos. Irgendwo habe ich mal gehört, ein Graf hätte sich dieses Pseudonym zugelegt, damit er nicht von Wegelagerern belästigt wird.«

»Oh.« Schade. Das wäre wenigstens ein kleines Highlight auf diesem Trip gewesen. Die Bekanntschaft mit dem echten Robin Hood!

Die Männer am Feuer sahen uns erstaunt an.

»Was ist mit denen? Was wollen die hier?«, rief einer.

»Sind die auch geächtet worden?«

»Wir haben sie im Wald gefunden. Bei dem Wetzstein in der Nähe vom alten Sammelplatz, dem Thynghowe.«

Jetzt wandelten sich alle Blicke von amüsiert zu wachsam.

»Elfen«, murmelte jemand.

Ich starrte ihn an. Es war ein kleiner alter Mann mit zotteligem Bart und braunen Knopfaugen, die starr ins Feuer blickten, als würde er einen Blickwechsel mit Lee und mir vermeiden wollen.

»Red keinen Unsinn, Much. Elfen gibt es nicht. Das sind bloß die Geschichten von alten Ammen.«

»Schön wär's«, murmelte ich und handelte mir einen tadelnden Blick von Lee ein.

Der kleine Mann, Much, sah mich an, sagte aber zu dem Anführer: »Druiden gehören auch zu diesen Geschichten und die haben tatsächlich existiert. Oder willst du den Thynghowe in Frage stellen? Es ist erwiesen, dass sie dort regelmäßig Rituale abgehalten haben.«

»Nein, den Thynghowe stelle ich nicht in Frage.« Der Mann mit dem Schwert verlor die Geduld. »Was ich jetzt in diese Runde hier frage, lautet: Was machen wir mit den beiden?«

»Bring sie um. Sonst müssen wir das wenige, das wir haben, auch noch mit ihnen teilen. Und wer weiß, wann der nächste Händler durch den Sherwood Forest reist. Wir kommen ja so schon kaum über die Runden.«

Ich starrte den jungen Burschen, der das so eiskalt von sich gegeben hatte, groß an. Er war mit Sicherheit so alt wie ich. Wenn nicht noch ein oder zwei Jahre jünger. »W-w-weil ihr so viel an die a-a-armen L-L-Leute verteilt? Wir s-s-sind auch arm. Wir haben nicht mal m-m-mehr Kleider!«, rief ich hoffnungsvoll.

Lautes Gelächter brandete auf.

»Das macht überhaupt nichts bei dem Anblick, meine Schöne. Du bist wenigstens nicht so knochig wie die meisten Frauen«, sagte einer, dessen Gesicht aussah wie eine vertrocknete Pflaume. Sogar ein wenig bläulich war es.

»Aber mir ist k-k-kalt!«

Der Mann mit dem Schwert wandte sich an den jungen Burschen: »Besorg ihr was zum Anziehen. Dem Kerl auch. Bevor sein Anblick Neid bei euch hervorruft.«

»Wenigstens denen fällt das auf«, murmelte Lee sarkastisch. »Du reagierst ja nie darauf.«

Ich starrte Lee fassungslos an. War das seine einzige Sorge im Moment?

»Findest du mich überhaupt nicht attraktiv?«

Zum Glück ersparte mir der junge Bursche eine Antwort, indem er mir ein Bündel Stoff zuwarf. Mit steifen Fingern streifte ich mir den Kittel über. Er war nicht wirklich warm, aber zumindest schicklicher als mein Badeanzug.

»Wir haben leider keine Schuhe.« Der Anführer sah mitleidig auf meine nackten, schmutzigen Füße.

Ich wollte so bald wie möglich einen Tümpel finden und dann würde ich Mildred rufen. Lees Stalkerin hin oder her. Es gab mit Sicherheit noch mehr Verflossene als Deirdre. Immerhin ertrug ich auch fast täglich Felicity Stratton. Wie schlimm konnte eine Nymphe dann werden?

»Und zu essen haben wir auch nichts«, rief hinter ihm ein Mann mit schwerem, zotteligem Bart. Er hatte eine gewisse Ähnlichkeit mit diesem durchgeknallten Typen aus Hangover.

Ich wäre überglücklich, wenn ich gleich in einem billigen Hotelzimmer in Las Vegas aufwachen würde. Ein Tiger im Bad konnte nicht so unangenehm sein wie ein paar Tage mit diesen Typen im Wald – ohne fließendes Wasser. Diese Erfahrung hatte ich schon einmal gemacht. Wenn auch in einem anderen Jahrhundert.

»Das reicht«, sagte Lee. Er war in ein paar Hosen geschlüpft und stülpte sich nun einen Kittel über. Die Hosen reichten ihm nur bis zum Knie, der Kittel allerdings …

Ich konnte nicht anders. Ich musste grinsen.

Der Kittel verdeckte gerade die obere Hälfte seiner Brust und sah aus wie ein mittelalterlicher BH. Lee überragte die Menschen hier um zwei Köpfe. Sogar ich war größer als die meisten.

Auch die Männer lachten.

Ihr Anführer musterte Lee wohlwollend. »Ich glaube, du könntest uns ganz nützlich sein. Sofern du dich leise zu bewegen weißt.« Sein Blick glitt zu mir in dem löchrigen Teil. »Deine Frau allerdings … das könnte Schwierigkeiten geben.«

»Keine Bange. Ich bin nicht seine Frau«, erklärte ich schnell.

Sofort sahen mich wieder alle an.

»Halt. Den. Mund!«, hörte ich Lees Stimme in meinen Gedanken.

»Ich bin seine Schwester«, versuchte ich die Situation zu retten. Ich sah die misstrauischen Gesichter. Natürlich glaubten sie mir nicht. Ich sah Lee überhaupt nicht ähnlich.

»Nun gut, Schwester des Riesen, habt ihr auch Namen?« Zumindest der Anführer schien sich zu amüsieren. Seine goldbraunen Augen blitzten belustigt.

»Das ist Robin Hood und ich bin Maid Marian. Und wer seid ihr?«, sagte ich.

»Wir sind die fröhlichen Gesellen des Waldes«, rief uns ein anderer vom Feuer aus zu.

Alle lachten schallend.

Der Anführer grinste. »Mein Name ist Robert Smith. Und du, Schwester von Robin, darfst mich der Einfachheit halber Rob nennen.« Er machte einen Schritt auf mich zu und strich mir sanft über die Wange.

Lee neben mir versteifte sich. »Finger weg.«

Roberts Augen wanderten zu Lee und das Grinsen wurde breiter. »So viel zu deiner *Schwester*. Ich sag dir eines, mein Freund.« Er trat einen Schritt näher an Lee heran und sein Gesicht und Tonfall wurden ernst. »Lüg mich nie wieder an. Lügner und Betrüger haben keinen Platz unter uns.«

Lee blieb ungerührt und sah mit seiner arrogantesten Miene auf ihn herab. »Unter Dieben und Geächteten?«

Robert blinzelte einen Moment. »Falls wir dir nicht gut genug sind, bitte, es steht dir frei zu gehen.«

Es war mucksmäuschenstill und alle zogen mit einer unmissverständlich drohenden Bewegung ihre Waffen. Das einzige andere Geräusch war das Singen der Vögel.

Mir wurde klar, sobald wir versuchten zu gehen, würden sie uns umbringen. »Rob, hättet ihr was zu trinken? Ich sterbe vor Durst. Und gibt es in der Nähe einen Bach oder Teich oder so was, wo ich mich ein wenig frisch machen könnte?«

Einen Moment lang geschah nichts.

Dann endlich sagte der Anführer zu mir: »Komm mit.«

Mit einem letzten Blick auf Lee ging er voraus.

Ich drehte mich ebenfalls kurz zu Lee um. *Beherrsch dich!*, dachte ich mit eindringlichem Blick.

Lee kniff den Mund zusammen.

Robert führte mich zu einer Stelle, von wo man das Lager nicht mehr sehen konnte. Ein kleiner Bach plätscherte zwischen dichten Weiden, aber es roch recht unangenehm. Robert blieb in einiger Entfernung stehen und ich verstand, was für ein Platz das hier war. Hier wimmelte es vor fäkalen Tretminen.

»Ich wollte mich wirklich waschen«, erklärte ich ihm und achtete jetzt ganz besonders auf den Boden.

»Oh! Na dann, komm mit.« Er ging den Bachlauf entlang und blieb erst nach einer ganzen Weile stehen. Hier hatte sich das Wasser zu einem kleinen Weiher angesammelt. »Wenn du dich richtig waschen möchtest, lass ich dich ein wenig allein und besorg dir was anderes zum Anziehen. Sei nur vorsichtig. In der Mitte kann man nicht mehr stehen.«

»Ich kann schwimmen«, erklärte ich ihm und zog den groben Kittel mit einer einzigen Bewegung über den Kopf.

»Prüde bist du ja nicht gerade«, meinte Robert und grinste wieder.

»Ich habe doch einen Badeanzug an«, erklärte ich ihm.

Er lachte und ließ mich allein.

Ich ging in den See, der gar nicht mal so kalt war. Kaum dass ich mir sicher sein konnte alleine zu sein, klatschte ich auf die Wasseroberfläche. »Mildred? Mildred!« Sie erschien nicht. Ich ging weiter in den See und wie schon angekündigt war nach wenigen Metern kein Boden mehr unter meinen Füßen zu spüren. Ich schwamm ein paar Züge, als neben mir ein Schatten auftauchte.

Ein brünetter Kopf mit leuchtend grünen Augen kam aus den Tiefen empor. Natürlich perfekt frisiert, bereit für den roten Teppich.

Die einzige Genugtuung, die mir vergönnt war, waren Deirdres große Augen, als sie mich sah. »Ich habe mich wohl geirrt«, sagte sie mit ihrer tiefen, kehligen Stimme.

»Du bist nicht Mildred«, stellte ich überflüssigerweise klar.

»Und du bist mir im Weg.« Auf einmal war die Stimme überhaupt nicht mehr rauchig und lockend, sondern eher scharf wie eine Rasierklinge. Genauso schnell war der brünette Kopf auch unter Wasser verschwunden.

Im nächsten Moment wurden meine Beine umfasst und ich unter Wasser gezogen. Ich versuchte zu treten und schlug um mich. Umsonst. Meine Beine waren fest, als steckten sie in einem Schraubstock. Dieser dämliche Tümpel war wesentlich tiefer, als ich es für möglich gehalten hatte. Das Licht über mir verblasste immer mehr. Ich wollte strampeln, meine Lungen schrien nach Luft und schmerzten. Meine Beine waren wie in Ketten gelegt. Ketten, an denen ein hundert Kilo schweres Gewicht hing, das mich unweigerlich in die Tiefe zog. Um mich herum wurde es immer dunkler. Ich konnte nicht länger die Luft anhalten. Mein Atem entströmte meinem Mund in großen, dicken Blasen. Ich sah sie wie in Zeitlupe zur Wasseroberfläche steigen. Dorthin, wo das Sonnenlicht nur noch schwach schimmerte.

Mit einem Mal kam das Licht wieder näher. Meine Beine steckten zwar noch immer in diesem Schraubstock, aber ich wurde nicht mehr nach unten gezogen – im Gegenteil. Ich wurde nach oben katapultiert. Mit einem Ruck durchbrach ich die Wasseroberfläche. Ich hatte einen riesigen Schwall Wasser im Mund und spuckte ihn in hohem Bogen aus.

Es zuckte kurz, als mich jemand von hinten umfasste und zum Ufer brachte. Den elektrischen Impuls löste bei mir in der Regel nur einer aus. Oder besser gesagt: zwei. Und der Zweite hielt mich im Arm.

»Himmel, Felicity, du bist die naivste Person, die mir je begegnet ist.« Eamon beugte sich über mich. Sein besorgter Blick stand im Gegensatz zu seinen harschen Worten. »Wieso, zum Teufel, gehst du in ein fremdes Gewässer? Kannst du nicht ein einziges Mal das tun, was man von dir erwartet?«

Ich starrte ihn an. »Was tust du hier? Ich dachte, du kannst die Anderwelt nicht so oft verlassen!«

»Wir haben in jeder Zeit ein Auge auf dich. Schon vergessen?« Er deutete auf den Baum gegenüber dem Teich. Dort saßen zwei Raben.

Ja, die hatte ich tatsächlich vergessen. Ich würde wohl niemals irgendwo nackt schwimmen gehen können. Nicht dass ich es je vorgehabt hätte, aber der Gedanke, dass der Kronrat der Elfen vor einer Art Überwachungsmonitor sitzt und mir dabei zusieht (womöglich mit Popcorn), würde mich auch künftig von allen Aktivitäten in dieser Richtung abhalten. Diese beiden Raben waren augenscheinlich besser als jede fest montierte Kamera. In diesem Moment war ich allerdings dankbar dafür. »Was erwartet man denn von mir?«, fragte ich. Mein Hals kratzte noch unangenehm und peinlicherweise rülpste ich leicht beim Sprechen.

Eamon setzte sich zurück und half mir auf. Die Bewegung brachte meinen ohnehin angeschlagenen Magen zum Wirbeln. Schnell drehte ich mich zur Seite und spuckte weiteres Wasser aus.

Eamon seufzte. »Keine Ahnung. Was Mädchen halt sonst so tun.«

»Abwarten und Strümpfe stricken, bis jemand sich bequemt uns mitzuteilen, was in der Welt vor sich geht?« Ich krümmte mich zusammen. Bauchschmerzen setzten ein.

Erst jetzt sah ich Deirdre. Sie schwebte im Wasser vor uns.

Ihre Miene war nicht zu deuten. Ich starrte sie wütend an. Sie hatte mich ertränken wollen! Wegen Lee? Deirdre hob nur eine Augenbraue.

»Komm, ich helfe dir«, sagte Eamon unvermittelt und nahm mein Kinn sanft in eine Hand, um es zu ihm zu wenden.

Es zuckte nur noch leicht. Ich schloss die Augen und roch wieder die Zitronenmelisse und Maggi ... Liebstöckel! Das war es, wonach Eamon roch. Ein paar Atemzüge später fühlte ich mich wieder fit. Ich öffnete die Augen und lächelte Eamon an. Mein Danke blieb mir im Hals stecken, als ich Lee hinter ihm stehen sah.

»Hallo, Cousin«, sagte Eamon, obwohl er noch immer mir ins Gesicht blickte.

»Hallo, Eamon«, sagte Lee und kam näher. »Was tust du hier?«, wiederholte er meine Frage. Deirdre war etwas näher gekommen. Lee ignorierte sie.

»Ich habe gerade unserer Prophezeiten das Leben gerettet. Wo warst du?«

Lee sah zu Deirdre, die jetzt ein wenig im Wasser wippte, fast als wäre sie aufgeregt und würde von einem Bein aufs andere treten. »Vielleicht bist du gar nicht verlobt, Lee.« Auf einmal war ihre Stimme wieder rau und schmachtend. »Bei Eamon gibt es wohl ebenfalls eine Verbindung. Beide haben gezuckt, als sie sich berührten.«

Lee schluckte. »Du fühlst es auch?« Die Frage war nicht an mich gerichtet. Eamon nickte. Lee schien alles andere als glücklich darüber. »Wieso?«, fragte er.

Eamon zuckte die Schultern. »Ich habe nur eine Vermutung. Du weißt, dass es niemanden gibt, der uns Genaues darüber sagen kann.«

»Wovon sprecht ihr?«, warf ich ein.

»Das Buch der Prophezeiung war immer äußerst vage, was den Gefährten anging«, sagte Eamon an Lee gewandt, ohne meinen Einwurf zu beachten.

»Sprecht ihr von dem elektrischen Impuls? Was genau hat es damit auf sich?«, fragte ich hellhörig.

»Es wurde nur vorhergesagt, ein illegitimer Sohn aus dem Königshaus wäre der Begleiter der Auserwählten. Daher ging man stets von dir aus«, fuhr Eamon ungerührt fort.

Ich sah von Eamon zu Lee und wieder zurück. Gefährte. Königshaus. Illegitim.

Lee schaute Eamon lange an und sagte dann: »Nivaine ...«

Ich konnte genau erkennen, wie schmerzhaft der Name für Eamon war. »Wer ist Nivaine?«, fragte ich vorsichtig, obwohl ich die Antwort ahnte.

»Zumindest spüre ich das Gleiche wie du, wenn ich sie berühre«, sagte Eamon. »Das wirft ein paar Fragen auf.«

»Die SIE gern beantwortet hätte«, sagte ich und fasste beide gleichzeitig am Unterarm an. Der Stromschlag warf uns alle drei zurück. Jetzt hatte ich ihre Aufmerksamkeit. Sie funkelten mich wütend an.

Aus den Augenwinkeln sah ich Deirdres große Augen. Sogar ihr Mund stand offen.

Eamon schien es auch zu registrieren und wandte sich zu ihr um. »Wenn du irgendjemandem ein Wort hiervon erzählen solltest, werde ich dafür sorgen, dass nur noch drei Nymphen für uns tätig sind.«

Deirdre wurde bleich. Es machte leise *Plitsch* und sie war verschwunden.

Eamons Worte durfte man nicht auf die leichte Schulter nehmen. Seine Autorität war im Moment wieder so groß, dass ich nicht wenig Respekt vor ihm hatte. Sogar Lee wirkte eingeschüchtert.

»Jetzt zu dir.« Eamon drehte sich zu mir um und ich wich vor seinem stechenden Blick zurück. »Ich will nie wieder einen solchen Schlag von dir erhalten, haben wir uns verstanden? Du hast anscheinend schon herausgefunden, wann der elektrische Schlag besonders stark ist. Also probier das nie wieder an mir aus.«

Ich nickte verwirrt.

»Dann wäre das geklärt. Nun zu deiner Frage: Normalerweise spürt man diesen Impuls nur bei Personen, die mit einem verbunden sind. Inwieweit du und ich verbunden sind, ist fraglich.« Er hob den Kopf und horchte. »Der Räuberhauptmann ist wieder hierher unterwegs. Ich muss gehen.«

»Nur eins noch!«, hielt Lee ihn zurück. »In welchem Jahr befinden wir uns und gibt es einen Hinweis auf die Aufgabe?«

»Ihr seid im Jahr 1193. Ich weiß nicht, worum es geht. Für diesen Auftrag bin ich nicht zuständig.«

»Weshalb bist du dann hierhergekommen?«, fragte ich Eamon. »Nur um mich zu retten?«

Aber fort war er. Im einen Augenblick stand er uns noch gegenüber, im nächsten war er verschwunden. Er hatte sich buchstäblich in Luft aufgelöst.

»Äh, nicht ganz«, sagte Lee. »Sieh mal da.« Er deutete auf eine grüne Libelle, die auf der anderen Seite des Weihers gerade ins Wasser tauchte.

Eine tauchende Libelle?

»Das war keine Libelle. Eamon ist ein richtiger Elf. Er kann fliegen.«

»Und tauchen, wie es scheint.« Also würde ich nicht so schnell erfahren, was Eamon hier eigentlich zu schaffen hatte. Interessanter war aber doch eigentlich, warum Lee und ich jetzt schon zum zweiten Mal gemeinsam auf eine Mission geschickt wurden. War ich jetzt auch eine Agentin? Eine Art Bond-Girl?

Lee las meine Gedanken an den Augen ab und grinste. »Keine Ahnung«, sagte er und sein Blick glitt wohlwollend an mir auf und ab. »Aber du machst auf jeden Fall eine gute Figur als Bond-Girl.« Er zwinkerte mir zu.

Meine Wangen begannen zu glühen.

»Ich warne euch, ihr beiden«, sagte hinter uns die Stimme von Robert, dem Anführer der Rebellen. »Wenn ihr anfangt rumzumachen, müsst ihr gehen.«

Ich warf Lee einen Blick zu. Er wirkte genauso ertappt, wie ich mich fühlte. Dabei hatten wir nicht einmal *rumgemacht.*

Robert hatte mir ein paar wärmere Kleider gebracht. Leider immer noch nichts für meine Füße. »Beim nächsten Überfall bekommst du ein paar Schuhe«, versprach er mir.

So richtig beruhigt war ich dadurch nicht.

Zwei Stunden später war mir egal, woher die Schuhe kommen sollten. Hauptsache, meine Füße wurden wieder warm. Ich hielt sie so nah wie möglich ans Feuer.

Müßiggang oder Lagerfeuerromantik gab es hier allerdings nicht. Jeder hatte was zu tun oder bekam eine Aufgabe zugeteilt. Da ich hier die einzige Frau war, sollte ich kochen. Die Männer legten mir ein paar Möhren, Zwiebeln und zwei tote Hasen hin.

»Was soll ich damit?«, fragte ich den Rothaarigen mit schulterlangen, strähnigen Haaren.

»Kochen«, sagte er langsam, als wäre ich taub und müsse von seinen Lippen ablesen.

»Schon klar. Aber wie? Ich habe noch nie einen Hasen gekocht.«

Er sah mich neugierig an und sein Tonfall änderte sich. »Und ich dachte, du wärst nicht ganz dicht. Vorhin das Gestottere und dann diese Frage ...«

»Vielen Dank«, entgegnete ich trocken. »Also, weißt du, wie man so was zubereitet?«

Er grinste, zog ein Messer aus seinem Gürtel und begann zu meinem Entsetzen das eine Tier aufzuschneiden.

Davon würde ich keinen Bissen zu mir nehmen.

»Kommst du aus Sheffield oder Nottingham?«, fragte er, während er das Fell langsam abzog.

»Ich bin aus London«, sagte ich und roch an ein paar Kräutern, die der Tierfeind mir soeben hingelegt hatte. »Sind die giftig?«, fragte ich ihn.

Er sah mich nur an und ging wieder.

»Nein«, erklärte der Rothaarige. »Das ist Wieseknopf, Liebstöckel, Petersilie und Dragun. Ich glaube, ich koche besser.«

Beschämt roch ich erneut an den Kräutern. »Bitte, lass es mich versuchen. Habt ihr Salz?«

Er schüttelte den Kopf.

Dann musste der Liebstöckel reichen.

Der Rothaarige half mir den Kessel über dem Feuer richtig zu positionieren und das Feuer zu entfachen. »Ich heiße John«, sagte er schließlich.

»Felicity.« Wir lächelten uns an.

»Ich dachte, du heißt *Marian*«, warf er mir vor.

»Da kannte ich euch ja noch nicht.«

John grinste. »Dafür, dass ich dachte, du wärst blöd, bist du ganz schön schlagfertig.«

»Ein Händlerzug ist noch ungefähr vier Meilen entfernt«, rief Robert auf einmal. »Wir werden sie an der Eiche überfallen. Alles wie gehabt. Robin, kannst du mit Pfeil und Bogen umgehen? Oder ist dir ein Schwert lieber?«

»Pfeil und Bogen sind in Ordnung«, erklärte Lee zu meiner Überraschung.

»Hier.« Er bekam die Waffen zugeworfen.

Lee fing sie mit geübtem Griff auf und prüfte die Spannung der Sehne. Ich sah ihm neugierig zu. Was mochte er noch können, von dem ich nichts wusste?

»Du bleibst mit Much hier. Sieh zu, dass so viel wie möglich zu essen da ist, wenn wir wiederkommen«, sagte Robert zu mir. »Bekanntlich ist danach der Hunger groß.«

Ein anzügliches Lachen erschallte, dann machten sich die Ersten auf den Weg.

Lee kam noch einmal auf mich zu. »Pass auf dich auf, während ich weg bin, ja? Kein Baden im Teich, keine Ausflüge in den Wald.«

Ich nickte. »Und du? Kann dir nichts passieren?«

Lee zog einen Mundwinkel höher als den anderen. »Unverwundbar bin ich nicht. Aber ich bin schnell.«

Ehe ich es begriff, hatte er mir einen Kuss auf die Wange gehaucht. »Ich besorge dir ein paar Schuhe und Strümpfe.« Dann folgte er den anderen.

Und die Warterei begann.

Much sprach nicht. Der alte Mann hatte sich auf einen Holzklotz am Eingang einer Hütte gesetzt und beäugte aus der Entfernung jede meiner Bewegungen.

Ich hörte nur noch Vogelzwitschern und Much ab und an spucken. Die Hasen hatte ich mit sämtlichen Kräutern und dem Gemüse in den Kessel geworfen. Während sich das Fleisch langsam von den Knochen löste, überdachte ich die Vorfälle von heute und versuchte alles, was ich über das zwölfte Jahrhundert wusste – und was nicht mit Robin Hood oder Ivanhoe zu tun hatte –, auszukramen. Das war erschreckend wenig: Richard Löwenherz war König und auf Kreuzzug, Prinz John hatte die Regentschaft und wollte zusätzlich die Krone. Meine kalten Füße lenkten auch ständig meine Gedanken in andere Richtungen.

Die Knochen waren irgendwann gänzlich gelöst und die meisten rausgefischt, der Eintopf war schön dick und reichlich. Die Sonne war im Begriff unterzugehen, als Much plötzlich aufsah. Er hatte die ganze Zeit über kein Wort mit mir gesprochen. Nur jede meiner Bewegungen argwöhnisch beobachtet. Vor allem, wenn ich mich am Topf zu schaffen machte. Jetzt sah er an mir vorbei.

Und dann hörte auch ich es. Das Vogelzwitschern war verstummt. Stattdessen waren Stimmen zu vernehmen. Die Männer kamen zurück. Ich sah Lee unter ihnen. Er unterhielt sich mit dem rothaarigen John und trug andere Kleider. Kleider, die ihm besser passten als das Kittelchen zuvor. Jetzt sah Lee mich an. Ich konnte auf seiner Wange ein paar Flecken erkennen. Auch sein Haar war schmutzig. Er hielt ein paar Schuhe hoch. John an seiner Seite grinste breit.

»Und, Much? Hat unser Püppchen alles richtig gemacht?« Robert trat zu dem alten Mann und reichte ihm etwas, das ich von meiner Position aus nicht sehen konnte. Ich konnte auch Muchs Antwort nicht verstehen.

Lee trat zu mir und sah in den Topf. »Das riecht gut.«

»Du klingst überrascht«, sagte ich und betrachtete die neue Kleidung. Sie war aus feinem Tuch, die Hosen noch immer etwas zu kurz für seine langen Beine, aber sie hatten jemandem mit Geld gehört.

»Hier.« Lee kniete vor mir nieder und nahm einen meiner Füße in seine Hände. Er säuberte ihn grob und streifte mir dann einen Schuh über. Beim anderen Fuß verfuhr er genauso. »So, Aschenputtel. Jetzt hast du auch keine kalten Füße mehr.«

Ich atmete erleichtert auf. »Danke.« Die Flecken auf seinem Haar und in seinem Gesicht waren braun bis rötlich, als hätte er im Weg eines pinselausschüttelnden Malers gestanden. Ein erschreckender Gedanke kam mir. »Ist das ... Blut?«

Lee sah weg und nickte. »Ich gehe mich gleich waschen.« Er stand abrupt auf, als wolle er flüchten.

Besorgt sah ich Lee hinterher. So betroffen hatte er nicht einmal gewirkt, als ich ihn in der Drachenhöhle gefunden hatte.

»Das riecht himmlisch, Felicity.« John tauchte neben mir auf, steckte die Nase in den Kessel, sah aber mich an.

Zerstreut rührte ich noch einmal um. Sollte ich ihn fragen? Wollte ich es überhaupt wissen? »Wie war es?«, traute ich mich dann doch John leise zu fragen.

Er zuckte die Schultern. »Wie so etwas immer ist. Viel Geschrei, viel Krach, ein paar Verletzte, ein paar Tote.«

Ich warf einen Blick um mich. Waren wieder alle da? Ich wusste es nicht.

»Wir haben einen Mann verloren.«

»Wie kannst du das so gleichgültig sagen?«, fragte ich entsetzt.

»Hab ihn kaum gekannt. Hier wechselt ständig das Publikum, Mädchen. Leg dir ein dickes Fell zu, ansonsten gehst du unter. Und dein Bruder auch.« Bruder betonte er sehr sarkastisch. »Davon abgesehen hast du jetzt was an den Füßen und eine gute Chance, den Winter zu überleben. Was willst du mehr?« Er steckte den Finger in den Kessel und zog anerkennend die Augenbrauen hoch. Dann ging er.

Was wollte ich mehr? Lee hatte Recht. Das hier konnte nicht die Bande von Robin Hood sein. Meine Vorstellung von Robin Hood war eine andere. Ehrenhafter. Romantischer. Das hier war eine richtige Räuberbande. Darauf aus zu überleben. Nur aus diesem Grund hatte man eine Zweckgemeinschaft gegründet. Prinz John regierte mit extremer Härte, weil sein Bruder sich auf einem unsinnigen Kreuzzug vergnügte und nicht nach Hause kam. Wenn der hier wäre ...

Das war es!

Wir mussten Richard Löwenherz finden! Dann konnten wir zurück nach Hause. Ich sprang auf und rannte Lee hinterher. Ich wollte wissen, ob ich mit meiner Theorie richtiglag.

Ich fand ihn an dem Weiher, in dem ich beinahe ertrunken wäre. Die neuen Kleider lagen achtlos auf einem Haufen. Er stand hüfttief im Wasser und wusch sich vornübergebeugt mit ruppigen Bewegungen den Kopf. Als spüre er meine Anwesenheit, hielt er plötzlich inne und drehte sich zu mir um.

»Prinz John will Richard Löwenherz umbringen. Wir müssen das Attentat verhindern. Dann können wir heim«, sprudelte ich hervor.

Lee sah mich einen Moment lang an, dann spritzte er sich eine letzte Ladung Wasser ins Gesicht. Seine Ohrspitzen lugten lang und deutlich sichtbar zwischen den nassen Strähnen heraus. »Nein, will er nicht«, sagte Lee ruhig und kam aus dem Wasser. Erschrocken erkannte ich, dass er nackt war, und drehte mich schnell um. »Richard kann kein besonders guter Liebhaber gewesen sein«, sagte Lee neben mir. Er war so nah, ich roch den unverwechselbaren Lee-Duft aus Heu, Moos und Veilchen gepaart mit frischem Wasser.

»Richard?«, fragte ich verwirrt.

»Richard Cosgrove. Dunkelhaarig, erfolgreich, mit diesen hübschen grauen Augen … du erinnerst dich?«

»Wir waren kein Liebespaar in diesem Sinne«, erklärte ich knapp.

»Ach.«

Ich sah weiterhin hartnäckig auf die Bäume und wusste, dass Lee wieder einmal alles tat, um mich zu reizen. »Bist du endlich angezogen?«, fragte ich ihn nach ein paar Minuten.

»Bin ich.«

Ich drehte mich um. Zumindest die Hose hatte er an. »Glaubst du nicht, wir sollten Richard Löwenherz retten?«

»Nein. Der ist im Ausland. Es hat etwas mit diesen Geächteten zu tun. Und nein, keiner von denen ist Robin Hood.«

»Ich weiß. Niemand hier ist edel oder sonderlich mitfühlend«, gab ich zu.

»Nein. Die haben uns am Leben gelassen, weil sie mich brauchen. Das wurde heute deutlich.« Jetzt wandte er sich ab.

Ich sah seinen Wangenmuskel zucken und den Adamsapfel hüpfen. »Lee? Geht es dir gut?«

Er zuckte mit einer Schulter. »Wieso nicht? Mein letzter Kampf ist nur schon etwas her. Ich bin nicht mehr daran gewöhnt.« Er sah mich von der Seite her an und grinste leicht.

»Kann man sich je an Blut, Tod, Schreie und Sterbende gewöhnen?«, fragte ich leise.

Er sah mich an. »Ich habe doch kein Wort darüber verloren. Woher weißt du das?«

»Du hast sehr laut geschwiegen.«

Einen Moment lang sahen wir uns in die Augen. Er würde nichts preisgeben und alles mit sich allein ausmachen. Ich seufzte. »Tut mir leid, dass du das durchmachen musstest. Dann war der Nachmittag mit dem schweigsamen Much doch die angenehmere Gesellschaft.«

Lee bückte sich und zog sich sein Oberteil wieder an. Darunter lagen der Bogen und ein Köcher voller Pfeile.

»Woher kannst du Bogenschießen?«, fragte ich Lee. »Du kannst doch ohne mich nicht weiter zurückspringen als bis zum Datum deiner Geburt. Und zu der Zeit waren Feuerwaffen schon lange im Gebrauch.«

Jetzt war Lees Lächeln etwas ehrlicher. »Unter George IV. war Bogenschießen beim Landadel ein sehr beliebter Zeitvertreib.«

Ich lehnte mich zurück und sah Lee an. »O bitte, keine schlüpfrigen Anekdoten.«

»Keine Bange. Dafür bist du zu brav.«

Ich nahm den Bogen in die Hand und strich über das glatte Holz. Es war so fein poliert, es fühlte sich richtig weich an.

»Hast du schon einmal mit einem Bogen geschossen?« Lee schnallte seinen Gürtel zu und streifte ein paar Handschuhe über. Handschuhe im Sommer?

Ich schüttelte den Kopf. »Nein. Ich bin bestimmt grottenschlecht.«

Er trat hinter mich. »Ich zeige dir, wie es geht. Dann kannst du ein wenig üben.« Er umfasste meine Hände, richtete meinen Ellbogen und legte einen Pfeil an.

Er war mir schon oft nahe gewesen und trotzdem war etwas anders. Ich hörte überdeutlich seinen Herzschlag, fühlte seinen Körper, roch seinen unnachahmlichen Duft. Sein Atem streifte meine Wange, als er seinen Kopf zu mir beugte. Aus den Augenwinkeln konnte ich jede einzelne seiner Poren sehen, die leichten Bartstoppeln, die er sich hatte wachsen lassen, um nicht aufzufallen. Ein paar kleine Wassertropfen hingen noch silbrig darin.

»Du musst dein Ziel anvisieren. Behalte die Pfeilspitze im Auge und zugleich dein Ziel.« Seine Stimme klang geschmeidig. Schmeichelnd und schnurrend. Sie vibrierte tief in seiner Brust. Er umspannte mich mit seinen Armen, legte eine behandschuhte Hand über meine an der Bogensehne und zog gemeinsam mit mir den Pfeil zum Schuss. »Jetzt hör auf deinen Herzschlag. Und dann, zwischen zwei Schlägen ... lässt du los.«

Der Pfeil traf die Mitte des Stammes in ungefähr vierzig Metern Entfernung.

»Sehr gut.« Lee lächelte mich an, hielt mich aber noch immer umfangen.

Unsere Blicke begegneten sich. Und blieben hängen. Seine Lider senkten sich ein wenig und ich hörte, wie sich sein Atem veränderte. Er war einen Kopf größer, aber plötzlich kam mir der Abstand gar nicht mehr so enorm vor. Ich roch blumige Veilchen. Stärker als je zuvor. Sein Gesicht kam noch näher. Die schön geschwungenen Lippen waren leicht geöffnet. Sein Blick war schwer. Ich wusste, er wollte mich küssen. *Küssen und dann für immer an sich binden?*

Lees Zungenspitze strich über seine Lippen und er zog den Kopf zurück. »Versuch es mal alleine«, murmelte er mit rauer Stimme und trat einen Schritt zurück.

Ich konnte nicht anders. Ich war enttäuscht. Zumindest wusste ich jetzt, weshalb er Handschuhe trug. Damit er mich berühren konnte.

Die Nacht war furchtbar. Wieso schnarchten die meisten Männer so laut? Und die Gase, die sie abließen, waren auch sehr unangenehm. Ich lag dicht bei Lee und versuchte Schlaf zu finden.

Doch kaum dass mir die Augen zufielen, schreckte mich ein Geräusch wieder auf.

»Ich passe auf dich auf«, flüsterte Lee irgendwann leise. Die ersten Vögel sangen schon. »Dir wird nichts passieren.«

»Sieh zu, dass wir schnell zurückkönnen«, raunte ich ihm zu.

Er lächelte ein wenig schief, dann legte er seinen noch immer behandschuhten Arm um mich und zog mich näher an sich ran.

Erst dann fielen mir endlich die Augen zu.

»Fay! Wach auf! SOFORT!«

Lee riss mich hoch. Benommen blinzelte ich. Ich konnte nicht lange geschlafen haben. Es war noch immer nicht wirklich hell. Meine Sicht wurde auch sofort wieder ins Schwanken gebracht, denn alles begann sich zu drehen. Jemand hob mich hoch!

Im nächsten Moment wurde ich durch die Luft gewirbelt. Bei meinem Sturz hatte ich noch so viel Schwung, dass ich ein paar Meter durch das Laub rollte und atemlos liegen blieb.

Jetzt erst verstand ich, was um uns herum vorging: Wir wurden überfallen.

Im Dämmerlicht erkannte ich Helme und Kettenhemden. Ich war ganz benommen und registrierte deswegen nur schwach, dass John brutal zu Boden geschlagen wurde. Ich stützte mich auf und sah, wie der junge, eiskalte Bursche durch einen Schwertstreich mit schmerzverzerrtem Gesicht zu Boden gestreckt wurde. Ich konnte nicht anders. Ich schrie.

Mein Schrei wurde abrupt geblockt von einer großen, schwieligen Hand über meinem Mund. Ich wurde brutal hochgezerrt. Ein Reißen mit darauffolgendem Schmerz zog durch meinen linken Arm bis in die Schultern. Ich schrie wieder, dieses Mal vor Pein. Jetzt konnte ich meinen Angreifer für den Bruchteil einer Sekunde sehen. Ich nahm einen Mann mit sorgfältig gestutztem Bart und einer Rüstung wahr. Dann verschwand er wieder aus meinem Blickfeld.

In meiner Schulter knackte es und jetzt wurden die Schmerzen erst richtig heftig. Ich wollte schreien, nach Lee rufen, doch der Mann stopfte ein Stück Stoff in meinen geöffneten Mund, so dass es mich würgte. Dann warf er mich über seine Schulter. Im nächsten Moment waren wir aus dem Wald hinaus – in einer Geschwindigkeit, die selbst Lee nicht hinbekommen hätte.

ENTFÜHRT

Wenn Lee mit mir auf dem Rücken lief, wirkte das, wie wenn man beim Autofahren aus dem Seitenfenster auf die Leitplanken sah. Man nahm die Landschaft wahr, wenn auch verschwommen.

Das hier war anders. Extremer. Das Auge konnte keinen festen Punkt ausmachen, alles sirrte an einem vorbei. Ich sah nur Schemen und Umrisse und versuchte anhand der Farben zu erraten, ob es sich um Bäume, Hecken, Felsen oder ein freies Feld handelte. Meine Augen konnten überhaupt keinen Punkt fixieren. Als wäre ich in einem Freefall-Tower, der im Dunkeln fuhr. Ich konnte nicht ausmachen, ob die Schmerzen in meiner linken Schulter mich zeitweise das Bewusstsein verlieren ließen, das dämmrige Morgenlicht daran schuld war oder ob mein Entführer tatsächlich wesentlich schneller lief als Lee. Ich war auch nicht in der Lage, den Knebel aus meinem Mund zu ziehen. Auch wenn Lee mich oft unsanft über die Schulter warf – das hier war wesentlich unangenehmer. Und es zog sich elendig lange hin. Ich klebte an meinem Entführer fest, ohne die Möglichkeit, mich zu rühren oder meine Position verändern zu können.

Warum ich?

Diese Frage hatte ich mir, seit Lee am College aufgetaucht war, schon oft gestellt. Aber vielleicht würde sie ja gerade jetzt für die richtige Ablenkung von meiner unangenehmen Lage sorgen. Ich stellte mir Felicity Stratton an meiner Stelle vor. Wie sie jetzt im Mittelalter kopfüber von einem Fremden entführt wurde. Wie würde sie sich anstellen? Wie hätte sie sich angestellt, wenn sie neben Lee in ihrem heißen Bikini die Stadt hätte betreten müssen? Wäre sie hysterisch geworden? Oder hätte sie sich verteidigen können, wie einer von Charlies Engeln? Eine hysterisch kreischende Felicity mochte ich in meiner Vorstellung lieber als eine taffe, der Lee anerkennend zulächelte.

Überhaupt ging mir das Bild von Lee und Felicity im Whirlpool noch nach. Auf sehr unangenehme Art. Wie konnte sie es wagen, sich so offensichtlich ...

Es gab einen abrupten Halt, bei dem mein herunterhängender Oberkörper mit voller Wucht gegen meinen Entführer geschlagen wurde. Ich schrie, weil mein Arm dadurch heftig geschüttelt wurde und heiße Schmerzwellen mich durchfuhren. Leider wurde mein Schrei durch den Knebel geschluckt.

»Die ist total empfindlich«, hörte ich meinen Entführer sagen. Er ließ mich erbarmungslos zu Boden plumpsen, wo ich liegen blieb. Ich hatte keine Kraft, mich aufzusetzen. Ich hielt meinen geschundenen Arm fest und kniff die Augen zusammen.

»Sie hat die Schulter ausgerenkt und das Schlüsselbein gebrochen«, hörte ich eine weibliche Stimme sagen. »Ich denke, da darf man etwas empfindlich sein.«

Ich blinzelte und sah ... nichts. Um mich herum war alles finster.

»Zumindest ist sie nicht ohnmächtig. Sie muss heftige Schmerzen leiden.«

Wieder die weibliche Stimme und dieses Mal ganz nah. Ich

fühlte etwas Raues, Kratziges auf meinem Gesicht und der Knebel wurde umständlich entfernt. Ich stöhnte und spuckte ein paarmal trocken, weil bittere Fussel auf meiner Zunge lagen.

»Du hättest etwas sorgfältiger mit ihr umgehen können«, sagte die weibliche Stimme direkt vor mir. Sie war dunkel und weich, ein wenig samtig. Sie erinnerte mich an die Stimme von jemandem, den ich kannte.

Noch immer konnte ich nichts sehen. Aber so langsam spürte ich wieder den Rest meines Körpers, nicht nur den Schmerz in der Schulter. Ein paar spitze Steine drückten mir durch das Gewand in Hüfte und Oberschenkel. Ich versuchte mich aufzusetzen und die Position zu verändern und rutschte an dem unebenen Boden ab. Stöhnend schlug ich zurück auf die Felsen.

»Gibt es hier kein Licht? Eine Fackel? Ein Streichholz?«, maulte ich und konnte ein paar Tränen nicht mehr zurückhalten.

»Nein, Felicity Morgan, es ist wohl besser, wenn du uns nicht siehst.«

Ich blinzelte. Hatte die Frau gerade meinen Namen genannt? »Ihr wisst, wer ich bin?«, fragte ich laut.

»Es tut uns leid, dass du Schmerzen hast. Aber du musst uns anhören. Ich weiß nicht, wie viel Zeit wir haben.«

Ich versuchte nicht mehr mich aufzurichten. »Ihr seid Drachen, nicht wahr?« Jetzt roch ich mit einem Mal auch den leichten Schwefelgeruch. Meine Schmerzen hatten bislang alles überdeckt. »Warum bin ich hier?«, fragte ich leise.

»Du musst uns anhören, Felicity.«

»Habt ihr mich in diese Zeit gebracht? Um mit mir zu reden? Bin ich deswegen im zwölften Jahrhundert?« Ich versuchte mich in eine bessere Position zu legen und horchte auf jedes noch so kleine Geräusch. Ein Scharren, ein Tropfen und immer wieder dieses leise Zischen, begleitet von einem Hauch Schwefelgestank. Jetzt war ich dankbar, dass sie kein Licht gemacht hatten. Es hörte sich an, als wären mindestens fünf Drachen anwesend.

»Nein. Aus welcher Zeit stammst du genau?« Das sagte nicht die weibliche Stimme. Die Stimme war mir unbekannt und klang überrascht.

»Sie kann in der Zeit reisen?«, meldete sich eine weitere unbekannte Stimme zu Wort.

»Sie ist nicht unsere Auserwählte«, hörte ich eine weitere Frau sagen.

»Red keinen Unsinn, Myra«, sagte die, die meinen Namen genannt hatte.

»Sie springt in der Zeit«, beharrte die Frau. »Das können nur Elfen. Sie ist nicht unsere Auserwählte, sie ist deren Auserwählte. Sie ist ihnen bereits zugetan.«

»Sie war mit einem Mann zusammen. Normalerweise hätte ich auf einen Elfen getippt, weil er so gut aussah, aber er war größer, als Elfen eigentlich werden können.« Die Stimme gehörte meinem brutalen Entführer. »Ich sage, wir bringen sie um. Dann kann sie den Elfen nicht mehr nutzen. Sie wimmert wie ein kleines Mädchen. Uns bringt sie auch nichts. Ich erledige das.«

Ich spürte eine Bewegung zu mir hin.

»NEIN!«

Der Schrei war aus zwei Kehlen gekommen. Eine war meine. Die andere gehörte der weiblichen Stimme.

»Dann wäre alles verloren. Sie ist der Schlüssel«, erklärte sie eindringlich. Myra war sie vorhin genannt worden.

Ich hatte das dumpfe Gefühl, dass die Drachen im Dunkeln sehen konnten. Mein Entführer hatte sich gezielt bewegt und ich spürte ihre Blicke auf mir. Ich war also der Schlüssel? Der Schlüssel wozu? Wieder hörte ich ein Scharren, dieses Mal ganz nah neben mir. Angestrengt versuchte ich etwas zu erkennen. Das war unmöglich. Hier war es so düster wie in einem Grab.

»Sie ist noch nicht völlig von den Elfen eingenommen«, fuhr Myra fort. »Felicity Morgan, du bist uns vorhergesagt worden. Du kannst uns behilflich sein, nicht mehr in Angst leben zu müssen.«

Ich atmete ganz flach, denn der Schwefelgestank war direkt über mir. »Wie sollte ich euch helfen können?«

»Du bist aus der Zukunft?«, fragte die Anführerin. »Wie viele Drachenkinder gibt es noch in deiner Zeit?«

»Keine Ahnung«, antwortete ich ehrlich. »Ich bin bis jetzt nur zweien begegnet.«

Mir wurde schlecht. Der Schmerz, der Schwefelgeruch, die Fahrt hierher oder was immer es gewesen war, alles forderte so langsam seinen Tribut. Ich wünschte, Lee würde mich finden. Nicht nur, weil er mit einem Hauch meine Schmerzen vertreiben konnte, sondern auch, weil ich in seiner Gesellschaft nicht so viel Angst hatte.

»Es tut mir leid, dass du Schmerzen hast, Felicity Morgan. Aber du musst uns jetzt anhören. Wir brauchen deine Hilfe. Du musst uns sagen, wo wir die Insignien Pans finden.«

»Was?« Ich hatte ja mit fast allem gerechnet. Aber damit nicht.

»Nur du weißt, wo sie sind. Du musst sie uns übergeben. Ansonsten werden die Elfen auch den Letzten unserer Art ausrotten. Egal in welchem Jahrhundert. Nur mit Hilfe der Insignien können wir uns wehren, haben wir eine Chance, uns wieder in unserem normalen Umfeld bewegen zu können.«

Ich starrte in die Richtung, aus der die Stimme kam. »Wie sollen die Insignien euch dabei helfen können?«

»Sie verleihen dem Träger bestimmte Kräfte. Mit Hilfe dieser Kräfte wäre es uns möglich, gegen die Elfen anzukämpfen und unseren Platz in der Welt zurückzuerobern.«

Wenn die Drachen im Dunkeln sehen konnten, sahen sie jetzt mein zweifelndes Gesicht. »Ihr seid Drachen. Seid ihr keine Gefahr für die Menschen? Wieso sollte ich euch helfen, wenn ihr uns bedroht?«

»Ich leg sie einfach um«, sagte die Stimme meines Entführers.

»Wir würden dir schwören nie ein menschliches Wesen anzugreifen.« Die Stimme von Myra klang aufrichtig. So aufrichtig jemand in einer pechfinsteren Höhle klingen konnte. »Wir töten keine Menschen aus reiner Willkür. Wir töten nur, um uns zu verteidigen. Aber wir Drachenmenschen wurden von Oberon beinahe vollkommen ausgerottet. Die wenigen von unseren Vorfahren, die überlebten, mussten ihr Dasein geheim halten. Das ist nicht so einfach, wenn man bedenkt, wie groß wir in Drachengestalt werden können. Es ist auch nichts, was wir verhindern können. Mit sechzehn beginnt das Drachen-Gen in uns zu wirken und verwandelt uns. Wir sind in dieser Hinsicht machtlos. Trotzdem werden wir verfolgt und weiterhin getötet. Das muss ein Ende haben. Und du, Felicity Morgan, sollst laut der Prophezeiung die entscheidende Wende bringen. Die Insignien sind mit dir eng verwoben.«

»Aber ich habe sie nicht!«, widersprach ich stöhnend. Das war ja furchtbar. Ich? Ich sollte der entscheidende Pol sein, um eine Wende zwischen Elfen und Drachen zu bringen? Das fand ich mehr als zweifelhaft.

»Doch du kannst sie besorgen. Sie gehören zu dir. Du besitzt ihre Aura.«

Ich erstarrte.

»Ja, Felicity, ich spüre die Insignien in dir. Wenn du sie jetzt noch nicht besitzt, kannst du sie rufen. Du musst uns nur eines versprechen: Übergib sie nicht den Elfen. Wir vertrauen auf dich. Du bist unsere Hoffnung, unsere Chance.«

Mit einem Mal roch es noch heftiger nach Schwefel. Dann blitzte es grellweiß, es donnerte und wieder wurde alles schwarz.

WALISISCHER UNTERGRUND

Ich spürte Schmerzen. Mein Arm brannte, und als ich meine Hand bewegen wollte, wurde es noch schlimmer. Ich stöhnte.

»Lee«, rief ich und erschrak. Meine Stimme krächzte nur. Ich blinzelte und diesmal konnte ich sogar etwas erkennen. Ein kleines Feuer brannte neben mir. Es spendete Licht und genügend Wärme, dass ich nicht fror. Ich sah, dass ich mich in einer Höhle befand. Wieder einmal. Wie weit reichte unsere Verbindung? Ich musste sehr weit vom Sherwood Forest entfernt sein.

»LEE!«, schrie ich, so laut ich konnte. Mein Schrei hallte wider. Beängstigend lange.

Keine Antwort darauf. Nichts. Natürlich nicht.

Egal wie groß meine Schmerzen waren – tatsächlich fühlte es sich bei der kleinsten Bewegung an, als steche jemand ein Messer in meine linke Schulter –, ich konnte nicht hier liegen bleiben. Irgendwann wäre das Feuer ausgebrannt, und dann?

Der Schwefelgestank hatte sich verflüchtigt. Es roch nur noch moderig und feucht. Ich biss die Zähne zusammen und rappelte mich auf. Jede Bewegung verlangte übermenschliche Anstrengung. Ich *war* empfindlich. Am liebsten wäre ich wieder zusammengebrochen und hätte geheult.

Aber das Feuer würde nicht mehr lange brennen. Ich sah mich um. Die Höhle war bei weitem nicht so schön wie ›Fays Grotte‹, aber auch nicht so düster wie Fingal's Cave auf Staffa. Weiter hinten tropfte es. Vielleicht, wenn sich eine Pfütze angesammelt hatte … Aber den Gedanken, eine Nymphe zu rufen, verwarf ich sofort wieder. Deirdre könnte mir jetzt ohne großen Kraftaufwand den Rest geben.

Die Höhle war ein großer Raum mit drei verschiedenen Ausgängen. Neben dem Feuer entdeckte ich eine Fackel. Ich entzündete sie und ging ein paar Schritte. Die Messer in meiner Schulter bohrten und verschlimmerten den Schmerz. Ich wählte den erstbesten Ausgang. Schleppend und vorsichtig tastete ich mich voran. Viel Licht brachte eine solche Fackel auch nicht. Also hatte Indiana Jones doch Scheinwerfer zur Unterstützung gehabt.

Vor mir erkannte ich eine Stufe. Ich hielt die Fackel tiefer und zuckte erschrocken zurück. Dort lag ein Skelett. Und direkt daneben noch eines. Ich hielt die Fackel so hoch wie möglich, um etwas von dem Raum zu erkennen. Ich konnte zwar keine Rückwand sehen, aber im Fackelschein lagen menschliche Skelette. Als hätte eine Gruppe von Menschen sich hierher zusammengekuschelt, um auf den Tod zu warten.

»Lee«, rief ich erneut. »Verdammt, wenn du mich hören kannst, *jetzt* könnte ich dich wirklich gut gebrauchen.«

Hinter mir hörte ich Schritte.

»Gibst du dich auch mit mir zufrieden?«, sagte eine allzu bekannte Stimme.

Vor Erleichterung knickten mir die Knie ein. »Ciaran! Wie kommst du hierher?«

»Drachentreffen. Du warst doch dabei, oder? Ich musste allerdings sichergehen, dass alle verschwunden waren, ehe ich zurückkommen konnte.«

»Gott sei Dank! Ich bin zum ersten Mal froh, dass du beides bist. Drache und Elf.« Meine gebrochene Schulter schlug unglücklich gegen einen vorstehenden Felsen. Ich stöhnte und ließ die Fackel fallen.

Er fing sie auf. »Ist mit dir alles in Ordnung?«

Ich sah ihn an. »Ich weiß, dass du mir gern eine Lektion erteilst, aber ich kann wirklich nichts für diese Situation. Und ich habe ernsthaft Schmerzen. Bitte, keine Predigt.«

»Du hast eine denkbar schlechte Meinung von mir, Felicity. Ist das eine gebrochene Schulter?«

»Schlüsselbein und ein ausgerenktes Schultergelenk, glaube ich. Kannst du was dagegen tun?«

Er zögerte zum Glück keine Sekunde, sondern beugte sich über mich und hauchte mich an. Ich hatte den Salmiak-Anisduft schon vergessen. Kurz tauchte die Erinnerung an das letzte Mal, als ich ihn gerochen hatte, auf: an ein großes Bett in einem hellen Rokoko-Appartement in Versailles. Ein paar Sekunden später vergingen die Schmerzen.

»Danke«, sagte ich aufrichtig und setzte mich gerade hin.

»Das muss noch gerichtet werden. Ich kann dir nur die Schmerzen nehmen«, erklärte Ciaran. »Wie ist das geschehen?«

»Deine Sippschaft hat mich entführt«, erklärte ich und ergriff seine dargebotene Hand, um aufzustehen.

»Ins zwölfte Jahrhundert nach Südwales?«

»Ich bin in Wales?«, fragte ich verblüfft. Mein Entführer war wohl weiter und schneller gerannt, als ich gedacht hatte. Trotzdem, von Nottinghamshire bis Wales fuhr man mit dem Auto mehrere Stunden.

»Nottinghamshire? Dann ist er geflogen.« Er sah meinen geöffneten Mund und lächelte. »Was denkst du denn? Drachen können fliegen. Ich dachte, das wüsste jedes Kind.«

Anscheinend waren sämtliche Mythen wahr.

»Was wollte meine Sippschaft von dir?« Ciaran nahm meine Hand und führte mich. Er wählte den dritten Ausgang.

Das Feuer, neben dem ich aufgewacht war, war nur noch am Glimmen. Im flackernden Lichtschein konnte ich an der Wand im Gang ein paar Zeichnungen erkennen. Die Höhle musste uralt sein.

»Die Skelette dort hinten ...«

»Die Menschen sind nicht von Drachen getötet worden«, erriet Ciaran meine Gedanken, ohne mir in die Augen zu sehen.

»Aber Drachen und Menschen ...«

Ciaran warf mir einen kurzen Blick zu. »Das ist auch kein Mythos. Es stimmt schon.«

»Wieso sollte ich euch dann helfen? Ihr tötet Unschuldige.«

»Andererseits sind wir auch unschuldig. Wenn wir keinem Menschen begegnen, töten wir ihn auch nicht. Es ist mehr ein Trieb, wenn wir hungrig sind.«

Ich schluckte. »Hast du schon einmal ...«

Er schüttelte den Kopf. »Nein. In der Regel begeben wir uns an entlegene Orte, damit so etwas nicht geschieht. Was glaubst du, warum wir uns in diese Höhlen zurückziehen?«

»Fingal's Cave war übersät von menschlichen Knochen«, widersprach ich leise.

»Die englische Regierung hat das Betreten von Fingal's Cave verboten. Nicht weil die Regierung von uns Drachen weiß, sondern weil in diesem Wasserlauf eine starke Strömung nachgewiesen wurde. Die wird für das Verschwinden von Menschen verantwortlich gemacht. Sicherlich sind in dieser Strömung auch schon einige umgekommen, aber ja, die meisten sind wohl dem einen oder anderen von uns zum Opfer gefallen. Als Halbelf bin ich in der glücklichen Lage, mich an Orte zu begeben, die für normale Menschen unerreichbar sind. Es gibt ein paar Plätze in den Alpen und in den Pyrenäen. Dorthin ziehe ich mich zurück, wenn ich spüre, dass die Verwandlung zu dringend wird. Oder in den Keller meines Hauses, wenn ich zufällig in London sein sollte und keine Lust auf einen Zeitsprung habe. Du siehst, wir können es uns nicht aussuchen. Wir können nur den Zeitpunkt der Verwandlung etwas hinauszögern.«

»Möchtest du damit die Morde an den Elfenwachmännern rechtfertigen?«

Ciaran seufzte. »Nein. Das ist unentschuldbar, obwohl ich vermute, sie waren uns Drachenkindern zu dicht auf den Fersen. Hast du Lee von der Eierschale erzählt?«

Betroffen biss ich mir auf die Lippen. Die hatte ich komplett vergessen in all der Aufregung. Sie lag mit Fafnirs Auge, einer Insignie Pans, sorgsam verpackt in meinem Schließfach in der Schule. Und Lee machte sich wohl eher Gedanken darum, was er mit Ciaran und dessen Drachendoppelleben anstellen sollte.

Ciaran blieb so abrupt stehen, dass ich gegen ihn prallte. Ich hatte gar nicht gemerkt, dass er mir geradewegs in die Augen geschaut hatte. *»Lee weiß es?!«* Anklagend sah Ciaran auf mich herab.

»Tut mir leid«, sagte ich kleinlaut. »Er wartete vor deinem Haus auf mich und ich war noch so aufgewühlt und er konnte meine Gedanken über die Straße hinweg lesen. Aber er hat mir versprochen nichts zu sagen.«

Ciaran sah aus, als wolle er mich hier stehenlassen und augenblicklich flüchten.

»Er hat es mir ganz fest versprochen. Ich vertraue Lee.«

Ciaran sah mir lange in die Augen. Dann nickte er. »Hoffen wir, dass du Recht behältst.«

»Du hast nicht viel Vertrauen in deinen Cousin«, murmelte ich leise.

»Ich weiß, wie er erzogen wurde«, lautete die nüchterne Antwort.

Wir gingen lange durch die Höhle. Sie schien endlos. Teilweise verengten sich die Seiten, manchmal mussten wir auf allen vieren durch einen Spalt kriechen. Sicherlich war das nicht der Weg, den die Drachen in voller Größe gewählt hatten. Zu allem Übel brannte die Fackel in Ciarans Hand nicht gerade langsam herunter und allmählich spürte ich auch wieder die Schmerzen in meinem linken Arm. Gleich wären wir wieder im Dunkeln.

»Ciaran, kannst du uns nicht einfach hier rauszaubern?«

Er blieb stehen und sah mich mitleidig an. »Leider nicht.«

»Ich kann nicht mehr«, stöhnte ich und ließ mich zu Boden sinken. Nicht nur die wiederkehrenden Schmerzen machten mir zu schaffen, ich hatte auch brennenden Durst und Hunger.

Ciaran kniete neben mir nieder und der Lakritz-Anis-Kräuter-Atem umfing mich erneut. Fast sofort verschwanden die Schmerzen. Nur das nagende Hunger- und Durstgefühl blieb zurück.

»Du musst unbedingt medizinisch versorgt werden.« Er erhob sich und zog mich mit sich. »Die Schmerzen kommen wieder, solange es nicht gerichtet ist.« Er tastete sorgsam meine Schulter und das Schlüsselbein ab.

Mit einem Mal stand er sehr nah vor mir. Ich hörte seinen veränderten Atem. Als ich ihm ins Gesicht sah, waren seine Augen seltsam dunkel und schwer.

Sofort wich er einen Schritt zurück. »Ich würde dich ja tragen, aber durch die niedrigen Gänge würde uns das den Weg nur zusätzlich erschweren.«

Ich nickte ergeben und wir setzten uns wieder in Bewegung.

Die Fackel hatte Ciaran lange weggeworfen und nur einem weiteren Elfeninstrument von ihm, das im Dunkeln leuchtete, war es zu verdanken, dass wir den Ausgang der Höhle schließlich erreichten. Und der befand sich auch noch in einem Bach. Meine Füße waren wieder einmal nass und kalt. Ein ganzer Tag war vergangen, denn es war Nacht geworden.

Ciaran nahm mich nun auf den Rücken und ab sofort ging es in magischer Elfengeschwindigkeit weiter. Die Nacht war sternenklar, und so schnell Ciaran auch rannte, am Himmel war der Vollmond deutlich zu sehen, der mit seinem warmen Licht auch jeden Baum und Strauch erkennen ließ. Eine wesentlich angenehmere Reise als meine Entführung.

Nur dass sie länger dauerte. Meine Augen wurden schwer. Das gleichmäßige Schaukeln und der angenehme Anisduft lullten mich ein.

Ich dämmerte langsam weg.

Die Schmerzen in meiner Schulter weckten mich.

»Tut mir leid, Felicity«, hörte ich Ciaran sagen.

Was tat ihm leid? Hatte er mich ausgeliefert? Sofort war ich hellwach.

»Ich fürchte, die Schmerzen werden noch schlimmer, bis

deine Schulter eingerenkt und der gebrochene Knochen gerichtet ist.« Er ließ mich vorsichtig von seinem Rücken gleiten. »Lee sollte dich hier finden.«

Ich hielt ihn am Ärmel fest und unterdrückte ein schmerzhaftes Stöhnen. »Du willst mich hier zurücklassen? Allein?« Ich sah mich um. Noch immer stand der Mond am Himmel, wenn auch in einem anderen Winkel. Wir befanden uns mitten im Wald. Doch diese Lichtung kam mir seltsam bekannt vor.

Ciaran sah sich um, als prüfe er, ob wir allein waren. »Wir sind im Sherwood Forest. Du kannst Lee rufen. Er wird dich hören.«

»Du hast Angst vor ihm«, stellte ich fest.

Er sah mich immer noch nicht an. »Ruf ihn einfach. Ich hoffe, du findest einen geeigneten Bader, der alles richtet.«

Ich umfasste sein Handgelenk fester. »Kannst du mich nicht ins einundzwanzigste Jahrhundert mitnehmen? Dort gibt es Chiropraktiker und Krankenhäuser.«

Ciaran seufzte, umschloss tröstend meine Hand an seinem Arm und nahm sie dann ab. »Nein. Du kommst hier noch nicht weg. Du bist nicht ohne Grund ins zwölfte Jahrhundert geraten. Es lässt dich nicht eher gehen, bis dein Auftrag erledigt ist.«

»Das klingt, als würde das Jahrhundert mich festhalten.« Ich biss die Zähne aufeinander. Die Schmerzen wurden stärker.

Ciaran sah mich mitleidig an. »Lass es dir von Lee erklären. Ich muss gehen.«

»Ich finde, es ist an dir, mir etwas zu erklären«, sagte hinter uns eine Stimme. Lee trat aus den Büschen. Er bewegte sich geschmeidig wie eine Katze und genauso leise.

Ciaran war mit einem Mal extrem angespannt. Ich ergriff mit meiner rechten Hand wieder die seine und hielt ihn fest.

Ciaran sah mich an.

Bleib. Rede mit ihm, dachte ich.

Er schluckte.

»Fay, ist mit dir alles in Ordnung?«, fragte Lee und kam näher.

»Ehrlich gesagt, nein.« Ich erzählte ihm von meiner Schulter.

»Ich glaube, ich kann dir helfen.«

»Brigid«, murmelte Ciaran und sah Lee an.

»Ganz recht.« Lee kniete vor mir nieder und tastete sanft – erst nachdem er mich angehaucht hatte – alles ab. Er trug noch immer die Lederhandschuhe von dem Beutezug.

»Brigid?«, wiederholte ich benommen. Lees Veilchenduft hatte mich umfangen. Ich atmete tief ein. Sofort fühlte ich mich besser. »Ist das eine weitere Nymphe, die ich besser nicht kennenlernen sollte?«

Lee gluckste. »Brigid ist die heilkundige Lehrerin auf Avalon. Ich war ein guter Schüler. Leg dich mal flach auf den Boden.«

Ich befolgte seine Anweisung und er stemmte seinen Fuß in meine Achselhöhle, zog mit kräftigem Ruck an meinem linken Arm. Es knackte hörbar und tat höllisch weh.

»Jetzt ist sie wenigstens wieder eingerenkt. Das Schlüsselbein sollte von allein heilen. Ich mache dir eine Armschlinge und du musst es ruhig halten.« Er tastete noch einmal die Stelle vorsichtig ab.

Ich nahm einen weiteren tiefen Atemzug. Sein Moos- und Heuduft war der reinste Balsam.

»Und nun zu dir, Cousin.« Lee richtete sich auf und sah Ciaran an. Ciaran war groß. Mindestens ein Meter neunzig, aber Lee überragte ihn noch um ein paar Zentimeter.

Obwohl Ciaran beinahe zweitausend Jahre alt war und normalerweise mit blasiertem Selbstbewusstsein sein Alter durchblicken ließ, zog er dieses Mal den Kopf vor seinem jungen Cousin ein. »Ich schwöre dir, ich wusste nicht, dass man sie entführen wollte«, verteidigte er sich schnell. »Nun ja, vielleicht wusste ich, dass die Drachen mit ihr sprechen wollten, aber ich wäre nie auf die Idee gekommen, sie würden es im zwölften Jahrhundert tun.«

»Woher wussten sie überhaupt, wo sich Felicity aufhielt?«, fragte Lee.

Die Frage interessierte mich auch. Immerhin hatten sie nichts von meinen Zeitsprüngen gewusst.

»In der Prophezeiung der Drachen stehen keine Jahreszahlen«, erklärte Ciaran unbehaglich. »In Drachengestalt kann man die Prophezeite spüren. Ein Drachenwandler muss in der Nähe gewesen sein und hat seine Chance genutzt. Die Drachenkinder sind seit jeher darauf vorbereitet, die Prophezeite zu treffen. Egal in welchem Jahrhundert sich Felicity aufhalten würde, es gäbe immer jemanden, der sie ausfindig machen könnte. Sie haben ihr nicht absichtlich wehgetan. Sie mussten nur mit ihr sprechen.«

»Warum?« Lee musterte ihn noch immer argwöhnisch.

Ciaran holte tief Luft und sah Lee mit einem Mal flehend an. »Lee, Oberon hasst uns. Er hat jeden Drachen, den er je in die Finger bekam, töten lassen. Du weißt genau, er würde mich, ohne zu zögern, hinrichten, wenn er davon wüsste. Wir können es uns nicht aussuchen. Es steckt uns im Blut. Glaub mir, ich würde alles dafür tun, kein Drache zu sein. Ich musste es mein Leben lang geheim halten. Nicht einmal mein Vater wusste davon. Ich muss das Gen von der Seite meiner Mutter geerbt haben.

Wenn Oberon das gewusst hätte, hätte er sie ebenfalls gnadenlos getötet.«

»Deine Mutter war eine irische Prinzessin. Glaubst du nicht, dein Vater Aonghus hat es gewusst?«

Ciaran schüttelte den Kopf. »Nein, bestimmt nicht. Aber Felicity hat auch etwas davon in sich. Sie besitzt ebenfalls dieses Gen. Nur kann sie sich nicht verwandeln. Noch nicht.«

Lee sah mich an.

Ich schüttelte schwach den Kopf. Jetzt, wo sich die Gemüter beruhigt hatten, wurde ich ganz matt. »Ich werde mich wohl auch nicht verwandeln. Mir fehlen die Male, die dafür nötig sind.«

Beide sahen mich an.

»Das stimmt. Du bist ... anders«, gab Lee zu.

Die beiden Vettern schienen sich beruhigt zu haben.

Ich musste gähnen. »Ich bin vor allem müde.«

»Kein Wunder. Du bist wirklich das tapferste Mädchen, das ich kenne.« Lee hockte sich zu mir. »Bleiben wir drei heute Nacht hier. Es reicht, wenn du und ich morgen wieder im Lager der Geächteten sind.«

Er sah erwartungsvoll zu Ciaran. Ich konnte erkennen, wie der mit sich rang, dann aber nickte. Das gab mir den Rest. Meine Augen wurden schwer wie Blei und ich schlief noch im Sitzen ein.

PRINZ JOHNS FIESE INTRIGE

Als ich am nächsten Morgen aufwachte, war Ciaran verschwunden. Entsetzt wollte ich schon aufspringen, doch Lee beruhigte mich. Ciaran habe die ganze Nacht mit ihm geredet und er, Lee, habe versprochen Ciarans zweite Natur für sich zu behalten. Um nicht weiter aufzufallen, sei Ciaran auch bereit am Horton College wieder als Lehrer zu arbeiten.

Die Schmerzen waren an diesem Morgen so weit erträglich, dass ich keinen Elfenatem benötigte. Auf unserem Weg zurück zum Lager der Geächteten blieb Lee dennoch hilfsbereit an meiner Seite. Wir gingen schweigend. Jeder von uns hatte eine Menge zu überdenken. Was in Lee vorging, wollte ich lieber nicht wissen. Sein gesamtes Weltbild musste auf dem Kopf stehen. Drachen waren nicht restlos böse. Sein Cousin war das beste Beispiel dafür. Dafür gab es bei den Elfen jemanden, der falsch spielte. Und die Prophezeiung machte alles noch schwieriger, weil sie mich ins Spiel brachte: eine Außenseiterin, die allen Grundsätzen auf beiden Seiten widersprach.

Im Endeffekt wollten Drachen und Elfen das Gleiche: die Insignien. Beide aus unterschiedlichen Gründen und dennoch mit dem gleichen Ziel – die Gegenseite zu bezwingen. Nur dass die Elfen die Drachen restlos vernichtet sehen wollten, während die Drachen einzig um ihre Existenz kämpften.

Und ich war es, die auf beiden Seiten Rätsel aufgab. Den Elfen war ich vorhergesagt als diejenige, die über den Ausgang der Fehde entschied. Den Drachen als ihre Retterin, solange ich mich nicht mit einem Elfen einließ. Wie genau alles vonstattengehen sollte, hatte natürlich keine Weissagung explizit genannt.

Lee zog mich plötzlich mit Gewalt mit sich und hielt mir den Mund zu. Ich sah ihn an und folgte seiner Kopfdeutung. Zuerst konnte ich nichts erkennen, dann sah ich etwas im Sonnenlicht aufblitzen: Dort stand ein Mann in Rüstung. Und er sprach mit ... John, meinem Hilfskoch aus dem Sherwood Forest! Die roten Haare leuchteten im Sonnenlicht.

Ich wandte mich zu Lee, doch der schüttelte den Kopf. Natürlich. Er horchte. Mit seinem Supergehör konnte er wahrscheinlich jedes Wort verstehen. John und der Ritter verabschiedeten sich schließlich und jeder ging seines Weges.

»Du hattest gar nicht mal so Unrecht mit deiner Theorie, König Richard zu retten«, sagte Lee, als beide Männer außer Sichtweite waren. Ich sah ihn erstaunt an.

»Richard Löwenherz sitzt in Gefangenschaft in Österreich.«

Das leuchtete mir nicht ein. »Wir sind aber in England. Müssen wir jetzt eine mühselige mittelalterliche Reise quer durch Europa unternehmen?«

Lee schüttelte den Kopf. »Wir sind schon am richtigen Platz. Prinz John möchte, dass die Geächteten das Lösegeld für Richards Befreiung stehlen. Das war gerade der Sohn des Duke of Gloucester.« Er sah meinen ratlosen Blick und fügte hinzu: »Der Earl of Gloucester ist Johns Schwiegervater. Natürlich würde er alles daransetzen, um seinen Schwiegersohn auf dem englischen Thron zu sehen. Also verhindert man die Freilassung von König Richard, und John kann weiter regieren und – wer weiß – den Thron besteigen.«

»Aber Prinz John besteigt doch ohnehin den Thron«, sagte ich und war ganz froh, dass ich diesbezüglich in Geschichte aufgepasst hatte.

Lee lächelte. »Aber erst in sechs Jahren. Richard muss davor wieder freikommen. England ist noch nicht bereit für eine Revolte.«

»Revolte?«

»Ja. Prinz John wird das Land und vor allem die Adligen mit eiserner Hand regieren. Das lassen die sich nicht gefallen. Aber je früher er den Thron besteigt, desto größer ist die Gefahr, dass man es hinnimmt, weil noch immer viele Ritter auf dem Kreuzzug sind und nichts gegen ihn unternehmen können. In sechs Jahren sieht die Situation anders aus.«

In meinem Kopf ratterte es. So viele Informationen auf einmal. Und doch war die Lösung mit einem Mal recht einfach. »Wir müssen also nur verhindern, dass die Geächteten das Lösegeld stehlen?«

Lee schaute zufrieden. »Ganz genau. Die Königinmutter Eleonore hat diese Unsumme zusammengekratzt, und rate mal, wo der Schatzwagen durchkommt.«

Da soeben John von den Geächteten mit dem Überfall beauftragt worden war, lag die Antwort auf der Hand.

»Wie können wir den Überfall verhindern?«

In Lees Augen blitzte auf einmal der Schalk. »Herzlichen Glückwunsch, Fay. Wir sind ab sofort Angehörige des Adels und können unser Dasein als Geächtete an den Nagel hängen. Du bekommst richtige Schuhe. Und Wollunterhosen.«

DIE HÖHLEN VON NOTTINGHAM

Lee umlief Nottingham, um uns erst anständige Kleidung und zwei Pferde zu besorgen. Die Kleidung und das Geld bekamen wir von Mildred, die Pferde kaufte Lee bei einem Schmied in einem Vorort, der entgegengesetzt zum Sherwood Forest lag, damit auch niemand von den Geächteten uns sah. Sicher ist sicher. Bei der Übergabe hatte Mildred ein paar Anspielungen auf Deirdre gemacht. Deirdre sei der Kontakt zu uns nun von höchster Stelle untersagt worden. Sowohl Lee als auch ich wollten den Vorfall am liebsten vergessen, unheimlich war diese Nymphe aber immer noch.

Schließlich saß ich zum ersten Mal in meinem Leben auf einem Pferd. Es war schrecklich hoch und beängstigend. Lee schwang sich in den Sattel, als würde er täglich nichts anderes tun. Er machte eine unglaublich gute Figur auf dem Schimmel, man konnte ihn sich kaum mehr hinter dem Steuer seines roten Mercedes SLS vorstellen.

Lee schien sich hier überhaupt sehr wohlzufühlen. Für ihn war das ein großes Abenteuer und die Entbehrung von zum Beispiel sauberem Wasser machte ihm nicht das Geringste aus. Nun gut. Er schwitzte auch nicht wie ein normaler Mensch. Als ich ihn auf sein augenscheinliches Wohlbefinden ansprach, zwinkerte er vergnügt und sagte, ich würde ihm die aufregendste Zeit seines Lebens bescheren. In dieses Jahrhundert hätte er immer mal reisen wollen. Allein dafür liebe er mich schon.

Ich zog es vor, das Thema fallenzulassen. Konnte es langweilig werden, wenn einem »nur« drei Jahrhunderte für Zeitsprünge zur Verfügung standen? Wenn ich mir Lee so ansah – anscheinend schon.

Dieses Mal war unser Einzug in eine mittelalterliche Stadt weniger spektakulär. Kaum einer blieb stehen, um zu gaffen. Aufgrund unserer vornehmen Kleidung (inklusive bequemer und warmer Unterwäsche) ließ man uns ohne Umstände überall passieren.

Bis zum Tor der Burg. Dort gab Lee die von ihm ausgedachte Geschichte des unehelichen Sohnes von Earl Pembroke zum Besten, der wichtige Nachrichten zu überbringen hätte. Ich hatte den Namen wohl schon gehört – unsere alte Geschichtslehrerin Mrs Crobb hatte ihn mehrmals erwähnt, aber da Mrs Crobb einen dermaßen langweiligen Unterricht abgehalten hatte, wusste ich nicht mehr, was oder wer Pembroke war. Er musste jedoch sehr wichtig gewesen sein, denn Lee wurde augenblicklich ehrfürchtig behandelt.

Ein Junge in einfacher Kleidung kam angelaufen und nahm unsere Pferde. Lee half mir herunter, sehr sachte, um meine Schulter zu schonen. Im Burghof tummelten sich viele Menschen. Die meisten trugen vornehme Kleidung, Diener huschten hilfsbereit zwischen den Menschen und Tieren umher. Der Bursche, der uns die Pferde abnahm, erklärte, heute Abend fände ein Festmahl zu Ehren der Aufnahme der Muttergottes in den Himmel statt. Dieser Feiertag war mir unbekannt.

»Damit haben wir den fünfzehnten August. Ist ein katholisches Fest«, raunte mir Lee zu.

Wir reihten uns in die Menge, die das Hauptgebäude betrat, als ein Mann auf uns zukam.

»Ihr seid der Sohn des Earl of Pembroke?«, fragte er leise.

Lee nickte.

»Folgt mir.« Der Mann verneigte sich und ging voraus.

Lee warf mir einen mahnenden Blick zu und mit einem Mal hörte ich wieder seine Stimme in meinem Kopf. *Egal was jetzt kommt: Spiel mit!* Ich nickte leicht.

Im Gegensatz zur königlichen Behausung in Germanien im achten Jahrhundert war diese Burg schon recht komfortabel. Ein paar Wandteppiche hingen an den Wänden und die Tür- und Fensterbögen waren hübsch verziert.

Der Wächter blieb erst zwei Stockwerke weiter oben vor einer kunstvoll beschlagenen Tür stehen. Ich hatte auf unserem Weg hierher nicht weniger als zehn Wachen gezählt, die überall an Durchgängen standen. Vor dieser Tür standen die Nummern elf und zwölf. Er klopfte an, öffnete und wir betraten hinter ihm ein gemütlich eingerichtetes Kaminzimmer, wo ein paar Damen zusammensaßen und sich lachend bei der Handarbeit unterhielten. Das Bild hätte einem MGM-Film aus den Fünfzigern entspringen können. Absolut harmonisch und idyllisch, genau, wie man sich Frauen im Mittelalter vorstellte.

Nur dass Lee neben mir erschrocken zusammenzuckte. Ich blickte überrascht zu ihm. Die Damen starrten Lee an. Der hatte bereits wieder sein einnehmendstes Lächeln aufgesetzt.

»Hoheit, Leander FitzMor bittet darum, empfangen zu werden«, verkündete der Wachmann.

Die älteste der anwesenden Damen reckte sich. »Und weshalb sollte ich Leander FitzMor empfangen?«, fragte sie, wobei sie Lee ansah. Ihre Stimme hatte einen leicht französischen Akzent.

»Er ist der uneheliche Sohn von Sir William Marshal, dem Earl of Pembroke, und bringt wichtige Neuigkeiten.«

»Die ich mit Eurer Hoheit unter vier Augen besprechen muss«, ergänzte Lee und neigte huldvoll den Kopf.

Ich sah es in den Augen der Frau aufblitzen. Sie musste in jüngeren Jahren eine wahre Schönheit gewesen sein. Sogar jetzt noch, ohne Creme und Make-up, war sie beinahe faltenlos. Nur ihre tief liegenden Augen und die schmalen Lippen verrieten ihr Alter. Mit einem Mal wusste ich, wer sie war, und erstarrte.

Ich stand Eleonore von Aquitanien gegenüber. Der extrem willensstarken Mutter von Richard Löwenherz persönlich. Und sie reagierte wie alle Frauen, die ich kannte: Sie hatte nur Augen für Lee.

»Lasst uns allein«, befahl sie und winkte ihren Damen aufzustehen.

Sofort folgten alle ihrem Befehl. Ich sah Lee an, unschlüssig, was ich tun sollte. Er ignorierte mich und hielt den Blick weiterhin auf die Königinmutter gerichtet. Also verließ ich mit den anderen Frauen den Raum. Die Tür fiel hinter uns ins Schloss und ich sah mich einer Gruppe von Frauen gegenüber, die mich alle neugierig betrachteten.

»Pembroke hat wirklich extrem hübsche Nachkommen«, sagte eine von ihnen, die eine extrem große Hakennase im Gesicht hatte. »Wenn dieser Leander ein unehelicher Sohn ist, wer seid dann Ihr?«

»Dem Aussehen nach jedenfalls nicht seine Schwester«, stellte eine andere mit hübschen braunen Augen fest und sofort begannen die meisten zu kichern.

Ehe ich antworten konnte, hörte ich Lees Stimme erneut in meinem Kopf: *Hier ist eine Insignie Pans.* Ich erstarrte.

»Also, wer seid Ihr?«, wiederholte die mit den braunen Augen ihre Frage.

Die verarmte Cousine, die ihm die Wäsche macht, hörte ich in Gedanken. Ich war so perplex, ich starrte die Hakennasige nur dämlich an. Hatte ich gerade ihre Gedanken hören können?

»Die verarmte Cousine, die ihm die Wäsche macht«, wiederholte ich fassungslos.

Die Hakennasige sah mich mit riesigen Augen und offenem Mund an. Dann verzog er sich zu einem süffisanten Lächeln.

Und sogleich dachte ich nur noch *HILFE!*

Wie dämlich konnte man eigentlich sein! Ich wanderte in dieser kleinen, dunklen Kammer auf und ab und ärgerte mich über mich selber.

Direkt nach meiner doofen Aussage wurde ich auch dementsprechend behandelt. Ich musste dem Wärter folgen, der mir die wahrscheinlich billigste Gästekammer der gesamten Burganlage zuwies. Keine von den Frauen hatte mehr auf mich geachtet oder mit mir gesprochen. Sie hatten mich dem nächstbesten Domestiken übergeben. Er wisse, was mit der persönlichen Dienstmagd zu tun sei.

Lee war verschollen und ich saß in diesen vier kahlen Wänden fest – beziehungsweise wanderte in ihnen auf und ab. Vor meiner Tür hatte man einen Wachposten postiert. Wahrscheinlich war der Earl of Pembroke, wenn auch bewundert, nicht sonderlich beliebt. Dabei brannte es mir regelrecht unter den Fingernägeln zu erfahren, was los war. Eine Insignie Pans? Hier?

Es klopfte einmal kurz an und schon wurde die Tür aufgestoßen. Es war nicht Lee, sondern der Wachposten.

»Folge mir. Man benötigt deine Hilfe.«

Genau genommen benötigte man sie in der Küche. Ich sollte beim Auftragen helfen! Das würde mir ja nichts ausmachen, aber was war mit meinem gebrochenen Schlüsselbein? Als ich der Köchin von meinen Schmerzen erzählte, winkte sie jedoch rigoros ab.

»So was hat hier jeder schon mal gehabt. Dann schenkst du einfach nur die Getränke nach. Da hinten ist ein Krug und dort findest du Wein und Bier. Du musst auch nicht jetzt sofort anfangen. Das Festmahl beginnt erst in drei Stunden. Sieh zu, dass die Kleidung deines Herren in Ordnung ist, und nimm ihm einen Imbiss mit aufs Zimmer.« Sie drückte mir ein Tablett mit etwas Käse, Brot und zwei Äpfeln in die Hand und der Wachposten führte mich zu Lees Zimmer.

Zum Glück fand ich Lee allein dort vor. Ich warf das Tablett mit Schwung auf das Bett und setzte mich.

»Weißt du, dass ich gerade als dein Dienstmädchen abkommandiert wurde?«, fauchte ich.

Er sah mich überrascht an. »Wieso?«

»Weil ich dieser blöden Hofdame nachgeplappert habe. Du hast mich mit deinen Gedanken ganz aus dem Konzept gebracht. Jetzt glaubt jeder, ich wäre deine verarmte Cousine, die für deine Wäsche zuständig ist.«

Lee hob eine Augenbraue. »Gut, dass du mich informierst. Ich wollte dich nämlich schon als meine Frau suchen lassen.«

»Fällt dir ja früh ein. Wieso hast du mich Eleonore von Aquitanien nicht direkt als deine Frau vorgestellt?«

Er lächelte hämisch und klaubte das Tablett und die heruntergesprungenen Lebensmittel vom Bett. »Falls es dich interessiert, was ich zwischendurch erreicht habe: Ich konnte die Königinmutter von einer anderen Route überzeugen. Das Lösegeld für Richard Löwenherz sollte also sicher ankommen. Sie möchte es persönlich begleiten. Und so wie ich sie kenne, kann dann nichts mehr schiefgehen.« Er schwieg kurz. »Aber das ist noch nicht alles: Mein kurzer Aufenthalt in der Kemenate hat meine Vermutung bestätigt. Dort liegt eine von Pans Insignien. Wahrscheinlich zwischen ihrem Schmuck. Ich konnte nur nicht sagen, ob es die Krone oder einer der Ringe war oder ob ein Umhang dort herumlag. Aber ich habe definitiv Schwingungen gespürt.« Er stellte das wiederhergerichtete Tablett auf den Tisch.

»Wieso wurde sie nicht früher erspürt?«, fragte ich verwundert. »Wenn die Schwingungen so stark sind, müsste dann nicht ein Aufgebot an Elfen und Drachen hier rumschwirren?«

»Das ist eine gute Frage, der ich nachzugehen gedenke.« Er lächelte mich schelmisch an. »Lust auf eine kleine Expedition? Dafür musst du auch nicht mein Bett machen.«

Ich stand auf und strich mein Kleid glatt. »Wirst du es überhaupt brauchen oder erledigt das morgen Eleonores Zofe?«

»Ach, Fay, du bist echt süß, wenn du eifersüchtig bist.«

Ich holte tief Luft, aber er war schon aus dem Zimmer. Bei der nächsten Gelegenheit würde ich ihm Krümel ins Bett streuen.

Ich folgte Lee durch sämtliche Gänge der Burg. Nachdem wir drei Flure in verschiedenen Stockwerken durchkämmt hatten, schüttelte er frustriert den Kopf.

»Ich fühle sie nicht mehr.«

»Und jetzt?«, pflaumte ich ihn an. Ich würde mich gleich in der Küche melden müssen und hatte gehofft, wir könnten vorher verschwinden. »Ich habe ein gebrochenes Schlüsselbein und soll Hunderten von Gästen Wein einschenken. Und du ... du ...«

Lees Blick verfinsterte sich. »Hör mal, ich kann nichts dafür, dass du dich als mein Dienstmädchen ausgegeben hast. Wenn es nach mir gegangen wäre, könnten wir beide gleich gemütlich nebeneinander an der Tafel sitzen. Daran bist ganz allein du schuld. Du und deine Verklemmtheit.« Lee funkelte mich an. Er war wirklich wütend!

Ich schluckte. In diesem Ton sprach Lee nie mit mir. »Die blöde Hakennase von Hofdame hat das gedacht. Ich konnte zum ersten Mal die Gedanken von einem Menschen lesen und das hat mich aus der Fassung gebracht.«

»Dann lass es nicht an mir aus«, zischte er.

»Musst du immer mit jeder Frau flirten, die dich anhimmelt? Wenn du mich statt dieser Eleonore angesehen hättest, wäre das Ganze nicht passiert«, setzte ich zum Gegenangriff an. »Du und dein umwerfender Charme!«

Im nächsten Moment zog er mich hinter einen Vorsprung und legte einen Finger an seine Lippen. Ein paar Sekunden später hörte ich ein Rascheln und Schritte. Eleonore von Aquitanien schritt von zwei Wachen flankiert an uns vorbei und verschwand in einem Zimmer.

»Und?«, fragte ich Lee. »Spürst du was?«

Er starrte konzentriert auf einen Stein über mir und schüttelte dann den Kopf.

»Und wie sollen wir erfahren, wo die Insignie jetzt ist?«, raunte ich Lee zu.

Die Königinmutter trat soeben wieder aus der Kammer. Außer den Wachen waren auch ihre Hofdamen (inklusive Madame Hakennase) in ihrer Begleitung. Der kleine Tross rauschte in entgegengesetzter Richtung davon und verschwand hinter einer großen Doppeltür. Als die Tür ins Schloss fiel, postierten sich die Wachen davor. Ich sah keine Chance, an den beiden vorbeizukommen, die Hofdamen zu überrumpeln und in Gegenwart von Eleonore von Aquitanien, der willensstärksten Frau des Mittelalters, das Zimmer nach einem Schmuckstück zu durchwühlen.

»Das schaffen wir nie«, stöhnte ich verzweifelt.

Lee wandte mir den Kopf zu. Seine Augen funkelten und um seine Lippen spielte ein schelmisches Grinsen. »Du gibst viel zu schnell auf. Das ist doch ganz leicht.«

Ich sah Lee zweifelnd an.

»Wir nutzen meinen Charme.«

Mir war schlecht. Und das nicht von der Kohlsuppe, die wir in der Küche vor dem Festmahl vorgesetzt bekommen hatten, die war überraschend lecker gewesen. Nein, ich musste das Gejohle, die unflätigen Anzüglichkeiten und das Begrapschen der angetrunkenen Männer in der Halle ertragen.

»Stell dich nicht so an«, sagten mir meine neuen Kolleginnen achselzuckend. »Solange sie dir nicht in den Gängen auflauern, sind es nur fettige Hände. Mehr nicht.«

»Mehr nicht?« Ich starrte ein Mädchen namens Bridget fassungslos an.

Sie zuckte ungeduldig die Schultern. »Diese Hände können

auch hart zuschlagen. Lass den Rittern ihren Spaß. Die Königin sorgt schon dafür, dass nichts Ernsteres geschieht. Ein paar Zwicke kann man aushalten.«

Also musste ich fremde Männerhände an meinen Beinen und meinem Po ertragen. Morgen war der bestimmt blau vor lauter Kneifen. Aber das war nicht das Einzige, das mir Übelkeit verursachte.

Lee – mein *Verlobter* Lee – saß am Tisch direkt neben der Königinmutter und flirtete hemmungslos. Er ging auf ihre Avancen ein und fütterte sie mit den besten Bissen von den Platten. Ich sah, wie sie mit halb geöffneten Lippen und sengendem Blick eine Traube aus seiner Hand aß. Lee schien sich pudelwohl zu fühlen. Er lachte, er neckte, er lauschte aufmerksam ihren Worten, ganz der perfekte Kavalier. Der Hundesohn! Wenigstens hatte er mich vorhin im Vorbeigehen angehaucht und mir damit sämtliche Schmerzen aus der Schulter vertrieben.

»Schätzchen, hast du nachher noch was vor?« Ein dunkelhaariger Typ lächelte mich mit glasigen Augen nicht sehr verführerisch an. Er war höchstens Ende zwanzig, schlank und hatte einen Siegelring mit Bärenmotiv.

»Wieso? Willst du mir spülen helfen?«, fragte ich kurz angebunden.

»Spülen?« Er lachte. »Wenn du Wasser willst, können wir baden gehen.«

Ich horchte auf. »Baden? Hier kann man baden?«

Der Dunkelhaarige hob anzüglich die Augenbrauen. »Wer hätte gedacht, dass ein Küchenmädchen so begierig auf Sauberkeit aus sei.« Sein Blick glitt an mir herunter und wieder hoch. »Obwohl du tatsächlich nicht so schmutzig bist wie die meisten.

Sogar dein Haar glänzt. In diesem Licht schimmert es beinahe golden.«

Der Gute hatte definitiv ein paar Gläser zu viel. Ich füllte ein wenig Wasser in seinen Becher.

»Soll ich dir zeigen, wo man hier baden kann?«, raunte er mir ins Ohr, als ich den Becher an ihm vorbeibalancierte und auf dem Tisch abstellte.

Ich schüttelte den Kopf. »Nein, danke, Mylord, es reicht, wenn Ihr mir erklärt, wo sich das Bad befindet.«

»Nicht doch, Süße, das Wasserbad gibt es nur mit mir zusammen. Wenn du deine Meinung ändern solltest, ich bin Sir William FitzGerald. Du findest mich im zweiten Stockwerk. Passenderweise das letzte Zimmer im Gang. Direkt neben der Dienstbotentreppe.«

»Danke, Sir. Jetzt weiß ich, welche Wege ich meiden werde.«

Sir William lachte. Eigentlich wirkte er gar nicht mal so unsympathisch. Sein Lachen war ehrlich. Und die kleinen Falten, die sich dabei um seine Augen bildeten, wirkten ... nett. Ich warf einen Blick zum Königstisch. Lee sah mich an. In diesem Moment überlegte ich Sir Williams Angebot anzunehmen.

Lees Stirn umwölkte sich. Die Königinmutter beugte sich zu ihm und sagte etwas. Er sah mich noch immer an und ich dachte: *Antworte ihr und sieh zu, dass wir hier verschwinden können. Du kannst tun, was immer dazu nötig ist.* Lees Lippen umspielte ein diabolisches Grinsen.

Wieso hatte ich das gesagt? Wie weit würde er gehen, um sein Ziel oder die Ziele seines Königs zu erreichen? Angewidert wandte ich mich um und eilte in die Küche.

Es wurde schon hell, als ich endlich in meine Kammer kam. Müde schloss ich die Tür und lehnte mich einen Augenblick lang mit geschlossenen Augen dagegen. Als ich die Augen wieder öffnete, fiel mir die auf dem Hocker neben meinem Bett liegende Rose in die Augen.

»Ich hoffe, du magst Rosen«, hörte ich Lees Stimme. Er lehnte an der Wand hinter der Tür.

Müde setzte ich mich auf die Bettkante. Lee hatte mir eine Rose besorgt. Was sollte ich davon halten?

»Es tut mir leid, Fay.«

Ich sah ihn an.

Er stieß sich von der Wand ab und kam langsam auf mich zu. Er erschien mir so groß, ich musste meinen Kopf in den Nacken legen, um ihn weiter anzusehen. Das fiel Lee auch auf. Er ließ sich auf ein Knie nieder. Jetzt waren wir auf Augenhöhe. »Fay, glaubst du mir, wenn ich dir sage, das ist alles Schauspielerei?« Seine markanten blauen Augen sahen mich flehend an. »Sie hat mir bereits ein paar Dinge anvertraut. Spätestens morgen werde ich herausfinden, wo sich dic Insignie befindet.«

Daran zweifelte ich keine Sekunde.

»Du selber hast gesagt, ich soll tun, was nötig ist«, sprach er weiter. »Wenn ich weiß, wie ich zum Ziel kommen kann, wieso sollte ich es nicht nutzen?« Er benetzte seine Lippen.

War er etwa nervös?

»Ein wenig«, antwortete er auf meine Gedanken. »Die Königinmutter hat mir ein unmissverständliches Angebot unterbreitet.«

Aber – sie ist doch so viel älter?, durchzuckte es mich. *Und trotzdem noch wahnsinnig attraktiv*, raunte eine leise Stimme in mein Ohr, die verdächtig nach mir selber klang.

Er umfasste meine Oberarme. »Fay, ich habe das Angebot abgelehnt. Das kam nie in Frage. Seit du da bist, hat sich alles geändert. Für mich hat sich alles verändert. Ich sehe jede deiner Bewegungen, ich spüre deine Stimmung durch den ganzen Saal hindurch. Meine ganze Welt dreht sich nur noch um dich. Leg bitte einmal deine Hand auf meine Brust.« Als ich ihn verständnislos ansah, nahm er meine Hand, umwickelte sie sorgsam mit seinem Ärmel, um den Stromschlag zu vermeiden, und drückte sie an seine Brust.

Erst fühlte ich nichts. Dann spürte ich seinen Herzschlag. Erstaunt sah ich ihn an. Ich hatte Lees Puls bereits ein paarmal gespürt. Er hatte mir einmal erklärt, Elfen und auch Halbelfen hätten mit ihrer geringen Körpertemperatur einen sehr langsamen Pulsschlag. Aber Lees Herz schlug jetzt schneller. Fast so schnell wie …

»Es hat deinen Rhythmus angenommen«, sagte Lee leise. »Unsere Herzen schlagen im Gleichklang. Wenn deines stolpert, stolpert auch meins. Wenn deines schmerzt, schmerzt auch meines. Zwei Herzen, verbunden zu einem.«

Ich starrte Lee an. Seine schönen Augen, seine geschwungenen Lippen, der klare Schnitt seines Kinns und die perfekt geformten Augenbrauen, die edle Nase. Ich beugte mich vor und wollte ihn küssen. Es gab keine Zweifel mehr, keine Bedenken.

In genau diesem Moment flog die Tür auf und krachte gegen die Wand. Erschrocken zuckte ich zurück, Lee sprang auf.

In der Tür stand William FitzGerald und versuchte sein Gleichgewicht wiederzufinden.

»Ui«, lallte er und sah von Lee zu mir und wieder zu Lee. »Jetzt ist mir klar, warum du nicht mit mir baden wolltest. Ob das die

Königinmutter weiß? In Bezug auf diesen neuen Lustknaben würde sie wohl zum ersten Mal in ihrem Leben extrem eifersüchtig reagieren.«

Hatte Lee sie etwa geküsst? Und damit an sich gebunden? Ich starrte ihn an, aber er ließ den betrunkenen Ritter nicht aus den Augen.

Ich räusperte mich. »Was wollt Ihr hier, Mylord?«

Zu meiner grenzenlosen Verblüffung fiel augenblicklich alle Trunkenheit von ihm ab. »Mich davon überzeugen, dass du nicht den Elfen verfällst«, sagte er und trat ins Zimmer. »Wir dachten uns bereits, dass du mit einem von ihnen unterwegs bist.«

Jetzt erkannte ich die Stimme wieder. Mein Entführer! Derjenige, der mich zu den Drachen gebracht hatte. »Besser als mit einem von euch. Du hast mir die Schulter ausgekugelt und das Schlüsselbein gebrochen«, warf ich ihm vor.

»Ist das ein Grund, sich direkt einem Elfen an den Hals zu werfen?«

»Ist das ein Grund, sie mit billigen Sprüchen anzugraben«, konterte Lee und stellte sich vor mich.

Mir schwirrte der Kopf. Ich war müde, ich war erschöpft, ich konnte keinen einzigen klaren Gedanken fassen. »Raus hier! Alle beide. Und wehe, einer von euch betritt noch einmal mein Zimmer. Verschwindet. SOFORT!«

Die beiden beachteten mich überhaupt nicht und standen sich gegenüber wie zwei Westernhelden in *High Noon*.

»Entschuldige, Fay, aber dieses Mal kann ich dir deinen Wunsch nicht erfüllen«, sagte Lee und sprintete los.

Meine erschöpften Augen hätten im wachen Zustand schon Mühe gehabt, den schnellen Bewegungen zu folgen. In diesem

Zustand war es mir unmöglich. Eine Sekunde später waren beide miteinander kämpfend aus der Tür verschwunden und ich stand allein in der Kammer vor einem leeren Flur. Ich wollte soeben die Tür schließen, als Lee wieder auftauchte.

»Komm schon. Wir haben nicht viel Zeit.« Er umfasste meine Hand – es zuckte schmerzhaft – und zog mich mit sich aus dem Hauptgebäude hinaus in einen kleinen Garten. Der Vollmond hatte bereits eine Ecke weg, verstrahlte aber noch immer genügend Licht, um alles zu beleuchten.

Lee blieb unterhalb eines kleinen Fensters mit gotischer Spitze stehen. »Ungefähr hier muss es sein.«

Ich sah mich um. »Wieso weißt du das?«

»Das kann ich fühlen. Zum Glück vibriert sie wieder. Warte! Ich bin gleich wieder da.«

»Wo ist Sir William?«, fragte ich und fürchtete, Lee könnte dieses eine Mal zu weit gegangen sein.

»In einem der Tunnel unter der Stadt«, erklärte er nur und schob mich hinter einen Rosenbusch. (Ach, von hier hatte er die Rose! Es duftete ausgesprochen gut.) »Nottingham ist komplett unterhöhlt und vertunnelt. Ich habe ihn gefesselt und geknebelt. Sobald seine Verwandlung einsetzt, kann er die Fesseln lösen. Keine Sorge, er kann die Tunnel nicht als Drache verlassen, dafür sind sie zu klein. Und er wird auch nicht verhungern. Drachen brauchen nicht viel Nahrung.« Er sah mich noch einmal eindringlich an. »Versprich mir, dich nicht von der Stelle zu bewegen. Ich bin gleich wieder da und mit etwas Glück können wir dann zurück nach London ins einundzwanzigste Jahrhundert. Einverstanden?«

Bei dieser Aussicht würde ich hier verwurzeln. Er sah mir

noch einmal ins Gesicht, als müsse er sichergehen, dass ich nicht sofort weglief. Das würde ich nicht. Ich war viel zu müde dazu. Wenn wir zurück in London wären, würde ich fünf Tage lang im Bett bleiben. Oh, verflixt. Ich hatte ja übermorgen Dienst in der National Gallery. »Beeil dich. Ich verspreche dir, ich verwachse hier mit dem Rosenstrauch.«

Lee lächelte anerkennend. »Tapfere kleine Prophezeite.« Dann kletterte er die Mauer des Haupthauses hinauf wie eine Spinne.

Ich sah eine Sternschnuppe. Nein! Zwei, drei, vier. Sofort wünschte ich mir, wir könnten endlich zurück nach Hause. Das hier waren mit die längsten vier Tage meines Lebens gewesen.

Es konnten keine fünf Minuten vergangen sein, als ich ihn wieder im fahlen Mondlicht herunterkrabbeln sah.

»Ich hab's. Nichts wie weg.«

»Was ist es?«, fragte ich neugierig und strengte mich an, um auch diese Schwingungen zu spüren. Nichts. Anscheinend war ich nicht genügend esoterisch veranlagt. Ruby würde es bestimmt fühlen.

Lee ließ mich auf seinen Rücken klettern und wieder einmal erklomm er eine Burgmauer. Dieses Mal die Außenmauer. Kaum hatten wir den Boden erreicht, gab er Gas.

Noch bevor der Mond ganz untergegangen war, hörte ich das vertraute Geräusch von Autos und Flugzeugen.

Wir waren wieder in London!

SORGEN EINER MUTTER

Entgegen Lees Vorschlag und meinem eigenen Entschluss im Rosenstrauch des zwölften Jahrhunderts war ich am nächsten Morgen doch aus dem Bett gekrochen, um in die Schule zu gehen. Hauptsächlich ging ich hin, um die Insignie in meinem Spind zu verstecken.

Die Insignie war eine Krone. Ein hübscher filigraner Goldreif, der in einem keltischen Webmuster an den Knotenpunkten mit groben Edelsteinen verziert war. Jetzt lag sie gemeinsam mit dem Bernstein und dem Stück Eierschale fest in ein benutztes Sport-T-Shirt eingewickelt in meinem Schließfach.

Mum war ausnahmsweise einmal nicht schon im Pub, als ich aus der Schule kam. Ich war überrascht. Es sah aus, als habe sie auf mich gewartet. Ein Auflauf stand neben einem frischen Salat auf dem gedeckten Küchentisch und Mum hatte ungewöhnlich viel Zeit für vier Uhr nachmittags. Normalerweise war sie zu dieser Stunde immer in Hektik, um in den Pub zu kommen. Heute nicht.

Dabei hätte ich mich so gern ins Bett gelegt. Ich hatte unendlich viel Schlaf nachzuholen.

Mum füllte meinen und ihren Teller. Erst dann fragte sie, wo ich die letzten Tage gewesen sei. Ich antwortete, ich hätte bei Lee übernachtet.

»Ist dieser Lee jetzt dein fester Freund?«

»Hm?« Ich kaute lustlos auf den überbackenen Nudeln. Es schmeckte sehr gut, ich war nur zu müde, um es richtig zu würdigen.

»Nun, du verschwindest des Öfteren für ein paar Tage und Nächte, seitdem du ihn kennst. Ich würde gern wissen, ob es dir ernst mit ihm ist.«

War es ernst mit Lee? Von der Prophezeiung mal abgesehen? »Ich weiß nicht«, antwortete ich ehrlich.

»Also mit Richard Cosgrove war es anfangs ernst, und jetzt? Er hat sich am Sonntag gemeldet und wollte dich sprechen.«

Sonntag war ich von Drachen entführt worden.

»Felicity, hörst du mir zu?«

Ich sah auf.

Mum hatte sich vorgebeugt und sah mir ins Gesicht. »Du siehst furchtbar aus. Ich will gar nicht wissen, wo du dich mit diesem Lee überall herumtreibst. Bitte versprich mir, dass keine Drogen im Spiel sind.«

»Nein, Mum.« Ich lächelte sie an. »Keine Drogen. So gut müsstest du mich doch kennen.«

Sie zuckte die Schultern. »Ich kenne keines meiner Kinder mehr wirklich. Ich frage mich in letzter Zeit oft, ob es nicht ein großer Fehler war, nach London zu ziehen.«

Das riss mich dann doch aus meiner Lethargie. So hatte Mum noch nie geklungen. Ich hatte immer gedacht, der Pub wäre ihr Lebensinhalt.

Sie sah meinen Blick und lächelte ein wenig schmerzlich. »Aber Cornwall bot keine Zukunft mehr. Meine Witwenrente und die meiner Mutter reichten vorne und hinten nicht.«

»Das wissen wir, Mum«, sagte ich leise. »Mach dir nicht so viele Gedanken. Ich habe hier Freunde, die ich um nichts in der Welt eintauschen möchte.«

Sie lächelte müde. »Trotzdem. In Cornwall habt ihr euch, deine Geschwister und du, immer gut verstanden. Hier geht ihr getrennte Wege. Das ist nicht richtig.« Sie seufzte und ergriff meine Hand über den Tisch hinweg. »Weißt du, Feli, ich war noch nie so unruhig wie in den Wochen, als du nicht nach Hause gekommen bist. Ich hätte dich anrufen sollen, aber man hatte mir vorübergehend das Telefon abgeschaltet. Mike, Ed und Stanley sollten nicht mitbekommen, dass du weg warst. Ich schäme mich dafür, aber ich wusste nicht, wie ich dich suchen sollte, ohne die Polizei einzuschalten. Und das wollte ich nicht, denn ich war mir sicher, dass du bei einem deiner Freunde untergekommen warst. Ich schäme mich sehr dafür, aber ich habe mich beinahe noch mehr geschämt dir in die Augen zu sehen.«

Ich schluckte und sah Mum an. Sie hatte sich entschuldigt und ich konnte sehen, wie sehr sie darunter litt. Unter der ganzen Situation.

»Feli, bitte versprich mir, nicht mehr einfach über Nacht wegzubleiben. Ich *mache* mir Sorgen. Um jedes meiner Kinder. Anna bereitet mir im Moment fast noch mehr Kummer.«

»Anna?«, fragte ich überrascht. »Aber sie hat doch alles, was sie immer wollte.«

»Es ist nur ein Gefühl. Jacob hat nächste Woche Geburtstag. Ich weiß, dass Weihnachten eine Katastrophe war, aber würdest du hingehen und ihm gratulieren?«

»Natürlich«, versprach ich sofort.

Mum nickte. Dennoch schob sie ihr Essen weiterhin von links

nach rechts. »Soll ich Anna sagen, dass dein Freund uns begleitet?«

Das käme dann einer offiziellen Ankündigung gleich. Das wäre nicht nur mir und meiner Familie klar, sondern auch Lee. Aber was sprach dagegen? Wenn ich an gestern Abend und den Beinahe-Kuss in der Kammer in Nottingham dachte, wurde mir ganz warm und mein Herz begann etwas schneller zu schlagen. Schlug Lees Herz jetzt auch etwas schneller? Dann würde er wissen, dass ich in diesem Moment an ihn dachte.

Mum sah mich an. Sie lächelte. »Ich sage ihr, er kommt mit. Jetzt muss ich in den Pub.« Sie erhob sich und ließ mich mit glühenden Wangen zurück.

AUFSTAND AM HORTON COLLEGE

Ein heißes Bad mit extrem viel Badeschaum und eine durchgeschlafene Nacht später war ich wieder richtig fit und freute mich auf die Schule. Nachdem ich gestern der Inquisition meiner Freunde hatte standhalten müssen, lag heute sogar ein ganz entspannter Schulalltag vor mir. Lee wich nicht von meiner Seite und hatte Phyllis, Corey, Nicole, Jayden und Ruby erklärt, er hätte mich zu einer Familienfeier nach Nottinghamshire mitgenommen. Keiner war wirklich verwundert darüber gewesen.

Ciaran zu sehen, der mir am Vortag auf dem Flur begegnet war, war ein Lichtblick gewesen. Er war als Lehrer wieder zurück in seiner alten Position und in der Mittagspause war gemunkelt worden, unsere Schulleiterin Mrs Haley-Wood käme aus dem Strahlen nicht mehr raus. Mrs Haley-Wood war nicht die Einzige, wie sich schnell herausstellte.

»Ich bin so froh, dass Mr Duncan wieder da ist.« Ruby hüpfte wie ein kleines Mädchen neben uns her.

Wir sahen sie überrascht an.

»Wir haben immer geglaubt, du träumst im Unterricht vor dich hin und bekommst gar nicht mit, wer vorn steht«, sagte Nicole trocken.

»Als könnte man ihn übersehen.« Ruby schubste sie ein wenig.

Ich wechselte mit Phyllis einen erstaunten Blick. Das klang ganz so, als habe sich unsere Ruby zum ersten Mal verliebt.

»Das klingt ja so, als …«, begann Corey.

»Was ist *das*?«, unterbrach ihn Jayden und deutete geradeaus.

Das waren Paul, Jack Roberts und ein Junge, der, wie ich glaubte, Medientechnik und Informatik bei uns belegte. Alle drei standen vor den Schließfächern. Genau genommen vor meinem Schließfach. Ich sah zu Lee. Der hatte eine Miene aufgesetzt, als wüsste er nicht, ob er amüsiert oder verärgert sein sollte, und ging mit großen Schritten auf sie zu.

»Was wird das hier?«, fragte er die drei Jungen in einem zuckersüßen Ton.

»Wir warten auf Felicity«, antwortete Jack Roberts. Er sah Lee düster an.

»Warum?«, wollte Lee wissen.

»Das geht dich nichts an. Oder bist du ihr Freund?«, pampte Jack.

»Ja, ich bin ihr Freund und deswegen, finde ich, geht es mich sehr wohl was an.«

»Du bist *ein* Freund. So wie die Loser hier. Ich sehe nicht, dass ich jedem von denen was erklären müsste, wenn ich mit Felicity sprechen will.«

Keiner konnte so schnell gucken, wie Corey ihn am Kragen packte und voller Wucht gegen die Schließfächer knallte.

»Wir sind keine Loser«, fauchte er. Kleine Spucketröpfchen verteilten sich auf Jacks Gesicht. Er konnte sich auch nicht wehren, denn Jayden hielt ihn von der anderen Seite fest.

»Ich will mit Felicity sprechen ohne euch Deppen.«

Corey und Jayden verstärkten ihren Griff und Jack begann bedenklich blau anzulaufen.

»Gut. Bringt ihn ruhig um. Dann sind nur noch wir zwei übrig«, sagte der Student und sah mit einem bedrohlichen Grinsen zu Paul. Paul ignorierte ihn gelassen und sah mich mit seinem Hundeblick an.

»Mensch, Felicity, was hast du nur an dir, dass sich die Kerle plötzlich alle um dich prügeln?« Nicole brachte es auf den Punkt.

»Hört auf. Alle!«, rief ich und drängte mich zwischen die Jungs.

Corey drückte noch einmal zu und entlockte Jack ein mühsames Röcheln, ehe er losließ.

»Was soll das?«, fragte ich und sah die drei Jungen einen nach dem anderen an. Mein Blick blieb dann an dem Informatik-Studenten hängen. »Und was willst du hier? Kennen wir uns?«

»Noch nicht. Genau das wollte ich ändern und dich ins Kino einladen. Nur kamen mir hier die beiden dazwischen.«

Jack stand leicht vornübergebeugt und keuchte. »Ich wollte dich auch fragen, ob du mit mir ausgehst.«

Ich traute mich nicht, Paul anzusehen, mit seinem aufgesetzten Dackelblick.

»Was ist hier los?« Ciaran drängte sich durch die kleine Menge, die sich um uns herum angesammelt hatte.

»Verschwinden Sie. Hier ist alles okay.« Der Student stellte sich vor mich.

Ciaran hob eine Augenbraue.

Jack sah ihn hasserfüllt an. »Sie gehören doch auch dazu. Dabei sind Sie Lehrer.« Er stellte sich neben den Studenten und es sah aus, als versuchten sie mich zu beschützen.

Vor Ciaran? Die Situation hätte erheiternd sein können, wenn es nicht gerade mich beträfe. Aber ich war mehr als nur irritiert. Ich fühlte mich wie auf einer Art Bühne und wusste nicht, welche Rolle mir zugedacht war.

»Er und die beiden hier haben auf Fay gewartet«, erklärte Lee seinem Cousin. Dabei sah er die drei Jungs an.

»Und?« Ciaran hatte die Situation noch immer nicht begriffen.

»Sie streiten sich um Felicity«, setzte ihn Nicole ins Bild. »Alle vier.«

»Vier?« Phyllis sah sie erstaunt an.

»Lee auch.«

Ciaran sah jeden von uns kurz an. Sein Blick blieb an mir hängen. Endlich sagte er: »Ihr habt ab sofort Abstand zu Felicity zu halten. Mindestens zehn Meter. Wenn ich einen von euch auch nur einen halben Meter näher sehe, gnade euch Gott.«

Die drei sahen ihn wütend an. »Und Lee?«, fauchte Jack. »Weshalb hat er Sonderrechte?«

Ciaran beachtete ihn nicht. Sein Blick war wieder auf mich gerichtet. Er sah aus, als hätte er in mir eine schwere mathematische Formel entdeckt, die es zu lösen galt. »Lee kommt mit mir. Ich muss mit ihm sprechen.«

Lee sah alles andere als willig aus. Er sah mich an und ich dachte: *Geh! Ciaran ist hier Lehrer. Du kannst dich ihm nicht einfach so widersetzen.* Lee zögerte. Ich wusste, er versuchte mir mit seinen Gedanken etwas mitzuteilen, aber ich konnte sie nicht hören. Wahrscheinlich war er nicht emotional genug in diesem Moment. Also nickte er und folgte Ciaran.

»Mensch, Feli, du bist eine Sirene«, sagte Jayden staunend.

»Heult sie etwa, damit die Feuerwehr ausrückt?« Corey stand wieder mal auf dem Schlauch.

»Ach, bitte, ja!«, rief Ruby. »Der Mai hat diese Woche Tagesschicht.«

Jetzt standen wir alle auf dem Schlauch und starrten Ruby an.

»Meine Güte, seid ihr schwer von Begriff.« Sie stemmte die Arme in ihre Hüften. »Der Typ aus dem Feuerwehr-Kalender vom Monat Mai. Der sich so nett mit seinem Waschbrettbauch und Brechzange hat abbilden lassen. Ich habe zufällig mitbekommen, dass er bei der Feuerwache in der Nähe arbeitet. Er hat im Moment Tagschicht. Sollen wir eine Katze auf den Baum setzen? Oder nein, noch besser: Ich falle sofort in Ohnmacht und nur eine Mund-zu-Mund-Beatmung kann mich noch retten.«

Corey – unser langjähriger Freund Corey – imitierte gekonnt Lees träges Grinsen. »Süße, wenn du geküsst werden willst, sag es doch einfach.« Er lehnte sich dicht über Ruby, eine Hand am Schließfach neben ihrem Kopf abgestützt. Wann und bei wem hatte er sich das denn abgeschaut? Das war unglaublich heiß.

Ruby kicherte. »Corey, *Süßer*, wenn du mich jemals küssen möchtest, iss vorher keinen Knoblauch.« Damit schlüpfte sie unter seinem Arm durch und hakte sich bei einem verblüfften Paul unter, der den Sicherheitsabstand zu mir bereits ignoriert hatte.

Nachdem sich der Menschenauflauf um mich herum gelichtet hatte, wartete ich auf Lee an dessen Spind, doch er erschien nicht. Deswegen kam ich zu spät zu Mathematik.

»Miss Morgan, ich habe keine Schülerin, die so oft zu spät kommt wie Sie.«

Da hatte er wohl Recht. Obwohl ich in den vergangenen Monaten, seit ich nicht mehr in Mums Pub arbeitete, immer pünktlich gewesen war. Leider hatte ich dafür wegen meiner Ausflüge in die Vergangenheit oder Anderwelt ein paarmal unentschuldigt gefehlt. »Entschuldigen Sie, Mr Selfridge«, murmelte ich und wollte schon zu meinem Platz.

»Bitte bleiben Sie hier, Miss Morgan. Berechnen Sie uns diese Wurzelgleichung.«

Ich biss mir verzagt auf die Lippen. Mathe war eh nicht meine starke Seite und diese Wurzelgleichungen waren mein persönliches Waterloo.

»Ich würde Miss Morgan gerne helfen«, bot sich Jack Roberts eifrig an.

»Und wieso?«, fragte Mr Selfridge und warf ihm einen düsteren Blick zu.

»Weil sie Hilfe braucht. Das sieht man doch«, antwortete Jack und erhob sich bereits.

»Und Sie glauben ihr besser helfen zu können als ich?«, fragte Mr Selfridge süßlich.

Ein paar Schüler kicherten. Jack setzte sich wieder.

»Felicity muss einfach nur …«, setzte der schweigsame Paul an.

»Und wer hat Sie gefragt?«, wandte sich Mr Selfridge an Paul.

»Äh, ich glaube, mir ist schlecht«, sagte ich.

»Ich bringe Sie zur Schulkrankenschwester«, meinte Mr Selfridge und legte fürsorglich einen Arm um meine Schultern. Ich zuckte zurück und rannte aus dem Klassenzimmer.

Was war hier los?

»Wo ist Lee?«

Ich war schnurstracks in Ciarans Büro gestürmt. Der hatte erschrocken seinen Rotstift fallen lassen. Ich sah mich um. Kein Lee.

»Wo ist er?«

»Was ist los?«

»Weiß ich nicht. Aber irgendwas *ist* los.« Ich warf die Tür zu und ließ mich in den Sessel fallen. »Warum spielen auf einmal alle Jungs in meiner Gegenwart verrückt?«

Ciaran lehnte sich zurück und schaukelte auf seinem Bürostuhl ein wenig hin und her. »Lee muss einen Auftrag erledigen. Er ist für zwei Tage ins achtzehnte Jahrhundert nach Preußen. Ich hatte Order, ihn dorthin zu senden.«

Ich sah ihn erstaunt an. »Wieso hat er mir nichts davon gesagt? Und wieso sendest du ihn dorthin? Ist sein Karfunkel kaputt?«

Ciarans Stirn umwölkte sich. »Er hat sein Telemedium missachtet. Deswegen sollte ich ihn erinnern.«

Oha. Lee sollte Agent spielen und wollte nicht? Das waren ja ganz neue Töne.

»Geh wieder in den Unterricht, Felicity. Zwei Tage wirst du wohl ohne ihn auskommen. Es ist ja nicht das erste Mal.«

Was war hier los? Ich erhob mich langsam. »Kommt er wirklich wieder?«, fragte ich zaghaft.

Dieses Mal war Ciarans Lächeln sanft. »Ganz bestimmt. Mach dir nicht so viele Gedanken. Am preußischen Hof gibt es keine Drachen.«

Als ich den Raum verließ, saß Ciaran noch immer hinter seinem Schreibtisch, in Gedanken versunken.

Lee fehlte mir. Entsetzlich. Mehr noch als in den Monaten, in denen er in Gefangenschaft gewesen war. Lag es an meiner Sorge um ihn? Was, wenn er wieder gekidnappt worden war? Preußen im achtzehnten Jahrhundert war doch hoffentlich sicher. Wo war er überhaupt in Preußen? Auch an einem Hof? Ob er wieder mit den Damen dort flirtete? Mit Sicherheit. Sonst wäre es nicht Lee. Obwohl seine Liebeserklärungen sehr überzeugend gewesen waren. Verdammt, konnte er sich nicht irgendwie melden und sagen, dass es ihm gut ging?

Ich schlief sehr schlecht in dieser Nacht. Immer wieder träumte ich von Drachen, glühenden Augen, gespaltenen Zungen, speicheltriefenden Lefzen und Lee, der in Ketten hing und von einer Dame mit wallenden Röcken und extrem tief geschnittenem Mieder Weintrauben in den Mund geschoben bekam.

Als ich am Morgen in den Spiegel schaute, sah ich beinahe so mitgenommen aus wie zu Pub-Zeiten. Zum Glück hatte ich noch genug Zeit, um meine Haare ordentlich zu kämmen, die Zähne ausgiebig zu putzen und mit ein wenig Make-up die Ringe unter meinen Augen auszugleichen. Sobald Lee zurück wäre, sollte er für mich beim Kronrat ein Telemedium beantragen, damit ich auch außerhalb vom Handy-Zeitalter mit ihm in Kontakt bleiben konnte.

Der Tag kam mir heute entsetzlich lang vor. Nach jeder Schulstunde fragte ich mich, ob er wirklich zurückkäme. Und was sollte ich tun, wenn er es nicht tat?

Ich würde ihn wieder suchen müssen. Was sonst?

Zumindest der Alltag hatte sich etwas normalisiert. Mum war im Pub, als ich nach Hause kam. Sie hatte eine Dose Fertignudeln aufgewärmt. Dieses Mal gab es keinen Salat. Ich aß nichts, zappte ein wenig durchs Fernsehprogramm und ging am Abend zum Französischkurs. Jack Roberts warf mir dauernd glühende Blicke zu. Ich ignorierte ihn. Zum Glück hatte er mit Cynthia eine Fahrgemeinschaft und konnte mir deswegen nicht auflauern.

Ich ging schnurstracks nach Hause und legte mich ins Bett. Noch zwei Mal schlafen, dann wäre er wieder da. Auf meinem Nachttisch stand der Stalagmit aus ›Fays Grotte‹. Mit ihm vor Augen schlief ich ein. Und träumte.

CORNWALL

Der Traum war so realistisch, dass ich erst dachte, ich wäre wieder in der Zeit gesprungen. Ich stand auf einem Friedhof und der kam mir ziemlich bekannt vor. Nur befand sich dieser Friedhof nicht in London. Er war in Cornwall. Eine Frau bewegte sich auf mich zu. Es war ... Mum!

Sie ging aufrechter und wirkte schmaler als heute. Sogar von hier aus konnte ich ihre Tränen erkennen. Ich wusste, wo sie stehen bleiben würde. An Dads Grab. Ich hatte nur nie zuvor gesehen, dass sie dort bitterlich weinte. In der Ferne standen ein paar Menschen, sie wandten sich beschämt ab.

Ich hatte mich immer gefragt, warum Mum seit Dads Tod keinen anderen Mann mehr an sich herangelassen hatte. Sie war eine hübsche Frau, zierlich, brünett, mit diesen beneidenswerten braunen Rehaugen. Sie hätte mit Sicherheit wieder jemanden gefunden. Jetzt wusste ich, warum sie allein blieb. Sie konnte meinen Vater nicht vergessen. Bis hierher hörte ich sie seinen Namen rufen. Es war erschreckend.

Es dauerte eine Weile, bis sie sich gesammelt hatte, ein Kreuz über dem Grab schlug und ging. Ich folgte ihr in sicherem Abstand. Sie ging zurück zu ihrem Elternhaus. Schon von weitem konnte man das Geschrei hören. Babygebrüll, das von der schrillen Stimme meiner Grandma übertönt wurde.

»Nein, ich nehme es nicht. Es ist widernatürlich und sollte ausgesetzt werden.«

Die Stimme meines Großvaters antwortete beinahe ebenso laut, aber gefasster: »Sei still, Sally! Wenn die Feen dich hören, bringen sie noch mehr Unglück über uns. Reicht es nicht, was Tom zugestoßen ist?«

Ich sah, wie Mum kurz innehielt. Dann betrat sie das Haus. Ich blickte mich um. Niemand war auf der Straße. Das war nichts Ungewöhnliches in diesem kleinen Nest. Ich schlich mich näher, direkt hinter den kleinen Holzschuppen, in dem Grandpa seine Werkzeuge und Gartenharken aufbewahrte.

»Gib mir die Kleine«, hörte ich Mum sagen.

»Ich sage dir, wir müssen es wieder aussetzen.«

Ich wusste, Grandma sprach von mir. Sie hatte von mir immer als ES gesprochen. Nachdem ich den Film von Stephen King gesehen hatte, hatte ich schon geglaubt, ich würde mich irgendwann in ein kinderfressendes Monster verwandeln. Grandma hatte mich zumindest so behandelt.

Das Babygeschrei war verstummt. Ich konnte Mum durch die offenen Fenster sehen. Sie lächelte wehmütig auf etwas nieder. Vermutlich das Baby in ihren Armen. Mich. Die Tränen waren getrocknet und ihre Augen hatten einen zufriedenen Glanz. Keine Frage, Mum liebte mich.

»Wenn der Balg genug hat, kannst du den Schankraum sauber machen«, brummte Grandma.

Kaum hatte Mum das Baby abgelegt und war aufgestanden, fing das Gebrüll von neuem an.

»Schaff es raus, um Himmels willen«, brüllte Grandma dagegen.

Ich sah Mum zurückeilen. Das Geschrei verstummte, als hätte man einen Schalter umgelegt. Dann verschwand sie wieder. Den Kopf über das Baby gebeugt mit einem feinen Lächeln auf ihren Lippen.

»Die Theke wird trotzdem erledigt!«, schrie ihr Grandma hinterher.

Das war der Moment, in dem ich aufwachte. Ich lag noch ein Weilchen wach und überlegte, ob das ein Traum oder ein unkontrollierter Zeitsprung gewesen war. Eigentlich war es aber irrelevant. Mum hatte viel durchgemacht. Und ihr Los war heute noch bitter. Ich nahm mir vor, von nun an etwas geduldiger mit ihr zu sein.

BEI ANNA

Anna empfing Mum und mich mit einem Lächeln, das ich seit Jahren nicht an ihr gesehen hatte. Sie sah an mir vorbei und ich ahnte, wem das Lächeln tatsächlich gelten sollte.

»Wir sind allein«, erklärte ich nüchtern. »Dürfen wir trotzdem reinkommen?«

Ihre Augen zuckten nur kurz, dann trat sie zur Seite, um uns einzulassen. »Habt ihr Kuchen mitgebracht? Jacob hat seinen Geburtstagskuchen heute Morgen vom Tisch gefegt.«

»Hier.« Ich wollte ihr meinen gestern gebackenen Kuchen überreichen.

»Stell ihn in die Küche. Du könntest schon die Teller mitbringen.«

Als ich das Wohnzimmer betrat, sah es aus wie immer, seitdem der Kleine auf der Welt war. Nicht wirklich geburtstaglich. Der Boden war mit Spielsachen übersät, der Couchtisch verklebt und die ehemals zitronengelbe Wand zierten ein paar neue Flecken. Das Geburtstagskind stand am Tisch und rollte ein Matchbox-Auto durch eine Saftpfütze.

Mum ging direkt zu ihm, um ihn in den Arm zu nehmen, aber er wehrte ab. Wir überreichten ihm unsere Geschenke. Ohne Umschweife riss er das Papier auf, entdeckte meinen Bagger und rief: »Hab ich schon!«

Ich sah Anna betroffen an.

Sie zuckte die Schulter. »Du hättest ja mal fragen können.«

»Hatte ich. Und du hast mir gesagt, ich soll einen Bagger kaufen.«

»Du hast mich vorletzte Woche gefragt. Den hatten ihm Jeremys Eltern am Samstag mitgebracht.«

Ich schluckte meinen Ärger runter. Anna war hoffnungslos.

Jacob riss Mums Päckchen auf.

»Das Schiff kannst du mit in die Badewanne nehmen. Es schwimmt auch von allein, sobald man diese Schnur zieht«, erklärte sie ihm. Das wollte Jacob direkt ausprobieren und Mum und er verschwanden im Bad.

Das war die Gelegenheit. »Hör mal, Anna, du hättest mich wenigstens anrufen können, als er den Bagger bekam. Dann hätte ich was anderes besorgt.«

»Sei nicht so empfindlich. Der andere hat schon ein Rad ab. Also ist deiner doch ganz okay.«

Fragte sich, wer hier tatsächlich ein Rad abhatte. Sie mit ihrer überheblichen Art oder ich, weil ich mich nicht dagegen wehrte. »Darum geht es hier nicht.« Es reichte mir endgültig.

»Was willst du von mir, Feli?«, fauchte Anna. Mit einem Mal sah sie furchtbar müde aus. »Weißt du, wie anstrengend es ist, ein Kind großzuziehen? Jeremy ist ständig unterwegs. Ich habe das Gefühl, er reißt sich um jeden Schichtdienst, Hauptsache, er kann hier raus. Jacob ist ihm zu laut, zu klebrig, die vollen Windeln ekeln ihn an. Er beschwert sich darüber, dass ich nicht mehr so gut aussehe, meine Taille etwas fülliger ist. Mum und du, ihr habt nie Zeit. Du bist ja ständig mit irgendwelchen tollen Typen auf Tour, hast Spaß mit deiner Clique, kannst am College rumgammeln. Ich kann mich nicht mal mehr mit meinen Freundinnen verabreden, weil ich keinen Babysitter habe und mir auch keinen leisten könnte. Meine Freundinnen haben Mütter, die sich gerne um ihre Enkel kümmern, sie ihnen abnehmen, damit sie mal ins Kino gehen können oder wieder zu arbeiten beginnen. Ich sitze hier fest. Kaum einer kommt mich besuchen. Du auch nicht. Du bist mit Filmstars unterwegs oder gehst deinem neuen Job in einem schnieken Museum nach. Was, sag's mir, was soll ich tun, um endlich ein wenig Anerkennung von euch zu bekommen?«

Ich starrte Anna an. Sie erhob sich, ging in die Küche und knallte mir eine Minute später einen Teller mit Kuchen auf den Tisch.

»Anna, das tut mir leid. Ich dachte immer, Jeremy und du wärt glücklich.«

Sie sah mir offen ins Gesicht. »Ich glaube ehrlich gesagt, er geht fremd. Er ist kaum noch zu Hause. Carl ist öfter hier als Jeremy.« Sie schenkte mir und sich Kaffee ein. »Und mittlerweile glaube ich, auch Carl kommt nur noch in der Hoffnung, dich hier anzutreffen. Er fragt ständig nach dir.«

Ich zog eine Grimasse.

»Findest du nicht, du bist etwas hochnäsig? Carl ist ein toller Typ. Er sieht wahnsinnig gut aus und die Mädchen rennen ihm scharenweise hinterher.«

»Ganz ehrlich, auf solche Machos kann ich ganz gut verzichten.« Der Gedanke an den Schönling Gaston aus *Die Schöne und das Biest* kam mir in den Kopf. Wenn ich genauer darüber nachdachte, hatte Carl nicht wenig Ähnlichkeit mit ihm.

»Für dich würde er sich ändern. Da bin ich mir sicher.«

Ich lächelte leise. »Muss er nicht, ehrlich. Sag ihm, er soll sich eine andere suchen.«

»Bist du noch immer in Richard Cosgrove verschossen?«

Ich wurde rot. »Nein. Er war auf Lee furchtbar eifersüchtig und ehrlich gesagt ist Richards Welt definitiv nicht meine.«

»Dann erzähl mal von diesem Lee. Sieht er so gut aus wie Cosgrove?«

»Besser.«

»Na, diese Ausgeburt von einem Wunderknaben möchte ich unbedingt kennenlernen. Mum schwärmt in den höchsten Tönen von ihm.«

Wir aßen ein paar Minuten schweigend Kuchen und tranken Kaffee.

»Tut mir leid mit deinem Studiengeld«, sagte Anna auf einmal. »Mum hatte uns zuerst darum gebeten und wir konnten ihr nicht helfen. Seit ich nicht mehr arbeite, ist es bei uns extrem knapp. Sobald Jacob in den Kindergarten gehen kann, suche ich mir einen Job, aber im Moment ... Die Kosten für einen Krippenplatz sind unverschämt. Das Geld ist auch ein ständiger Streitpunkt zwischen Jeremy und mir.«

Ich hätte ihr so gern gesagt, ich würde helfen. Aber das konnte ich nicht. Solange ich nicht wusste, wo ich enden würde. Nicht, solange man mich mit den Insignien in Verbindung brachte und die noch nicht alle gefunden waren. Ich wollte, Lee wäre da. Ich hätte mit ihm Annas missliche Lage klären können und wir hätten uns was überlegt, um sie zu entlasten. Zumindest war dieser Nachmittag mit meiner Schwester der entspannteste seit Jahren.

Aber nur so lange, bis Carl plötzlich auftauchte. Er setzte sich dicht neben mich auf die Couch, legte ständig einen Arm auf der

Sofalehne hinter mir ab (Old Spice war ein sehr aufdringliches Deo) und versuchte mich mit Gesprächen über Fußballspiele zu fesseln. Da mich noch immer ein schlechtes Gewissen drückte, weil er bei unserer letzten Begegnung eine Glasscherbe in die Hand bekommen hatte, ertrug ich seine Aufmerksamkeit tapfer, ohne ihm allerdings die geringste Hoffnung zu geben.

Anna hing an seinen Lippen und bediente ihn sklavisch. Er hatte seine Flasche Bier noch nicht ausgetrunken, als auch schon die nächste dastand. Mum hatte früher gehen müssen, um den Pub zu öffnen. Ich blieb anstandshalber noch eine halbe Stunde länger.

Trotzdem war mir das Herz schwer, als ich nach Hause ging. Konnte ich Lee darum bitten, Carl in seine Schranken zu verweisen? Nicht nur in Bezug auf mich, sondern auch auf Anna? Noch zwei Tage, dann wäre Lee wieder da. Und jeden Tag kam etwas Neues hinzu, wobei ich seine Hilfe dringend brauchen könnte.

GEMEINSAM

Ich folgte meinen Freunden mit hängendem Kopf in Richtung Klassenzimmer. Noch drei Stunden Unterricht, diesen Abend und eine Nacht. Dann wäre er wieder da.

Dann *sollte* er wieder da sein. Wenn nicht, würde ich den Eintritt für die Westminster Abbey in Kauf nehmen und versuchen ihn zu finden. Von dort aus gelangen mir die Zeitsprünge immer am besten. Ich müsste dann nur Simone anrufen und den Dienst im Museum für Freitag absagen. Wie viel Geld blieb nach dem horrenden Eintritt für die Abtei dann noch übrig?

Phyllis stupste mich an. »Ich glaube, gleich geht es dir besser.«

Ich hob den Kopf.

Und da stand er. *Er war wieder da!* Heil und unversehrt. Er sah aus wie der strahlende Ritter in schimmernder Rüstung. Ach was, er *war* mein strahlender Ritter. Ich ließ meine Tasche fallen und rannte zu ihm. Seine Zähne blitzten in diesem typischen breiten Lächeln und seine Augen funkelten voller Freude. Er breitete die Arme aus und ich warf mich ihm entgegen. Ich wusste, dass er seine Magie nutzte, damit wir nicht umfielen. Trotzdem hörte ich ein leises *Umpf.*

Und dann brach schließlich alles über mir ein.

Ich roch Lee.

Ich fühlte Lee.

Ich wollte Lee.

Und dann drückte ich meine Lippen auf seinen Mund und küsste ihn.

Ich spürte seine Überraschung, aber schon wenige Sekunden später fühlte ich seine Hände in meinem Haar und wie er meinen Kuss leidenschaftlich erwiderte. *Bist du dir sicher?*, hörte ich ihn in meinen Gedanken. *Ist es dafür nicht ohnehin zu spät?*, antwortete ich und drückte mich noch fester an ihn.

Irgendwann drang das Gejohle zu mir durch und ich löste meine Beine von seiner Taille. Um uns herum hatte sich eine Traube von Schülern gebildet und alle applaudierten. Ich fühlte die Hitze in meinen Wangen und die rührte nicht nur von der Verlegenheit her. Lee sah mich immer noch mit einer Mischung aus Unglauben, Seligkeit und Freude an.

»Lass uns Geschichte schwänzen«, murmelte er heiser in mein Ohr.

»Verdammt.« Ich schlug mir mit der flachen Hand an die Stirn. »Geht nicht. Ciaran ist unser Geschichtslehrer.«

Er riss einen Moment lang ungläubig die Augen auf. Dann grinste er. »Umso besser.«

»Na, ich weiß nicht. Ich habe keine Lust, heute Nachmittag bei ihm nachzusitzen. Nicht jetzt, wo du wieder da bist.«

Lee grinste und schlang einen Arm um meine Schultern. Er zog mich fest an sich und küsste mich auf die Haare. »Mach dir keine Gedanken. Er wird sich hüten dich noch einmal nachsitzen zu lassen.«

Das hatte ich ja sowieso schon mit ihm geklärt. Aber Ciaran konnte wirklich unangenehm sein und ich hatte nicht wenig Respekt vor ihm.

Lee zwinkerte mir verschwörerisch zu und drückte mich noch fester. »Keine Sorge. Er wird nichts tun. Du bist mit mir zusammen.«

Ja. Jetzt war ich endgültig mit Lee zusammen. Dabei fiel mir etwas auf. »Ich fühle nichts.«

»Ich bin enttäuscht. Schon nach zehn Sekunden nicht mehr?« Lee sah entsetzt aus.

Ich boxte ihn in die Seite. »Ich meine den Stromschlag, den ich sonst immer abbekomme, wenn du mich berührst. Fühlst du ihn?«

Ein leises Lächeln umspielte seine Mundwinkel.

»Was, Lee? Sag es mir!«

»Nein. Du wirst ihn auch nie wieder spüren. Mit deinem Kuss hast du die Spannung überbrückt. Du weißt, dass wir …«

Er brauchte den Satz nicht zu beenden. Ich schlang meinen Arm fester um seine Mitte und schmiegte mich an ihn. Mit diesem Kuss hatte ich alles besiegelt. Wenn ein Mensch einen Elfen küsst, bindet er sich auf ewig an ihn. Arme Felicity Stratton.

»Sollen wir Mr Duncan sagen, euch sei schlecht geworden?«, rief uns Nicole mit einem breiten Grinsen im Gesicht hinterher.

»Wir sagen ihm, Felicity hätte sich die Seele aus dem Leib gekübelt. Lee musste sie nach Hause bringen«, half Jayden.

»Ich kann auch gerne die Bröckchen vom Mittagessen beschreiben«, setzte Corey hinzu.

Ich winkte ab. »Danke, Corey.« Lee schulterte unser beider Taschen, schlang einen Arm um meine Schulter und wir verließen das College.

Es wurde einer der schönsten Tage, die ich je erlebt hatte. Wir fuhren zu Lee, plauderten über einer Tasse Tee, ließen uns Pizza kommen, kuschelten uns auf seiner Couch in seinem wunderschönen Zimmer im Dachgeschoss zusammen.

Und wir küssten und berührten uns ständig. Kein Stromschlag hinderte uns mehr daran. Ich konnte gar nicht oft genug seine Finger in meine Hände nehmen und darüberstreichen. Oder über seine Wangen, seinen Nacken. Ihm schien es ähnlich zu gehen. Seine Hand legte sich oft an meine Wange und ständig küsste er mich. Auf die Stirn, den Mund, die Nasenspitze.

Erst als die Spätnachrichten im Fernsehen vorüber waren, bat ich Lee, mich nach Hause zu fahren. Wir lagen noch beide auf der Couch. Ich hätte nicht sagen können, was im Fernsehen gelaufen war. Wenn der Nachrichtensprecher soeben den dritten Weltkrieg verkündet hätte, wäre das wohl an mir vorbeigegangen.

»Du könntest auch hierbleiben«, sagte er leise und zog mich auf sich, um von meinen Wangenknochen entlang bis zum Ohr hin zu knabbern.

»Mum ist in letzter Zeit anders. Besorgter. Ich möchte sie nicht unnötig beunruhigen. Ich habe es ihr versprochen.«

Lee hörte mit der Knabberei auf und sah mich an. »Deine Mutter wird mütterlich?«

Ich dachte an ihren Gesichtsausdruck in meinem Traum.

Lee las es in meinen Augen. Dann nickte er zustimmend. »Okay. Wenn das so ist.«

Er brachte mich in seinem Mercedes nach Hause. Und dann küsste er mich noch einmal im Auto, was sich als sehr unbequem erwies in diesem Sportwagen.

Es hielt uns trotzdem nicht davon ab.

Die nächsten Tage schwebte ich auf Wolke sieben. Lee wartete morgens vor unserem Haus auf mich und wir gingen Hand in Hand zum College. Wir hielten sogar während des Unterrichts Händchen. Einfach weil es so neu und schön war, sich berühren zu können, ohne dass Funken flogen. Abgesehen von Jacks finsterem und Pauls traurigem Gesicht grinsten alle anderen nur noch breit.

Nun ja, auch Felicity Stratton grinste nicht. Sie hatte uns morgens angesehen und war dann den ganzen Tag mit rot geäderten Augen durch die Schule gelaufen. Das erinnerte mich wieder einmal daran, wie stark Elfenmagie sein konnte, und Lees Zauber war es auch. Ciaran dagegen lächelte hämisch, als er uns im Flur begegnete.

Ich hätte meine Zeit am liebsten nur allein mit Lee verbracht, aber ich hatte auch noch Dienst in der National Gallery. Dieses Mal war ich in den Räumen für mittelalterliche Kunst eingeteilt.

Heute war einiges los. Der Tourismus, der das ganze Jahr über in London vorhanden war, nahm im Frühling bei schönem Wetter extrem zu. An Tagen wie heute, wo es zwischendurch regnete, war das Museum noch besser besucht. Das bedeutete aber leider auch, dass ich nicht mit meinem neuen Museumsfreund sprechen und ihm von unserem neusten Erfolg berichten konnte. Sprechen war sowieso zu viel gesagt. Wir kommunizierten nur per Pantomime. Er war nämlich ein Schatten. Ein sehr autonomer Schatten, der einst ein König gewesen war.

Stattdessen war eine Grundschulklasse mit ihrem Lehrer da. Der Lehrer lächelte mich freundlich an. Er war noch jung und sehr engagiert. Mir gefiel, wie er mit den Kindern umging. Er wusste diese alten Bilder so interessant zu beschreiben, dass jedes Kind mit offenem Mund lauschte.

Eine solche Lehrkraft wollte ich auch werden. Die neun- und zehnjährigen Schüler waren so unterschiedlich wie die Blumenrabatten im Hyde Park. Trotz der gleichen Ausgehuniform, bestehend aus Sweatshirts in leuchtendem Lila und grünen Hosen. Vier Mädchen klebten aneinander und warfen sich verschwörerische Blicke zu. Ein Junge mit Brille sog jedes Wort seines Lehrers ein, ein Mädchen mit lockig roten Haaren musterte gedankenverloren ... mich.

Ich zwinkerte ihr zu. Anstatt schnell den Blick abzuwenden oder zurückzuzwinkern, sah sie mir nur ernst in die Augen. *Ich weiß, wer du bist,* hörte ich eine mädchenhafte Stimme in meinem Kopf. Mein Lächeln gefror.

Der Lehrer lotste seine Schüler in den nächsten Raum. Er fasste das rothaarige Mädchen an der Schulter und schob sie vor sich her. Ehe er aus meiner Sicht verschwand, wandte er sich noch einmal zu mir um und winkte mir schüchtern zu. Ich nickte nur, zu benommen, um wirklich reagieren zu können.

Das Mädchen hatte sich noch einmal zu mir umgedreht. »Keine Sorge, Felicity Morgan, ich bin wie du. Wir sehen uns wieder.«

Ich starrte ihr mit offenem Mund hinterher, bis ich merkte, dass mich die anderen Besucher sonderbar ansahen.

Noch am gleichen Abend erzählte ich Lee von dem Mädchen. Aber er tat sie nur achselzuckend als künftige Druidin ab. Es gäbe ein paar Menschen mit einem Quäntchen Elfenblut in den Adern, die mit der richtigen Ausbildung zu Druiden würden. Manche hatten Vorahnungen, manche konnten die Gefühle oder die Gedanken ihrer Mitmenschen lesen. Dieses Mädchen gehörte augenscheinlich zu Letzteren.

Das leuchtete mir ein. Fynn Dott und die anderen Nicht-Elfen auf Avalon mussten ähnliche Fähigkeiten aufweisen. Ich vergaß das Mädchen auch bald wieder.

Zwei Wochen verstrichen ohne irgendwelche Zwischenfälle oder Hinweise auf den Verbleib der restlichen Insignien. Wenn Lee und ich allein waren (und aufhören konnten uns zu küssen), gingen wir sämtliche Fakten durch, die wir hatten. Was nicht viele waren. Die Morde waren nach wie vor ungeklärt, der Verräter war noch nicht gefasst und die Insignien in meinem Spind wussten wir nicht einzusetzen. Das Stück Eierschale warf nur neue Fragen auf, statt Hinweise zu liefern. Lee war sich nicht sicher, ob es sich nicht einfach um ein Stück von einem Dinosaurierei handelte.

Zu schade, dass es keine Bibliothek gab, in der wir hätten stöbern können, dachte ich und sah Lee an.

Er starrte zurück. Und ehe er den Gedanken ausformulierte, wusste ich schon: Es gab eine! Wir setzten uns beide gleichzeitig auf.

Ohne ein Wort zu wechseln, zog ich Jacke und Schuhe an und Lee nahm den Autoschlüssel.

Wir fuhren aus der Stadt in Richtung Nordosten. Nach ungefähr einer Stunde verließ Lee die Autobahn und lenkte den tief liegenden Sportwagen auf einen für ihn ungeeigneten Feldweg. Den Rest mussten wir zu Fuß bestreiten. Auch wenn die Tage bereits merklich länger hell waren, war es um sieben Uhr abends dunkel. Lee schaltete eine Taschenlampe ein, nahm meine Hand und führte mich in den vor uns liegenden Wald hinein.

»Unter anderen Umständen hätte ich vermutet, dir wäre der Sprit ausgegangen«, sagte ich und zuckte erschrocken zusammen, als direkt neben mir etwas vorbeihuschte.

»Da wäre ich schön bescheuert. Wo ich doch zu Hause ein großes Bett und ein leeres Haus habe«, sagte Lee nur und zog mich bis zu einer Lichtung.

Mein Halbelf dachte praktisch. »Was tun wir hier? Du wolltest mir schon auf der Fahrt nicht sagen, wohin wir fahren. Ich weiß nur, dass Avalon nicht nordöstlich von London liegt.«

»So? Wo liegt es denn?« Lee ging ungerührt weiter.

Er konnte augenblicklich vom spielerischen Verführer auf den knallharten Agenten umschalten. Im Moment war ich mit dem Agenten im Wald unterwegs. Ich war ein wenig frustriert, weil ich das nicht vermochte. Das zeigte mir wieder, wie viel Erfahrung Lee in seinem Leben schon gesammelt hatte. »In Somerset«, antwortete ich, ohne zu zögern. »Zumindest der Artussage nach. Und dann gibt es noch eines in Frankreich. Aber das schreibt sich falsch.«

»Es liegt hinter den Nebeln, Felicity.« Lee war stehen geblieben. »Wo genau das ist, weiß kein Mensch.«

»Aber ein Elf?«, hakte ich nach. Dann erst sah ich mich um. Wir befanden uns auf einer Lichtung und der Schein von Lees Taschenlampe beleuchtete auf dem Boden ein paar kleine Steine, sorgsam aufgereiht, die runde Muster bildeten und dessen Wege in Schlingen hin- und herführten. Ein Labyrinth. Ich runzelte die Stirn. »Was tun wir hier?«

»Wir gehen nach Avalon. Komm mit.« Wieder nahm er meine Hand und führte mich zu einer Lücke zwischen den äußeren Steinen. »Das ist der Eingang.«

»Das ist ein Scherz, oder?«

Er antwortete nicht, hielt nur einen Finger an seine Lippen und zog mich mit sich. Wir gingen quasi im Kreis über die Lichtung, folgten den Windungen der Steine, bis sie enger und enger wurden. Ich achtete auf Lees Schritte, und da er sorgsam darauf bedacht schien, keinen der Steine zu berühren, die den Pfad säumten, machte ich es ihm nach.

Weil die Kreise enger wurden, wurde es schwieriger und ich konzentrierte mich auf meine Füße und den nächsten Schritt. Und endlich war der Weg zu Ende. Eine Sackgasse. Ich sah ratlos zu Lee auf und wollte schon sagen: *Was jetzt?*, aber dann staunte ich.

Wir standen inmitten eines Apfelhains.

AVALON

Anscheinend war das Klima hier milder, denn die Apfelbäume hatten bereits junge Triebe. Am Horizont ging die Sonne unter und tauchte die Insel in ein warmes, orange-rosafarbenes Licht.

»Das wollte ich dir schon immer zeigen«, sagte Lee leise. »Aber dabei hatte ich eher eine Picknickdecke und viel Zeit im Sinn.«

Ich lächelte ihn an. »Das heißt, wir müssen noch einmal hierher.« Ich blickte zurück. Es befand sich hier kein Labyrinth auf dem Boden. Nur das erste, kurze Frühlingsgras. »Hast du nicht einmal erklärt, die Dinger führten nur in die Anderwelt?«

Lee nickte. »Ja, aber Avalon ist ein Teil der Anderwelt. Es ist zwar für Menschen und Halbelfen erreichbar, aber nicht mit Bus oder Bahn. Man muss den Weg hinter die Nebel kennen. Ich finde das gut. Sonst hätte Hilton hier bestimmt auch schon ein Hotel stehen und TUI eine Ferienanlage mit Animation. Stell dir vor, hier würde morgens zum Zumba-Kurs aufgerufen werden.«

Ich kicherte bei der Vorstellung und sog noch einmal das ruhige und idyllische Bild der Insel ein. Mein Lächeln verblasste, als ich die Mauern der Festung sah. »Wie kommen wir dort hinein? Was sollen wir sagen?«

Lee hob auf seine unnachahmlich überhebliche Art eine Augenbraue. »Warst du schon einmal in der Bibliothek?«

Ich nickte.

»Dann weißt du, dass sie viele kleine Nischen und Durchgänge besitzt.«

Ich nickte wieder.

Er sah mich nur an und grinste.

Ich holte tief Luft und wollte an ihm vorbei. »Na dann los.« Er hielt meinen Arm fest.

»Es geht in die andere Richtung«, sagte er und deutete in den Apfelhain hinein. Resigniert folgte ich ihm.

Wir durchquerten den Apfelhain und betraten den Laubwald dahinter. Ich hatte nie zuvor einen reinen Eichenwald gesehen, aber diese Eichen schienen uralt. Ab und an hing an den Ästen ein Fetzen Stoff oder ein Stück buntes Glas. Der Boden war übersät von zarten blauen Blumen. Hier spürte selbst ich die Magie des Ortes. Vielleicht war ich im Moment aber auch nur extrem romantisch veranlagt.

Das verflüchtigte sich jedoch schnell. Es war bereits stockfinster, als wir den Anstieg erreichten, den mich die beiden Elfen vor einigen Wochen hinaufgeführt hatten. Ich stöhnte, als ich ihn sah. Der Weg nach oben war extrem steil und anstrengend gewesen.

»Keine Bange, es ist nicht weit«, beruhigte er mich.

Nicht weit bedeutete für mich fünf Kilometer Fußmarsch einen steilen Hang hinauf. Für Lee ein Kinderspiel. »Kannst du mich nicht tragen und ganz schnell laufen?«, keuchte ich hinter ihm.

Lee schüttelte den Kopf. »Nein. Dazu müsste ich meine Magie anwenden und das könnte vom Merlin wahrgenommen werden. Ich wäre heute lieber inkognito hier.«

Also musste ich diesen steilen Klippenwald erneut erklimmen. Endlich standen wir vor einer Felswand.

»Und jetzt …«, keuchte ich vornübergebeugt.

»Muss ich mich wieder daran erinnern, wie man den Fluchtweg öffnet«, sagte Lee gedankenverloren.

»… muss ich erst mal was trinken«, vollendete ich ungerührt meinen Satz und umrundete den Vorsprung. Lee folgte mir, immer noch in Gedanken versunken.

Schon standen wir wieder vor dem Wasserbecken mit der eingeritzten Triskele. Und ich wurde nass. Obwohl ich versucht hatte vorsichtig zu sein, schoss das Wasser in einem dichten, festen Strahl hervor, als ich an die Quelle herantrat. Ich fluchte leise und trank.

Erst dann sah ich auf. »Möchtest du nichts?«

Lee sah mich genauso groß an wie damals die beiden Elfen.

»Was ist?«, fragte ich bang.

»Das Wasser fließt in deiner Gegenwart stärker.« Seine Stimme klang fassungslos.

»Ich weiß. Warum? Ist das wieder so ein Prophezeiten-Ding?«

Lee sah mich ernst an. »Das ist ein *Pan-Ding*.«

Ich richtete mich auf und bereute es sofort, denn wieder traf mich der Wasserstrahl. Im Frühjahr und bei untergegangener Sonne war das sehr unangenehm. Ich ging wieder auf Lee zu, außer Reichweite des Wassers. »Was meinst du?«

»Es wurde Pan, dem ersten Elfenkönig, nachgesagt, er könne das Wasser beeinflussen. Er konnte es nicht regnen lassen. Aber er konnte Quellen, die verdorrt waren, zum Sprudeln bringen. Dummerweise ist Deirdre unsere älteste Nymphe. Sie könnte uns mehr darüber berichten. Sie hat ihn noch gekannt.«

Ich sah Lee irritiert an. »Er ist doch Oberons Vater. Und damit auch der Vater deines Vaters. Kannst du ihn nicht danach fragen?«

Lee lächelte ein wenig schief. »Du weißt doch, wie ich aufgewachsen bin. Ich habe kaum jemals Zeit, mit meinem Vater zu sprechen. Alles, was ich über meine Vorfahren weiß, weiß auch jeder andere Schüler Avalons.«

Ich sah Lee an und konnte nicht entscheiden, ob er darüber verbittert war oder es als Tatsache annahm. »Sag nie wieder etwas gegen meine Familie«, mahnte ich ihn ernsthaft. »Sie mag ein wenig verkorkst sein, wie viele Familien in England, aber deine ist noch seltsamer.«

Ein Wind kam auf und ich fröstelte in meinen nassen Kleidern. »Kannst du dich jetzt daran erinnern, wo der Eingang ist? Mir ist kalt.«

Er nickte und umrundete noch einmal den Vorsprung. Ein Teil der Felswand war mit Efeu bedeckt. Lee schob es vorsichtig auseinander, bis er fand, was er suchte: eine kleine Öffnung. Es war nicht einfach nur ein in den Fels gehauenes Loch, sondern umrandet von viereckigen Quadersteinen, die mit ähnlichen keltischen Symbolen und Mustern verziert waren wie das Wasserbecken. Das Dumme war nur, die Öffnung war so groß wie eine Katzenklappe.

»Da passen wir nie durch«, sagte ich frustriert. »Nicht mal du mit deinen schmalen Hüften.«

»Ah, die hast du also doch registriert. Nur meine stählernen Muskeln lassen dich kalt.« Lee kniete sich auf alle viere und fuhr die Linie eines Musters nach.

Anscheinend hatten diese keltischen Symbole mehr Kraft inne, als die Esoteriker sich je vorstellen konnten. Mit jeder Schlinge, die Lees Finger machte, wurde die Öffnung größer. Bis sie endlich so groß war, dass wir durchkriechen konnten.

Lee drehte sich mit einem selbstgefälligen Lächeln zu mir

um. »Ich würde ja sagen, nach dir, aber ich kenne den Weg.« Er entnahm seiner Hosentasche eine zweite Taschenlampe und reichte sie mir. Im nächsten Moment war er im Tunnel verschwunden. Ich beeilte mich ihm zu folgen, ehe der Eingang wieder schrumpfte.

Wir mussten nur zehn Meter weit auf allen vieren kriechen, dann erhöhte sich der Gang und sogar Lee mit seiner überdurchschnittlichen Körperlänge konnte aufrecht stehen. Wenigstens zog es nicht hier drin. Mir war schon so kalt genug. Wieso musste ich auf meinen Abenteuerreisen eigentlich immer frieren? Ich sollte mir angewöhnen, ständig lange, warme Unterhosen und -hemden bei mir zu tragen.

Entgegen meiner Vermutung bestanden die Wände nicht aus behauener Felswand, sondern aus aufeinandergesetzten Steinen. Ein paar Meter weiter voraus gab es einen Seitengang. Als wir daran vorbeischritten, leuchtete ich hinein. Der Gang war eine Sackgasse, die sich zum Ende hin verkleinerte und in einer ebenso kleinen Öffnung mündete wie der Eingang zu diesem Tunnelsystem.

Das kam mir seltsam vertraut vor. Ich konnte mich nur nicht mehr daran erinnern, wieso. »Ob ich schon einmal hier gewesen bin?«, murmelte ich nachdenklich.

»Das bezweifle ich«, sagte Lee vor mir. Seine Stimme klang gedämpft. »Du wirst in Cornwall in einem dieser Fogou gewesen sein. Das sind Tunnel, die, wenn man weiß wie, auch hierherführen. Nur wissen das heutzutage die wenigsten. Die Türöffner sind in Vergessenheit geraten. Dazu muss man wissen, dass man von jedem Tunnel den Schlüssel besitzen oder seine Magie kennen muss, um ihn zu öffnen.«

Ich erinnerte mich, dass Grandpa einmal von diesen Erdlöchern gesprochen hatte. »Woher wusstest du dann von dieser Öffnung?«

»Wir müssen noch ein wenig gehen. Der Tunnel führt quer durch den Berg.«

Er überging meine Frage einfach! »Lee! Woher wusstest du von dieser Öffnung?«

Lee schwieg weiterhin beharrlich.

Das ließ nur eine Schlussfolgerung zu. »Deirdre? Oder war es Mildred?«, fragte ich.

Lee stöhnte. »Fay, stell lieber keine Fragen, auf die du nicht wirklich eine Antwort haben willst.«

»Also Deirdre. Ich dachte, Nymphen seien gegen deine Magie immun.«

»Sind sie auch. Deirdre ist etwas ... speziell. Das erfuhr ich aber erst, als es zu spät war.«

Zu spät? Wonach? Nach dem Küssen? Oder war da mehr gelaufen? Ich kniff den Mund zusammen. Er hatte Recht. Auf manche Fragen erhielt man besser keine Antworten.

Der Gang veränderte sich. Die Steine wurden größer, waren gerader behauen und passten besser aufeinander. Wir waren noch an einigen Abzweigungen vorbeigekommen. Jetzt standen wir in einer Sackgasse. Vor uns befand sich eine kleine Öffnung, durch die höchstens ein Beagle gepasst hätte. Lee bückte sich wieder, strich mit seinem Finger über das Muster und die Öffnung wurde größer. Die Taschenlampen löschten wir vorsichtshalber.

Als wir die Öffnung passiert hatten und uns aufrichteten, befanden wir uns in einem kleinen Raum, nicht größer als ein Kleiderschrank. Nur dass sich hier Bücher und Schriftrollen stapelten. Lee legte einen Finger an meine Lippen. Ich horchte. Nichts. Totenstille. Anscheinend hörte auch Lee nichts, denn er schaltete seine Taschenlampe wieder ein.

»Das Buch der Prophezeiung liegt dort hinten«, sagte er und ging voraus.

Erst jetzt merkte ich, dass der kleine Raum zu einem riesigen Saal gehörte. Wir waren in der Bibliothek von Avalon angekommen. Hier hätte ich mich erneut verlaufen. Die Bibliothek mit ihren kleinen Nischen, Gängen und Durchgängen war ein wahres Labyrinth. Aber Lee kannte sich aus. Nicht verwunderlich, wenn man bedachte, dass die Ausbildung auf Avalon nahezu zwanzig Jahre umfasste.

Zielstrebig suchte und fand er das richtige Regal und entnahm ihm das Buch. Ich hielt ein wenig Abstand. Meine Klamotten waren so klamm, dass ich Angst hatte, eines der Schriftstücke zu beschädigen, wenn das Papier damit in Berührung käme. Im Gegensatz zu mir konnte Lee alles lesen, was darin stand. Ich hatte diese Runen oder die Strichschrift namens Ogham nie gelernt. Lee überflog die meisten Seiten. Endlich hielt er inne.

Ich beugte mich über seine Schulter. Der Text war in lateinischer Schrift festgehalten. »Was bedeutet das?«

Lee übersetzte für mich: »Die Auserwählte ist mit den Insignien verbunden. Der eine wird den anderen finden. Es sei denn, der andere findet den einen zuerst.«

»Ist das ein Mumpitz«, sagte ich leise. »Mal davon abgesehen, dass dieses Buch nie einen Lektor gesehen hat, was bedeutet das?«

Lee sah mich an. »Die Insignien kommen zu dir. Theoretisch

müssen wir nicht großartig nach ihnen suchen, sie finden den Weg zu dir von ganz allein.«

»Heißt das, ich müsste jetzt gar nicht hier sein und frieren?« Ich zupfte an meinem nassen Pulli.

»Könnte man sagen.«

»Gut. Dann lass uns nach Hause gehen. Ich will ein heißes Bad.«

Lee grinste träge. »Ich wüsste noch etwas anderes, das dir einheizt.«

Da war er wieder: der Verführer. Er hatte den Agenten schneller abgelegt, als ich aus meinen nassen Socken schlüpfen konnte. Streng sagte ich: »Mach keine Versprechungen, die du nicht halten kannst, FitzMor. Du hast nur fünfundzwanzig Grad Körpertemperatur.« Trotzdem schlug mein Herz schneller und mir wurde mit einem Mal warm.

Lee lehnte sich zurück und zog meinen Kopf zu sich heran. Ich kam ihm entgegen und wollte ihn schon küssen, als meine Augen eine Bewegung auf dem Papier vor uns einfingen. Das Buch schrieb sich soeben wieder neu. Auf der gegenüberliegenden Seite in rotbrauner Tinte und einer Schriftart, die ich nicht kannte. Lee war meinem Blick gefolgt. Seine Hand, die noch wenige Sekunden zuvor meinen Nacken fest umschlossen hatte, löste sich. Lees Gesicht wurde starr. Als könne er nicht glauben, was er da las. Ein beklommenes Gefühl ließ die Wärme in meinem Körper wieder weichen. Das Buch hatte aufgehört zu schreiben. Der Text war fertig (übrigens ohne Interpunktion, ein Korrektor wäre auch keine schlechte Idee).

»Was steht da?«, wollte ich wissen.

Lee sah mich mit großen Augen an und ich hörte seine

Stimme in meinem Kopf. Sie formulierte nur zwei Wörter: *Horton College?* Ehe er etwas sagen konnte, wurden wir geblendet. Eine Karbidlampe richtete ihren hellen Strahl in unsere Gesichter.

»Sieh an. Wenn das nicht unsere ehemals neue Mitschülerin ist, die sich eines Tages ohne ein Wort des Abschieds aus dem Staub gemacht hat. Wieder auf der Suche nach frischer Unterwäsche, Felicity Morgan?«

Vor uns standen Liam und Fynn. Und beide sahen nicht aus, als würden sie sich über ein Wiedersehen freuen.

GESTÄNDNISSE IN DER BIBLIOTHEK

»Was tut ihr hier?«, fragte ich. Mein Herz pochte, ich fühlte jeden Schlag in meinem Hals. Liam hob eine seiner perfekten Augenbrauen. »Ich dachte, die Bibliothek sei nachtsüber für Schüler geschlossen«, setzte ich zur Gegenwehr an.

»Wer hat dir denn das erzählt?«, fragte Fynn irritiert.

»Fynn!« Liam sah auf Fynn hinunter. »Wir müssen sie melden.«

Fynn sah Lee an. »Ich wüsste gern, was sie mit dem Buch der Prophezeiung vorhaben.«

Lee klappte es zu. Jetzt konnten sie nicht mehr sehen, was wir gesucht hatten. Er sah Liam in die Augen. »Die Bibliothek ist für euch Schüler nachts tatsächlich verboten. Was wollt ihr zwei hier?«

Liam reckte sich ein Stück. »Ich denke, diese Frage steht eher uns zu. Oder noch besser dem Merlin.« Er trat um den Tisch herum und packte meinen Oberarm. »Nicht doch!«, sagte er barsch, als Lee aufspringen wollte.

»Keiner von uns ist so schnell wie du, aber Felicity ist definitiv langsamer und weniger ausgebildet als wir.« Fynn sah fest entschlossen aus. Das stand im krassen Gegensatz zu dem freundlichen jungen Mann, der mich hier eingeführt hatte.

»Drohst du etwa mich zu verletzen?«, fragte ich entgeistert.

»Niemand wird hier verletzt. Aber jetzt bewegt euch. Du, ganz langsam, in normaler Geschwindigkeit«, fügte Fynn gen Lee gewandt hinzu. Er fasste Lees Arm und führte ihn zur Tür.

Im Schein der Karbidlampe konnte ich an der Wand unsere Schatten ausmachen. Und einen fünften. Er war wieder da! Konnte er uns helfen? Ich versuchte nicht allzu angestrengt auf den Schatten zu starren, während wir durch die Gänge geschoben wurden. Ich sah ihn eine Bewegung in Richtung Liam machen – sollte ich den ablenken?

»Du hast einmal behauptet, du seist wesentlich jünger als jeder andere Schüler gewesen, als du nach Avalon gekommen bist«, begann ich zu improvisieren.

Liam warf mir einen kurzen Blick zu. »Was hat das mit eurem plötzlichen Auftauchen in der Bibliothek zu tun?«

Nichts. Aber irgendwas musste ich tun. »Hast du dich nie gefragt, wie der Merlin dich gefunden hat?«

Ein überhebliches Lächeln umspielte Liams Mundwinkel.

Lee vor mir schnaufte. »Er ist der Nachfolger des Merlin. Eines Tages wird Liam Leiter der Schule und Mitglied des Kronrates werden. Es wird gemunkelt, dass der jetzige Merlin sein Vater ist.«

Liams Finger umkrallten meinen Arm fester. Das tat weh und ich zuckte zusammen.

Fynn versetzte Lee einen Stoß. »Hör auf damit«, wies er ihn zurecht.

Lee lächelte spöttisch auf Fynn hinunter. Er überragte ihn um einen halben Kopf.

»Das letzte Mal warst du wesentlich netter«, sagte ich zu Fynn. »Welche Laus ist dir über die Leber gelaufen?«

»Du hast mich beim letzten Mal als schwul bezeichnet, ehe du sang- und klanglos verschwunden bist«, warf er mir vor.

Ups. Ich versuchte mich zu erinnern. Wir hatten Champagner auf seinen achtundzwanzigsten Geburtstag getrunken und dann war ich in Versailles aufgewacht. »Tut mir leid«, wollte ich schon sagen, als mein Blick auf die Schatten an der Wand fiel. Einer davon deutete wieder auf Liam und dann auf Fynn. Ich konnte einen gespitzten Mund erkennen und wie er seine Hände miteinander verschränkte. Wie bei einem Pärchen. Ich blieb abrupt stehen. Schnell wandte ich den Blick ab.

Liam sah mich an. »Komm schon. Du brauchst nicht die Spröde zu spielen.«

»Tu ich nicht«, sagte ich langsam und betrachtete ihn genau. Liam war der schönste Mann, dem ich je begegnet war, Lee eingeschlossen. Er hätte mit Sicherheit Werbeverträge für Designer abschließen können, wenn er nicht auf Avalon leben würde. Dass er nicht auf Frauen stand, hätte ich jedoch nie erraten. Aber der Schatten hatte das nicht umsonst gezeigt. Ich kniff meine Augen zusammen. »Im Gegensatz zu dir.«

»Felicity!«, ermahnte mich Lee.

Ich hörte den Anflug von Eifersucht aus seiner Stimme heraus. »Du und Fynn, ihr seid ein Paar!«, rief ich.

Jetzt blieben alle wie vom Donner gerührt stehen.

Liam brach schließlich das Schweigen: »Das ist Unsinn. Und absolut irrelevant. Du willst nur Zeit schinden. Ich weiß nicht, was ihr hier zu suchen hattet, auf alle Fälle könnt ihr es dem Merlin erklären. Und zwar jetzt!« Er zog mich wieder vorwärts, dieses Mal mit mehr Gewalt.

Fynn allerdings hatte seine Gesichtsfarbe gewechselt. Er

starrte mich an und dann die Wand und öffnete den Mund. Diesen Moment der Unaufmerksamkeit nutzte Lee. Er schubste ihn mit aller Kraft von sich und packte dann Liam am Kragen. Dummerweise ließ Liam mich nicht los und ich wurde mit herumgeschwenkt. Ich stolperte über eine Leiter. Die fiel polternd um, die Karbidlampe stürzte zu Boden und zerbrach. Sofort war es stockfinster.

Ich war auf alle viere gefallen. Lee spürte ich über mir. Er packte mich und zog mich mit sich. Ich vermutete, er suchte die Öffnung zum Tunnel. Anscheinend fand er sie auch. Sie war wieder geschrumpft. Ich zwängte mich durch das schmale Loch. Lee schob von hinten, nicht sehr gentlemanlike, nach. Hinter uns konnte ich Liam und Fynn aufgeregt nach uns suchen hören. Anscheinend konnten sie genauso wenig im Finstern sehen wie ich. Zum Glück.

Einen Augenblick später waren die Geräusche verstummt. Ich krabbelte ein wenig weiter und wollte mich aufrichten. Dabei stieß ich mir den Kopf.

»Autsch!« War der Tunnel nicht vorhin höher gewesen?

»Fay?«

»Lee!« Gott sei Dank. Es hörte sich an, als wäre er direkt hinter mir.

»Keine Angst, ich bin hier. Warte, ich versuche Licht zu machen. Mist. Ich habe die Taschenlampe in der Bibliothek verloren.«

Ich tastete meine Hosentaschen ab. »Ich auch.«

»Hier liegt was«, sagte Lee.

Es dauerte ein paar Sekunden, dann sah ich einen Funken glimmen. Kurz darauf brannte eine Fackel. Wir befanden uns in einem Kellergewölbe. Gewölbe war vielleicht etwas hoch gegriffen, nur die Decke war gewölbt, ansonsten war es kleiner als die Besenkammer am Horton College. Und es war definitiv anders als der Tunnel, durch den wir hergekommen waren. Na toll. Wir waren mal wieder in der Zeit gesprungen.

»Wo sind wir hier?«

Lee zuckte die Schultern und sah sich um. »Keine Ahnung. Woran hast du denn gerade gedacht?«

»Ich? An nichts.«

Lee schüttelte ungläubig den Kopf. »Und woran denkst du jetzt?«

Ich seufzte und sprach es schließlich aus: »Okay, es war ein gutes Ablenkungsmanöver, aber was ist eigentlich so fatal an der Beziehung von Fynn und Liam? Fynn sah aus, als würden wir ihn ans Kreuz nageln.«

Lee lächelte bitter. »Als künftiger Merlin wird von Liam erwartet, dass er Nachkommen in die Welt setzt. Schon der jetzige Merlin hat mit der Tradition gebrochen, weil er sich entweder nicht zu Liam bekennt oder der tatsächlich nur ein Adoptivkind ist. Generell wird erwartet, dass Mitglieder des Kronrates ihre Nachkommen einarbeiten. Familienunternehmen, wenn man so will. Das hat sich seit Jahrtausenden bewährt. Schlimm genug, dass die beiden Brüder Oberons dieser Sitte nicht folgen. Und jetzt auch noch der zukünftige Merlin.« Er schüttelte leise lachend den Kopf.

Ich seufzte und sah mich um. Erst jetzt fiel mir etwas auf und mein Herz setzte einen Moment aus. »Lee, hier gibt es keinen Ausgang!«

GEWITTERSTURM

Lee drehte sich um die eigene Achse und sah, was ich sah. Steine. Bruchsteine, sorgfältig aufeinandergesetzt. Ohne die kleinste Öffnung. Nicht einmal ein Mauseloch war zu sehen. Zudem war der Raum so niedrig, dass Lee nur gebückt darin stehen konnte.

»*Oh, mein Gott!* Wir werden sterben. Wir sind eingemauert. Niemand wird unsere Schreie hören, wir können Mildred nicht erreichen. Hier finden uns nicht einmal die Raben. Noch nicht einmal Ratten!«

»Ratten?« Lee sah mich irritiert an. »Wieso sollten uns Ratten finden?«

»Das ist es ja! Nicht mal irgendein Getier, das unsere Leichen später fressen könnte, findet uns hier. Unsere Körper werden wie Mumien hier liegen und zu Staub verfallen, sobald Luft darankommt. Man wird nicht einmal mehr genug DNA finden, um uns zu identifizieren.«

»Fay, wenn du nicht sofort aufhörst, bin ich gezwungen dir eine Ohrfeige zu verpassen.«

Ich schwieg und kauerte mich auf den Boden.

Lee ging mit der Fackel die Wand ab. Nicht dass er dafür mehr als drei Schritte gehen musste.

»Kannst du uns nicht zurückbringen? In unsere Zeit?«, fragte ich leise, um nicht länger hysterisch zu wirken.

Lee tastete mit der freien Hand über die Mauer. »Du weißt doch: Hier gibt es etwas zu erledigen, und erst wenn das getan ist, können wir zurück. Ich verspreche dir, sobald wir wieder springen können, lasse ich dir eigenhändig das Bad ein.«

Die Fackel flackerte ein wenig unstet und langsam schaltete sich mein Gehirn wieder ein. »Woher hast du die Fackel?«, fragte ich verblüfft.

»Die lag hier. Ich glaube, es gibt doch einen Ausgang.«

Sie flackerte wieder, sobald er sie vor die Steine rechts neben sich hielt. Er drückte dagegen und pulte am Mörtel. Der bröckelte.

Ich kroch zu ihm und kratzte an den Steinen weiter unten. »Gewöhnt man sich eigentlich irgendwann an diese abrupten Sprünge?«, fragte ich nach ein paar Minuten mürrisch. Mir war soeben ein Fingernagel abgebrochen. »Ich meine, eben noch Avalon und Rauferei, jetzt irgendeine Katakombe.«

»Weißt du, Schatz, bevor ich dich kannte, hatte ich nie so viele abrupte Zeitsprünge. In dreihundertzwanzig Jahren nicht.«

Ich hielt einen Moment inne und sah ihn an. Er arbeitete weiter, als wäre nichts geschehen. Dabei hatte er mich *Schatz* genannt!

Nach einer geschätzten Ewigkeit ließen sich ein paar Steine bewegen. Lee wandte seine magische Kraft an und zog den ersten davon heraus. Dann ging es ganz einfach. Kalte Luft strömte herein, die darauf deutete, dass wir eine Außenmauer aufgebrochen hatten. Ich atmete erleichtert auf. Nicht nur dass diese Kammer nicht unser Grab werden sollte, wir mussten uns auch nicht weiter durch fremde Gänge schleichen, wo die Gefahr bestand, erwischt zu werden. Vor allem in Jeans in wer weiß welchem Jahrhundert. Diese Bruchsteinwand deutete zumindest auf ein vergangenes Zeitalter hin.

»Das müsste reichen.« Lee drehte sich zu mir um. »Ich gehe vor.« Er schob die Fackel durch die Öffnung und kroch auf allen vieren hinaus.

»Über das *Schatz* unterhalten wir uns noch mal«, grummelte ich.

»Tun wir. Schatz«, kam es von draußen.

Ein forscher Wind wehte mir die Haare ins Gesicht. Das Licht erlosch. Ich hielt es keinen Moment länger in dieser Gruft aus und kroch Lee hinterher. Hier draußen war es genauso stockfinster.

»So weit, so gut.« Lee richtete sich zu seiner vollen Länge auf und streckte sich.

Der Himmel war anscheinend bewölkt, kein Mond, geschweige denn Sterne waren zu sehen. Ein spärlicher Lichtschimmer weit über uns ließ uns die hohe Mauer eines Schlosses erkennen. Eines äußerst feudalen Schlosses, denn sehr weit oben waren ein paar kleine Fenster erleuchtet und der Schein reichte, um einen hohen Turm auszumachen.

»Wo sind wir hier?«, fragte ich erstaunt. »An der Loire?«

»Ich weiß nicht ... ich war nur einmal an der Loire. Die meisten Schlösser dort wurden im sechzehnten Jahrhundert erbaut, also vor meiner Geburt. Ich war nur einmal dort, weil ein verarmter Adliger einen Anschlag auf Ludwig XV. geplant hatte. Aber das hier sieht etwas anders aus.«

Er nahm meine Hand und zog mich mit sich. Dreimal stolperte ich auf wenigen Schritten über Unebenheiten. Was war ich froh, dass die Zeit des Stromschlags zwischen uns vorüber war.

Ich konnte nichts sehen in dieser Finsternis und Lees feste Hand hielt mich aufrecht. Der Wind blies recht heftig. Es pfiff an den Ecken. Man konnte keine weiteren Geräusche vernehmen. Zum Glück war es nicht so kalt wie im Winter oder Spätherbst. Ich tippte eher auf ein Sommergewitter.

»Vorsicht, Fay, hier kommt eine Stufe.« Lee hob meine Hand, damit ich wie eine Marionette auch den Fuß hob. Er führte uns durch die dunkle Nacht, sehr vorsichtig, jeden Schritt abwägend.

Zu den Geräuschen des Windes gesellte sich auf einmal etwas anderes. Ein Schnaufen? Plötzlich hatte ich das Gefühl, nicht mehr allein zu sein. Und dann spürte ich es. Hinter mir wurde es wärmer und etwas Feuchtes durchfuhr meine Bluse. Das war kein Regen.

»Lee!«, sagte ich zitternd. »Wir sind nicht mehr allein.«

Lee drehte sich zu mir um und ich konnte spüren, wie er erschrak. Dann hörte ich seine Gedanken.

Bären? Wo sind wir hier?

»BÄREN?!«, wiederholte ich quiekend.

Das Brüllen war unverkennbar und fürchterlich. Ich schrie zurück. Und noch ehe mein Schrei abbrach, verlor ich den Boden unter den Füßen, ich spürte Druck auf dem Magen und mein Kopf baumelte nach unten. Am Fahrtwind erkannte ich, dass Lee alle Vorsicht über Bord und mich über seine Schulter geworfen hatte. Mit Elfengeschwindigkeit versuchte er dem Untier zu entkommen. Ich konnte nur Schemen in der Dunkelheit ausmachen und erkannte, dass er einen Fels hinaufkletterte. Dummerweise noch immer gefolgt von dem Bär. Und ... einem zweiten!

Jetzt begannen die ersten dicken Tropfen niederzuprasseln. Lee rutschte aus, verlor für eine Sekunde den Halt und lockerte den Griff um meine Beine. Ich spürte die Schwerkraft mit voller Wucht, rutschte und schrie. Schnell packte er wieder zu und hastete weiter. Jetzt allerdings etwas langsamer und eher darauf bedacht, einen sicheren Weg zu finden. Ein Blitz strahlte auf und die Nacht wurde für den Bruchteil einer Sekunde taghell. Ich konnte genau sehen, dass die Bären nur wenige Meter entfernt waren. Sie brüllten und übertönten sogar den gewaltigen Donner, der nun folgte.

Sie waren noch höchstens sieben Meter entfernt, als Lee stehen blieb. Er setzte mich ab und schob sich vor mich.

»Was tust du?«, schrie ich verzweifelt und krallte mich an ihn.

Er sprach es nicht laut aus, aber ich konnte seine Gedanken hören: *Ende.*

»Ende? WAS HEISST HIER *ENDE*?«

Ich sah mich um. Wir standen auf einem schmalen Felsvorsprung, hinter uns war die Mauer des Schlosses und nirgends ein Eingang, kein Fenster, nichts. Wir saßen in der Falle.

Die Bären kamen näher. Dummerweise blitzte es erneut und ich konnte ihre riesigen, gebleckten Zähne sehen. Ein Knurren überdeckte den Donner. Aber das Knurren kam nicht von den Bären. Die waren augenblicklich stehen geblieben. Reglos, als seien sie ausgestopft.

Das Knurren wurde lauter und ich fühlte, wie sich ein unsägliches Entsetzen in mir ausbreitete. Dieses Knurren war um einiges beängstigender als das Bärengebrüll. Und es kam von Lee.

Ein Schauer durchlief meinen Körper, die Bären wichen ängstlich zurück. Ich ebenfalls.

Dann verlor ich den Boden unter den Füßen.

»FAY!«

Im letzten Moment wurde mein Fall durch einen Ruck an meiner Bluse gebremst. Die Nähte knackten beängstigend. Mehrere Blitze erstrahlten, ich sah den tiefen Abgrund unter mir. Fels, Gestrüpp, ein kleiner Teich. Im nächsten Augenblick war wieder alles dunkel. In purem Entsetzen hob ich meine Hände, fühlte Lee erst ein Handgelenk umfassen, dann griff er unter meine Achseln und zog mich in einem Schwung zurück auf den Felsen. Er hielt mich ein paar Sekunden fest umschlungen, als über uns zwischen zwei weiteren ohrenbetäubenden Donnern eine Stimme erscholl:

»Was tut ihr da?«

Wir hoben unsere Köpfe. Aus einem Fenster, ungefähr vier Meter über uns, schaute ein Mann heraus. Wir konnten sein erschrockenes Gesicht deutlich erkennen.

»Wartet, ich lasse euch ein Seil runter.«

Wenig später, mittlerweile war der Regen in einen Hagel übergegangen und wir waren nass bis auf die Haut, schlängelte sich tatsächlich ein Seil zu uns herunter. Aus dem Fenster sahen inzwischen drei Köpfe heraus. Lee nahm das Seil, knüpfte es um meine Taille, ohne mich auch nur einmal loszulassen, und pfiff dann, um den Donner zu übertönen und zu signalisieren, sie könnten uns hochziehen.

Die drei Köpfe verschwanden und so bekamen sie nicht mit, dass Lee unter mir die Wand wie eine Spinne hinaufkletterte, während ich ziemlich zügig, wenn auch schmerzhaft hochgezogen wurde. Erst kurz vor dem Fenster, als der Erste mir helfend eine Hand entgegenstreckte, rückte Lee so nah an mich heran, als habe er ebenfalls am Seil gehangen.

Schwungvoll wurde ich hineingezogen. Lee war direkt hinter mir. Ich krabbelte so weit von ihm weg, wie ich konnte. Er sah mich bestürzt an. Ich wich seinem Blick aus und sah auf unsere Retter. Sie trugen Kniebundhosen, braune Kittel über grauen oder beigen Hemden und Kappen auf verfilztem Haar. Definitiv nicht das einundzwanzigste Jahrhundert. Auch nicht das achte Jahrhundert oder die Antike.

»Wie seid ihr beide zu Maria Theresia und Vok gekommen?«, fragte der, der uns entdeckt hatte.

»Zu wem?«, fragte Lee irritiert.

»Zu den Bären. Jeder hier in Krummau kennt Maria Theresia und Vok. Wie seid ihr ins Bärengehege gelangt?«

»Das war äußerst leichtsinnig«, sagte der Mittlere streng. »Die Bären mögen zwar seit Jahren hier leben, aber sie sind keineswegs zahm. Erst letzten Frühling hat Maria Theresia einen Wärter getötet. Wir konnten nur einen Teil seiner Leiche bergen, so brutal ist sie mit ihm umgegangen.«

»Und Pavel war seit über sieben Jahren der Bärenhüter«, ergänzte der Dritte düster.

Ich konnte Lee nicht ansehen. Die Furcht steckte mir noch zu tief in den Knochen. Sollte er zusehen, wie er uns da rausmanövrierte. Mir war alles egal. Ich wollte nur trocken und warm werden und weg von ihm. Weit weg.

»Ich glaube, meine Frau braucht erst trockene Kleidung. Sie ist völlig durchfroren. Außerdem leidet sie unter Höhenangst.«

Ich konnte die Blicke, die die drei Männer wechselten, genau lesen: *Was will die blöde Kuh dann auf dem höchsten Fels im Bärengehege?* Aber auch das war mir egal. Der Schock setzte ein. Meine Beine knickten weg wie Strohhalme unter einem Hagelschauer.

Ehe ich auf dem Boden aufschlug, war Lee bei mir und fing mich auf. Ich zuckte zurück und schubste ihn in einem Rest von Selbsterhaltungstrieb von mir.

»Nicht, Fay, ich bin es«, raunte er. Oder dachte er es? Ich konnte seine Lippen dicht vor meinen Augen sehen, aber ich nahm alles wie durch einen Schleier wahr. Meine Hände gehorchten mir nicht mehr, ich hörte die Männer etwas rufen, den Donner erneut grollen und dann wurde es schwarz.

AM HOF DER BLUTFÜRSTIN

Ich blinzelte, weil mich die Sonne an der Nase kitzelte.

»Uff, du hast mir einen ganz schönen Schrecken eingejagt.«

Lee saß vor mir. Ich selber lag in einem Bett und die Sonne musste bereits hoch am Himmel stehen, denn es war das warme Nachmittagslicht. Einen Moment lang überlegte ich verwirrt, wo ich mich befand und weshalb Lee diese seidenen Kniebundhosen mit weißen Strümpfen trug. Oder das lächerliche Rüschenhemd mit der fliederfarbenen Weste. Obwohl, wenn einer fliederfarbene Westen tragen konnte, dann Lee. Sogar Ciaran hätte dämlich darin ausgesehen. An Lee wirkte es mondän. Und dann fiel mir wieder alles ein.

Schlagartig war ich hellwach.

»Bitte, Fay, hab keine Angst vor mir.«

Lee streckte eine Hand nach mir aus. Ich zuckte zurück und sprang auf der anderen Seite aus dem Bett. Dummerweise verhedderte ich mich in den Laken und knallte kopfüber zu Boden.

»Fay!« Lee war schneller bei mir, als das menschliche Auge wahrnehmen konnte.

»Fass mich nicht an, du Werwolf!« Ich wich auf allen vieren nach hinten.

Sein schönes Gesicht sah betroffen aus. »Das wollte ich nicht.

Ich wollte dich nicht erschrecken. Wieso konntest du das überhaupt hören?«

»Du hast das schon mal gemacht«, erinnerte ich ihn. »Damals bei dieser Anti-Halloween-Fete von Cynthia. Du hast Jack angeknurrt. Ich hatte es ganz vergessen.«

Lee seufzte. »Ich wusste nicht, dass du das hören kannst. Damals bei Jack, ja. Aber gestern bei den Bären … Es tut mir leid, wenn ich dich erschreckt habe. Ich bin noch immer der Gleiche wie vorher.«

Ich schüttelte den Kopf. »Ein Werwolf im Elfpelz?«

Seine Mundwinkel zuckten amüsiert. »Es gibt keine Werwölfe, Fay.«

»Es sollte auch keine Elfen geben und trotzdem bist du hier.«

»Ich dachte, diesen Teil hätten wir längst hinter uns gelassen. Vergiss die Sache mit den Märchenfiguren.«

»So? Hast du deine Ohrspitzen die letzte Zeit einmal gefühlt?«

Instinktiv fasste er sich unter die Haare, erst im letzten Moment stoppte er. »Das ist doch lächerlich, Fay.«

»Ist es das? Wo sind wir hier? Was tun wir hier? Weshalb kannst du knurren?«

»Das ist der einzige Schutz, den wir haben. Wir können wie ein gefährliches Raubtier knurren, wenn wir uns bedroht fühlen. Nicht mehr und nicht weniger. Ich kann nicht beißen, ich mag kein Blut und mir liegt nichts an rohem Fleisch.«

Ich hatte die Wand im Rücken, konnte nicht weiter zurückweichen. Lee hielt noch immer Abstand, um mich nicht noch mehr zu beunruhigen.

»Iss etwas, Fay, hier gibt es eine ausgezeichnete Küche. Ich rufe jemanden. Wenn du gegessen hast, wird es dir besser gehen.« Er stand auf und brachte noch mehr Abstand zwischen uns.

»Du klingst wie meine Mutter«, murrte ich, beruhigte mich aber allmählich. Im Moment sah er aus wie der Lee, den ich kannte. Der Lee, in den ich mich verliebt hatte. Aber meine anfängliche Furcht vor ihm war wieder da. Er konnte knurren wie Godzilla. Allerdings nur knurren, behauptete er.

Lee verließ das Zimmer und ich rappelte mich auf. Ich trug ein altmodisches weißes Nachthemd und befand mich in einem Zimmer mit Holztäfelung, dunkler Balkendecke und einem geschnitzten, aber rustikalen Bett. Anscheinend ein Zimmer in dem Bärenschloss. Nicht unbedingt für königliche Gäste, aber komfortabel genug für hohe Besucher. Jetzt blieb noch immer die Frage offen, in welchem Jahrhundert wir uns befanden und was wir hier sollten.

Ein Blick aus dem Fenster raubte mir den Atem. Wir befanden uns hoch über einer Stadt. Rote Dächer mit aufwendigen Spitzen, hohen Firsten, bemalten Giebeln deuteten auf großen Wohlstand. Das Schloss wurde von der Stadt durch einen kleinen Fluss getrennt.

Lee trat wieder ein. »Wir sind in Krummau in Böhmen«, erklärte er. »Unsere Gastgeberin ist die Fürstin Eleonore von Schwarzenberg. Sie möchte dich heute Abend kennenlernen.«

»Warum?«, fragte ich.

Lee setzte sich auf die eingelassene Fensterbank an einem der Fenster. Hinter uns öffnete sich die Tür und ein Mädchen stellte ein voll beladenes Tablett auf dem Tisch neben dem anderen Fenster ab. Sie trug eine weiße Haube und eine graue Schürze und blinzelte ein paarmal, als sie Lee sah.

»In welchem Jahr befinden wir uns?« Neugierig näherte ich mich dem Tisch, von wo aus es verlockend duftete. Knödel, Braten, gekochter Kohl.

»1739«, antwortete Lee, während ich mir den ersten Knödel einverleibte.

Und was ist unsere Aufgabe hier?, dachte ich und sah ihm in die Augen. Ich hatte zu viel Hunger, um laut zu sprechen. Wie praktisch, wenn man sich per Gedanken austauschen konnte. Ich konnte weiterschlingen und trotzdem alles erfahren.

»Das weiß niemand so genau. Mildred konnte mir nichts sagen. Wir wurden auch zu schnell unterbrochen, denn die Tränken im Hof sind gut frequentiert.«

Wieso sind wir in diesem eingemauerten Raum gelandet?

»Er wurde von einem der Vorfahren der Fürstin aus Angst vor der weißen Dame zugemauert, damit die nicht mehr herumspuken konnte. Tatsächlich befindet sich dort ein Elfenhügel.«

Ich hörte einen Moment lang auf zu kauen. *Weiße Dame?*

»Das übliche Märchen von der betrogenen Ehefrau, die sich als Geist an ihrem Witwer und dessen Nachkommen rächt.« Lee grinste spöttisch.

Sei bloß still, du gehörst auch zur Zunft der Legenden und Märchen.

Lee seufzte nur.

Nach einem kurzen Klopfen an der Tür betrat wieder das Mädchen den Raum. Über ihrem Arm hingen Kleider, die sie auf dem Bett ablegte. Ich lehnte mich zurück. Mein Teller war leer. Lee hatte Recht. Ich fühlte mich etwas besser. Zumindest gefasster. Das Mädchen stand noch immer neben dem Bett. Sie lächelte Lee herausfordernd an. Es beruhigte mich ein wenig, dass er sie nicht einmal wahrzunehmen schien.

Ach, Fay, wann glaubst du endlich, dass du die Einzige für mich bist?

Ich hörte seine Stimme, aber seine Lippen hatten sich nicht bewegt. Eine Braue hebend sah ich ihn an. *Ist das wieder dieses Lee-und-Felicity-Ding? Kommunizieren ohne Worte?*

Wir benutzen doch Worte, kam die spöttische Antwort.

Ich gab es auf und erhob mich. »Dann sage ich jetzt laut und deutlich: Ich will mich anziehen. Raus hier!«

Lee grinste träge. »Bist du sicher, dass ich dir nicht das Mieder schnüren soll?« Lachend ließ er das Kissen an sich abprallen und verschwand.

Verflixte Mieder. Hier wurden die Taillen so eng geschnürt, dass sogar Sissi ohnmächtig geworden wäre.

Obwohl ich nicht ganz sicher war, ob das Mädchen mich nicht einfach nur beseitigen wollte. Sie hatte angefangen, mich über meinen »Verlobten« auszuquetschen. Als ich nicht darauf einging, hatte sie die Schnüre vor meiner Brust noch einmal nachgezogen.

»Alles umsonst.« Lee stand in der Tür und musterte mich wohlwollend von oben bis unten und zurück. »Die Gräfin fühlt sich nicht wohl. Sie hat ihren momentanen Leibarzt zu sich gerufen. Schickes Outfit«, fügte er mit Blick auf mein großzügiges Dekolleté hinzu.

»Wir können die Strümpfe tauschen, wenn du magst«, sagte ich mit Blick auf seine weißen Seidenstrümpfe unter blauen Kniebundhosen.

»Nur wenn ich sie dir ausziehen darf.« Er grinste frech. »Hast du Lust, die Stadt zu besichtigen?«

Es war höchstens sechs Uhr und die Sonne schien noch immer warm und einladend. Durch das geöffnete Fenster drang hie und da der Gesang von vorbeifahrenden Flößern herauf. Ich hatte große Lust, mir eine Stadt im achtzehnten Jahrhundert anzusehen. Vor allem eine, die so bunt aussah. Also folgte ich Lee durch die Flure. Er hielt noch immer Abstand und mir fiel auf, dass er nicht einmal versuchte meine Hand zu nehmen, als wir aus dem Schlosshof traten.

Mein erster Eindruck von gestern Abend bestätigte sich. Es war ein sehr feudales und riesiges Schloss. Es gab mehrere Höfe und teilweise war die Fassade aufwendig bemalt. Als wir über eine Brücke in den letzten Hof traten, sah ich den Turm.

»Wenn du hier herunterschaust, siehst du unsere Verfolger von letzter Nacht«, erklärte Lee.

Ich ging zur Brüstung. Tatsächlich. Da unten saßen zwei Bären und wirkten extrem gelangweilt in dem kahlen Gehege. Große, kuschelige Teddybären, die sich gestern Nacht in riesige Grizzlys verwandelt hatten. Mich schauderte, wenn ich an das aufgerissene Maul dachte.

»Komm, Fay, hier gibt es eines dieser neuen Kaffeehäuser, hat mir deine Zofe erklärt.«

»Kaffee?« Sofort war ich wieder an seiner Seite.

»Ach, damit kann man dich rumkriegen? Warum hast du nicht früher gesagt, wie billig du zu haben bist? Dann hätte ich mir den ganzen Schnickschnack mit Drachenentführung und Picknickkörben sparen können.«

»Oder die überfüllte Ritterhalle im achten Jahrhundert mit all den blähenden Menschen. Du weißt wirklich, wie man Frauen rumkriegt.«

Er warf mir einen Blick aus halb geschlossenen Augen zu. »Angst überwunden?«

Ich wollte tief einatmen, um Zeit zu schinden, aber das verflixte Mieder ließ es nicht zu. Ich röchelte ein wenig.

»Komm mal mit.« Lee packte meinen Arm und zog mich in die nächstbeste Gasse. An deren Ende befand sich ein Tor. Er führte mich durch den offenen Flügel außer Sichtweite der zahlreichen Menschen, die auf der Hauptstraße hoch- und runtereilten. Ich wurde von ihm gegen die Mauer gedrückt, und ohne zu fragen, begann er an meinem Mieder zu nesteln.

Ein paar Sekunden später konnte ich atmen, ohne das Gefühl zu haben, im nächsten Moment zu ersticken. Ich schloss erleichtert für einen Moment die Augen und holte ein paarmal tief Luft. Als ich die Augen wieder aufschlug, stand Lee noch immer vor mir. Sehr dicht. Ich sah in seine blauen Augen mit der markanten Iris. Ich konnte die kleinen Fältchen über seiner Nase erkennen und wie sie sich wieder vertieften. Sein Blick war schwer und sehnsüchtig. »Ach, Fay«, seufzte er und dann senkte er den Kopf und küsste mich.

Es war kein vorsichtiger Kuss. Er war verlangend und gierig. Ich fühlte seine Lippen, ich roch seinen Veilchenduft, der stärker wurde, wie immer, wenn ich in der Nähe war. Seine Hand legte sich in meinen Nacken, die andere um meine Taille, um mich noch fester an ihn zu schmiegen.

Er drückte mich an die Mauer, ich fühlte, wie meine Füße den Boden verloren, weil er mich etwas hochhob, um sich der Länge nach an meinen Körper pressen zu können. Sein Mund wanderte von meinen Lippen die Linie meines Kiefers entlang zu meinem Hals und wieder zurück. Er küsste mich mit verzweifeltem Hunger und ich spürte, wie der Hunger sich zu etwas anderem veränderte.

»Hört sofort auf! Unzucht auf geweihtem Boden!«

Lee hatte gerade an meinem Hals gesaugt und ließ mit einem lauten Schmatzen ab und mich auf den Boden.

Über einen kiesgestreuten Weg kam eine Nonne auf uns zu. Die sah sehr wütend aus und schwenkte einen Besen.

Lee nahm meine Hand und zog mich durch das Tor zurück zur Hauptstraße. Wir hörten die Nonne noch ein paar Verwünschungen ausstoßen, dann hatte uns die Stadt verschluckt.

Alles war bunt, laut und es roch. Entweder nach frischem Gebäck, faulem Wasser, Schweiß oder starkem Parfüm. Trotzdem nahm ich alles wie durch einen Schleier wahr. Lees Hand, die meine Finger fest umschloss, war wesentlich realer als alles andere um uns herum. Auch die Gerüche kamen nur gedämpft an, denn Heu, Moos und vor allem Veilchen waren dominierend. Aus den Augenwinkeln sah ich, wie sich die Menschen nach Lee umdrehten. Lee lächelte nur ein wenig einfältig. Mit diesem Gesichtsausdruck erinnerte er mich an Paul und dessen Hundeblick.

Wir hatten einen Kaffee getrunken. Wir hatten ein Stück Honiggebäck an einem Stand erworben und uns geteilt und wir waren durch die Stadt spaziert. Hand in Hand. Bis wir weiter unten am Flussufer eine Stelle fanden, wo wir ungestört waren.

Lee hatte mir noch einmal ausführlich seine Elfen-Verteidigungsmaßnahmen erklärt. Knurren und eine magische Stärke. Das war alles. Weitere Mittel bestanden eher aus Fluchtmöglichkeiten wie zum Beispiel der Schnelligkeit oder kleineren Verwandlungen. Wurde seine Magie beeinträchtigt, wie zum Beispiel durch mangelndes Sonnenlicht, war er auch nicht mehr stark oder schnell. Voll-Elfen, wie ich sie nannte, konnten sich zudem auch komplett größer, kleiner, älter und jünger machen und für das menschliche Auge sogar unsichtbar werden. Sie konnten auch ein wenig fliegen. Kurze Strecken, wenn sie sich in die Größe einer Libelle verwandelten. So wie Eamon an dem Teich im Sherwood Forest. Lee konnte das nicht. Er war als Halbelf nur zu außergewöhnlichem Klettern und weiten Sprüngen fähig. Verwandlungen schieden für ihn aus. Mit Ausnahme des Alterszaubers.

»Ich kann das Knurren ganz bestimmte Leute hören lassen. Du bist wieder mal eine Ausnahme. Du hörst es, auch wenn ich dich nicht mit einbeziehe.«

»Haben wir das unserer Verbindung zu verdanken?« Ich pflückte ein Gänseblümchen.

»Ich denke eher, das ist dir und deinen Fähigkeiten zuzuschreiben.« Lee pflückte eine Margerite und reichte sie mir.

»Was wieder mal die Frage aufwirft, was ich bin«, seufzte ich bitter.

In einem Schwung umfasste Lee meine Schultern und drückte mich sanft ins Gras. »Es ist ganz gleich, was du bist, Felicity Morgan, du bist mir vorherbestimmt.«

Ich legte meine Hände auf sein fliederfarbenes Wams. »Und was soll das heißen, FitzMor? Das klingt, als hättest du mit meinem Vater einen Pakt geschlossen und er eine Kuh für mich ausgehandelt.«

»Glaub mir, Morgan, du bist mehr wert als eine Kuh.«

Und dann küsste er mich noch einmal.

Es war dunkel, als wir das Schloss betraten. Etliche livrierte Diener eilten aufgeregt hin und her.

Lee hielt einen an. »Was ist passiert?«

»Die Fürstin hatte einen Zusammenbruch. Der neue Arzt konnte ihr auch nicht helfen. Trotz der Kur aus Aalaugen, Froschlaich und frischem Blut.« Er sah mein angewidertes Gesicht und sagte streng: »Die Fürstin leidet große Schmerzen und die Tinktur hat ihr bereits einmal geholfen. Zumindest besser als die letzte aus Augenmus und Egeln. Seid Ihr Arzt, dass Ihr Euch ein Urteil erlauben könnt?«

Augenmus und Egel? Was um Himmels willen mochte die Frau haben, dass sie freiwillig solche Sachen zu sich nahm?

Lee legte eine Hand auf meinen Rücken. »Meine Verlobte ist nur hungrig und müde. Dann sieht sie immer so aus. Wäre es möglich, etwas zu essen zu bekommen?«

»Oh, Eure Verlobte!« Mit einem Mal musterte mich der Lakai interessiert. »Äh, ich darf wohl … ach, vergesst es. Ich sorge für ein Nachtmahl.«

Lees Griff in meinem Rücken verstärkte sich und er zog mich mit sich in Richtung unserer Zimmer.

»Was ist?«, flüsterte ich.

»Ich weiß nicht. Er wollte dich fragen, ob du noch Jungfrau bist. Erst im letzten Moment hat er sich auf seinen Anstand besonnen. Fürstin Eleonore scheint kränker zu sein als angenommen.«

Ich schüttelte mich. »Wenn ich bedenke, was sie da zu sich nimmt, ist das eigentlich kein Wunder.«

»Du missverstehst das. Die Medizin steckt noch in den Kinderschuhen und man glaubt, manche innere Krankheiten mit entsprechenden Innereien bekämpfen zu können. Nicht selten werden dafür auch Kinder geopfert.«

Ich starrte ihn an. »Aber … ist das nicht Satanismus?«

»Doch, und die Kirche verbietet es. Trotzdem glaubt man, eine unschuldige Seele könne einen bösen Geist vertreiben.«

Er führte uns in einen kleinen Salon und schon wenig später kamen ein anderer Lakai und ein Mädchen, die das Essen brachten. Sie sahen mich auffällig oft an. Sogar das Mädchen. Mir wurde immer beklommener zu Mute. Leider verließen uns die beiden auch nicht mehr und ich konnte Lee nicht fragen, was in ihren Köpfen vorging.

Als es Zeit zum Schlafengehen wurde, führte man mich in mein Zimmer und Lee wurde es untersagt, meine Gemächer zu betreten.

Ich hatte eine ruhige Nacht. Die Fürstin anscheinend auch, denn am nächsten Morgen war sie so weit genesen, dass sie den Gottesdienst besuchen wollte. Wir sollten sie begleiten. Ich konnte mich nicht erinnern, wann ich das letzte Mal einen Gottesdienst besucht hatte. Westminster Abbey ja, aber einen Gottesdienst? Und dann auch noch einen katholischen.

Die Fürstin legte Wert auf Pünktlichkeit. Eher gesagt Überpünktlichkeit. Wir waren eine halbe Stunde zu früh im Gotteshaus und außer ein paar Bittstellern war niemand dort. Die Kirche war wenigstens sehenswert. Barockes Gold und Geschnörkel wechselten mit alten Fresken und einem Gerüst, wo man noch Rokoko unterzubringen versuchte.

Während ich mich umsah, fiel mir eine Pfütze am Boden auf. Da das Dach nicht undicht war und das Taufbecken noch aufrecht stand, fand ich das ungewöhnlich. Als ich daran vorbeiging, sprudelte es in der Mitte. Genau wie die Quelle auf Avalon schien auch hier das Wasser auf mich zu reagieren. Damit wäre die

Frage der Pfütze geklärt. Es war eine Quelle, die sich ihren Weg gesucht hatte.

Lee hatte es nicht gesehen. Die Fürstin hing an seinem Arm, als sei er ihr persönlicher Krückstock. Eleonore von Schwarzenberg war das Gegenteil von Eleonore von Aquitanien. Sie war nicht hübsch, recht burschikos und man sah ihr die Krankheit an. Sie war extrem blass und versuchte das durch eine Menge Rouge und Kohlstift auszugleichen.

Nur eines hatte sie mit der großen Königin von England gemein: Sie himmelte Lee an. Während des Gottesdienstes ließ sie ihn nicht von ihrer Seite weichen. Ich musste zwischen der Bevölkerung Platz nehmen und ärgerte mich, dass ich nicht Kopfschmerzen vorgetäuscht hatte. Die Predigt zog sich ewig. Ich fühlte mich in die Zeit zurückversetzt, als ich Mum noch im Pub geholfen hatte und deswegen morgens im Unterricht immer kurz vorm Einschlafen war. Ich kämpfte auch jetzt gegen meine schweren Lider. War es normal, dass katholische Priester so lange predigten? Worum ging es eigentlich?

Verlockung ... Finsternis ... Unheil ... Verderbnis ... Mücken ... Nacht ... Oblaten ... Linsen ... Nutella.

REVOLUTION

Ich öffnete die Augen und war ganz allein in der Kirche. Zumindest fast. Zwei kichernde Messdiener pusteten soeben die letzten Kerzen aus. Meine Güte, wie peinlich. Wieso hatte Lee mich nicht geweckt? Ach ja, Madame *Blackhill* hatte ihn fest am Wickel. Als ich mich erhob, huschte etwas an der Wand entlang. Die Messdiener waren verschwunden, ich war allein in der Kirche.

Oder doch nicht …

»Du bist es!«, rief ich erfreut, als ich den Schatten erkannte.

Er nickte knapp und winkte mich zu sich.

»Übrigens, danke für den Tipp in der Bibliothek.«

Ich streckte ihm die Hände entgegen in der Hoffnung, er könne sie wieder fassen. Wie damals in Westminster Abbey, als ich das mit dem Zeitsprung nicht hinbekam. Aber er versuchte es nicht einmal. Er glitt an der Wand entlang zu der Stelle mit der Pfütze. Als ich näher trat, begann das Wasser wieder zu sprudeln.

Der Schatten deutete mir hineinzusehen. Ich blickte in das flache Wasser. Zuerst nahm ich nur die Steinquader wahr. Schon bald aber klärte sich das Bild. Die Steinquader wandelten sich zu Ziegeln, einem kleinen ziegelgemauerten Raum. In einer Ecke lag ein Tuch. Sonst konnte man nichts erkennen.

»Das Tuch?«, fragte ich den Schatten.

Er nickte.

»Was ist darin?«, wollte ich weiter wissen, doch er verschmolz mit dem Schatten einer Säule. Ich hörte Schritte.

»Wir schließen die Kirche, mein Kind.« Ein Mann im Ornat kam aus der Sakristei. Ich wandte mich zum Eingang. Der Priester rief mich noch einmal zurück. »Seid Ihr nicht das Mädchen, das im Bärengehege war?«

Super. Meine Missetaten waren bis hierher vorgedrungen. »Äh, ja«, gab ich missmutig zu.

Der Mann trat neugierig näher. »Man erzählt sich, die Bären seien vor Euch geflüchtet.«

»Das habe ich anders in Erinnerung«, wich ich aus.

»Ihr wurdet mit einem jungen Mann dort herausgeholt. Ich hoffe, er hat nicht das tun können, was alle in Krummau annehmen.«

»Was nehmen denn alle in Krummau an?«, fragte ich perplex.

»Dass Ihr Euch mit diesem hübschen jungen Mann zur Unzucht dort getroffen habt.«

Ich starrte ihn an und fühlte, wie mir dabei die Hitze ins Gesicht schoss. »Oh, nein, nein, nein. Sie … Ihr versteht das vollkommen falsch.«

»Ihr habt ihn also nicht so dicht an Euch herankommen lassen?«, hakte er streng nach.

»Nein, habe ich nicht. Keine Sorge.«

»Ihr seid also noch Jungfrau?«

Meine Güte, der wollte es aber genau wissen. Ich nickte ergeben, mit glühenden Wangen.

Jetzt tätschelte er mir freundlich die Wange und brachte mich zum Ausgang. »Nun denn, mein Kind. Das ist gut. Das ist sehr gut.«

Der letzte Satz hörte sich seltsam zufrieden an, wie bei einem Schurken, der gerade erfahren hat, dass das Haus, das er ausrauben möchte, leer steht.

Ich ging zurück zum Schloss. Es war ruhiger. Die Menschen hielten sich nach dem Gottesdienst noch immer in Grüppchen auf und schwatzten. Man hatte mehr Zeit. Nur ein Junge überholte mich unterwegs und grinste frech. Wahrscheinlich noch einer, der dachte, ich hätte mit Lee im Bärengehege »Unzucht« getrieben.

Das Schloss war zwar nicht so groß wie Versailles, aber wesentlich beeindruckender als so manche englische Burg. Es gab drei Schlosshöfe und die Wände waren allesamt mit Fresken bedeckt. In den Zwischengängen befanden sich kleinere Galerien und Kamine.

Schlagartig blieb ich stehen. Der Kamin dort drüben hatte Ziegelsteine. Genau die gleichen Ziegelsteine wie in meiner Vision. Er war jetzt aus und gefegt. Im Sommer brauchte man kein Feuer. Ich trat näher und fühlte die hintere Wand. Fest. Ich klopfte. Kein Hohlraum. Es waren aber die richtigen Ziegel. Die Farbe, der Mörtel, genau gleich und noch in sehr guter Erinnerung. Ich sah mich kurz um, ob ich auch allein war. Erst jetzt wagte ich es, mich auf die ausgefegte Brennstelle zu stellen und den Kopf in den Abzug zu stecken.

In ungefähr drei Metern Höhe war eine Ausbuchtung zu erkennen. Unwillkürlich wurden meine Beine weggezogen, mein Kopf knallte hart gegen den Sims. Ehe ich schreien konnte, stülpte man mir einen Sack über den Kopf und trug mich weg. Ich konnte so viel strampeln, wie ich wollte, mindestens vier kräftige Arme hatten mich im Griff.

Was sollte das? Was hatten die mit mir vor? Was hatte ich an mir, dass ich schon wieder entführt wurde? Nicht der Präsident der Vereinigten Staaten brauchte eine Horde Bodyguards. Ich benötigte sie viel mehr.

Ich versuchte noch einmal mich zu befreien, bekam eine Hand frei und packte aufs Geratewohl zu. Ein Schopf Haare. Ich zog mit aller Kraft, bekam ein Büschel ausgerissen und hörte meinen Entführer laut fluchen. Geschah ihm recht. Im nächsten Moment schlug mich jemand ins Gesicht. Mit der Faust. Ich sah Sterne und Blut strömte über mein Gesicht. Es kam aus meiner Nase. Zum Glück hatte die nicht gekracht. Im Gegensatz zu meinem Schlüsselbein, das noch nicht ganz verheilt war. Ich konnte nicht verhindern, dass mir das Blut in den Mund lief. Röchelnd spuckte ich es aus und meine einzige Sorge war, nicht zu ersticken.

»Legt sie dahin.«

Eine mir fremde nasale Stimme gab Anweisungen. Gleich darauf spürte ich einen harten Untergrund im Rücken. Ein Tisch? Ich rollte zur Seite und stieß gegen ein Hindernis. Mist, eine Wand. Sofort packten mich wieder ein paar Hände und drückten mich zurück auf die Platte.

»Die ist bestimmt noch Jungfrau. Sonst würde sie sich nicht so wehren«, hörte ich eine andere Stimme dicht über mir.

Sobald ich wieder zu Hause war, würde ich einen Selbstverteidigungskurs belegen. *Falls* ich je wieder nach Hause kam. Wo, zum Teufel, steckte Lee? Wieso war er so beliebt bei Frauen, dass er seiner Verlobten nicht zu Hilfe eilen konnte?

»Dann ist es ja gut. Gleich wird sie eh Ruhe geben.« Die nasale

Stimme wieder. »Haltet ihren Kopf. Ich muss alles Blut auffangen können. Es darf nicht ein Tropfen verloren gehen.«

Wie bitte? Ich begann mich wieder zu wehren. Gleichzeitig schrie ich: »Lee!« Zumindest versuchte ich es. Der Sack, in dem mein Kopf steckte, wurde enger gezogen, mein Kopf zur Seite gedrückt. Mein Hals allerdings lag frei. Wie war das mit unserer besonderen Verbindung? Also schrie mein Gehirn: *Lee! Lee! Hilf mir. Sie wollen mich umbringen!*

»Was ist da los?«, fragte Nasalstimme.

Auch ich hörte das dumpfe Poltern vor der Tür. Gott sei Dank! Lee hatte meinen stummen Hilfeschrei gehört.

»Nehmt sie mit. Hierher.«

Die nasale Stimme klang mit einem Mal eine Terz höher. Ich wurde gepackt und hochgehoben. Wieder rollte ich mich von einer Seite zur anderen. Es nutzte nichts. Dann knallte es. Es hörte sich an, als ob die Tür gegen die Wand gedonnert worden wäre.

»DA SIND SIE!«

Das war aber nicht Lee!

»Tötet sie. Alle!«

Verdammt, verdammt, verdammt.

Au! Die Mistkerle hatten mich einfach fallen lassen. Da ich nichts sehen konnte, knallte ich schmerzhaft auf die Fliesen. Und dann trat auch noch jemand auf meine Hand und ein anderer stolperte über meine Hüfte und prallte neben mir zu Boden. Geschah ihm recht. Endlich wurde auch der Sack von meinem Gesicht gezerrt.

Lee sah mich entsetzt an. Ohne zu zögern, hauchte er mir ins Gesicht. Die Schmerzen verschwanden und ich konnte erleichtert aufatmen.

»Komm schon.« Mit Elfenmagie zog er mich hoch und riss mich mit sich.

»Was ist denn hier los?« Ich klammerte mich an seiner Hüfte fest wie ein Baby bei seiner Mutter.

Lee rannte mit mir den Flur entlang, ins Treppenhaus hinein und die nächstliegenden Stufen nach oben. »Das Schloss wird angegriffen. Die Bürger von Krummau sind mit Fackeln und Forken hierher wie beim Sturm auf die Bastille. Wir müssen sofort weg.«

»Kannst du uns zurück nach London bringen?«

»Nein. Nicht ehe unser Auftrag ausgeführt ist. Du kennst die Regeln.«

»Welcher Auftrag? Kann uns Mildred hier nicht helfen?«

»Nein. Das ist öfter der Fall. Mildred ist auch nur ein Bote. Sie weiß oft nicht, was wir zu tun haben. Sie kann einem nur dabei helfen, sich zurechtzufinden.« Er bog um die Ecke in einen Raum mit nur einem Fenster. Öffnete es und schob mich nach hinten auf seinen Rücken.

Zu spät, ich hatte gesehen, wohin das Fenster führte. »Das ist nicht dein Ernst!«, rief ich entsetzt. »Zu den Bären? Ohne mich!«

Er wandte den Kopf, um mich anzusehen. »Die werden uns nichts tun, schon vergessen?«

Ja. Aber jetzt erinnerte ich mich wieder und es schauderte mich. Ich rutschte von seinem Rücken. »Nein. Ich versuche einen anderen Weg. Dein Knurren will ich nie wieder hören.«

Lee hielt mich am Oberarm fest. »Fay, sei doch vernünftig.«

»Das bin ich. Ich mache mir in den Rock, wenn du das noch einmal in meiner Gegenwart tun solltest. Und dann muss ich aus Scham mit dir Schluss machen und will dich nie wiedersehen.« Ich starrte ihn an.

Lee starrte zurück. Eine gefühlte Ewigkeit. Draußen hörten wir Schritte, Poltern und Schreie.

»Ach, verflixt«, zischte Lee, warf mich über seine Schulter und spurtete zur Tür hinaus.

Wieder einmal machte mein Bauch unliebsame Bekanntschaft mit seinen spitzen Schulterknochen.

»Jetzt halt dich fest«, sagte er laut und gab Gas.

Wir preschten durch eine Horde Männer. Ich sah sie übereinanderstolpern und einige zu Boden fallen. Die Hinteren begannen uns zu verfolgen.

»Da sind sie!«, wurde geschrien.

Wir waren noch nicht wirklich durch die Menge durch, als die Ersten schon reagierten und uns nacheilten.

»Schneller!«, rief ich.

Einer kam so dicht heran, dass sich seine Hand bereits gefährlich nah an meinen Armen befand. Und Lee wurde schneller. Ohne Rücksicht auf die Menschen, die uns sahen, stob er in elfenmagischer Geschwindigkeit an ihnen vorbei. Ich konnte kaum etwas ausmachen, fühlte nur an meinem Magen, ob es treppab oder geradeaus ging.

Aber dann fiel mir etwas ins Auge.

»Halt! Stopp! Wir müssen zurück.«

Lee stoppte abrupt und setzte mich ab. Er hatte unsere Verfolger abgehängt. Vorläufig.

»Spinnst du? Die wollen uns lynchen.«

»Wir müssen zu dem Kamin im Durchgang zum Schlosshof«, beharrte ich.

»Felicity, wir können nicht zurück. Ich kann uns erst aus dieser Zeit herausbringen, wenn unsere Aufgabe erledigt ist, bis dahin müssen wir die Situation meistern.« Lee war fest entschlossen mich wieder wie einen Sack über seine Schulter zu werfen.

»Dort ist eine von Pans Insignien.«

Lee starrte mich ungläubig an. »Woher willst du das wissen?«

»Ich hatte eine Vision.«

»Eine Vision?«

»So eine wie damals, als ich dich im Wasserbecken von Versailles gesehen habe.«

Lee sah mich noch immer an, als müsse er abwägen, ob es das Risiko wert war. Dann murrte er: »Ach, verdammt«, warf mich wieder über die Schulter und rannte zurück. Vor dem besagten Kamin ließ er mich runter.

Ich keuchte.

»Wo soll hier was sein?« Er begann die Steine der Rückwand abzuklopfen.

»Wenn du mich noch einmal so über die Schulter wirfst, kann ich nicht garantieren, dass deine feine lila Weste sauber bleibt.« Aber mein malträtierter Magen musste jetzt warten. »Im Schacht. In ungefähr drei Metern Höhe ist eine Nische.«

Lee steckte den Kopf in den Schornstein. »Woher weißt du das?«

Ich antwortete nicht. Ich hörte die Menschen noch lauter schreien. Es klirrte und durch eines der oberen Fenster flogen ein Stuhl und ein Bärenfell samt Bärenkopf. Beide Teile landeten ungefähr sechs Meter von unserem Standort entfernt.

»Da ist sie!«

»Lee! Sie haben uns entdeckt.« Ich schubste ihn, damit er endlich die Wand hochkrabbelte. »Beeil dich endlich.«

»Ich kann nicht.« Er klang verzweifelt. »Meine Kräfte versagen hier. Du hast Recht. Da oben ist etwas und es ist verdammt gut versteckt. Ich muss dich hochheben.«

»Bist du verrückt? Ich bin nicht einmal schwindelfrei.«

Ohne meinen Widerstand zu beachten, schob er mich vor sich und hob mich hoch, bis ich auf seinen Schultern zum Stehen kam. Der Kamin war gerade breit genug, so dass ich mich an allen Seiten abstützen konnte. Dank Lees Körperlänge waren zwei Drittel des Weges geschafft. Ich stützte mich mit aller Kraft links und rechts ab, half mit den Beinen nach und arbeitete mich so Stückchen für Stückchen aufwärts. Plötzlich spürte ich ein Vibrieren. Ein Summen war zu hören. Einen Augenblick lang dachte ich, der Mob wäre im Hof. Ich stockte. Das Summen kam aus der Nische über mir.

Ich kletterte weiter. Es war schwierig. Meine Beine zitterten bereits vor Anstrengung, meine Hände waren verschwitzt. Die Muskeln – die nicht vorhandenen – in meinen Oberarmen brannten.

»Fay! Beeil dich!«, hörte ich Lee rufen. »Sie haben den inneren Hof erreicht.«

Mit letzter Kraft gelangte ich zur Nische und zog mich hinein. Blöde Röcke und Mieder. Die Stoffbahnen bremsten meinen letzten Schwung. Ich ergriff das kleine, klebrige Bündel Stoff, das in der Mitte der Nische lag.

»Ich hab's!«

»Lass dich fallen!«, schrie Lee von unten. »Sie sind hier!«

Ich zögerte kurz. Dann nahm ich all meinen Mut zusammen und ließ mich fallen. Lee fing mich auf.

»Hmpf. Bist du schwer.«

»RENN!«, schrie ich.

Wieder warf er mich über die Schulter und stürmte nach draußen, weg vom Schloss. Nur, dieses Mal konnte ich es nicht zurückhalten. Der Hieb in meinem Magen war zu kräftig und ich spuckte ein wenig.

»FAY! Haben sie dich getroffen?« Lee machte Anstalten, stehen zu bleiben.

Ich rutschte von seiner Schulter. »Nein. Nimm mich bitte auf den Rücken und dann scher dich nicht weiter um mich.«

Er ließ kurz einen Blick über mich streifen, dann nahm er mich huckepack und rannte wieder los. Auch wenn die Menge sich immer weiter entfernte, konnte ich die Schreie hören, die uns folgten: Teufelsbrut. Dämonen. Hexe.

Lee rannte, bis es dunkel wurde und außer den Sternen über uns kein Licht mehr zu sehen war.

GESCHAFFT

Er stoppte eine gefühlte Ewigkeit später. Zitternd stieg ich von seinem Rücken.

»Ist mit dir alles in Ordnung? Du bist wirklich nicht getroffen worden?«

Schon tasteten seine Finger über meine Schultern. Ich schlug seine Hände weg. »Mir geht's gut. Lass das.«

»Was war das dann vorhin? Du hast dich übergeben. Warum, wenn du nicht verletzt bist?«

Er wusste es wirklich nicht! »Weißt du eigentlich, wie spitz deine Schulterknochen sind? Die können einem ganz schön auf den Magen schlagen, wenn man mit voller Wucht daraufgeworfen wird. Ich sollte sie bei der Genfer Konvention als Waffen eintragen lassen.« Ich ließ mich kraftlos ins Moos fallen. Wie weit mochte Lee gerannt sein? Ob wir noch in Böhmen waren oder schon in Österreich? Wer weiß, vielleicht sogar in Italien?

»Wir sind in Bayern. Das hier war eine alte Keltensiedlung. Für den Rest der Nacht dürften wir hier in Sicherheit sein.«

Lee raffte ein paar trockene Äste zusammen und entfachte innerhalb von wenigen Minuten ein loderndes Feuer. Ich sah mich um. Das war kein normaler Fels, gegen den ich lehnte. Er war mit Schlingen verziert. Im flackernden Feuer waren sie deutlich zu erkennen und wirkten zugleich unheimlich.

»Wenn man diese Linien entlangfährt, öffnet sich dann auch ein Portal?«, fragte ich neugierig.

Lee antwortete nicht.

Ich sah auf. »Was ist?«

Er starrte auf das Öltuch auf dem Boden neben mir.

Die Insignie hatte ich schon beinahe vergessen.

»Welche ist es?«, fragte Lee leise.

Ich zuckte die Schultern. »Keine Ahnung. Ich konnte sie nur summen hören.«

»Du hörst sie summen?« Er sah mich groß an.

»Du nicht?«

Als er den Kopf schüttelte, war mir wieder seltsam mulmig zu Mute. *Er* war doch der Halbelf. Derjenige mit der mystischen Ausbildung auf Avalon. Ich war nur ... tja, was? Die Frage stellte sich irgendwie immer wieder. Seufzend griff ich nach dem Bündel. Dann nahm ich aus den Augenwinkeln etwas wahr. Einen Schatten, der mir bedeutete ihn nicht zu verraten. Also waren Lee und ich doch nicht allein.

Der Knoten war eindeutig vor vielen Jahren festgezogen worden und die Kordel trotzdem noch stabil. Ich nestelte ewig. Lee machte keine Anstalten, mir behilflich zu sein. Dabei musste er wesentlich gespannter sein als ich. Er hatte von den Insignien seit jeher gehört. Endlich löste sich der Knoten. Mit angehaltenem Atem griff ich in das geölte Tuch. Es war ein winziger metallener Gegenstand. Er war rund und kalt. Kaum dass ich ihn berührte, hörte das Summen auf. Es fühlte sich an, als sei das Metall ... nach Hause gekommen. Ich zog es aus dem Öltuch.

In den Händen hielt ich einen Ring. Er war mit vielen aufwendigen Ziselierungen verziert und an den vier gegenüberliegenden Stellen befanden sich kleine Erhebungen, in die gelbe, funkelnde Edelsteine eingelassen waren. Sie begannen zu leuchten und augenblicklich wurde der Ring warm. Ich sah zu Lee.

Der sah mich genauso groß an.

Das war irgendwie ... *falsch*.

»Ich weiß nicht. Bist du sicher, dass es sich um eine von Pans Insignien handelt?«, fragte ich leise.

Ich sah an die Wand hinter Lee, wo der Feuerschein den Schatten abzeichnete. Der schüttelte den Kopf. Ich hatte auch in Erinnerung, dass der Ring eher einem Halsreif gleichen sollte. Nicht einem Fingerring.

Lee drehte sich um und starrte die Wand an. »Wer ist da?«

»Niemand«, sagte ich schnell.

Zu schnell. Der Schatten war aus dem Feuerschein verschwunden.

Lee starrte noch eine Zeit lang auf die Wand, dann sah er mir in die Augen, ehe er wieder den Blick auf den Ring senkte. »Die Insignien waren immer als Krone, Schwert und Ring bekannt. Was sollte daran falsch sein?«

Ich fasste mir an den Hals und sah zum Schatten an der Wand. Der Schatten nickte. Also hatte mich meine Erinnerung nicht getrogen. Eigentlich suchten wir einen Halsreif, keinen Fingerring. Und einen Umhang. Aber das waren doch nicht drei, sondern vier Insignien? Jetzt war ich verwirrt.

Lee drehte sich wieder mit einem Ruck um. Ohne Erfolg. »Du verheimlichst mir etwas!«, warf er mir vor.

Ich lehnte mich entspannt an die Wand und betrachtete noch einmal den Ring. Alt, handwerklich meisterhaft – unbezahlbar. Noch immer vibrierte er leicht in meiner Hand.

»Darf ich?«, fragte Lee.

Ich reichte ihm den Ring.

Er studierte ihn von allen Seiten, strich über die Edelsteine und ertastete die Verzierungen. »Jetzt fühle ich die Schwingungen auch.«

»Ist das nicht normal?«

Lee sah mich an. »Doch. Die Krone hat sie auch. Die Energie dieses Rings kann ich aber nur beim Anfassen spüren. Bei der Krone schon von weitem. Du dagegen spürst bei der Krone überhaupt nichts. Ich wiederum fühle bei Fafnirs Auge nichts. Das ist alles mehr als seltsam. Was geht hier vor?«

Gute Frage. Eine, auf die nicht einmal der Schatten eine Antwort geben konnte. So langsam fragte ich mich, ob es wirklich nur vier Insignien waren oder doch mehr. »Glaubst du, der Verräter der Anderwelt hatte was mit dem Giftmord in Böhmen zu tun? Könnte er die Insignie dort wieder für die Drachen versteckt haben?«, fragte ich nach einer Weile.

»Ich weiß nicht. Ich denke, er konnte sie spüren. Wenn er sie gefunden hätte, hätte er sie bestimmt direkt den Drachen übergeben.«

Das leuchtete mir ein. Dadurch drängte sich aber eine andere Frage auf. »Hast du eigentlich mittlerweile rausgefunden, was wir hier erledigen sollten?«, fragte ich Lee und streckte mich neben dem Feuer aus. »Ich meine, wenn wir nicht den Verräter überführen können und dieser kleine Aufstand historisch korrekt ist ...«

»Ich denke, wir hatten nicht wirklich einen Auftrag.« Lee war wieder in den Anblick des Rings vertieft. »Du solltest die Insignie finden.«

Ich sah in den Nachthimmel über uns. Er war voller Sterne. Der Mond war nur eine Sichel. Die Insignien riefen mich zu sich. Wie viel schöner wäre es, sie würden direkt zu mir kommen. Dann wären mir ein paar sehr schmerzhafte Erlebnisse erspart geblieben. Meine Nase war so geschwollen, ich würde diese Nacht bestimmt schnarchen.

Jetzt blieb noch abzuwarten, wie ich auf den Rest der Insignien treffen würde. Wir waren jetzt im Besitz von einer Krone, einem Ring und Fafnirs Auge. Wobei Letzteres nur Teil einer Insignie war. Es gehörte zum Knauf eines Schwerts, das uns noch fehlte.

Der Schatten hatte aber definitiv von einem Halsreif und einem zusätzlichen Umhang gesprochen. Demnach fehlten uns noch zwei Insignien. Und vielleicht noch das Schwert. Oder fehlten mehr? Die einen hatten Schwingungen, die Lee spüren konnte, Fafnirs Auge nicht. Vielleicht summte das nur, wenn es mit dem Schwert verbunden war. Wo mochte das stecken? In welches Zeitalter würde es mich rufen? Hoffentlich fiel ich bei einem meiner Sprünge nicht in die dazugehörige Schwertklinge.

Eine Sternschnuppe blitzte vorbei. Ich schloss die Augen und wünschte mir, das heiße Bad sei nicht mehr weit entfernt.

ENTDECKUNGEN

Wir erwachten, als eine Polizeisirene vorbeidonnerte. Es war Nacht und wir lagen in dem stillgelegten Lagerhaus am Themseufer, in dem wir auch damals mit Ciaran aus Germanien gelandet waren. So konnten wir uns am Fundus bedienen, der extra für die Zeitsprünge von FISS-Agenten eingerichtet worden war. Wir zogen uns um, ehe wir uns auf den Heimweg machten.

Lee sah nach meiner Schulter und der malträtierten Nase. Beides tat wieder weh. Zum Glück waren die Schmerzen auszuhalten. Dann brachte er mich nach Hause. Der Ring steckte in meinem Dekolleté. Solange wir eine Insignie Pans mit uns herumtrugen, trauten wir uns nicht in sein Haus am Berkeley Square. Die drei Boten im Gemälde waren nicht die freundlichsten Zeitgenossen. Außerdem konnte es sein, dass uns dort noch mehr erwartete. Immerhin waren wir in die Bibliothek Avalons eingebrochen.

Ich hatte mich schon gewundert, warum uns niemand in Böhmen ausfindig gemacht hatte. Lee hatte nur boshaft gegrinst und gemeint, Liam und Fynn würden uns bestimmt nicht verpfeifen, weil wir jetzt ihr Geheimnis kannten.

»Ich finde, ihr seid ganz schön rückständig«, sagte ich vor meiner Haustür. »Sogar die Queen und das englische Parlament haben inzwischen die gleichgeschlechtliche Ehe erlaubt.«

Lee zuckte die Schulter. »Sei froh, dass wir Elfen noch so rückständig sind. Oder möchtest du dem Merlin erklären, was wir in Avalon gesucht haben und wie wir reingekommen sind?«

Der düsteren Version von Dr. House eine Lüge auftischen? Lieber nicht.

Wir standen in meinem Hausflur und Lee zögerte.

»Was ist?«, fragte ich ihn. »Hast du Angst, dass sie zu Hause auf dich warten?«

Er lächelte träge. »Nicht wirklich.« Er legte eine Hand um meine Taille und zog mich näher. Sein Kopf senkte sich zu mir herunter.

»Autsch!« Er hatte meine Nase berührt. Ich löste mich und schloss gequält die Augen. Der Veilchen-, Heu-, Moosduft wehte und der Schmerz ließ nach. Aber die Stimmung war hinüber.

»Bis morgen«, murmelte Lee und verschwand.

Ich stolperte in die Wohnung und ließ mich frustriert aufs Bett sinken.

TEIL II

LEE
VERHÖR

Seit Felicity mit mir in der Zeit reiste, war es vorbei mit den sachten Tanzabenden oder Teepartys, wo es ein paar Dokumente zu stehlen oder jemandem Informationen zu entlocken galt. So waren die meisten meiner Aufträge in der Vergangenheit gewesen. Ab und an hatte es mal eine Flucht oder Jagd nach jemandem gegeben, aber die waren langweilig gewesen im Vergleich zu den Reisen, die ich mit Felicity unternahm.

Das musste früher oder später Aufsehen erregen.

Eamons Anwesenheit in meinem Zimmer unter dem Dach, bei meiner Rückreise aus Böhmen, war deswegen nicht wirklich überraschend. Die meines Vaters schon.

»Die Schwingung einer Insignie ist gespürt worden«, erklärte er denn auch ohne Umschweife. »Unsere Informanten haben dich in Böhmen gesehen. Hatte dein Besuch dort etwas mit dem Mord an Elmo, dem vergifteten FISS-Agenten, zu tun?«

Meine Ausbildung war gut gewesen. Auch wie man bluffte, hatte man uns beigebracht. Niemand konnte so gut bluffen wie ein Agent des FISS. Deswegen konnte ich jetzt ganz ruhig sagen: »In gewisser Weise. Einst hatte ich dort eine Insignie spüren können. Bestimmt hatte Elmo auch etwas davon mitbekommen. Leider war sie wieder fort, als ich zuletzt vor Ort war. Was Elmos Tod anbelangt: Die Fürstin in diesem Gebiet nimmt ganz absonderliche Tränke zu sich, um ihre Gesundheit wiederherzustellen. Ich fürchte, die Vergiftung war ein unglücklicher Zufall.«

»Du warst aber nicht alleine auf dieser Mission«, sagte Eamon. »Warum hattest du die Prophezeite mit?«

Wie schon gesagt: Meine Ausbildung war gut gewesen. Ich sah Eamon in die Augen. »Ich habe sie geküsst.«

Als mein Vater ein paar Minuten später aufbrach, klopfte er mir lobend auf die Schulter. »Gut gemacht, mein Sohn. Damit hast du dem Schicksal des Reiches eine ganz entscheidende Wende beschert. Oberon wird sehr zufrieden sein.«

Mit einem Mal fühlte ich mich schuldig. Ich wusste nicht einmal, wem gegenüber. Eamons Blick, ehe er mich verließ, sagte mir, dass er ahnte, was tatsächlich in mir vorging.

ANDERWELT
DER KRONRAT

Der Kronrat stand in der Halle zusammen. Als Meilyr und Eamon eintraten, verstummten die Gespräche und aller Augen wandten sich den beiden zu.

»Leander hat die Auserwählte auf unsere Seite gezogen«, erklärte Meilyr und wandte sich nun an Oberon. »Jetzt müssen wir nur noch warten, bis die Insignien sich bemerkbar machen.«

Die Gesichter entspannten sich. Zufriedenes Nicken war hie und da erkennbar.

»Was war in Böhmen?«, fragte die rothaarige Schatzmeisterin.

Meilyr sah sie an. »Er konnte die Insignie in Böhmen spüren, trotz ihres Schutzzaubers. Und das war nach der Bindung. Das beste Zeichen dafür, dass es bereits zu wirken beginnt.«

Der Konstabler und die Seneschallin wechselten einen triumphierenden Blick.

»Konnte er denn auch herausfinden, wen die Drachen auf die Prophezeite angesetzt hatten?«, wollte Oberon wissen.

»Nein. In dieser Richtung gab es noch keine Hinweise«, erklärte Eamon.

Oberon atmete tief ein. »Ab sofort müssen wir noch wachsamer werden. Es könnte sein, dass die Verheißene jetzt in Lebensgefahr schwebt. Wenn ihr etwas zustieße, wäre alles verloren.«

Die Männer und Frauen des Kronrates sahen sich ernst an.

FELICITY
SCHULE UND ANDERE PROJEKTE

Ich blinzelte zum Wecker. Neun Uhr. Erschrocken fuhr ich auf und prallte mit meinem Kopf gegen die Dachschräge über meinem Bett. Und plumpste zurück. Autsch. O verdammt! Wie hatte ich die nur vergessen können. Tränen traten mir in die Augen.

Die Tür ging auf und Mum kam herein. Gefolgt von Anna, die den kleinen Jacob auf dem Arm hatte.

»Ja, sie ist wach«, erklärte Anna trocken.

»Oje. Das sieht aber übel aus.« Mum machte ein erschrockenes Gesicht. »Es hat auch ganz schön gerumst.«

»Ich hol ihr einen kalten Waschlappen.« Anna verschwand wieder.

»Felicity, kannst du sehen, wie viele Finger ich hochhalte?« Mum hielt mir drei Finger so dicht vor die Nase, dass ich sie doppelt sah.

»Ja, kann ich.« Meine Stimme klang ganz nasal, weil alles geschwollen war. »Ich habe keine Gehirnerschütterung, wenn du das meinst. Ich habe verschlafen.«

Anna kam mit dem Waschlappen zurück. »Du warst verschwunden«, korrigierte sie mich. »Und jetzt siehst du so aus.«

»Felicity.« Mum sah mich ernst an. »Hast du Probleme?«

Keine, die meine Mutter lösen könnte. »Tut mir leid, Mum«, näselte ich.

»Du weißt, dass du immer zu uns kommen kannst, wenn was ist«, sagte sie ernsthaft.

»Ich soll dir von Carl ausrichten, er wäre auch für dich da«, fügte Anna hinzu.

Gott behüte. »Nein, nein. Ich habe mir nur gerade die Nase angehauen und der Waschlappen hilft nicht wirklich«, wehrte ich ab und setzte mich auf. »Was tust du hier?«, fragte ich Anna.

»Mum rief mich an und wollte wissen, wo du bist. Und stell dir vor, ich konnte es ihr nicht sagen.« Da war er wieder, der typische beißende Anna-Tonfall. »Nicht einmal Richard Cosgrove wusste, wo du sein könntest. Er gab uns die Adresse von diesem Lee, angeblich ja sein bester Freund. Aber der war auch nicht da.«

»Richard? Wie hast du Richard erreicht?«, fragte ich verblüfft.

»Carl hat seine Beziehungen spielen lassen.«

Äh … Hä? Welche Beziehungen besaß Carl zum Filmgewerbe?

»Na ja, eigentlich hat Richard Cosgrove Mum angerufen. Er wollte wissen, wie es dir geht. Er ist zurzeit in Amerika und bereut euren Streit. Er wollte von Mum wissen, ob du ihm vergeben hast. Hast du ihn etwa in den Wind geschossen? Ich kann es nicht fassen. Richard Cosgrove!« Anna war einen Moment lang abgelenkt und musterte mich eingehend. So als müsse sie überlegen, was an mir so Besonderes war. Sie schien zu keinem Ergebnis zu kommen. Dann stemmte sie die Fäuste in ihre Hüften. »Also, wo warst du die letzten zwei Tage?«

Mist. Ich hatte nie damit gerechnet, dass jemand einmal nachhaken könnte, wenn ich verschwand. Ich hatte mir keine Ausrede zurechtgelegt. *Lee, hilf mir!*, dachte ich, so eindringlich ich konnte. Hoffentlich hörte er es über den Stadtlärm hinweg. »Schulprojekt«, röchelte ich. »In Geschichte. Frag meinen Geschichtslehrer. Wir waren in … Essex. Im Norden von Essex. War schon bald Cambridge.«

»Hat Essex keinen Handyempfang?«, fragte Anna.

Böhmen im achtzehnten Jahrhundert hatte jedenfalls keinen.

Anna durchschaute mich. »Wie heißt dein Geschichtslehrer? Ich glaube nämlich, du lügst. Ich werde ihn selbst fragen.«

»Ciaran Duncan.« Ich warf einen Blick auf den Wecker. »Gib mir eine Viertelstunde und ich komme mit. Dann haben wir Geschichte und ich habe nur die ersten beiden Stunden verpasst.« Ciaran war mir was schuldig. Er konnte für mich bei Anna lügen und er konnte es besser als ich.

Ich sah Mum und Anna einen Blick tauschen. Sie schwankten.

Das war meine Chance. Ich schnappte mir meine Klamotten und verschwand im Bad. Als ich angezogen, mit geputzten Zähnen, gekämmten Haaren und einer leider ziemlich malträtierten Nase wieder rauskam, saßen beide in der Küche.

»Gehen wir?«, fragte ich und schulterte meinen Rucksack mit den Schulsachen.

Mum sah unsicher zu Anna. Die erhob sich.

»Warum nicht? Dann sind wir sicher.«

Beide beobachteten mich. Ich lächelte geduldig.

Jacob blieb bei seiner Oma zurück und wir machten uns auf den kurzen Weg zum College, nur die Straße runter.

»Was ist los?«, fragte ich Anna. »Was soll auf einmal diese Sorge um meinen Verbleib? Ich war im Dezember über zwei Wochen weg und Mum hat sich nicht darum geschert.«

»Ich glaube, Mrs Collins hat sie aufgehetzt«, gab meine Schwester ehrlich zu. »Ihr ist aufgefallen, dass du immer seltener zu Hause bist. Jetzt mal ehrlich: Wo warst du?«

»In Essex«, sagte ich, so fest ich konnte.

Anna schnaubte.

In der Schule starrten mich alle an. Mein Erscheinen war recht auffällig mit dieser riesigen, blauen Nase im Gesicht. Auf dem Weg zum Lehrerzimmer begegnete uns Ruby.

»Oh, Feli, gut, dass ich ... wie siehst du denn aus? Lee hat dich doch wohl nicht geschlagen!« Sie suchte den Gang hinter mir nach ihm ab.

»Sie hat verschlafen und ist gegen die Dachschräge geknallt«, kam Anna meiner Erklärung zuvor.

»Oh, na dann. Du denkst doch an meine Geburtstagsfete morgen Abend?«

War das morgen schon? »Aber klar, Ruby. Endlich achtzehn und volljährig. Du glaubst doch nicht im Ernst, das könnte ich vergessen. Wir sehen uns gleich, ich muss zu Mr Duncan.«

Rubys Augen leuchteten bei der Erwähnung des Namens. »Den haben wir doch jetzt.«

»Anna wollte ihn kennenlernen.«

»Das verstehe ich. Wenn ihr mir was schenken wollt, bringt ihn morgen mit«, seufzte Ruby verträumt und schlenderte in Richtung Klassenzimmer davon.

Anna sah ihr kopfschüttelnd hinterher. »Ich glaube, die ist verliebt. Jetzt bin ich aber gespannt.«

Wir erwischten Ciaran gerade in dem Moment, als er sein Büro verließ. Zufrieden sah ich Annas große Augen, als sie ihn erblickte.

»Das ist dein Geschichtslehrer? Jetzt verstehe ich den verträumten Blick deiner Freundin. Sexy.«

Ich grinste breit. Und natürlich hatte es Ciaran dank seiner

Elfenohren gehört. Ich erkannte es an seinen zusammengezogenen Augenbrauen.

»Mr Duncan, meine Schwester Anna möchte von Ihnen die Bestätigung, dass ich Sie bei dem Projekt nach Essex begleitet habe«, sagte ich schnell.

Anna streckte ihm ungelenk eine Hand hin. »Anna Beckett, Mr Duncan. Nicht dass ich meiner Schwester nicht glaube, aber ich wollte einmal sehen, mit wem sie den ganzen Tag so zusammen rumhängt. Ich meine, nicht dass Sie rumhängen ...« Sie kicherte albern.

Ciarans stechender Blick glitt zu mir. Ich lächelte dümmlich. »Natürlich war sie mit mir zusammen. In Essex hat Felicity bei den Grabungen eine Schaufel vor den Kopf bekommen. Zum Glück ist die Nase nicht gebrochen. Wir werden auch noch weitere Projekte gemeinsam untersuchen. Zum Beispiel heute Nachmittag, wenn wir auswerten, was wir an Daten dort gesammelt haben.«

Mein Lächeln erlosch. Dieser Mistkerl wollte mich wieder nachsitzen lassen?

»Felicity und Leander, der auch in Essex dabei gewesen war, um genau zu sein«, fügte er süffisant hinzu.

Anna sah mich an. »Dein Freund ist auch mit dahin?« In mein Ohr raunte sie: »Wenn so ein scharfer Typ da ist? Bist du blöd.«

»Felicity, wir kommen zu spät zu unserem Unterricht. Mrs Beckett.« Er nickte Anna zu und zog mich mit sich. »Was ist mit deiner Nase passiert?«

Ich überging die Frage. »Du musst meiner Schwester verzeihen.«

»Sie findet mich scharf und sexy. Da gibt es nichts zu verzeihen.«

»Sie kennt Lee noch nicht«, erklärte ich trocken.

»Hat es dich so schlimm erwischt? Wo wart ihr wirklich? Was hat dir die Nase demoliert?«

»Im Theaterfundus. Eine Papppalme.«

Ohne Vorwarnung schob mich Ciaran durch die nächstbeste Tür. Es war die Lehrerküche. Wir waren allein. »Und beim Knutschen ist dir die Palme auf die Nase gefallen? Hör mir jetzt gut zu«, sagte er und beugte sich drohend über mich. »Du schwebst ab sofort in größter Gefahr. Du hast meinen Cousin geküsst und damit Stellung bezogen. Du glaubst doch nicht im Ernst, die Drachenwandler würden jetzt tatenlos zusehen, bis du die Insignien zusammengekratzt und den Elfen alle Macht zugespielt hast?«

Mir wurde ganz flau im Magen. Und das lag nicht am fehlenden Frühstück. So weit hatte ich überhaupt noch nicht gedacht. Jetzt, wo ich mit Lee zusammen war, musste es für die Drachenwandler aussehen, als hätte ich mich für eine Seite entschieden. Ab sofort war ich für sie eine Gefahr. »Kannst du ihnen nicht erklären, dass meine Beziehung zu Lee nichts mit ihnen oder den Elfen zu tun hat?«, fragte ich bang.

Ciaran hob spöttisch eine Braue. »Der Sohn des Kanzlers und ein Agent des FISS? Machst du Witze? Das wäre, als würdest du den Russen versichern, dein Freund James Bond wäre nur an einer Wolga-Kreuzfahrt interessiert.«

Ich schluckte. Natürlich klang das sehr unglaubwürdig. »Also muss ich meine Beziehung zu Lee geheim halten«, schlussfolgerte ich traurig.

Ciaran schnaubte. »Du hast ihn vor aller Augen geküsst und bist ständig Händchen haltend mit ihm unterwegs.«

»Aber das wissen die doch nicht«, widersprach ich und sah sofort seinen Blick. »Sie wissen es? Von dir?«

»Von mir nicht, nein. Du glaubst doch nicht, sie würden dich unbeobachtet lassen. Das, was die beiden Raben für Oberon sind, haben die Drachenwandler ebenfalls. Es gibt einen oder zwei, vielleicht sogar mehr Spione an dieser Schule. Und ich gehöre nicht dazu. Es würde mich nicht wundern, wenn die für dein blaues Gesicht zuständig wären.«

»Nein. Das war was anderes«, murmelte ich. Ich war erschüttert. Spione der Drachen am Horton College?

»Komm, wir müssen in den Unterricht.« Ciaran zog mich mit sich.

Ich folgte ihm wie in Trance.

Lee saß schon an unserem Tisch und sah mich mitleidig an. »Oje. Tut es sehr weh? Soll ich pusten?«

Das hatte Corey mitbekommen. »Ich kann auch pusten, Feli.«

»Ich auch«, meinte Phyllis sarkastisch.

Ich tippte mir an die Stirn und dachte mit einem Blick zu Lee: *Ein bisschen vorsichtiger beim nächsten Mal.*

Zum Glück begann Ciaran ohne Umschweife mit dem Unterricht.

Auf den Unterricht konnte ich mich an diesem Tag aber nicht mehr konzentrieren. Ich betrachtete jeden meiner Mitschüler und jeden Lehrer und überlegte, wer wohl als Spion und Drachenwandler in Frage kommen könnte.

Felicity Stratton! An ihr blieb mein Blick zuerst hängen. Sie hatte mich nie ausstehen können und ich sie auch nicht. Außerdem hatte sie sich seit seiner Ankunft an Lee rangeschmissen.

Garantiert, um ihn von mir abzulenken. Wenn das kein stichhaltiger Beweis war!

Aber was war mit Cynthia? Oder Ava? Die besten Freundinnen von Felicity. Waren in den Horrorfilmen nicht immer die Nebencharaktere irgendwann die Bösewichter? Jack Roberts' seltsames Verhalten ergab auch einen Sinn ... O mein Gott! Das war es!

Jack Roberts war nicht eifersüchtig! Und auch nicht der Mathestudent. Sie waren Drachenspitzel. Und Paul?

In diesem Moment drehte sich Paul wieder zu mir um und sah mich mit seinen großen braunen Dackelaugen an. Nein, Paul konnten wir mit ziemlicher Sicherheit ausgrenzen. Der war wirklich nur verliebt.

Ich war so sehr damit beschäftigt, mir auszudenken, wer wohl alles ein Drachenspion sein mochte, dass ich beinahe den Zettel übersah, der vor mir auf die Bank flog: »Mr Duncan dazu bringen, das Wort sexy zu sagen.« O nein. Bitte nicht schon wieder. Corey grinste. Ich schüttelte den Kopf, strich das durch und kritzelte darunter: »Mr Duncan dazu bringen, Ruby morgen Abend auf ihrer Geburtstagsfeier zu überraschen.«

Ich kassierte einen ungläubigen Blick von Corey, Jayden und Nicole. Kurze Zeit später kam der Zettel zu mir zurück mit dem Vermerk: »Das kannst du doch am besten. Geschichtsprojekt! Dass ich nicht lache!« Es war Phyllis' Schrift.

»Ich stelle den Preis«, schrieb ich darunter. »Ein Dart-Abend im Pub meiner Mum.«

Phyllis, Corey, Jayden und Nicole drehten sich alle mit dem gleichen Gesichtsausdruck zu mir um. Ich musste keine Gedanken lesen können, um zu sehen, was sie dachten: »Ernsthaft?«

»Die Sache mit dem Sexy war besser«, flüsterte mir Lee zu.

Keiner bemühte sich wirklich. Das war abzusehen gewesen. Ich konnte wenigstens weiter meinen Gedanken nachhängen, die vergangenen Tage sortieren und darüber kam mir eine Idee.

Phyllis hatte mich im Mädchenklo abgefangen. Nach dem Mittagessen war mir schlecht geworden. Matildas Kartoffelpüree hatte zwar sehr gut geschmeckt, aber eines der Spiegeleier war noch wabbelig gewesen. Wahrscheinlich war mir das nicht bekommen. Mein Magen machte ständig furchtbare Geräusche.

»Feli, kannst du mir mal sagen, wohin du ständig mit Lee verschwindest?«

Dummerweise konnte ich das nicht. Und sie wusste auch ganz genau, dass Ciaran in den letzten Tagen kein Projekt in Essex geleitet hatte.

Phyllis sah mich an. »Lüg bitte nicht. Ich merke schon, dass wir abgeschrieben sind. Nicht nur, weil du endlich Lee erhört hast, das begann ja schon vorher. Jedenfalls sieht man dich kaum noch außerhalb der Schule.«

»Du bist unfair«, hielt ich dagegen. »Und das Gespräch hatten wir jetzt doch schon ein paarmal. Was soll ich denn noch alles tun? Ich arbeite weiterhin im Museum, meine Mum hat seit neuestem einen Mutterkomplex entwickelt und Anna liegt mir ständig mit Carl in den Ohren, wenn sie nicht mit Jeremy im Clinch liegt. Ich habe kaum eine freie Minute.«

»Und nebenbei sind da zwei extrem attraktive Männer, die dich immer mehr von uns anderen abschotten. So sehr, dass du sogar die Schule schwänzt. Das wäre der alten Felicity nie passiert. Die war ehrgeizig, wollte Lehrerin werden und hat sich um gute Noten bemüht. Wir haben Ruby ein Geburtstagsgeschenk besorgt und du hast nicht einmal gefragt, was sie sich wünscht und ob du dich beteiligst beim Besorgen.« Phyllis lehnte sich an das Waschbecken neben mir.

Ich wusch meine Hände und sah in den Spiegel. Sie hatte Recht. Das wäre der alten Felicity nie passiert. Aus dem Spiegel sah mir eine neue Felicity entgegen. Das lag nicht nur an der Frisur und dem bisschen Make-up, das ich mir endlich leisten konnte. Es lag auch am Ausdruck in meinen Augen.

»Mag sein, Phyllis. Aber die alte Felicity hätte sich nie durchsetzen können und hätte wahrscheinlich morgen Abend wieder Dienst im Pub ihrer Mutter geschoben. Die neue Felicity kämpft wenigstens für ihren Traum und hat sich schon Anfang des Monats für den Abend Urlaub eingetragen.«

Ich sah Phyllis direkt an. Blöderweise machte mein Magen eine Kapriole. Ich war mir nicht einmal sicher, ob es an den Eiern lag oder weil ich schon wieder eine Auseinandersetzung mit meiner besten Freundin hatte. »Manchmal habe ich das Gefühl, es passt dir nicht, dass ich mich durchsetze.«

»Tust du das denn?«, fragte sie mit hochgezogenen Brauen. »Ich habe mehr das Gefühl, du befolgst nur noch die Anweisungen von zwei Männern, die genau wissen, wie sie ihr Aussehen einsetzen, um das zu bekommen, was sie wollen.« Sie stieß sich vom Waschbecken ab und ging zur Tür. »So ähnlich waren deine Worte, als du damals Lee kennengelernt hast. Und dann hast du deine Meinung wieder geändert. Denk mal drüber nach.« Damit ließ sie mich allein.

Ich atmete ein paarmal tief ein und aus. Wenigstens hatte sie nicht darauf beharrt zu erfahren, wo Lee und ich uns immer wieder mal aufhielten. Aber das machte es auch nicht viel besser.

NOCH MEHR RÄTSEL

Meine Gedankengänge aus dem Geschichtsunterricht ließen mich am Ende des Schultages alle Insignien aus dem Spind einsammeln und mit nach Hause nehmen. Alle drei – inklusive der schweren Eierschale – waren noch immer in mein T-Shirt eingewickelt.

Lee hatte sich frühzeitig verabschiedet. Er wollte Ciaran überwachen. Sein Misstrauen gegenüber seinem Cousin war wieder heftig aufgeflammt. »Das war es, was das Buch der Prophezeiung neu geschrieben hatte«, hatte er mir erklärt, als er sich verabschiedete. »Der Verräter sei bereits am Horton College. Du musst zugeben, Ciaran ist der perfekte Hauptverdächtige. Halb Drache, halb Elf. Er ist mit Fähigkeiten ausgestattet, von denen manch ein Agent nur träumen kann.«

»Ich würde es eher als Fluch bezeichnen«, sagte ich und eine Gänsehaut überlief meinen Rücken, wenn ich an diese grauenvolle Verwandlung dachte, die Ciaran vor meinen Augen vollzogen hatte. Lee aber wollte sichergehen. Wir würden uns erst heute Abend wieder treffen.

In meinem Zimmer angekommen warf ich den Rucksack in eine Ecke. Dann nahm ich den Korb mit der schmutzigen Wäsche, suchte alles Getragene von mir heraus und verteilte es auf dem Fußboden zu einem Berg. Das war wesentlich mehr, als ich angenommen hatte. Ach herrje, da waren meine Lieblingsjeans. Und es war kein Wunder, dass ich keine Socken mehr fand. Ich musste unbedingt waschen.

Aber erst als ich inmitten der müffelnden Klamotten saß, wagte ich es, die Insignien aus meinem T-Shirt zu befreien. Ich legte sie vor mich. Ring, Krone, Bernstein und das Stück Eierschale mit dem Gewicht eines Bierkrugs. Alle Gegenstände lagen auf meinen getragenen Socken.

Dann nahm ich unter dem Ring die Socke weg und rutschte einen halben Meter weg. Sofort summte es leise. Aus den Augenwinkeln nahm ich eine Bewegung wahr. Erschrocken sah ich auf. Vor mir, in meinem Zimmer, stand der Mann, den ich schon einmal gesehen hatte. Der Zwinkerer vom Albert Memorial, der Gaffer aus der Menschenmenge in der mittelalterlichen Stadt.

Hektisch raffte ich alle Insignien mit den darunterliegenden Klamotten zusammen und sprang auf. Der Mann zwinkerte mir zu und verschwand. Einfach so. Ohne Pop, ohne Flimmern. Ein Wimpernschlag und er war verschwunden.

Nur, dieses Mal hatte ich nicht geblinzelt. Ich hatte ihn ganz deutlich gesehen. War er ein Geist? Seine grasgrüne Kleidung war ungewöhnlich. Gepflegt und kostbar. Aber auch altmodisch. Goldene Fäden und elfenbeinfarbene Borte mit aufwendiger Stickerei zierten den kurzen braunen Umhang. Die Kleider wirkten nicht wie die Gewänder der Männer auf der Burg von Nottingham oder der von Aachen. Sie waren ... anders. Und was sollte dieses Zwinkern?

Ich entkrampfte meine Hände und betrachtete die darinliegenden Insignien. Wenigstens einer Sache war ich mir jetzt sicher: Die Insignien reagierten unterschiedlich. Den Ring konnten sowohl Lee als auch ich spüren. Die Krone konnte Lee sogar durch Wände hindurch fühlen, ich dagegen überhaupt nicht. Beide Insignien machten sich nicht bemerkbar, solange sie mit meinem Körpergeruch in Kontakt kamen – daher waren sie in meiner Schmutzwäsche auch ideal versteckt.

Und für die Drachen? Konnten sie das Vermächtnis Pans spüren?

Der Bernstein, Fafnirs Auge, war anders. Er zeigte überhaupt keine Reaktion. Lag es daran, dass er nur Teil einer Insignie war? Also nicht vollständig? Trotzdem hatte Oberon ihn an *mir* spüren können. Was unterschied ihn von den anderen beiden? Und wo waren der Umhang und das Schwert? Und was war mit dem Halsreif?

Ich packte zusätzlich ein paar schmutzige Socken zu den Insignien in mein altes T-Shirt. Morgen würde ich sie wieder in mein Schließfach legen.

RUBYS ACHTZEHNTER GEBURTSTAG

Lee und ich waren die Ersten bei Ruby. Ganz unrubyisch fiel sie uns beiden um den Hals.

»Gut, dass ihr da seid. Kommt mit. Mum und Dad sind heute Abend zu einer Vernissage eingeladen. Wir haben das ganze Appartement für uns. Ihr müsst unbedingt von der Bowle probieren, die meine Mum gemacht hat. Es ist nicht so viel Alkohol drin wie bei Jaydens Karaoke-Party, aber dafür schmeckt sie noch besser. Hier. Nehmt.« Sie hatte jedem von uns ein Glas eingeschenkt, ehe wir ablehnen konnten. »Dad hat mir ein neues Klavier geschenkt. Einen Bösendorfer Flügel aus der limitierten 180-Jahre-Jubiläumsauflage. Ist das nicht großartig? Den müsst ihr sehen.« Sie nahm meine Hand und zog mich ins Wohnzimmer. Der Flügel glänzte in sattem Schwarz dominierend in einer extra frei geräumten Ecke. »Lee, du kannst doch bestimmt Klavier spielen. Du kannst ja eigentlich alles. Setz dich. Probier es aus. Es ist ein traumhaftes Instrument. Oh! Da kommen die Nächsten.«

Es hatte geschellt und Ruby eilte in ihrer Aufregung zur Haustür.

»Ich glaube, die Bowle hat doch zu viel Alkohol«, sagte ich zu Lee und stellte mein Glas auf dem Wohnzimmertisch ab.

»… Lee hier … müsst … oh, vielen Dank! Was ist das?«

Ruby war wieder ins Wohnzimmer gekommen, Phyllis und Nicole im Schlepptau.

»Ich hole die Bowle hierher. Oh, hier ist noch ein Glas.« Sie nahm mein Glas vom Tisch, trank es in einem Zug aus und verschwand.

Phyllis, Nicole und ich wechselten einen Blick.

»Was ist los mit ihr?«, flüsterte Nicole.

»Sie rechnet doch wohl hoffentlich nicht wirklich mit Ciaran, oder?«, fragte ich alarmiert.

Phyllis sah mich hellhörig an. »Ciaran? Ihr seid schon beim Vornamen angelangt?«

»Er ist mein Cousin«, erklärte Lee ruhig.

Damit erntete er nur einen düsteren Blick. Ich glaubte langsam wirklich, Phyllis war eifersüchtig.

»Wie praktisch«, zischte sie Lee an.

Ich sah überrascht zu ihr herüber. Was war los? Hatte ich was verpasst?

Ruby kam zurück, die Bowle-Schüssel im Arm und Jayden und Corey im Schlepptau. Außerdem noch einen Überraschungsgast: Cheryl.

»Sie wollte unbedingt mitkommen«, sagte Corey entschuldigend zu mir.

»Okay«, sagte ich nur und beobachtete, wie sich die mittlerweile Vierzehnjährige so dicht neben Lee setzte, dass sie bald auf seinem Schoß hing.

»Aber sie bekommt keine Bowle. Apropos Bowle. Stülp deine Jacke mal auf links.« Nicoles Blick war stählern. Nein, es befanden sich keine versteckten Flachmänner in Coreys Taschen. Nach Jaydens katastrophaler Karaoke-Party, bei der Corey der Stimmung mit einer Flasche hochprozentigem Alkohol nachgeholfen hatte, waren wir etwas vorsichtig geworden.

Dafür reichte Ruby jedem ein neues Glas Bowle und trank ihres schneller leer als jeder andere von uns.

»Pack mal dein Geschenk aus«, forderte Corey sie auf.

Ruby riss das Päckchen auf, für das wir alle zusammengelegt hatten, und erstarrte. »Was ist das?«, fragte sie atemlos.

»Ein Pendel«, las Cheryl laut den Titel auf der Edelholzpackung vor.

»Du warst doch so interessiert an dem Medium, wo wir vor einigen Wochen waren, um Lee zu suchen. Da dachten wir, wir probieren es ohne hundert Pfund Stundenlohn mit dir zusammen aus«, erklärte Nicole mit einem erwartungsvollen Lächeln.

Zu unserer Überraschung stürzte Ruby das nächste Glas Bowle herunter. »Ich habe eine bessere Idee. Lasst uns Flaschendrehen spielen. Wahrheit oder Pflicht.«

Wir sahen uns alle verwundert an. Das war nicht die Ruby, die wir sonst kannten. Zwei Stunden später war die zweite Bowle-Schüssel leer und Ruby stockbesoffen.

»Was ist mit der los?«, fragte Jayden, als Ruby sich ans Klavier setzte und einen Chopinwalzer zu spielen begann. Fehlerlos, aber viel zu schnell.

»Kommt schon, tanzt endlich«, forderte sie uns auf.

»Ruby, ich denke, du hast genug«, sagte Lee und nahm sanft ihre Finger von den Elfenbeintasten.

Ruby sah Lee an, als sähe sie ihn zum ersten Mal. »Ich glaube auch. Weißt du, Lee, ich sehe schon Elfen.« Mit diesen Worten kippte sie ohnmächtig vom Hocker.

Wir hatten Ruby ins Bett gebracht und Nicole hatte angeboten die Nacht bei ihr zu bleiben. Nun standen wir anderen etwas unschlüssig auf dem Gehweg vor dem Haus.

»Das war mal ein anderer Geburtstag. Auf keinen Fall langweilig«, sagte Corey nüchtern.

»Aber ätzend«, setzte Cheryl hinzu. Sie sah zu Lee. »Sollen wir noch in diese Bar am Covent Garden?«

»Ich denke, du solltest ins Bett gehen«, erklärte Jayden unumwunden. »Ich für meinen Teil hatte genug. Gute Nacht.«

»Wir verabschieden uns jetzt auch. Bis morgen.« Lee legte den Arm um meine Schultern und zog mich mit sich.

Ich sah Phyllis' und Coreys betroffene Gesichter. Nein, der Abend war überhaupt nicht so verlaufen, wie wir es uns gedacht hatten.

»Glaubst du, Ruby weiß etwas?«, fragte ich Lee, sobald wir außer Hörweite waren.

Er achtete nicht auf mich, sondern griff in seine Hosentasche. Die Edelsteine auf dem Karfunkel in seiner Hand blitzten. »Ich muss weg. Anscheinend wurden die Schwingungen der Insignien gespürt. Ich muss nach Avalon vor den Kronrat.«

Mir wurde ganz flau. »Was, wenn sie ...«

»Das glaube ich nicht«, schnitt er mir das Wort ab. »Sonst wären sie längst hier. Ich bringe dir aus Avalon was für deine Nase mit. Dann ist sie morgen Abend nicht mehr blau.«

Das wäre in der Tat wünschenswert. So konnte ich nur einen zarten Kuss von ihm bekommen, weil noch alles schmerzte. Sogar mit seinem heilenden Atem.

Er brachte mich nach Hause, und noch ehe ich die Haustür geschlossen hatte, hörte ich den Mercedes schon um die Ecke wegfahren. Mit Sicherheit hatten die Elfen die Schwingung gespürt, als ich die Socke vom Ring entfernt hatte. Die halbe Sekunde hatte gereicht. Lee hatte ich nichts davon gesagt.

Ciarans Worte, ich hätte mit meinem Kuss Stellung bezogen, ließen mich vorsichtig sein. Ja, ich war verliebt. Aber ich war nicht blind.

ÜBERRASCHUNG

»Feli, kann ich dich sprechen?«

Es war noch nicht einmal ganz hell geworden, als Ruby vor meiner Haustür stand. Ich blinzelte. Mein Wecker zeigte sechs Uhr dreißig an. Ich hatte irgendwann mit Lee gerechnet, aber nicht vor acht.

»Ruby, es ist noch dunkel draußen. Bist du wach oder hast du geschlafwandelt?«

»Bitte, Feli.« Sie quengelte regelrecht.

Ich öffnete die Tür und war schon ein bisschen wacher. »Komm mit ins Wohnzimmer. Dort hört Mum uns nicht.«

Wir gingen ins Wohnzimmer und ich kuschelte mich in eine kleine Wolldecke auf der Couch. Ruby setzte sich auf die Kante des verschlissenen Cordsessels.

»Feli, du kannst doch auch Dinge sehen.«

Jetzt musste ich mich zusammenreißen. Eine Restmüdigkeit war zwar noch da, aber Rubys Worte waren durchaus angekommen.

»Ich weiß, dass du damals bei dem Medium in der Scrutton Street etwas in dem Glas Wasser gesehen hast.«

Das war eine sehr skurrile Erfahrung gewesen. Bei einer esoterischen Dame, die für einen Nachmittag (der uns nichts an Informationen einbrachte) und einen Schluck Avalonwasser einhundert Pfund kassiert hatte. Wobei ich mich noch immer fragte, woher sie Letzteres hatte.

»Ich will dir ja nicht zu nahe treten, Ruby ...«

»Jaja, dieser Mediumsmist war ein Reinfall«, fiel sie mir ins Wort. »Trotzdem kannst du es nicht leugnen. Du konntest im Wasser eine Höhle erkennen. Ich habe es genau gesehen. Ich konnte es in deinen Gedanken lesen.«

Erschrocken horchte ich auf. Ruby und Gedankenlesen?! Sie sah mich an. Ich wusste, sie überwachte jetzt jede noch so kleine Reaktion meines Gesichts. Ich zeigte keine. Hoffte ich zumindest.

»Du weißt es?«, flüsterte Ruby nach einer kleinen Ewigkeit. »Du kannst auch Gedanken lesen?«

Ich seufzte und schüttelte den Kopf. »Ich nicht, nein.«

»Aber im Wasser ... diese Vision ...«, begann Ruby noch mal. Sie musterte mich wieder genau. Als ich nicht reagierte, fasste sie in ihre Jackentasche und hielt mir einen Umschlag hin.

»Vor einigen Wochen kam dieser Brief.«

»Ruby, ich bin zu müde, um zu lesen. Sag mir doch einfach, was drinsteht.«

»Ich soll die Schule wechseln. Das ist eine Einladung mit Anmeldeformular für eine Art Eso-Schule in Avalon. Aber ich will nicht nach Frankreich.«

»Frankreich?«, fragte ich verblüfft.

»Ich habe bei Google Earth nachgeschaut. *Avallon* liegt im Burgund in Frankreich. Ich weiß nicht, was ich dort soll, ich spreche kein Französisch und ich will auf kein Internat. Der Typ hat mit Merlin unterschrieben, aber bestimmt heißt das richtig Mörläng oder wie immer man das im Französischen ausspricht. Die reden doch alle so, als hätten sie Dauerschnupfen. Ich hasse es. Was glaubst du, weshalb ich kein Französisch gewählt habe? Und dann, was soll ich auf dieser Schule? Die Kraft der Steine ermitteln? Welcher Edelstein für welche Krankheit geeignet ist? Oder mit welchem man Geld macht? Ich mag zwar an ein paar übernatürliche Dinge glauben, aber ich bin keine Esoterikerin. Den Heilpraktikerschein kann ich auch hier machen. Nach dem College. Aber das will ich gar nicht.«

Ich sah Ruby groß an. Es sah ihr überhaupt nicht ähnlich, sich so zu echauffieren. Ich ließ mir den Brief geben und las mir das Schreiben nun doch durch. Es war ein Aufnahmebrief für eine Schule, deren Schüler besondere Fähigkeiten aufwiesen. Wortwörtlich stand dort:

> Wenn Sie die Gedanken Ihrer Mitmenschen lesen können, im Wasser Bilder sehen, Gegenstände mit bloßen Gedanken bewegen oder Vorahnungen haben, die tatsächlich eintreffen, bitten wir Sie zu einem Vorgespräch.

Es waren Datum, Uhrzeit und Ort für ein Kennenlern-Treffen darin angegeben. Die Einladung war tatsächlich mit E. Merlin unterzeichnet, aber die Person, mit der sich Ruby treffen sollte und die sie nach Avalon begleiten sollte, war ein gewisser Liam FitzTaran.

»Du kannst zumindest in einer Hinsicht ganz unbesorgt sein. Dieses Avalon – nicht Avallon – liegt nicht in Frankreich und jeder dort spricht Englisch.« Ich gab ihr den Brief zurück und grinste. »Und wenn dir Mr Duncan gefällt, wirst du Liam vergöttern.«

Ruby sah mich an, als hätte ich ihr soeben eröffnet, sie solle beim Zirkus anfangen. »Du kennst es?« Auf einmal sah sie wesentlich fröhlicher aus. Sie begann auf dem Sessel zu wippen. »O Feli, du hast auch eine Einladung? Wir gehen zusammen dorthin! Das ist ja wunderbar! Dann bin ich nur noch halb so beunruhigt.«

Ich musste ihre Vorfreude leider sofort bremsen.

»Ganz langsam, Ruby. Ich habe keinen solchen Brief erhalten.«

Das Wippen wurde schlagartig eingestellt. »Feli, was bedeutet das alles? Warum ich? Ich kann manchmal Dinge sehen, die ihr nicht seht – ich weiß, dass ihr mich für ein wenig abgedreht haltet. Tatsache. Damit konnte ich auch gut leben, aber jetzt ... es geschieht immer häufiger.« Sie sprang auf und begann unruhig auf und ab zu laufen. »Ich sehe zwei Raben und fühle dahinter eine andere Präsenz. Ich sehe jemandem in die Augen und kann seine Gedanken hören oder lesen.«

Ich schluckte. Es war also wahr.

Aufgeregt fuhr Ruby fort: »Ich erkenne Lee über all die anderen Schüler hinweg an seinem blumigen und waldigen Geruch. Ölgemälde fangen an sich zu bewegen. Und dann glaube ich in sämtlichen Libellen bei den Seen im Park Elfen zu erkennen. Feli, werde ich verrückt? Ich weiß nur, du konntest etwas in dem Wasser sehen. In diesem Glas mit dem angeblichen Avalonwasser. Streite es nicht ab.«

»Tu ich nicht«, sagte ich und setzte mich jetzt aufrecht hin.

Sie blieb überrascht stehen, als hätte sie mit allem, aber nicht damit gerechnet.

»Ruby, Liebes, ich glaube, du bist eine Druidin.«

Sie starrte mich an. »Woher weißt du das?«, fragte sie nach einer gefühlten Ewigkeit.

»Ich war schon dort. Auf Avalon.«

Das brachte sie zum Schwanken und sie setzte sich schnell. »Du warst schon da? Wann?«

»Vor kurzem, als ich die zehn Tage unentschuldigt gefehlt habe. Ich war auf Avalon und habe dort auch Liam kennengelernt und den Merlin. Er ist der Schulleiter. Es sind zurzeit elf Schüler auf Avalon, eine wunderschöne Insel übrigens. Es wird dir gefallen.«

Ruby sah mich groß an. Lange. »Du kennst dich aber gut aus«, kam es irgendwann. »Bist du auch eine Druidin?«

Ich lächelte schmerzlich. Wenn es doch nur so einfach wäre. »Nicht ganz. Möchtest du, dass Lee dich nach Avalon bringt?«

Ruby blinzelte. »Lee?«

»Oder Mr Duncan?«, sagte ich jetzt grinsend. »Ich glaube, der ist dir lieber. Aber warte ab, bis du Liam siehst.«

»Feli, bitte flipp nicht aus, wenn ich das frage.« Ruby beugte sich ein wenig vor. »Was ist Lee? Er ist kein normaler Mensch. Und wenn ihr beide verschwindet, hat das nichts mit Familienangelegenheiten zu tun.«

»Nein, hat es nicht«, gestand ich. »Aber ich überlasse es Lee oder Liam, dich aufzuklären. Ich weiß nicht, wie viel ich sagen darf, deswegen frag mich bitte nichts weiter. Ich kann dir nur versprechen, dass Avalon wunderschön ist.«

Ruby nickte abwesend und stand auf. Sie wirkte mit einem Mal wieder ganz zerstreut, als sei sie in Gedanken schon auf der Insel.

»Wo willst du hin?«, fragte ich alarmiert. Sie würde sich doch nichts antun?

»Keine Sorge. Ich kann mir ja mal anhören, was dieser Liam zu sagen hat. Dann kann ich immer noch ins Wasser gehen.«

»Das ist kein Scherz, Ruby«, sagte ich streng. »Du hast doch Deirdre im Schwimmbad kennengelernt. Sie hilft dir bestimmt nur zu gerne dabei.«

Der verlorene Blick fokussierte sich wieder. »Deirdre? Die brünette Schönheit, die Lee so angehimmelt hat? Ist die eine Elfe?«

»Nein, eine Nymphe. Und keine besonders freundliche.«

Ruby lächelte versonnen. »Wahnsinn. Wir haben eine echte Nymphe getroffen. Ich muss jetzt ein wenig rausgehen, ich brauche etwas Bewegung, um das alles zu verdauen. Wir sehen uns nachher am College. Ich bin pünktlich. Versprochen. Und danke, Feli.« Schon war sie die Tür hinausgetanzt.

Ich sah ihr sprachlos hinterher. Ruby war eine Druidin. Sie würde bald unseren Freundeskreis verlassen, um auf Avalon unterrichtet zu werden. Wenigstens sie erfüllte das Klischee der tanzenden Waldfee.

Eine Stunde später stand Lee vor meiner Haustür, in der einen Hand ein Tiegelchen mit Puder, in der anderen einen blühenden Apfelzweig.

»Der erste auf Avalon«, erklärte er.

Er löste ein wenig von dem Puder in Wasser auf und ich tupfte es mir auf die geschwollene, blauschwarz schimmernde Nase. Sofort konnte ich besser atmen. Bis zum Abend sollte alles verschwunden sein, meinte Lee. Brigid sei unschlagbar, was die Medizin anbelangte.

Während wir uns auf den Weg zur Schule machten, erzählte ich ihm von Rubys Besuch. Er war nicht wirklich überrascht. Auf Avalon hatte man ihn bereits über Rubys Aufnahme informiert.

Aber das war für ihn nicht sonderlich interessant. Nicht mehr. Die außergewöhnliche Einberufung des Kronrats war vorrangig.

Es war exakt das gewesen, was ich vermutet hatte: Man hatte die Insignien Pans gespürt. Und zwar exakt hier. Eine Insignie, um genau zu sein, korrigierte Lee. Er hatte den Auftrag erhalten, den Hinweisen nachzugehen.

Ich sah ihn an. »Was willst du tun?«

»Ich werde zu gegebener Zeit die Eierschale vorlegen. Aber damit warten wir ein paar Tage. Es war auch nur von einer Insignie die Rede. Daher können sie uns unmöglich auf der Spur sein. – Meine Güte. Der schon wieder.«

Ich sah auf. Paul stand an meinem Schließfach.

»Lass mich knurren. Nur noch einmal«, murmelte Lee erbost.

Ich knuffte ihn in die Seite. »Untersteh dich. Das hat er nicht verdient.«

Lee blickte düster um sich. »Roberts steht auch da hinten. Und noch drei andere Typen.«

Ich folgte seinem Blick. Einer war der Mathestudent, die beiden anderen kannte ich nicht. Alle starrten mich an. Nicht meine malträtierte Nase, sondern mich. »Was ist mit denen los?«, fragte ich irritiert.

»Das kann ich dir erklären.«

Ciaran stand hinter uns. Es sah aus, als habe er auf uns gewartet.

»Kommt mit. Alle beide. Ich muss mit euch reden.«

GRAUENVOLLE ERÖFFNUNG

Ciaran führte uns in sein fensterloses Büro und schloss die Tür hinter uns. Ich warf Lee einen ratlosen Blick zu. Er zuckte die Schultern.

»Setzt euch. Ich sage euch, was ich herausgefunden habe.«

Ciaran setzte sich hinter seinen Schreibtisch, ich mich auf den Sessel, in dem ich schon so viele Stunden nachsitzen musste. Lee lehnte sich an den Aktenschrank neben mir.

»Felicity, du weißt, dass wir Elfen Magie besitzen.«

Ich hob eine Augenbraue. »Welche? Die des Älter- oder Jüngermachens? Fliegen? Gedankenlesen? Zeitspringen?«

Ciarans Augen zogen sich genervt zusammen. »Wir Halbelfen besitzen vor allem eine ganz besondere Magie.« Er schien ein wenig mit den Worten zu ringen.

»Er meint, mit einem Kuss jemanden auf ewig an sich zu binden«, kam Lee ihm zuvor.

Oh. Diese Magie. Ich nickte. »Ja, darüber weiß ich Bescheid. Haben die nur Halbelfen?«

Sowohl Lee als auch Ciaran nickte.

Aha. Und was hatte das mit mir zu tun? Ich wusste es und es war mir eigentlich egal. Ich hatte lange genug Zeit gehabt, mich an diesen Gedanken zu gewöhnen, und hatte Lee in vollem Bewusstsein geküsst.

Ciaran lächelte ironisch. »Sehr löblich, Felicity, nur dass du außen vor bist.«

»Wie außen vor?«, fragte ich irritiert.

»Diese Magie funktioniert bei dir nicht. Lee hat dich mit seinem Kuss nicht an sich gebunden.«

»Nicht?« Ich lächelte Lee erfreut an. Er schien ebenfalls entzückt. Zumal meine ganzen anfänglichen Bedenken dadurch hinfällig wären.

»Freu dich nicht zu früh. Du bist die Auserwählte. Bei dir ist alles anders.«

»Wie meinst du das?« Lee richtete sich alarmiert auf.

»Dass Felicity selbst über die besagte Magie verfügt.«

Ich sah Ciaran ratlos an. »Ja, und?«

Jetzt blickte er mir direkt in die Augen. »Das will heißen, die Jungs um dich herum sind nicht wirklich hoffnungslos in dich verknallt. Deine Magie ist die einer Sirene. Ähnlich wie die bei den Nymphen. Allerdings scheint es bei dir stärker zu sein als bei allen anderen Wesen, die ich bislang getroffen habe. Es reicht dein Geruch, dein Lächeln. Ich denke, ein Kuss von dir würde dir einen Mann hoffnungslos ausliefern.«

Ich schüttelte energisch den Kopf. »Das ist Unsinn, Ciaran. Vor Lee hatte ich keine Verehrer. Und Richard Cosgrove hat mich schließlich auch verlassen.« Zumindest fast. Jetzt fiel mir ein, dass er sich – trotz unseres Zwists – wieder gemeldet hatte.

Ciaran schüttelte ungläubig den Kopf. »Du besitzt eine ganz außergewöhnliche Magie. Es kann natürlich sein, dass sie erst durch Lee und dessen Berührung ausgelöst wurde, so wie die Zeitsprünge ...«

»Die Zeitsprünge wurden durch Lee ausgelöst?«, hakte ich hellhörig nach.

Ciaran nickte. »Durch die Berührung mit einem Elf oder Halbelf wird bei manchen Druiden etwas in Gang gesetzt. Die meisten Druiden können danach Gedanken lesen oder Dinge voraussehen. Bei dir waren es die Zeitsprünge, und wie es aussieht, die Anziehung auf das andere Geschlecht.«

Ich blieb skeptisch. »Komm schon, Ciaran, das ist absurd. Bis Lee aufgetaucht ist, haben alle einen Bogen um mich gemacht. Mit Ausnahme von Jayden und Corey.«

Ciaran lehnte sich in seinem Stuhl zurück und legte die Finger aneinander wie Mr Burns von den Simpsons. »Ich habe gehört, vor Lees Ankunft wärst du ... na, sagen wir mal, nicht so attraktiv gewesen.«

Jetzt wurde mir richtig heiß vor Verlegenheit. Aber warum sollte ich es leugnen? »Ich habe oft nächtelang in Mums Pub ausgeholfen und war nicht immer taufrisch am nächsten Tag«, gestand ich beschämt. Ich sah Ciaran und Lee einen Blick wechseln.

Lee wirkte mit einem Mal sehr angespannt. »Sie wusste es«, murmelte er.

Ciaran neigte ein wenig den Kopf. »Man kann es zumindest nicht ausschließen.«

»Wer wusste was?«, fragte ich ratlos.

Lee sah mich an. »Du hast in der ersten Zeit, in der wir uns kennengelernt haben, ziemlich stark nach schalem Alkohol gerochen. Das legt den Verdacht nahe, dass deine Mutter mehr weiß, als wir ahnen.«

Mum? Nie im Leben! Sie war immer nur dankbar für eine kostenlose Hilfe in ihrem maroden Pub. Allein wenn ich an all die stinkenden Spüllumpen dachte, die trotz Wäsche immer nach Alkohol rochen, schüttelte es mich vor Ekel. Nie wieder wollte ich dort arbeiten. Auch die Demütigung, zu müde zum Duschen zu sein, würde mich mein Leben lang nie loslassen. Heute fragte ich mich, welcher Teufel mich geritten hatte, dass ich nicht direkt nach meiner Arbeit im Pub geduscht hatte. Sogar mein Bettzeug hatte deswegen immer gemüffelt.

»Felicity, dein Körpergeruch beziehungsweise der Alkohol hat vor Lees Ankunft die Jungen von dir ferngehalten.«

»Glaubst du nicht, dass erst Lee mit seinem Werben die anderen auf mich aufmerksam gemacht hat?«, fragte ich.

Ciaran schüttelte entschieden den Kopf. »Nein. Lee ist dir genauso verfallen wie die anderen Jungs.«

Ich starrte Ciaran an.

Er blickte ungerührt zurück. »Lee ist deiner Magie verfallen. Du übst diese Magie auch auf uns Elfen beziehungsweise Halbelfen aus. Wenn ich dir zu nahe komme, spüre ich es ebenfalls. Eamon hat es bestätigt.«

Mein Kopf fühlte sich seltsam hohl an. Hohl und schwer zugleich. Ein Summen setzte ein. Ein Summen, das sich wie eine gesprungene Schallplatte wiederholte: *Lee liebt dich nicht. Er ist gebunden. Lee liebt dich nicht. Er ist gebunden. Lee liebt dich nicht.*

»Möchtest du was trinken?«, fragte Ciaran mitfühlend.

Doch ich erhob mich und ging zur Tür.

»Fay ...«, sagte Lee und sprang auf. Er sah blass aus.

Ich hielt ihn mit einer Handbewegung auf Abstand. Ich wollte jetzt erst einmal alleine sein. Stumm trat ich aus dem Büro und spürte die Blicke der beiden in meinem Rücken.

Ich verließ die Schule, um mir im nächsten Tesco eine riesige Portion Stracciatella-Eis zu besorgen. Lieber hätte ich mir einen Likör gekauft oder drei Flaschen Sekt, aber ich hatte Angst, noch einmal in Versailles aufzuwachen – oder noch schlimmer: im Sherwood Forest. Ich begann das Eis noch unterwegs mit meinem Geodreieck in mich hineinzulöffeln. Ich hatte nicht erwartet, dass Lee mir tatsächlich nicht nachgehen würde. War ich enttäuscht? Ein bisschen.

Ich wusste nicht, was mit mir los war. Ich hatte doch allein sein wollen. Gleichzeitig hätte ich so gern mit jemandem darüber geredet. Mit Phyllis zum Beispiel. Nur hatte ich bei ihr das Gefühl, dass sie meine Verliebtheit in Lee nicht akzeptierte. Mir war auch aufgefallen, dass sie Lee demonstrativ mied, seit wir zusammen waren.

Am liebsten hätte ich London jetzt verlassen und wäre weit weg, irgendwo, wo mich nicht alles immerzu an Lee erinnerte. Inzwischen hatte ich den Regent's Park erreicht. Wie hatte ich das geschafft? Der lag überhaupt nicht auf einer meiner normalen Routen. Aber er hatte eine freie Bank.

Ich setzte mich. Zwei Raben ließen sich auf dem Grünstreifen vor den Blumenrabatten nieder. Ich sah ihren wachsamen Blick. Wütend funkelte ich zurück.

»Wisst ihr was? Sagt eurem Herrn, es geht mir gewaltig auf die Nerven, dass er über mein Leben bestimmen will. Sagt ihm, wenn er noch irgendeinen Versuch wagt, um mich zu manipulieren, gehe ich direkt zu den Drachen. Und jetzt verschwindet.«

Die beiden Raben sahen mich an. Dann begannen sie im Boden zu picken. Einer hatte einen Wurm im Schnabel. Er verschlang ihn mit einem Bissen.

Meine Güte, was war ich paranoid geworden. Jetzt sah ich schon in jedem schwarzen Vogel einen Boten. Da rutschte das Eis vom Geodreieck auf meine Hose. »Mist«, murmelte ich und begann zu wischen.

Als ich wieder aufsah, waren die Raben verschwunden. Und nicht nur die. Der ganze Regent's Park und London waren verschwunden. Bis auf Vogelzwitschern und Bienensummen war es ganz still.

Ich saß auf einem Baumstumpf inmitten von Apfelbäumen.

FELICITYS GEHEIMNIS

Im ersten Moment war ich sauer. Schon wieder Elfen und ihre Welt. Zumindest ein Teil davon. Im nächsten Moment überlegte ich jedoch, dass mein Wunsch so wenigstens in Erfüllung gegangen war: Ich war fort aus London. An einem Ort, der mir helfen konnte den Kopf freizubekommen. Auch wenn er mich an Lee erinnern würde. Aber ich war ja nicht gezwungen die Druidenschule aufzusuchen.

Ich stand auf. Lee hin oder her. Ich musste mir jetzt über einiges klar werden. Warum sollte ich das nicht mit einer kleinen Wanderung über die Insel verbinden? Avalon war traumhaft schön. Die Apfelhaine hatten zu blühen begonnen und in der warmen Sonne summte und brummte es überall zwischen den Bäumen.

Ein kleiner Pfad verlief unter ihnen hindurch. Ich folgte ihm. Er führte zu einem kleinen Weiher. Ein paar Enten schwammen darauf herum und das Wasser war glasklar. Das Stracciatella-Eis hatte mich durstig gemacht. Ich kniete nieder und trank. Im Spiegelbild konnte ich erkennen, dass meine heute Morgen noch dicke, blaue Nase wieder normal aussah. Dank der Salbe, die Lee mir besorgt hatte. Lee. Schon wieder.

Ich tauchte die Hände ins Wasser und mein Gesicht verschwand. Stattdessen veränderte sich das Bild des Bodens. Nicht schon wieder! Trotzdem konnte ich nicht wegsehen. Die Landschaft, die sich darin zeigte, kannte ich. Die Küste kam mir seltsam vertraut vor. Ein anderes Wasser wurde sichtbar. Blauer, weiter. Es war das Meer.

Ich erkannte Cornwall. Das Meer bei Tintagel, dort, wo ich aufgewachsen war. Und dann sah ich meine Mum! In diesem Moment hörte ich etwas. Erschrocken sah ich mich um. Sofort verschwand das Bild. Aber auch das Geräusch war verstummt. Nur das Summen der Bienen in den Blüten über mir und das Vogelzwitschern waren zu hören. Ich sah erneut ins Wasser. Es dauerte nur fünf Sekunden, dann war das Bild wieder da. Und mit ihm auch das Geräusch. Also gab es Wasservisionen jetzt mit Stereoton.

Die Szene, die sich abspielte, kam mir bekannt vor. Ich hatte sie bereits einmal gesehen. Sie zeigte meine Mum, wie sie vom Friedhof kam, und das Geräusch war mein Babyschreien. Aber dieses Mal ging die Vision weiter. Mum war mit mir im Arm verschwunden. Das Gebrüll war verstummt. Nur Grandma schrie Mum noch immer hinterher. Ich konnte jedes Wort hören. Dann ging mein Grandpa dazwischen und sagte: »Meine Güte, jetzt lass sie doch mal. Hat sie nicht genug durchgemacht?« Er stellte sich in die Haustür und zündete sich eine Zigarette an.

Grandpa hatte geraucht? Das hatte ich nicht gewusst. Das erklärte aber seine Vorliebe für Lutscher. Die waren also ein Ausgleich für das Nikotin.

Grandma stellte sich neben ihn und stach mit dem Zeigefinger energisch auf seine Brust ein. »Du hast uns dieses Ding ins Haus gebracht. Jeder weiß, dass Wechselbälger Unglück bringen. Patty hätte die Totgeburt auch so verkraftet, aber du musstest sie ja unbedingt davon überzeugen, das Kind aufzunehmen.«

Grandpa zuckte bei jedem Hieb zusammen. »Das ist was anderes. Erst verliert sie ihren Mann – und dann auch noch das Kind? Die wär uns durchgedreht. Und was wäre dann aus den beiden anderen geworden?«

»So ein Schwachsinn. Deswegen dreht man nicht durch. Nicht, wenn es Arbeit gibt, die einen am Leben erhält. Die hätte sich wieder gefangen. Wir sind ja auch noch da.«

»Den Lebensmittelhandel können wir aufgeben, sobald der Supermarkt fertig gebaut ist. Das weißt du genau«, widersprach Grandpa ruhig. »Es gibt keine Arbeit hier für uns. Und noch viel weniger für eine gebrochene Frau mit zwei Kindern. Dieses Baby wird ihr die Kraft geben, wegzuziehen und etwas Neues aufzubauen, du wirst sehen. Die Entscheidung, es aufzunehmen, war richtig.«

»Mit einem Wechselbalg im Haus kommt das Unglück«, zischte Grandma. »Du wirst sehen. Es hat bereits Tom geholt und den Jungen, um sich hier einzunisten. Die Feen suchen sich immer die Häuser aus, in denen das Glück wohnt, um ihre Brut großziehen zu lassen.«

»Sie ist doch nur ein kleines Würmchen. Ein Baby. Bloß weil ich sie im Wald gefunden habe, ist sie nicht unbedingt ein Wechselbalg.« Grandpa warf einen nervösen Blick ins Haus.

»Sie ist eines. Hast du ihre Augen gesehen?«

»Sie sind grau. Genau wie die von jedem Zweiten hier im Dorf.«

Grandma schüttelte den Kopf. »Nein. Ab und an glitzern sie

golden. Und findest du es nicht ungewöhnlich, dass sie Wasser mag statt Milch? Kein normales Baby trinkt Quellwasser.«

Grandpa warf die halb aufgerauchte Zigarette weg. »Ich habe schon von Babys gehört, die keine Milch vertragen. Die Kleine ist halt auch so ein Baby. Sie ist ein niedliches kleines Ding. Gib ihr doch eine Chance, Meg.«

»Sie ist ein Wechselbalg. Sie hat Tom auf dem Gewissen und den unschuldigen kleinen Jungen. Sie ist gefährlich.« Grandma spuckte drei Mal neben die Haustür und ging wieder hinein.

Grandpa stapfte mit großen Schritten zum Holzschuppen. Und dann tauchte plötzlich Liams Gesicht über dem Schuppen auf.

»Ein Wechselbalg. So, so.«

Ich starrte ins Wasser. Der Schuppen, Grandpa und Cornwall waren verschwunden. Nur Liams Augen blickten mich noch immer an. Dann nahm ich aus den Augenwinkeln wieder eine Bewegung wahr. Erschrocken drehte ich mich um und plumpste ins Gras.

Liam und Fynn standen direkt vor mir. Beide blickten mich finster an.

»Man trifft sich immer mehrmals im Leben, aber diesmal entwischst du uns nicht«, sagte Liam mit einem düsteren Lächeln. »Was war das gerade, Felicity? Eine Vision? Du kannst im Wasser sehen? Ohne Ausbildung?«

»Und wenn die Vision stimmt, bist du ein Wechselbalg?«, ergänzte Fynn.

»Was genau ist ein Wechselbalg?« Ich rappelte mich auf, damit ich nicht so zu ihnen aufschauen musste.

Liam zuckte die Schultern. »Gute Frage. In der Regel existieren die nur im Märchen. Dort sind es Feenkinder, die von ihren Eltern wie ein Kuckucksei in ein fremdes Nest gelegt werden, damit sie sich den Reichtum dieser Familie aneignen.«

»Das scheidet dann ja schon mal aus«, sagte ich ein wenig kurzatmig, weil ich mich so erschreckt hatte. »Meine Mum war gezwungen Cornwall zu verlassen, weil das Geld nicht reichte. Und es reicht heute noch nicht.«

»Dann muss es einen anderen Grund geben, weshalb sie dich in diese Familie gebracht haben.«

»Wie viel habt ihr eigentlich mitbekommen?« Ich war mir sicher, dass die beiden nicht von Anfang an da gestanden hatten.

»Genug, um uns zu fragen, ob du wirklich die auserwählte und prophezeite Retterin der Elfenwelt sein kannst. Die Frage ist, bist du wirklich so wichtig für uns oder kann man dich entbehren?«

Ich schluckte. Der schöne Liam klang absolut kalt und entschlossen. Leider hatte ich Fynn völlig falsch eingeschätzt. Er sah aus, als würde er seinem Geliebten blind gehorchen.

»Hör mal, mir ist es völlig egal, welche Neigung ihr beiden habt. Wegen mir dürft ihr gerne heiraten.« Obwohl Liam ein großer Verlust für die Damenwelt wäre. »Wieso konntest du überhaupt meine Vision eben sehen und hören?«

»Habe ich nicht. Ich habe deine Gedanken durch deine Augen im Wasserspiegel gelesen. Das war noch wesentlich interessanter, als wenn du wieder ohne Unterwäsche gewesen wärest.«

Ich fühlte, wie mir die Hitze ins Gesicht stieg. Ich hatte mich selten so blamiert wie hier auf Avalon. Ich hatte bei meinem letzten Aufenthalt hier die Schande erlebt, vor der gesamten Schule daran zu denken, dass meine Unterwäsche ausgewaschen im

Zimmer hing und nur ein einfacher, hässlicher Schulkittel mich von der vollkommenen Nacktheit trennte. Blöderweise gehörte das Gedankenlesen zu einem der Schulfächer, die hier unterrichtet wurden. Ich hatte also garantiert für großartigen Unterhaltungsstoff auch nach meiner Abreise gesorgt. »Als ob dich das interessiert«, murmelte ich beschämt.

»Ist dein Verlobter nicht in der Nähe?«, fragte Fynn und sah sich nach allen Seiten um.

»Er ist nicht mein Verlobter«, bekannte ich düster. »Wie habt ihr mich gefunden?«

Liam und Fynn sahen sich an.

»Oh!«, machte ich, ihre betroffenen Mienen richtig interpretierend. »Ich habe euer Date gestört. Wenn es nur darum geht, werde ich meinen Mund halten. Aber nur, wenn ihr nichts von unserem nächtlichen Besuch in der Bibliothek erzählt.« Ich betrachtete Liam. »Du siehst dem Merlin übrigens gar nicht ähnlich.«

Er zuckte gleichgültig die Schultern. »Ich weiß. Ich glaube auch eher, dass meine extrem ausgearbeiteten kognitiven Sinne eine größere Rolle dabei spielen als das verwandtschaftliche Verhältnis. Was wolltet ihr eigentlich in der Bibliothek?«

Das würde ich ihm wohl schwerlich auf die Nase binden.

»Es gibt keine Insignien Pans auf Avalon«, sagte Fynn.

Ich starrte ihn an.

»Jeder Schüler kennt das Buch der Prophezeiung mehr oder weniger auswendig. Wir wussten sofort, welche Seite ihr aufgeschlagen hattet«, erklärte Liam und beugte sich zu mir herunter. »Aber wir können dir helfen.«

»Da bin ich gespannt«, sagte ich trocken. »Ich brauche dieses Mal aber keine Unterwäsche. Ich trage welche.«

»Wie du dir denken kannst, interessiert uns das jetzt nicht sonderlich.« Liam kreuzte die Arme vor der Brust. »Wir wissen etwas über die Insignien, das nicht im Buch der Prophezeiung steht. Und ich bezweifle, dass irgendjemand sonst davon weiß. Diese Schriften sind so alt, die könnte Pan noch selber verfasst haben. Das war es doch, wonach ihr gesucht habt, oder?«

»Und ihr wollt mir diese Information überlassen? Einfach so, ganz selbstlos?«

»Nicht ganz. Du musst uns helfen aus Avalon zu fliehen«, verkündete Liam.

Ich starrte erst ihn, dann Fynn an. »Aus Avalon fliehen? Warum?« Mal abgesehen von meinem peinlichen Erlebnis hier war es ein Stück Paradies auf Erden. Wenn nicht ausgerechnet der Merlin das Oberhaupt dieser Insel wäre, könnte ich mir sehr gut vorstellen hier zu leben.

Fynn antwortete leise: »Wir wollen eine gemeinsame Zukunft. Das wird hier nicht gehen.«

»Was geschieht, wenn man euch erwischt?«, wollte ich wissen. Das war keine gute Frage. Ich sah ihre steinernen Mienen. »Wollt ihr für immer versteckt leben? Ewig ein Leben auf der Flucht?«, fragte ich fassungslos. »Ihr wisst schon, dass es vor dem FISS kein Kronzeugenschutzprogramm gibt, oder?«

»Das wissen wir«, sagte Liam fest.

Ich schluckte. Die Beziehung der beiden musste jedenfalls ernster sein, als ich bislang angenommen hatte. Der eine war bereit für den anderen zu sterben. Ich konnte es genau an dem Blick sehen, den sie jetzt wieder wechselten.

Das änderte aber nichts daran, dass *ich* nicht bereit war für Fynn oder Liam zu sterben. Wenn ich für jemanden sterben müsste, dann nur für Lee. Sogleich ging mir auf, was ich da gedacht hatte. Mein Herz schmerzte mit einem Mal wieder. Lee liebte mich nicht wirklich. Er war nur durch die mir eigene Magie an mich gebunden. Vielleicht wäre er frei, wenn ich starb? Dann könnte er sich eine Frau suchen, die ihm nicht durch einen alten Folianten vorhergesagt worden war. Er könnte zum ersten Mal selbst entscheiden.

»Ich werde euch helfen«, stöhnte ich und sackte zusammen. Damit hatte ich mein Todesurteil besiegelt.

»Keine Sorge, Felicity«, sagte Fynn und schlagartig hatte er wieder den weichen, warmen Ton in der Stimme, den ich von Anfang an so gemocht hatte. »So weit werden wir es nicht kommen lassen. Und im Gegenzug für deine Hilfe werden wir dir das zeigen, was du und Lee gesucht habt. Komm mit.«

Er hatte gut reden. Er hatte Oberon mit Sicherheit noch nie ins Gesicht gesehen.

DIE INSIGNIEN PANS

Anscheinend hatte Lee Recht gehabt mit der Behauptung, er wäre einer der wenigen, die die Tunnel zur Schule kannten. Liam und Fynn schienen jedenfalls keine Ahnung davon zu haben. Von der Quelle aus wiesen sie mir stattdessen den Weg durch die Apfelhaine zurück bis zum Strand. Dort führte eine Höhle in die uralte Festung hinein. Weil Avalon aufgrund seiner schützenden Nebel noch nie umkämpft worden war, hatte man das Gebäude auch nicht richtig gesichert. Wir gelangten bis in die Bibliothek, ohne dass wir einer Menschenseele begegneten. Dort wurde es allerdings einen Moment lang heikel, weil Farion und Gwilynn, zwei weitere Avalon-Schüler, über Büchern und Schriften saßen.

Fynn nahm mich mit in sein Zimmer. Liam kam wenig später mit ein paar Schriftrollen beladen dazu, die Fynn entfaltete.

»Wir suchen seit geraumer Zeit vergessene Wege, Gänge oder Räume, um uns dort zu treffen«, erklärte er. »Bei unseren Recherchen sind wir hierauf gestoßen. Die Rolle lag in der Abteilung für Architektur und Statik. Erst dachten wir, sie sei versehentlich falsch einsortiert worden. Jetzt sind wir uns aber sicher, dass es kein Fehler war. Man hat sie dort versteckt. In den letzten zwanzig Jahren hat hier niemand mehr Architektur studiert.«

Ich sah auf das Pergament. Es enthielt eine Abfolge von Bildern, die Ritter in Rüstungen zeigten, bereit für einen Kampf gegen Drachen. Eine Art Märchenbuch oder eher ein antiker Comic. Die Ritter hatten gallische Helme mit Hörnern – oder waren es Flügel? Nein! Jetzt erkannte ich die langen Ohren. Es waren Elfen! Die Geschichte zeigte den Kampf von Elfen gegen Drachen. Was sollte ich damit?

»Sieh her!«, forderte mich Liam auf und deutete auf einen Elf in einer grasgrünen Tunika mit einem braunen, kurzen Umhang. In seiner Hand befand sich ein Schwert. Ganz deutlich konnte ich den Bernstein im Handknauf erkennen.

»Fafnirs Auge«, murmelte ich und betrachtete das Schwert genauer.

»Ganz recht«, stimmte mir Fynn zu. »Der Anführer ist Pan. Der erste Elfenkönig. Er trägt die Insignien.«

Jetzt erkannte ich auch den Halsring auf der Abbildung und auf seinem blonden Kopf einen Goldreif.

»Es ist nur das Schwert abgebildet. Ring und Krone fehlen«, erklärte Fynn weiter.

Ich war schon beinahe versucht zu sagen, die Insignien seien komplett – nur dass die Krone etwas anders aussah –, als mir einfiel, dass ich das nicht verraten durfte. Meine Hand zitterte. Ich war der Lösung so nahe! Ein entscheidender Schlüssel fehlte aber noch.

»Gibt es weitere Bilder? Etwas, worauf die Insignien besser abgebildet sind?«

Liam entrollte ein weiteres Schriftstück. »Ja – und hier sind sie komplett. Schwert, Ring, Krone. Alles da.«

Da waren sie. Aber anders! Die Krone identifizierte ich als die, die in meinem Schließfach lag. Und dort war auch der Fingerring. Das Muster der beiden war unverwechselbar. Das Schwert aber war etwas ... anders. Viel aufwendiger, mit verzierter Klinge, obwohl es ebenfalls einen Bernstein im Knauf trug. Und es fehlte der Umhang.

Das waren nicht die Insignien Pans! Der Schatten hatte sich bestimmt nicht geirrt. Die erste Abbildung war die richtige. Es stellte Pan mit den Insignien dar, die ihm wahrhaft gehörten. Stirnrunzelnd beugte ich mich weiter vor und betrachtete Pan genauer. Und dann ging mir plötzlich ein Licht auf. Der Mann in meinem Zimmer, im Sherwood Forest und am Albert-Memorial: Das war Pan gewesen! Aber was waren dann die Krone und der Fingerring?

»Was genau ist mit Pans Insignien geschehen?«, fragte ich die beiden.

Sie sahen mich erstaunt an. »Das weißt du nicht?«

Ich schüttelte den Kopf.

»Sie verschwanden am Tag deiner Geburt.«

Oh, da läutete etwas in mir. Lee hatte das damals bei unserem Ausflug nach Westminster erzählt.

Fynn setzte hinzu: »Du wirst zusammen mit den Insignien im Buch der Prophezeiung erwähnt. Es heißt, nur du könntest sie wiederbeschaffen, ansonsten seien sie auf ewig verloren. Es wird auch gemunkelt, dass die Drachenwandler überlebt hätten und mit Hilfe der Insignien wieder komplett auferstehen könnten.«

Auch das war nicht neu.

»Was mich nur verwirrt«, sagte Liam und deutete auf die Bilder. »Welche Insignien suchen wir jetzt? Die oder die?«

Er deutete auf die Zeichnung von Pan und dann auf die von Oberon. Und schlagartig ging mir auf, dass es mehr als vier Insignien geben musste. Meiner Zählung nach müssten es sogar sieben sein. Zunächst einmal die drei, die Lee erwähnt hatte: Fingerring, Krone und Schwert, welche den Abbildungen gemäß Oberon gehörten. Und die vier, die der Schatten mir gezeigt hatte: Umhang, Schwert, Krone und Halsreif, welche an Pan zu sehen waren. Die Frage war nur: Wieso summten die Insignien Oberons so auffällig, wenn doch jeder nach den Insignien Pans suchte?

DAS LABYRINTH

Ich musste Liam und Fynn noch mehrmals versprechen, dass ich ihnen helfen würde, bevor sie sich bereit erklärten mir zu zeigen, wie ich wieder zurück nach England käme. Sie führten mich zu einem Labyrinth im Klippenwald. Es war nicht sehr groß und auf einen schmalen Vorsprung gebaut. Damit es richtig gelegt werden konnte, hatte man in den Fels eine Art Apsis gehauen.

»Geh dort hinein und folge den Kreisen«, riet mir Fynn. »Berühre keinen der Steine und halte dich an den genauen Weg. Dann solltest du wieder in England rauskommen.«

»Ich war im Regent's Park«, erklärte ich hoffnungsvoll.

»Dort wirst du bestimmt nicht rauskommen«, sagte Liam förmlich. »Rechne eher mit Essex.«

Verflixt. Ich hatte es geahnt.

Ich schulterte meinen Rucksack und wollte gerade losgehen, als Liam mich noch einmal zurückhielt. »Vergiss nicht …«

»Ich werde euch helfen«, vollendete ich den Satz. Wobei ich nicht wusste, wie ich das bewältigen sollte.

Ich betrat das Labyrinth und folgte dem Pfad zwischen den gelegten Steinreihen. Das sah wirklich einfacher aus, als es war. Das Labyrinth führte dicht am Abhang vorbei. Die erste Schlaufe abzugehen war für mich eine Tortur, denn rechts neben mir ging es mindestens dreißig Meter in die Tiefe. Bei der nächsten

Schleife war es etwas besser. Andererseits nahm die Schräge der Felsen mit jeder Biegung zu. Ich war gezwungen mich immer mehr zu bücken. Einmal geriet ich etwas aus dem Gleichgewicht. War ich jetzt gegen einen Stein gekommen? Was geschah, wenn ich dagegenstieß? Musste ich dann hierbleiben und einer dieser Möchtegern-Druiden werden, die diese Dinger abwanderten, um ihren Geist zu reinigen? Die, die auch in der Mittsommernacht um Stonehenge tanzen? In weißem Gewand und spitzer Haube mit Gucklöchern.

Prompt stolperte ich gegen einen zweiten Stein. *Felicity, reiß dich gefälligst zusammen!*, ermahnte ich mich. Zu spät. Ich hatte das Ende schon erreicht. Ich hob den Kopf.

Das war nicht Essex. Das war auch nicht der Regent's Park, der Tower Hill oder die Westminster Abbey.

Ich befand mich in einer Höhle. Einer Höhle, deren dunkelgrauer Fels sorgfältig behauen war. Es handelte sich um eine Art Seitenkammer, die sich zum eigentlichen Gewölbe hin öffnete. Ein paar Meter weiter links lag ein Steg im Wasser. An einer Halterung befand sich eine Fackel. Diese Mole kam mir seltsam vertraut vor. Ein vertäutes Boot am Steg bestätigte meinen Verdacht.

Ich war unter dem Schloss des Elfenkönigs in der Anderwelt gelandet.

DAS GEHEIMNIS DER INSIGNIEN

Mir wurde eiskalt. Wenn man mich hier erwischte, würde man mich umbringen. Schon beim letzten Besuch hatte sich herausgestellt, dass die Elfen mit Eindringlingen in ihr Reich ziemlich gnadenlos umgingen. Für ihren Schutz gingen sie über Leichen.

Sollte ich versuchen den gleichen Weg zurückzugehen? Wäre ich dann wieder auf Avalon? Wieso war ich hier und nicht in Essex? Die einzige Erklärung waren die Steine des Labyrinths, die ich versehentlich berührt hatte. Sie mussten meinen Weg umgeleitet haben.

Ich würde mir jetzt einfach ein Boot nehmen und ... und was? Aufs Meer hinausfahren? In den Nebel, der dahinterlag? Und dann? Wer sagte, dass ich in England ankäme?

Ich musste Eamon suchen. Ich würde ihn bitten mir hier herauszuhelfen. Das war meine einzige Chance.

Hier in den Gewölben war es ganz ruhig. Bei meinem ersten Besuch hier unten hatte ich wohl in meiner Aufregung die Seitennische mit dem Labyrinth nicht wahrgenommen. Ob es noch mehr solcher Nischen gab, die woanders hinführten? Ich horchte. Stille. Ich wagte mich aus der Höhle mit dem Labyrinth und schlich den Gang entlang in Richtung Schlosskeller.

Konnten Elfen mich riechen? So wie ich damals Hermes mit

seinem gebratenen Speckduft gerochen hatte? Oder war es FedEx gewesen?

Ich schlich durch die Gänge. Sie wurden alle paar Meter höher, besser ausgebaut, und dann befand ich mich schließlich in dem Bereich, in dem die Wandmalereien anfingen. Im Wohntrakt.

Ich huschte von Nische zu Nische, immer in der Angst, entdeckt zu werden. Deswegen dauerte es eine geraume Zeit – genau genommen vier Korridore –, bis mir aufging, dass es hier seltsam ruhig war. Zu ruhig.

Plötzlich näherten sich Schritte. Eilige, feste Schritte, wie sie nur einem Mann gehören konnten. Schnell versteckte ich mich hinter einer Säule. Doch der Mann hatte keine Augen für links oder rechts. Er eilte zielstrebig den Quergang weiter und verschwand hinter einer riesigen Pforte.

War das Ciaran gewesen? Ich huschte hinterher und war wieder sehr dankbar für meine Chucks. In eleganten Absatzschuhen, wie Phyllis sie oft trug, hätte ich einen solchen Krach gemacht, der die Armee Oberons sofort auf den Plan gerufen hätte. Meine Chucks quietschten nicht einmal auf dem glänzenden Steinfußboden. Ich presste mich so flach wie möglich an eine wunderschöne Freske von einem Drachen.

»Oberon, sie sind alle versammelt«, hörte ich den von mir verfolgten Mann sagen. Die Stimme war nicht die von Ciaran. Sie war etwas heller und geschmeidiger. Ich lugte um die Ecke. Zwei Männer waren in der Halle. Einer war Oberon.

Der andere Mann hatte zwar die gleiche Größe, aber sein Haar war blonder und er war schlanker als Ciaran. Die Ähnlichkeit war jedoch frappierend.

»Ich komme. Danke, Aonghus.« Es klirrte leise.

»Du hast dir Pans Schwert umgehängt?«, hörte ich diesen Aonghus sagen.

Aonghus ... war das nicht Ciarans Vater? Aber der war doch tot!

»Du weißt, dass es nicht wirkt ohne Fafnirs Auge.«

Es klirrte wieder leise. Dann hörte ich Aonghus erneut sprechen. Es klang reumütig.

»Entschuldige. Natürlich weißt du das. Ich frage mich nur ständig, was mit Vaters Insignien geschehen ist. Wie gut, dass du wenigstens das Schwert retten konntest. Wenngleich Fafnirs Auge ...«

»Wir sollten gehen«, unterbrach ihn Oberon. Die Stimme war genauso kalt und hart, wie ich sie in Erinnerung hatte.

So schnell es mir lautlos möglich war, flitzte ich zurück zu der Säule. Zwei Paar Männerschritte entfernten sich. Ich konnte auf der bemalten Wand gegenüber ihre Schatten über den Drachen huschen sehen. Als die Schritte verklungen waren, starrte ich noch immer auf die Wand. Auf die Freske. Wieso war sie mir nicht schon vorhin aufgefallen?

Dort war der gleiche Mann in Blattgrün mit braunem Kurzmantel abgebildet wie auf der Schriftrolle in der avalonischen Bibliothek. Und an seiner Seite hing wieder das Schwert mit Fafnirs Auge im Knauf. Hinter ihm standen zwei Männer. Der im weinroten Rock trug die Krone, die wir bei Eleonore von Aquitanien gefunden hatten. An seiner Hand war der Ring aus Böhmen. Nur das Schwert in seiner Hand war ein anderes. Es hatte auch einen Bernstein im Knauf, doch es war kürzer und die Klinge war nicht so aufwendig ziseliert wie die von dem Mann vor ihm.

Mir wurde bewusst, dass ich auf ein Bild von Pan und zweien seiner Söhne starrte. Die Krone und der Ring in meinem Schließfach waren nicht Pans Insignien. Es waren Oberons.

Nachdenklich setze ich meinen Weg fort. Aber ich fand Eamon nirgends. Dafür sah ich, warum das Schloss so gut wie ausgestorben war: In dem riesigen Innenhof waren wahrscheinlich alle Elfen des Reichs versammelt. Jeder von ihnen war bis an die Zähne bewaffnet.

Ich versteckte mich sofort wieder und betete, dass niemand die Bewegung hinter den Arkaden wahrgenommen hatte. Was war hier los? Es sah aus, als rüsteten sie sich für eine Schlacht. Oder noch schlimmer, einen Krieg. Was für einen Krieg? Und wie kam ich hier raus? Meine Knie wurden weich. Wenn sich dort unten eine Armee schwer bewaffneter Krieger versammelt hatte und bereit war eine andere Armee zu vernichten, würden sie dann ein Mädchen, das heimlich in ihr Reich eingedrungen war, verschonen? Eher nicht.

Ich schloss die Augen und versuchte ruhig zu atmen. Dafür musste ich aber den Mund öffnen, denn mein Herz pochte oben raus. Meine Hände zitterten nun ganz unkontrolliert und meine Beine gaben nach. Wie kam ich hier wieder weg?

Ich öffnete die Augen und hätte beinahe laut geschrien. Ein *Mhpf* konnte ich nicht vermeiden. Zum Glück stießen in diesem Moment alle Elfen im Hof ein Kampfgeschrei aus, das mich zusammenzucken ließ.

Vor mir stand der zwinkernde Mann in dem grasgrünen Rock mit dem braunen Umhang. Konnten ihn die anderen etwa nicht sehen? Er stand mitten im Gang! Er musste von mindestens drei Seiten des Hofes sichtbar sein.

Er zwinkerte mir zu und deutete mir, ich solle ihm folgen. Ich quetschte mich ganz flach an der Wand entlang, bis man mich vom Hof aus unmöglich sehen konnte. Dann blieb ich unschlüssig stehen. Er war verschwunden. Ach, nein. Da hinten, den Gang weiter runter, tauchte er wieder auf. Ich schlich in seine Richtung, doch immer, wenn ich bis auf ungefähr sieben Meter näher gekommen war, verschwand er und tauchte zwanzig Meter entfernt wieder auf. So führte er mich über Umwege zurück zu dem Gewölbe, wo die Mole mit den vertäuten Booten lag. Wie erwartet tauchte er in der Höhle beim Labyrinth auf.

Im flackernden Schein der Fackeln konnte ich zwei Schatten an der Felswand erkennen. Ein seltsamer Geist, der Geist Pans. Er lotste mich zur Öffnung des Labyrinths und dort sollte ich die Augen schließen.

Ich tat es und fühlte die festen, warmen Hände, die ich bereits einmal gespürt hatte. Pan war der Schatten!, schoss es mir kurz durch den Kopf. Aber das widersprach sich mit der Andeutung des Schattens, er habe im fünften Jahrhundert gelebt. Pan war doch viel älter! Ich öffnete meine Augen und sofort waren meine Hände kalt und leer. Pan war verschwunden.

DIE HÖHLE DES DRACHEN

Ich war enttäuscht und ärgerte mich über mich selber. Dennoch schritt ich das Labyrinth alleine weiter ab, sorgsam darauf achtend, keinen Stein zu berühren. Als ich am Ende aufsah, war ich ziemlich frustriert: Ich befand mich noch immer in der gleichen Höhle, neben der Mole.

Aber dann sah ich, dass dort, wo vor wenigen Minuten nur ein Boot gelegen hatte, jetzt fünf Boote vertäut waren. Was war hier los? An der Wand neben mir bewegte sich etwas. Der Schatten!

»Was tust du hier?«, flüsterte ich.

Er deutete auf mich.

»Das weiß ich selber nicht so genau. Ich wollte zurück nach London. Wenn ich hier erwischt werde …«

Schon legte er den Zeigefinger im Profil an seine gespitzten Lippen. Ich sprang über die auf dem Boden angeordneten Steine und presste mich hinter einem kleinen Vorsprung an die Felswand.

Sekundenlang geschah nichts, dann hörte ich Schritte.

»… Agent spielen«, hörte ich eine Frau sagen.

»Lass ihn sich austoben. Seine Frau ist ihm bereits vorherbestimmt.«

»Stell dir mal vor, sie wäre dick und hätte einen von diesen komischen Drähten an den Zähnen kleben.«

Die drei Männer lachten.

»Sie sieht nicht gerade aus wie Alessandra Ambrosio.«

Eamon! Woher, zur Hölle, kannte Eamon Alessandra Ambrosio?

»Zu dumm. Dabei stand Lee immer auf Brünette.« Die Elfen lachten hämisch.

Blödmänner! Gleichzeitig fühlte ich meinen Magen um einen halben Meter sacken. War das nicht der Beweis? Lee mochte keine blonden Frauen. Ich war zwar nicht so hellblond wie Mette-Marit von Norwegen, aber ich war keinesfalls brünett. Felicity Stratton war brünett. Sie war Lees erste Wahl gewesen. Natürlich liebte er mich nicht wirklich. Vielleicht war die Wirkung meines Kusses auch schon verflogen, bis ich zurückkam, und Lee wäre wieder der Gigolo, der er zu Anfang gewesen war. Ich hätte beinahe nichts mehr wahrgenommen, wenn mein Name nicht gefallen wäre.

»... Felicity entführt?«

»Das wollen wir nicht hoffen«, antwortete Eamon düster. »Die Drachenwandler haben bislang nur drei Männer von uns getötet. Sollte die Prophezeite tot sein, weiß ich nicht, ob wir die Insignien je zurückerhalten.«

Geschähe euch recht, arrogantes Elfengesindel, dachte ich. War das alles, worum sie sich sorgten? Ihre Insignien?

»Glaubst du wirklich, der Ring ist in London?«

Die Stimme klang schon etwas gedämpfter.

»Das werden wir gleich herausfinden«, sagte Eamon.

Ich lugte um die Ecke und sah das Boot samt der plaudernden Elfen bereits aufs Meer hinaustreiben. In der Ferne kam Nebel auf. Ein paar Minuten später waren sie verschluckt.

Und was jetzt? Wie es aussah, war ich noch immer in der Anderwelt. Wahrscheinlich der gegenwärtigen Anderwelt. In welcher Zeit war ich denn dann vorher gewesen? Pan war schon tot gewesen, Oberon König und es war am Vorabend einer Schlacht oder eines Krieges. Und Ciarans Vater hatte noch gelebt! Das musste doch herauszufinden sein. Aber was tat ich jetzt hier?

Ich sah zur Wand. Der Schatten deutete zu den Booten. Ich sollte ein Boot besteigen? Und dann? Sobald ich auf dem Meer wäre, würde mich jeder vom Schloss her sehen können. Doch der Schatten machte mit beiden Händen drängende Gesten Richtung Wasser. Meine Hände zitterten und meine Knie waren so biegsam wie ein Kabel. Ich stolperte ungelenk ins Boot.

Sofort setzte es sich in Bewegung, hinaus aufs Meer. Ich machte mich so klein wie möglich und hoffte, dass kein Scharfschütze an der Palastmauer Wache hielt.

Nichts geschah. Niemand schrie, niemand verfolgte mich. Ich erreichte unbehelligt die Nebelwand. Wie schon bei meiner ersten Überfahrt durch diesen Nebel wurde die Welt um mich herum urplötzlich totenstill. Der Wind hörte auf zu wehen, das Plätschern der kleinen Wellen gegen den Bootsrumpf verstummte. Das war die beängstigendste Stille, die man sich nur vorstellen konnte. In jedem Horrorfilm wäre jetzt ein Ungeheuer aus der Tiefe emporgeschossen und hätte mich mit riesigen, spitzen Zähnen in zwei Hälften gerissen. Aber es geschah nichts.

Wenig später löste sich der Nebel langsam auf, das Gluckern des Wassers war wieder leise zu vernehmen und dann erkannte ich durch die Schwaden hindurch Umrisse. Festland unter einem wolkenverhangenen Himmel.

Prompt begann es zu nieseln. Der Wind wurde stärker und ließ das Boot schlingern. Der Nieselregen nahm mir beinahe die Sicht. Doch ich war mir ganz sicher, dass das Land vor mir nicht Avalon war. Es war eine Küste. Mit einzelnen zerklüfteten Felsen im Wasser und einer Sandbucht dazwischen. Auf einem Felsen tummelten sich ein paar Seehunde und heulten leise. Als mein Boot an ihnen vorbeiglitt, verstummten sie und folgten mir mit ihren Blicken. Mit einem Mal verstand ich die Märchen vom Selkie, dem Seehund, der sich hin und wieder in einen Menschen verwandelte. Äußerst unheimlich.

Mein Boot glitt zielstrebig auf den Sandstrand zu. Einen Meter davon entfernt hielt es an. Es erwartete wohl, dass ich hier ausstieg, weil es sonst im Sand stecken bleiben würde.

Ich zog meine Schuhe und Strümpfe aus und kletterte aus dem Boot. Kaum stand ich im knöcheltiefen Wasser, setzte es sich wieder in Bewegung und fuhr zurück aufs Meer hinaus. Ich stapfte an den Strand und blieb stehen.

Hier war ich schon mal gewesen. Zweimal, um genau zu sein. Vor mir befand sich der legendäre Steinkreis. Und kaum dass ich ihn betrat, begannen die meterhohen Megalithen zu brennen. Ich warf meine Schuhe auf die Klippen vor mir und rannte los. Wieder erwischte die Welle meine Füße. Aber dieses Mal konnte ich wenigstens trockene Socken und Schuhe anziehen. Irgendwann lernt man dazu.

Ich erklomm den letzten Fels und stand auf einer Plattform. So weit war ich noch nie gekommen. Erstaunt sah ich eine Höhle vor mir. Eine Höhle, deren Eingang von aufgestellten Steinen und darüberliegenden Felsblöcken gesäumt wurde. Eindeutig bronzezeitlich. Oder noch älter.

Ich wandte mich noch einmal zurück zum Steinkreis. Die Welle spülte gerade wieder zurück ins Meer und die Steine standen nass und unbeeindruckt da.

Der Schlag kam quasi aus dem Nichts. Ich spürte einen scharfen Schmerz am Hinterkopf, dann wurde mir schwarz vor Augen.

DIE LAGE SPITZT SICH ZU

»Felicity! Felicity! Wach auf!«

Wer rief da? Kannte ich die Stimme? Weitläufig. Aber nein, eigentlich nicht. Ich schloss die Augen und beschloss weiterzuschlafen.

»Felicity, wach sofort auf.«

Ich blinzelte – und sah nichts. Alles um mich herum schien düster. Da war kein Lichtschimmer zu sehen. Wo war ich? Noch in der Anderwelt? Ein Schreck durchfuhr mich. Hatte man mich etwa geschnappt und ins Moor geworfen? Ich betastete meine Ärmel. Nein. Trocken. Oder zumindest beinahe. Aber jedenfalls nicht schleimig oder schmierig. Definitiv kein Moor. Außerdem konnte ich atmen. Ich holte tief Luft, um mich davon zu überzeugen.

»Gott sei Dank. Das wurde auch Zeit.«

Die Stimme kam mir mit einem Mal doch bekannt vor. Aber es fehlte etwas. Etwas Piepsiges und Untrainiertes.

»Ich schaffe dich jetzt hier raus und dann siehst du zu, dass du weit wegkommst. Du darfst auf keinen Fall zurück nach England. Hast du mich verstanden? Geh nach Deutschland oder noch besser nach Amerika. Nur weit genug weg.«

Deutschland? Amerika?

»Kennen wir uns?« O Gott, ich lallte. Schwerfällig stützte ich mich auf meinen Helfer.

»Ich bin's. So langsam solltest du mich kennen. Ich habe mich zumindest in den letzten Monaten sehr darum bemüht, dass du mich kennenlernst.«

Jetzt klang mein Helfer beleidigt. Ich aber spürte nur die Kopfschmerzen und mein Denken war arg eingeschränkt. Vor mir tauchte ein winziger Lichtpunkt auf. Dann erkannte ich um uns herum eine Höhle.

Mein Kopf schien hundert Kilo zu wiegen, trotzdem hob ich ihn, um meinen Helfer anzusehen. Das gab mir den nötigen Adrenalinstoß. Erschrocken sprang ich zur Seite und stieß ihn von mir. Allerdings machte mir dabei mein Gleichgewicht zu schaffen und ich prallte voller Wucht gegen die Felswand hinter mir. Sofort wurde mir wieder auf die Beine geholfen.

»Paul!« Ich starrte ihn an. Wenn Prinz Harry da gestanden hätte, meine Überraschung wäre nicht größer gewesen. Paul, am Horton College auch als Popel-Paul bekannt, war jemand, der ständig übersehen wurde – sogar von den Lehrern. Auch wenn er mir seit Januar auf Schritt und Tritt folgte wie ein Hund seinem Herrchen, hätte ich ihn niemals hier in ... wo waren wir überhaupt?

»Du bist in großer Gefahr«, erklärte mir Paul. »Die wollen dich umbringen, weil sie Angst haben, dass du den Elfen die Insignien in die Hände spielst. Mit den Insignien werden sie auch die Letzten von uns finden und töten.« Er half mir auf die Beine und schlang einen Arm um meine Taille, um mich besser zu stützen.

»Uns?«, wiederholte ich, noch immer perplex.

»Ich bin ein Drachenkind, Felicity. Man hat mich auf dich angesetzt. Ich sollte dich verführen, ehe es ein Elf tut.«

»Nichts für ungut, Paul«, ich tätschelte fahrig die Hand an meiner Seite.

»Ich weiß, ich habe versagt. Wir haben alle nicht erkannt, dass Lee in Wirklichkeit ein Elf war. Unser Informant bei den Elfen hatte uns dieses Detail verschwiegen.«

Ihr Informant? Damit konnte er nur Ciaran meinen.

So benommen ich mich auch fühlte, Paul wirkte mit seinem trägen Dackelblick selbst in diesem Zustand wenig verführerisch. Lee dagegen mit seinem charmanten Lächeln und den lässigen Sprüchen ... Nein, an Lee mochte ich nicht denken.

»Ich habe versagt, du hast den Halbelfen erhört und jetzt wollen sie dich töten. Aber da mache ich nicht mit. Ich bringe dich jetzt zu einem Boot, das die Halbinsel umrundet und bis zur Seine-Mündung fährt. Von dort aus nimmt es Kurs auf Paris. Da musst du dir ein Bahn- oder Flugticket besorgen und zusehen, dass du so weit wie möglich wegkommst. Brich alle Kontakte zu jedem in England ab. Das ist ganz wichtig. Hörst du?«

Ich starrte Paul an. Der verträumte Paul, der gedankenverloren im Unterricht gepopelt und nie gesprochen hatte.

Wir hatten den Eingang der Höhle erreicht. Eine schwache Erinnerung kehrte zurück. Da unten befand sich der flammende Steinkreis.

»Woher kennst du diesen Ort?«, fragte ich.

»Wir beobachten dich seit langer Zeit.«

»Das meine ich nicht«, widersprach ich matt. »Ich bin aus der Anderwelt direkt hierhergekommen. Ich weiß nicht einmal genau, wo *hier* ist.«

»Die Bretagne. Wir sind an der Küste der Bretagne.«

Eigentlich sollte mich nichts mehr überraschen. Und doch war ich baff. »Die Bretagne? Und wie konntet ihr mir dann hierher folgen?«

»Wir sind Drachen. Wir können fliegen. Man hat dich zufällig auf diesem Boot gesehen und ist dir hierher gefolgt. Mensch, Felicity, du bist so *doof!*«

»Wieso um alles in der Welt ...?«

»Du hast uns direkt zu einer der Insignien Pans geführt. Du hättest verhandeln können. Hast du nie einen Politthriller gesehen? Man geht nicht schnurstracks zu den Verstecken von wertvollen Schätzen. Man sucht erst eine Verhandlungsbasis und besorgt sie anschließend.«

Ich sah auf Pauls Profil. Ich hörte ihn sprechen und verstand kein Wort. »Welche Insignie war es?«, hörte ich mich sagen.

»Das Schwert. Den Bernstein haben wir schon länger.«

Alarmiert hob ich den Kopf. »Wie habt ihr ihn gefunden?«, fragte ich heiser.

Paul schnaubte. »Ich bitte dich. Die vatikanischen Gewölbe sind zwar weitläufig, aber das Bernsteinzimmer ist zu groß, um es hinter einem kleinen Wandtresor zu verbergen.«

Ich starrte Paul verständnislos an. Und dann erinnerte ich mich an die Geschichtsstunde bei Ciaran, wo mir klar geworden war, dass im Bernsteinzimmer ein Duplikat von Fafnirs Auge eingebaut gewesen war. Das musste ihnen wohl den notwendigen Hinweis gegeben haben. Nur dass ich das Original besaß. Und die Drachen hatten eine Fälschung. Genauso wie das Schwert eine Fälschung sein musste. Oberon war doch im Besitz des Originals. Oder etwa nicht? Zumindest war es im Jahrhundert meines letzten Zeitsprungs so gewesen.

»Hier entlang, Felicity.« Paul zog mich von den Felsen fort, an der Höhle vorbei. Ein schmaler Pfad führte zu einem weiteren Feld voller Megalithen.

Ich stemmte beide Füße in den Boden. »Paul, warte. Was redest du? Was soll das hier? Was hast du damit zu schaffen?«

Er zerrte mich weiter. »Dafür ist jetzt keine Zeit. Komm mit, ich erkläre es dir unterwegs.«

Ich stolperte weiter.

»Ich bin ein Drachenkind. Du hattest schon Kontakt zu unseresgleichen und weißt, was das bedeutet. Immerhin bist du auch eines. Ich bin nicht der einzige Drachenwandler, der am Horton College auf dich angesetzt ist. Seit du auf der Welt bist, gibt es wieder Hoffnung für uns. Die Insignien, die die Elfen nutzten, um uns in Schach zu halten, sind mit deiner Geburt verschwunden. Seither versuchen wir sie in die Hände zu bekommen, um endlich unsere alten Rechte wiederzuerlangen. Du bist der Schlüssel dazu. Mit deiner Hilfe können wir es schaffen.

Du bist anscheinend ein Wechselbalg. Wir sind ebenfalls im Besitz einer Seite aus dem Elfenbuch der Prophezeiung. Dadurch wurden wir über alles in Kenntnis gesetzt. Du wurdest nicht wie ein Mensch geboren, sondern bist aus einem Ei geschlüpft. Ein direkter Nachkomme von Fafnir. Und die Insignien sind nicht diejenigen Pans, sie gehörten Fafnir.«

Ich sah Paul an, wahrscheinlich zum ersten Mal, seit ich ihn kannte, so richtig. Er sprach nicht nur ganz anders als am Horton College, er sah auch anders aus. Energischer. Und dennoch, was er sagte …

Paul schien meinen verwirrten Blick richtig zu definieren. Er sprach weiter. »Fafnir und Pan waren Brüder. Die Insignien, nach denen wir suchen, stammen von Fafnir. Bislang wurde angenommen, dass sein einziger Sohn und Erbe tot sei. Bis du geschlüpft bist.«

»Habe ich einen Schlag auf den Kopf bekommen oder du?«, fragte ich, noch immer verblüfft.

»Fafnir hatte noch einen Sohn, der war ihm aber auf natürliche Weise geboren worden. Du bist die Erste, die aus einem Ei geschlüpft ist. Die Erste und Einzige. Das macht dich zu etwas Besonderem und Einzigartigem. Wie das Ei ausgebrütet wurde, weiß kein Mensch. Wir wissen nur, dass du von Fafnir selbst gelegt worden bist. Als sein direkter Nachkomme.«

»Paul! *Paul!* Hey, warte mal«, ich rammte meine Fersen in den Boden und zwang ihn zum Stehenbleiben. »Hörst du, was du da sagst?«

»Klingt verrückt, was?«

Ich starrte ihn an. Dass mein Mund dabei weit offen stand, fiel mir erst auf, als ich anfing zu sabbern. Schnell machte ich ihn wieder zu.

Paul grinste etwas schief. »Es ist die Wahrheit. Ich schwör's. Auf alle Fälle sind damit die Insignien dein Eigentum. Sie gingen nur deshalb an Pan über, weil Fafnirs Sohn starb und keine Nachkommen hinterließ. Aber dann bist du vor achtzehn Jahren aufgetaucht. Der letzte Erbe.« Pauls Miene wurde wieder ernst. »Es war also logisch, dass ich darauf angesetzt wurde, dich zu verführen, um so an die Insignien zu kommen. Aber du musstest natürlich auf diesen Lackaffen hereinfallen. Damit hast du dein Todesurteil unterzeichnet. Die oberen Drachenwandler wollen dich umbringen. Lieber sähen sie die Insignien als verloren an als noch einmal in den Händen Oberons.«

»Warum hilfst du mir dann?«, rutschte es aus mir raus und gleichzeitig dachte ich: *Dumme Kuh. Halt's Maul und lass ihn gewähren.*

Pauls Stirn zog sich düster zusammen. »Es sind bereits drei Männer getötet worden. Egal was ich bin, ich bin kein Mörder. Und dich will ich keinesfalls tot sehen.«

Paul setzte sich wieder in Bewegung, aber ich hielt ihn zurück.

»Moment mal. Du willst mir erzählen, ich sei nicht geboren worden, sondern aus einem Ei geschlüpft? Und dieses Ei sei von Fafnir selber gelegt worden? Damit wäre das ja ... über tausend Jahre alt.«

»Noch älter«, nickte Paul zustimmend. »Wahrscheinlich erklärt das deine Zeitsprünge. Guck nicht so, ich weiß davon. Das Buch der Prophezeiung, du weißt schon. Es hat dich vor kurzem in Verbindung mit einer Vorgängerin erwähnt, die ihm zwölften Jahrhundert lebte. Glaubst du, wenn du dich in mich verliebt hättest, könnte ich mit dir in der Zeit reisen? Wenn das so wäre, tut es mir echt leid, dass ich versagt habe.«

»Das ist eine Art Pheromonenschuld«, seufzte ich.

»Was?«

»Pheromone sind so was wie Duftstoffe. Ich habe anscheinend etwas an mir, das die Männer in meiner unmittelbaren Umgebung verrücktspielen lässt. Solange ich bei meiner Mum im Pub arbeitete, überdeckte der Alkoholgeruch diesen Duftstoff. Seitdem ich da nicht mehr arbeite ...« Ich merkte, dass ich viel zu viel redete, und brach abrupt ab.

Paul lächelte schief. »Tut mir leid dich zu enttäuschen, Felicity, aber ich stehe nicht wirklich auf dich. Ich hatte den Auftrag, so zu tun, um dich zu umgarnen. Tatsächlich finde ich Felicity Stratton schon extrem scharf.«

Wenn ich mehr Kraft gehabt hätte, hätte ich ihn in die Seite geboxt. Doch so krallte ich mich nur kraftlos an seinen Arm und war erleichtert und eingeschnappt zugleich. »Gut, Paul, dann gebe ich dir jetzt einen Tipp: Hör auf mit diesem Dackelblick. Der ist abtörnend. Und rede mit den anderen. Sind wir bald da?«

»Ja. Da vorn. Und du tu auch, was ich dir sage. Nach Paris und von da aus ins Ausland. Keinesfalls zurück nach England. Die warten dort auf dich.«

Wir erreichten eine kleine Bucht. Direkt vor uns lag ein kleines flaches Schiff am Ufer. Drei Männer lümmelten an Deck herum. Als sie uns sahen, sprangen sie auf. Sie hatten anscheinend auf uns gewartet.

»Hier ist sie«, sagte Paul und schob mich mit voller Kraft über die Reling. »Nach Paris, wie vereinbart. Hier ist das Geld.«

Einer der Männer, wohl der Kapitän, nahm das Bündel Geldscheine entgegen. »D'accord, Monsieur.«

Die drei sahen nicht wirklich wie Franzosen aus, auch wenn sie Englisch mit französischem Akzent sprachen. Sie sahen eher aus wie Männer aus arabischen Ländern. Und sie musterten mich mit dem typisch stechenden Blick, den diese Männer manchmal draufhatten. Nicht alle natürlich, aber viele von ihnen.

Ich klammerte mich an Paul. »Lass mich nicht allein. Bitte, Paul, tut mir leid, dass ich mit allen anderen ins Schwimmbad gekommen bin. Ich verspreche dir, das nächste Mal gehen wir beide allein. Ins Kino, Eis essen, ich zeige dir die National Gallery. Aber bitte, lass mich nicht allein zurück. Du kannst mich doch nach dieser Eröffnung nicht allein lassen!«

Paul löste sanft, aber bestimmt meine Hände von seinem Strickpulli. »Du bist bei ihnen sicher. Bis Paris. Hier. Kauf dir davon ein Bahnticket nach Deutschland. Ich werde dich dort finden und dir deinen Ausweis zusenden. Dann kannst du nach Amerika. Dort wirst du in Sicherheit sein.« Paul steckte mir eine Rolle Geldscheine in die Tasche meiner Jeans.

Einer der beiden Matrosen umfasste meine Taille und zog mich von Paul fort. Er roch nach Fisch und Knoblauch. Die anderen beiden Männer begannen umgehend rege zu werden und beinahe augenblicklich fuhr das Boot los.

Ich starrte noch immer, von dem Fisch-Knobi-Typ gehalten, Paul an, der am Ufer zurückblieb. Er hob noch einmal kurz die Hand, dann ging er fort.

»PAUL!«, schrie ich ihm hinterher. Ohne Wirkung. Zwei Schritte, und er war hinter den Felsen verschwunden. Der Mann hielt mich fest – ich konnte brüllen, soviel ich wollte –, bis wir aus der Bucht hinaus waren.

»Nimm ihr das Geld ab und dann fort mit ihr«, sagte der Kapitän.

Fisch-Knoblauch fasste in meine Hosentasche, nahm das Geld, das Paul mir zugesteckt hatte, und dann schleifte er mich zur Reling. Ohne zu zögern, warf er mich über Bord.

Der Aufprall tat wirklich weh. Wahrscheinlich verstärkt, weil ich noch Kopfschmerzen hatte. Wie oft war ich in den letzten Wochen geschlagen worden? In einem amerikanischen Bootcamp konnte es nicht brutaler zugehen.

Das Wasser umschloss mich schnell. Ich versuchte Abstand zum Rumpf des Schiffes zu gewinnen und gleichzeitig die Wasseroberfläche zu erreichen. Endlich schaffte ich es. So kalt das Wasser auch war, es lähmte nicht nur die Glieder, sondern auch die Schmerzen.

Ich tauchte auf. »Mildred!«, schrie ich, klatschte mit beiden Händen auf die Wasseroberfläche. »Mildred, bitte!«

Ein Schatten erschien unter Wasser, dann tauchte eine blonde Föhnwelle auf.

»Meine Güte, Felicity, wir suchen dich überall! Die Drachen sind im Besitz einer Insignie und wir dachten schon, du wärst ihnen in die Hände gefallen.«

»Ich bin ihnen in die Hände gefallen und sie wollten mich umbringen«, sagte ich, ganz schwach vor Erleichterung. »Wenn ich nicht bald aus diesem kalten Wasser rauskomme, ist es ihnen gelungen.«

»Oh. Natürlich!« Sie formte Daumen und Zeigefinger zu einem O, legte sie an den Mund und pfiff.

Mich wunderte nichts mehr. Mir war zu kalt dazu. Schläge auf den Kopf und Kälte. Mal wieder. Ich war müde. Ich war es leid. Sollten sich die Elfen und Drachen um die Insignien schlagen. Ich wollte nicht mehr mit hineingezogen werden. Ich wollte nur noch, dass die Schmerzen aufhörten. Ein bisschen Schlaf täte auch gut. Und wenn ich dabei ertrank, sei's drum. Ich schloss die Augen.

AUSSPRACHE

Ich war nicht ertrunken. Mir war auch nicht mehr kalt. Tatsächlich lag ich dick und kuschelig eingemummelt in einem Bett, das mir vage bekannt vorkam. Das Zimmer sah aus wie ein Museumsstück aus der viktorianischen Zeit.

»Lee?«, fragte ich.

»Ich bin hier.«

Ich drehte mich im Bett um und tatsächlich: Da saß er. In einem Sessel vor dem Fenster, durch das der Straßenlärm Londons drang.

»Mildred hat mich gerufen und Ciaran hat mir geholfen dich hierherzubringen. Wie fühlst du dich?«

Ich tastete nach meinem Hinterkopf, dort, wo ich den Schlag abbekommen hatte. Die Beule war verschwunden, ebenso die Kopfschmerzen und überhaupt alle Gliederschmerzen, die mich geplagt hatten. »Gut. Das habe ich wohl dir zu verdanken.«

Er lächelte, aber es war kein fröhliches Lächeln. »Hast du Hunger?«

Ich hatte einen Bärenhunger.

Er las es in meinen Augen und erhob sich. »Ich bin gleich wieder da.«

»Lee!«, rief ich ihn zurück, als er schon an der Tür stand. »Wie lange genau war ich weg?«

Er runzelte die Stirn. »Zwei Tage.«

»Nur?«, fragte ich überrascht. Ich sollte wohl eher sagen »Gott sei Dank«. Zwei Tage, in denen unglaublich viel geschehen war, so viel, dass es für drei Wochen gereicht hätte. Ob ich im Bett liegen bleiben konnte? Aber dann sah ich Lee und alles stürzte wieder auf mich ein. »Was tu ich hier?«

»Mildred ...«

»Das meine ich nicht. Was tue ich *hier*? In deinem Haus am Berkeley Square?«

Lee lehnte sich wieder zurück und musterte mich eindringlich. »Ich dachte, hier könntest du den Fragen deiner Mutter ein wenig entkommen.«

Ich kniff ungläubig die Augen zusammen.

Lee seufzte. »Okay, ich wollte mit dir in Ruhe reden, ohne gestört zu werden.«

Ich schlug die Decken zurück und wollte aufstehen.

»Verdammt noch mal, Fay, du bist das sturste Mädchen, dem ich je begegnet bin.«

»Ja, weil jede andere sich von deiner Aura einwickeln lässt und dir hündisch ergeben ist. Ich bin die Erste, bei der das nicht funktioniert«, fauchte ich und sah mich nach meinen Klamotten um. Es war mir egal, dass ich in Unterwäsche vor ihm stand. (Es war die warme Wollunterwäsche, die mir Mildred schon einmal besorgt hatte.)

»Ich habe deine Klamotten in der Reinigung abgegeben.«

Lee beobachtete meine vergebliche Suche mit einer Spur Genugtuung.

»Dann besorg mir andere. Ich weiß, dass du meine Kleidergröße kennst. Oder soll ich Florence anrufen?«

»Du bist echt ein Morgenmuffel, Morgan«, sagte er und rührte sich keinen Millimeter.

»Das braucht dich überhaupt nicht zu jucken, FitzMor. Du wirst nie wieder neben mir aufwachen, um es zu erleben.« Ich ging zum Kleiderschrank und fand darin einen Morgenmantel. Er war aus weinrotem Plüsch mit besticktem Kragen. Und viel zu lang. Ein Mantel, wie ihn ein Gutsherr trägt, wenn er sich vor dem Zubettgehen noch einen Whiskey genehmigt.

»Sehr sexy«, sagte Lee und hob anerkennend die Augenbrauen. »Setz dich. Ich hole dir deine Klamotten erst, wenn wir manierlich miteinander gesprochen haben. Erst einmal besorg ich dir was zu essen. Ich habe schon herausgefunden, dass du mit leerem Magen unausstehlich sein kannst.« Er verschwand.

Sein Glück, sonst hätte ich das Parfümflakon nach ihm geworfen. Ich setzte mich wieder aufs Bett und sah durchs Fenster auf den Berkeley Square, wo der Rasen gerade anfing grün zu werden und an den Bäumen die ersten Blätter sprossen. Zwei Tage nur. Zum Glück nicht mehr. Ich wollte ja nur ungern meinen Job im Museum verlieren und morgen hätte ich wieder Dienst. Ach nein! Heute! Zum Glück erst um vier. Außerdem hatte ich Mum etwas versprochen, an das ich mich halten wollte. Andererseits hatte ich so viel zu verdauen und würde gern mit jemandem darüber reden. Das konnte ich nur mit Lee. Niemand sonst kannte mich so gut. Und niemandem sonst vertraute ich so sehr. Wir konnten ja mit *Abstand* reden. Damit er unparteiisch zuhörte.

»Kommst du in die Küche?«, hörte ich ihn durchs Haus schreien.

Klasse, hatten wir dieses Stadium schon erreicht? Jetzt kam

ich mir vor wie in einer amerikanischen Soap. Ich schlug den langen Mantel um mich und ging in die Küche.

Der Tisch war mit allem Möglichen gedeckt: Toast, Rührei, Würstchen, knusprigem Bacon, Marmelade, Butter, Tomaten, Gurken, Radieschen, Gelee. Sogar Croissants befanden sich darauf.

»Erwartest du die königliche Familie?«, fragte ich überrascht.

»Nicht ausgeschlossen«, grinste Lee und schenkte mir Kaffee ein. »Du weißt ja …«

»Ihr seid verwandt«, vollendete ich den Satz. »Kann ich kurz meine Mum anrufen? Ich hatte ihr erst kürzlich versprochen nicht mehr einfach so über Nacht wegzubleiben.«

»Sag nur, ihre Mutterinstinkte kehren tatsächlich zurück.«

Auf diesen hämischen Tonfall hin sagte ich nichts. Schweigend bestrich ich ein Croissant mit Butter und Gelee.

»Entschuldige«, sagte Lee nach einer Weile. »Ich wundere mich nur. Als du vor ein paar Monaten hier gewohnt hast, hat sie sich nicht darum geschert und dann hat sie dich bestohlen.«

»Nicht dass es dich etwas anginge«, sagte ich schnippisch, »aber sie hat sich entschuldigt. Für alles.«

»Und damit ist alles verziehen? Einfach so?«

Ich seufzte, legte mein Croissant aus der Hand und dann berichtete ich Lee von meiner Vision. Der Vision, in der ich erfahren hatte, dass ich ein Findelkind war und Mum mich statt eines toten Babys angenommen und geliebt hatte.

Ich hatte durch all die sich überschlagenden Ereignisse noch keine Zeit gehabt, mir wirklich Gedanken über diese Eröffnung zu machen. Jetzt setzte ich mich damit auseinander. Ich war ein Findelkind.

Grandma hasste mich nicht, weil ich klein, dick und nicht sonderlich hübsch gewesen war, sondern weil ich nicht ihr richtiges Enkelkind war. Zumal sie in Cornwall lebte und die alten Sagen um Feen, Elfen und Wechselbälger mit der Muttermilch aufgesogen hatte. Im Grunde hatte Grandma wahrscheinlich Angst vor mir. Ich wäre gern nach Cornwall gefahren und hätte sie beruhigt. Ihr versichert, dass ich nie Mum oder jemand anderem wehtun würde.

»Fay, was bedeutet das genau?«, fragte Lee nach einer Weile.

Ich atmete ein paarmal tief ein und aus. Dann sah ich ihn an. Ich musste es nicht laut aussprechen, er musste nicht einmal meine Gedanken dafür lesen. Ich konnte meine Gedanken nicht vor ihm geheim halten. Ich dachte an die Eierschale und das, was Paul mir erzählt hatte.

Lee reagierte, wie ich es nicht erwartet hätte. Er sah weder angeekelt noch entsetzt aus. Er sah ... *mitfühlend* aus.

»Das tut mir leid, Fay. Andererseits erklärt es einiges.«

»Was?«, fragte ich barsch. »Dass ich ein Freak bin?«

»Ich finde, es erklärt das Verhalten deiner Mutter«, sagte er geduldig.

Ich schluckte bitter. »Nur weil sie mich immer im Pub beschäftigt hat und Ciaran und du jetzt die These aufgestellt habt, sie hätte von meiner Wirkung auf Männer gewusst? Vielen Dank auch. Ja, die Erklärung kam ganz deutlich bei mir an.« Ich stopfte das Croissant ganz in meinen Mund.

»Fay, du warst jetzt zwei Tage weg, nicht in meiner Nähe, und du kannst es schlecht abstreiten, wenn ich sage, dass ich dich vermisst habe. Sehr sogar. Können wir es vorerst dabei belassen? Ich denke, du bist einfach noch nicht bereit für eine Beziehung.«

Ich verschluckte mich. Schnell spülte ich ein wenig Kaffee hinterher, damit ich den Mund wieder freibekam. »Unsere ... Beziehung ist ja wohl ... wohl ...« Ich hustete, weil mir noch immer Krümel im Hals steckten. Das hatte ich jetzt davon. Anstatt ihm die Meinung zu geigen, wie beziehungsreif ich tatsächlich war, krächzte ich.

»Du brauchst überhaupt nichts zu sagen. Ich kann warten. Vielleicht überzeugt dich das.«

Endlich waren die Krümel verschwunden. »Ich bin nicht brünett.«

Lee sah mich irritiert an.

»Du stehst normalerweise auf Brünette«, erklärte ich. »Ich bin blond.«

»Na und?«

»Das ist doch der Beweis dafür, dass du mich nur magst, weil ich diese komische Anziehungskraft habe. Deine erste Wahl war Felicity Stratton.«

Lee stöhnte und verdeckte die Augen. »Wirst du mir das ewig vorwerfen? Bei jedem Streit, den wir irgendwann einmal haben?«

»Wir werden uns nicht streiten«, erklärte ich kategorisch. »Weil wir getrennte Wege gehen werden. Und ja, vielleicht werde ich es dir noch einmal an den Kopf werfen. Das sind so nette Anekdoten, die man auf Klassentreffen immer wieder ausgraben kann.«

Lee stützte jetzt sein Kinn in die Hand und sah mir genervt beim Essen zu.

Das Ei war klasse und mich überkam ein klein wenig das schlechte Gewissen. Er hatte sich mit diesem Frühstück wirklich viel Mühe gegeben.

»Bist du jetzt fertig?«, fragte er harsch.

»Äh, nein, eigentlich noch nicht. Kann ich den Bacon haben? Der schmeckt köstlich. Erinnert mich zwar an FedEx – oder war es Hermes –, aber das macht nichts. Deine drei Boten aus dem Elfengemälde würde ich auch gern braten.«

»Nicht nur die, wie es scheint.«

Ui, er war sauer. Ich biss vom knusprigen Bacon ab. »Tut mir leid, Lee. Das Essen ist fantastisch. Vielen Dank. Auch dafür, dass du mich gerettet hast. Wieder mal.«

»Ich würde sagen, du hast noch mehr bei mir gut. Aber eigentlich wollte ich wissen, ob du mit deinen absurden Behauptungen fertig bist. Wenn ja, dann würde ich das Thema vorerst gern ruhenlassen.«

»Vorerst?«, fragte ich misstrauisch und mit vollem Mund.

Lees Lächeln war maliziös. »Fay, Liebste, hast du vergessen, dass wir verlobt sind? Und mir ist es schnuppe, ob du geboren wurdest, aus einem Ei geschlüpft oder vom Himmel gefallen bist. So einfach kommst du aus unserer Beziehung nicht heraus.«

Ach herrje. Das Buch der Prophezeiung und unsere Verlobung hatte ich tatsächlich für einen Moment vergessen.

Nach dem Frühstück besorgte Lee mir meine Kleider und fuhr mich nach Hause.

Dort war niemand. Also beschloss ich den Pub aufzusuchen, um Mum meinen guten Willen zu zeigen. Hier würde sich nie etwas ändern, dachte ich, als ich die Tür aufzog. Die drei Stooges saßen wie immer an der Theke. Die Wandtäfelung hatte noch den Geruch von kaltem Zigarettenqualm, weil sie schon so lange an der Wand hing, und alles wurde übertüncht von dem schalen

Alkoholgeruch, der immer in der Luft hing und wahrscheinlich den uralten Parkettbohlen entströmte.

Mums Gesicht strahlte, als sie mich sah. Genauso wie die Gesichter von Mike, Ed und Stanley, den Stammkunden, die ich schon vor Jahren die Stooges genannt hatte. Die Dialoge waren ähnlich geistreich wie die der schlechten Komikertruppe und auch Eds Frisur sah denen bedenklich ähnlich.

Aber die vier waren nicht allein. Es saß noch jemand an der Theke: Lee. Ich starrte ihn sprachlos an.

»Hey, Felicity, mein Mädchen«, rief Mike und klopfte auf den freien Barhocker neben sich. »Du siehst gut aus. So erwachsen. Sieh nur, Stan, unsere Kleine wird erwachsen.«

Stanley trank sein Glas leer und Mum stellte ihm ein neues hin.

»Was meinst du, Patty, darf sie ein Bier mittrinken?«, fragte Stan meine Mutter.

»Das halte ich für keine gute Idee«, sagte Lee.

»Ich trinke ein Ale. Danke, Mum«, sagte ich und setzte mich neben Mike.

Mum warf Lee einen fragenden Blick zu. Ich fasste es nicht. Hatten die beiden sich gegen mich verschworen?

»Das nennt man *stalken*«, sagte ich zu Lee und trank von Stans frischem Bier.

»Ich nenne es beschützen«, entgegnete Lee.

»Hast du mit ihm Schluss gemacht, Feli-Schätzchen?«, fragte Mike, der den Kopf ständig hin- und herwandte, als säße er bei einem Tennisturnier.

»Könnte man so sagen. Er will es nur nicht wahrhaben.«

Mum stand zwar mit dem Rücken zu uns, aber im Spiegel hinter dem Gläserregal konnte ich ihren erschrockenen Gesichtsausdruck deutlich sehen. Lee hatte es auch gesehen. Das konnte ich ebenfalls im Spiegel erkennen. Und Lee, der Gedanken lesen konnte, war auf einmal völlig verblüfft.

Ich fing Lees Blick im Spiegel ein und dachte: *Was läuft hier, FitzMor?*

Dein Großvater hat dir was hinterlassen, hörte ich seine Stimme in meinem Kopf.

Weil ich nicht darauf vorbereitet war, flutschte mir das Glas aus der Hand und das Bier floss auf meine Hose.

»Ich habe dir ja gesagt, du sollst die Finger vom Alkohol lassen.« Das war laut und deutlich für jeden im Pub zu hören.

»Du bist echt ein Miesepeter«, stellte Mike fest. »Das Mädchen ist erwachsen. Lass ihr mal ein bisschen Freiraum.«

»Ich habe es mir anders überlegt.« Alles Wischen an meiner Hose brachte nichts. »Komm mit, Lee. Ich denke, wir sollten uns unter vier Augen unterhalten.«

Mit einem süffisanten Grinsen stand er auf. »Aber gerne doch, Morgan. Mrs Morgan, es könnte sein, dass Fay heute Nacht nicht nach Hause kommt.«

Ich erstarrte.

Er nahm, als er an mir vorüberging, meine Hand und zog mich hinter sich aus dem Pub. Das Gegröle der drei Stooges war noch durch die geschlossene Pubtür zu vernehmen.

»Okay, ehe du jetzt …«

»Was hat sie gedacht?«, fiel ich ihm ins Wort.

Lee hielt weiterhin meine Hand fest und ging mit mir um die Ecke, wo sein Mercedes parkte. »An deinen Großvater«, sagte er, betätigte den Türöffner und hielt mir die Beifahrertür auf.

Ich stieg ein und wartete, bis er ebenfalls im Auto saß und sich in den Straßenverkehr eingeordnet hatte.

»Dein Großvater hat dich damals im Wald gefunden. Er hat aber nicht nur ein Baby gefunden, vertraute er auf dem Sterbebett deiner Mutter an. Er hat auch ein paar Gegenstände gefunden. Wertvolle, sehr alte Gegenstände. Und er hat sie versteckt. An unterschiedlichen Orten.«

Ich starrte Lee an. »Ich habe es geahnt«, sagte ich langsam. »Ich habe seit geraumer Zeit Visionen. Von einer dunklen Kammer aus Bruchsteinen. Oder einem Tunnel, ähnlich dem Tunnel auf Avalon, durch den wir zur Bibliothek gegangen sind.«

»Diese sogenannten Fogou sind in Cornwall sehr verbreitet«, sinnierte Lee. »Es waren Flucht- oder Verbindungswege nach Avalon. Was sind das für Visionen?«

»Am Ende eines solchen Tunnels liegt immer etwas. Es blinkt oder ist eingewickelt. Dann endet die Vision. Ich habe auch mal eine Vision von Grandpa gehabt, wie er eine kleine Kapelle betrat. Aber das war nichts Ungewöhnliches. Grandpa ging oft zur Kirche. Deswegen bin ich mir nicht sicher, ob es nicht ein ganz normaler Traum war.«

»Wahrscheinlich. Wenn dein Großvater einen Steinkreis oder einen dieser Fogou betreten hätte, würde ich es allerdings anders sehen.«

»Und an was hat sich Mum jetzt genau erinnert?«, brachte ich ihn zurück zum eigentlichen Thema.

Lee kniff die Lippen zusammen.

Ich wartete.

»An sein Sterbebett. Er hat zuletzt von dir gesprochen. Er hat ihr von einer Eierschale erzählt, die bei dir gelegen hat, als er dich fand, und dass du deine ganz eigene Magie hättest. Patty, deine Mum, solle dafür sorgen, dass dein Babyduft und vor allem später, wenn du älter und erwachsener würdest, dein Körperduft überdeckt werde. Wechselbälger seien unwiderstehlich. Nur so könne man für deine Sicherheit sorgen.«

»Und das konntest du alles in diesen zehn Sekunden Spiegelbild lesen?«, fragte ich misstrauisch.

»Nein. Tatsächlich sah ich nur den Mann im Krankenhaus mit den Schläuchen im Arm, der die Hand deiner Mutter nahm und sagte: *Feli, Wechselbalg, Geruch überdecken. Eigener Duft Gefahr.* Und dann das Bild von einem Baby zwischen den blauen Eierschalen, von denen du ein Stück in deinem Schulspind aufbewahrst.«

Zumindest wusste ich jetzt, warum Mum immer darauf bestanden hatte, dass ich ihr im Pub half. Und warum dieser Pub nie wirklich sauber gemacht wurde, nur gerade so viel, dass das Gesundheitsamt nicht einschritt. Sie hatte die letzten Worte ihres Vaters befolgt. Und ich hatte sie missachtet und Mum vor den Kopf gestoßen.

»Wo fährst du eigentlich hin?«, fragte ich nach einer Weile. »Ich habe um vier Uhr Dienst im Museum. Wie spät ist es?«

»Ich bringe dich dorthin.«

Ich holte tief Luft. »Wieso?«

»Was, wieso?«

»Wieso bringst du mich dorthin? Ich habe ein Monatsticket für die Tube und den Bus. Wieso um alles in der Welt läufst du mir nach? Mal abgesehen von deiner Bindung zu mir.«

Lee trat voll auf die Bremse und wir beide wurden in den Gurt gedrückt. Hinter uns quietschten Autos und ein empörtes Hupen ertönte. Doch er ignorierte die fluchenden Autofahrer, die sich jetzt vorbeischlängelten, und wandte sich zu mir um.

»Du bist, egal was zwischen uns vorgefallen ist oder auch nicht vorgefallen ist, nach wie vor die prophezeite Retterin der Elfenwelt. Unsere Erzfeinde wissen das mittlerweile auch und damit bist du überall in Gefahr. Außer in meiner Nähe. Denn egal was über unsere Beziehung geschrieben steht, ich bin immer noch der beste Agent, den Oberon vorzuweisen hat. Betrachte mich als deinen Bodyguard, bis alles geregelt ist.«

Wir sahen uns in die Augen.

Bis ich einknickte. »Bescheiden bist du auf jeden Fall nicht.«

»Das ist keine Eitelkeit. Das ist Fakt. Und jetzt fahre ich dich ins Museum und hole dich auch nach deiner Schicht wieder dort ab. Versuch nicht einmal, durch einen anderen Ausgang zu flüchten. Ich finde dich.«

»Das klingt wie eine Drohung.«

»Das ist ein Versprechen. Und jetzt raus mit dir.«

Wir waren am Trafalgar Square angekommen.

Die Schicht im Museum war beinahe unspektakulär. Aber auch nur beinahe. Ich sah das rothaarige Mädchen wieder, das vor einiger Zeit mit seiner Schulklasse hier gewesen war.

Sie kam auf mich zu und stellte sich vor. Ihr Name war Sienna und sie hatte einmal von mir geträumt. Sie sagte, sie würde des Öfteren träumen. Seltsame und ungewöhnliche Dinge. Von Drachen und Feen. Aber ich wäre die erste Person aus ihren Träumen, die sie im wirklichen Leben getroffen hätte. Ich dachte an Ruby und dass Lee wahrscheinlich Recht hatte. Sienna bekäme garantiert auch einen Brief für den Besuch der Schule auf Avalon.

Den Schatten sah ich leider nicht. Es waren zu viele Leute unterwegs und Sienna blieb die ganze Schicht über an meiner Seite.

Sie war es, die mich auf den Mann aufmerksam machte, der vor dem Wasserliliengemälde von Monet stand. Er fiel durch seine Körpergröße auf, er war ungefähr so groß wie Lee. Nur war er Anfang fünfzig, trug einen ordentlich gestutzten Bart und hatte seine Haare elegant aus dem Gesicht gekämmt. Wegen Siennas auffälliger Gebärden sah er zu uns rüber. Diese Augen ... Mir fiel das Kinn herunter. Das *war* Lee!

Ich schluckte. Ich hatte ganz vergessen, dass er sein Alter verändern konnte. Und jetzt war er so alt wie ... Phyllis' Vater! Er sah zudem aus wie ein Anwalt oder Abgeordneter. Jetzt übertrieb er aber mit seiner Überwachung! Ich würde ihm gleich gehörig Bescheid geben, was es hieß ...

Ciaran hat mir über mein Telemedium eine Warnung geschickt. Sie sind ganz in der Nähe, hörte ich seine Stimme in meinem Kopf. *Ich will dich wirklich nur beschützen.* In Form des gediegenen Gentlemans zwinkerte Lee schließlich Sienna freundlich zu und ging dann weiter zum nächsten Gemälde. Als ich das Museum zwei Stunden später verließ, wartete er wie angekündigt vor dem Ausgang, in seiner »normalen« Gestalt.

»Und was jetzt?«, fragte ich, als ich einstieg. »Du hast Mum erklärt, ich käme nicht nach Hause. Hoffentlich erwartet mich deswegen morgen kein Vortrag über Verhütung.«

Lee grinste breit. »Soll ich dir dann auch zur Seite stehen?«

»Wäre das Kino relativ drachenfrei? Was für Filme kommen überhaupt im Moment? Ich bin gar nicht mehr auf dem Laufenden.«

»Ich hätte eine andere Idee«, sagte Lee leise. Sein sonderbarer

Tonfall machte mich neugierig. Er hielt an einer roten Ampel. »Erstens können wir dort den Drachen entkommen – zumindest für zwei Stunden – und zweitens ...«

»Was zweitens?« Dann verstand ich. »Oh, du willst eine kleine Zeitreise mit mir unternehmen. Wieder ein Picknick? In Fay's Grotte?«

»Eigentlich würde ich dich gern meiner Mutter vorstellen.«

Ich schwieg. Jetzt verstand ich den merkwürdigen Tonfall. Die Begegnung mit Lees Vater war nicht sonderlich gut verlaufen. Ich war also nicht gerade wild darauf, Lees Mutter kennenzulernen. Zumal sie die Tochter eines Königs war. Aber ich sah an Lees zusammengebissenen Kieferknochen, dass ihm viel daran lag. »Okay. Ich bin gespannt.«

Lee lächelte. »Nein, bist du nicht. Du hast Schiss. Aber ich verspreche dir, meine Mutter ist ganz anders als mein Vater.«

Zumindest war sie keine Elfe. Allein deswegen hatte sie schon ganz viele Pluspunkte bei mir gut. Und so ging es kurze Zeit später ins frühe achtzehnte Jahrhundert.

Arabella FitzJames alias Schwester Ignatia schloss ich tatsächlich sofort ins Herz. Jetzt wusste ich, warum Lee von meiner Mutter nicht so angetan war. Seine Mutter war die Warmherzigkeit in Person.

Im Alter von nicht mehr als fünfundzwanzig Jahren war sie von ihrem Vater König James II. einem Kloster in Frankreich übergeben worden – direkt nachdem ihre Schwangerschaft offensichtlich geworden war. Auch wenn Arabella ein uneheliches Kind war, hatte der König sie einflussreich verheiraten wollen.

Meilyr Mòr hatte seinen ehrgeizigen Plänen jedoch einen

Strich durch die Rechnung gemacht. Er hatte sich bei einem seiner seltenen Aufenthalte in London in Arabella verliebt und sie sich in ihn. Keiner der beiden konnte eine Ehe erwirken. Sowohl Oberon als auch König James II. waren dagegen. Also hatten sie eine Ehe erzwingen wollen, mit der Folge, dass die schwangere Arabella nach Frankreich in ein Kloster geschickt wurde und dort das Kind bekam.

Meilyr hatte Lee des Nachts dort abgeholt. Aber er war regelmäßig mit dem kleinen Jungen wiedergekommen, um Arabella zu besuchen. Die liebte ihren Sohn und war der festen Überzeugung, die Prophezeiung würde eintreffen und ich wäre die perfekte Frau für Lee. Entsprechend hielt sie die ganze Zeit meine oder Lees Hand fest.

Lee erzählte ihr von unseren gemeinsamen Ausflügen, und wenn er mit seiner Mutter sprach, klang es ganz so, als sei er furchtbar stolz auf mich. Arabella hing an seinen Lippen, wollte alles erfahren, hörte auch mir ganz aufmerksam zu, meinen Wünschen, meinen Erzählungen über meine Familie – und zum Abschied küsste sie mich beinahe ebenso herzlich wie Lee.

Als wir wieder im London der Gegenwart ankamen, waren wir beide ganz still. Lee war der Abschied von seiner Mutter sehr schwer gefallen. Er liebte sie, ohne Zweifel. Und mir war diese Seite von Lee wieder gänzlich neu.

»Hast du noch Lust auf einen Abstecher in den Pub?«

»Zu meiner Mum? Nein danke.« Das wäre, als würde man auf ein Filet Mignon Eintopf servieren.

»Ich dachte an den Pub in der Hay's Mews, die Straße parallel zum Berkeley Square.«

Ja, das gefiel mir. Ich könnte jetzt doch noch nicht schlafen.

Wir fanden einen kleinen Tisch und Lee besorgte uns zwei Cocktails.

»Mit Alkohol?«, fragte ich und roch misstrauisch.

»Ja. Ich bin ja dabei, wenn du wieder springen solltest.«

»Findest du deine Fürsorge nicht übertrieben?«

»Solange du noch so ungeübt bist und man dich verfolgt, nein. In ein paar Jahren werde ich beruhigter sein. *Cheers.*«

Wir stießen an. Der Pub war gut besucht, aber es war nicht so laut, dass man schreien musste, um sich zu unterhalten. Perfekt also.

»Deine Mutter ist noch sehr jung.«

Lees Gesicht umwölkte sich. »Sechsundzwanzig war sie heute. Sie ist mit dreißig gestorben. Die Nonnen müssen mich für verliebt halten, so oft, wie ich dort auftauche. Manchmal komme ich als kleines Kind – sie wissen ja von ihrer Schwangerschaft –, aber seit ich erwachsen bin, gehe ich lieber als ihr jüngerer Bruder.«

»Du hast ihr von uns erzählt?«, sagte ich leise.

»Nicht nur ich. Vater auch.«

»Er besucht sie?«, fragte ich überrascht.

»Ziemlich regelmäßig.«

Lees Grinsen war ansteckend. Wir tranken unseren Cocktail und Lee erzählte mir noch ein wenig von den kurzen Begegnungen mit seiner Mutter. Er hatte selten mehr als eine Stunde Zeit mit ihr. Ich besorgte den nächsten Cocktail, und als wir schließlich müde genug waren, um Richtung Berkeley Square zu gehen, merkte ich, dass der Alkoholgehalt in den Getränken nicht ganz unbeträchtlich gewesen war. Ich schwankte leicht.

»Oh, hoppla«, sagte Lee und legte einen Arm um meine Taille.

Die frische Nachtluft tat gut. Sie klärte meinen Kopf und vertrieb den Schwindel. Durch die Londoner Straßenlichter konnte man zwar keine Sterne erkennen, aber es war auch kein Nebel da. Ich schmiegte mich an Lee und schlang meinen Arm um ihn. So erreichten wir nicht nur sein Haus, sondern letztendlich auch meine Zimmertür.

»Also dann. Gute Nacht.« Lee hielt mich weiter fest und sah zu mir herunter.

»Gute Nacht«, murmelte ich.

Wir schauten uns in die Augen. Er machte keine Anstalten, mich loszulassen.

»Ich gehe jetzt«, sagte Lee leise, blieb aber stehen.

Ich ließ meine Hände auf seine Hüften gleiten. Eigentlich wollte ich mich von ihm lösen. »Ich sollte ins Bett gehen. Der Cocktail war gut. Und stark.« Aber meine Hände blieben weiterhin dort liegen.

Lees Blick wurde dunkler, seine Lider senkten sich ein wenig. Mein Herz fing an schneller zu pochen. Ich hörte, wie auch Lees Atem sich beschleunigte. Seine Hand legte sich in meinen Nacken, spielte mit meinem Haar und massierte gleichzeitig die dort so empfindliche Haut. Sein Moos-, Heu-, Veilchenduft verstärkte sich und dann küsste er mich.

Erst spielerisch sanft, dann energischer, fester. Er drängte mich an den Türrahmen und presste sich an mich. Ich erwiderte seinen Kuss stürmisch und zog ihn, so fest ich konnte, zu mir heran. Seine Hände wühlten in meinen von der Zeitreise noch hochgesteckten Haaren, er zog die Nadeln heraus, ließ sie achtlos zu Boden fallen. Und dann waren seine Hände an meinem Shirt. Dort verharrten sie und Lee beendete den Kuss. Er sah mich fragend an.

Ich zögerte nur einen Moment. Dann beugte ich mich vor, küsste ihn und legte seine Hände unter mein Shirt. Er sah mich einen Herzschlag lang an, dann bildeten sich diese Grübchen über seiner Nase, die ich so sehr liebte. Er senkte seinen Mund wieder auf meinen.

Ich hatte nicht gemerkt, wie er mich aufs Bett bekommen hatte, aber ich wusste, es war nichts Falsches mehr daran. Wir hatten so vieles gemeinsam durchgestanden. Und heute hatte er mir einen Blick in sein Innerstes gewährt. Egal ob er an mich gebunden war oder nicht, ich liebte ihn. Ich hatte lange gebraucht, um das zu erkennen. Jetzt war alles so klar. So richtig.

Lee las es in meinen Augen. Er streifte erst sein und dann mein Shirt ab und dann hörte ich auf zu denken.

ÄRGER AM HORTON COLLEGE

In amerikanischen Liebesfilmen wachen Pärchen nach einer solchen Nacht freudestrahlend auf, küssen sich, frühstücken Händchen haltend, verbringen den ganzen Tag miteinander oder verabschieden sich unter heftigen Küssen an der Haustür.

Wir taten nichts dergleichen. Wir verschliefen, und weil Lee wusste, wie sehr ich den Unterricht aufholen wollte, hetzten wir zum College. Zum Glück kamen wir nur eine halbe Stunde zu spät, aber weil wir gemeinsam den Klassenraum betraten, grinsten uns unsere Mitschüler breit an – na ja, die meisten. Phyllis und Jack Roberts nicht. Und um dem Ganzen noch eins draufzusetzen, stand Ciaran an der Tafel.

»Was machst du denn hier?« Ich blieb verblüfft stehen. Lee knuffte mich in die Seite und schob mich zu meinem Platz.

»Wenn Sie beide pünktlich gekommen wären, wüssten Sie, dass Miss Ehle krank ist und ich sie vertrete«, sagte Ciaran und sah mich durchdringend an.

Ich dachte schnell: *Entschuldigung*. Wir setzten uns und anscheinend war mir, während ich mein Federmäppchen auspackte, etwas entgangen, denn Lee schob mir einen Zettel zu: »Die Drachen haben beschlossen aktiv zu werden. Ciaran will dich beschützen.« Unwillkürlich sah ich zu Ciaran. Er reagierte nicht, sondern sah mich nur warnend an.

Den ganzen Vormittag über geschah nichts und ich dachte schon, es gäbe Entwarnung. In der Mittagspause saßen wir wieder zusammen, als sei ich nie weg gewesen. Lee hatte erneut bei Matilda, der Küchenfrau, seinen Charme spielenlassen und wir beide hatten eine extragroße Portion vom heutigen Menü erhalten. Fast war es, als hätte es die letzte Nacht nie gegeben. Nur wenn ich Lee ansah und er mich mit diesem Leuchten in den Augen anlächelte, wusste ich, dass ich nicht geträumt hatte.

»Gleich haben wir Unterricht bei Mr Black. Hat jemand eine Idee für ein Spiel?«

Corey sah uns erwartungsvoll an.

»Wie wäre es, wenn wir noch einmal Bingo spielen?«, schlug Jayden vor.

Ich verzog das Gesicht. »Keine gute Idee. Ich möchte eigentlich nicht so gern auffallen.«

»Damit scheidet dann das *Sexy*-Spiel auch aus?«, meinte Nicole grinsend.

Phyllis grinste nicht. Ich auch nicht. Ciarans Reaktion war mir noch in lebhafter Erinnerung.

»Hat keiner eine Idee?«, fragte Jayden.

Phyllis stocherte in ihrem Kartoffelbrei.

»Phyllis, irgendein Vorschlag, wie wir uns Mr Black schöndenken könnten?«, versuchte Corey sie einzubeziehen.

»Nein«, lautete die knappe Antwort.

»Ich habe eine Idee«, sagte Lee. »Mr Black hat doch immer diese speziellen Ausdrücke, die er benutzt. Ihr wisst schon: *Ergo, Und dann denke man sich …, Sehen wir, was geschieht.*«

»Weiter im Akt«, vervollständigte Nicole.

Lee nickte. »Wie wäre es, wenn wir jedes Mal, wenn er eine dieser Phrasen benutzt, trinken.«

Corey beugte sich vor. »Du meinst, wir sollten unsere Cola-Flaschen mit Wodka mischen?«

»So wie das Jack Roberts immer gemacht hat?« Ruby war ausnahmsweise mal geistig anwesend.

»Ich trinke keinen Alkohol im Unterricht!«, erklärte ich vehement.

»Wir wissen, dass du eh keinen Alkohol verträgst und auch keinen trinken solltest. Sonst verschwindest du wieder für zwei Wochen spurlos und tauchst mit einem neuen heißen Typ wieder auf.«

Wir alle verstummten und sahen Phyllis erstaunt an. Sie hatte es aufgegeben, so zu tun, als esse sie, und schmetterte die Gabel auf den Teller. Der Kartoffelbrei spritzte auf Jaydens lilafarbenes Poloshirt.

»Na los, Lee, lass eine andere von deinen genialen Ideen hören. Damit wieder alle fröhlich jubelnd zustimmen und dich zum König des Tages wählen.« Sie kreuzte die Arme vor der Brust und sah Lee herausfordernd an.

»Wenn du mit der Idee nicht einverstanden bist, ist das doch okay«, sagte Lee vorsichtig. »Hast du einen anderen Vorschlag?«

»Habe ich tatsächlich. Ich bin dafür, dass wir diese dämlichen Spielchen lassen. Wie alt sind wir denn? Zwölf? Wir könnten uns einfach auf den Unterricht konzentrieren.«

Wir sahen uns betreten an. So hatten wir Phyllis noch nie erlebt. Sie war sonst so ausgeglichen. Ohne Frage hätte der Star Club, alias Felicity Stratton und ihre reichen Freunde, sie sofort aufgenommen. Aber Phyllis hatte immer betont, dass sie deren arrogantes Gehabe nicht leiden konnte und uns viel lieber mochte. Wir waren zwar nicht die beliebtesten Schüler am College, aber wir lagen auf einer Wellenlänge und hatten seit Highschool-Zeiten viel Spaß miteinander.

»Phyllis, ich mag unsere Spiele«, sagte Ruby vorsichtig.

»Dann seid halt weiterhin so kindisch.« Phyllis sprang auf, stützte die Hände auf dem Tisch ab und beugte sich über meinen Teller hinweg zu Lee. »Du hast alles verdorben.« Dann verschwand sie.

Sie kam nicht mehr in den Unterricht.

Eine halbe Stunde später wurde mir schlecht. Richtig schlecht. Urplötzlich hatte ich Magenkrämpfe und Lee konnte mich gerade noch auffangen, sonst wäre ich vom Stuhl gekippt. Miss Greenacre war sofort an meiner anderen Seite.

»Ich bringe sie zu einem Arzt«, erklärte Lee und hob mich hoch.

Miss Greenacre nickte und hielt uns die Tür auf. Kaum waren wir in den leeren Gängen, hauchte Lee mich an. Anstatt zu verschwinden, nahm meine Übelkeit noch zu.

»Was ist das?«, stöhnte ich. Mittlerweile brach mir auch der Schweiß aus allen Poren.

»Lee, bitte sag, dass ich nicht schwanger bin.«

»Nein, das bist du nicht.«

»Aber in Twilight ...«

»Das ist ein Märchen. Irgendetwas im Essen scheint dir nicht bekommen zu sein. Was meinst du, kannst du den Finger in den Hals stecken?«

Er bugsierte mich aufs Klo, doch leider nutzte es nichts. Meine Bauchkrämpfe waren noch immer da. Lee griff in seine Tasche.

Ich sah sein Telemedium aufblinken. Zwei Minuten später war Ciaran da.

»In mein Büro. Schnell.«

Ich wurde hochgehoben und in Ciarans Büro vorsichtig auf den Boden gelegt.

Ciaran beugte sich über mich. Er sah aus, als rieche er an mir. »Sie ist vergiftet worden. Ich habe es geahnt.«

»Das kann nicht sein. Sie hat das Gleiche gegessen wie wir alle«, widersprach Lee.

Ciaran schüttelte den Kopf. »Da ist Drachengift im Spiel. Du wärst schon tot, wenn es in deinem Essen gewesen wäre. Es muss gezielt auf Felicitys Teller gewesen sein.«

Ich dämmerte langsam weg. Vielleicht würden die Krämpfe verschwinden, wenn ich schlief.

»Fay, nicht einschlafen!« Lee hörte sich besorgt an. Er tätschelte meine Wange. Ziemlich kräftig sogar. »Fay, du musst bei mir bleiben, verstanden?«

Grandpa war da und gab mir einen Lolli. Wir spazierten zu einer Wiese. Darauf stand ein Haus, nein, eine Kapelle. St. Cletherd's Chapel stand auf dem Schild davor. Ich ging zu der kleinen Quelle direkt daneben. Grandpa betrat die Kapelle.

»Fay, komm zurück!«

»Ich bin doch hier«, murmelte ich und sah in das Wasser der Quelle. Es war klar und sprudelte ein klein wenig. Und dann sah ich darin die Nymphe Deirdre. Sie lag mit jemandem im Wald unter einem Baum. Nackt. Ich konnte Deirdre ganz deutlich an den rabenschwarzen Haaren und den hellblauen Augen erkennen. Und der Mann, der sie zu sich zog, um sie zu küssen, war Lee.

Ich steckte mir den Lolli in den Mund. Der schmeckte nach

Nieren. Ich spuckte ihn aus. Das war so ekelhaft, ich spuckte direkt meinen ganzen Mageninhalt aus.

»Meine Güte, das war knapp«, sagte Ciaran und hielt einen Eimer vor mein Gesicht.

Lee hielt meine Schultern und strich mir beruhigend über den Rücken. »Ich dachte, sie wäre gegen Drachengift immun?«

»Ist sie auch. Zumindest gegen das normale. Das aber war eine besondere Mischung, die unsere heilende Elfenmagie nutzlos macht.« Ciaran reichte mir ein Tuch, damit ich mir den Mund abwischen konnte. »Bring sie nach Hause. Zu dir nach Hause. Dort dürfte sie sicher sein.«

Ich wollte protestieren, dass die beiden über meinen Kopf hinweg über mich redeten, aber ich war zu schwach dazu.

Als ich die Augen wieder aufschlug, lag ich im Krankenhaus.

»Meine Güte, Fay, du hast uns vielleicht einen Schrecken eingejagt.« Lee war sofort an meiner Seite.

»Solltest du mich nicht zu dir nach Hause bringen?«, fragte ich mit kratziger Stimme.

»Schon, aber als du ohnmächtig wurdest und dein Puls sich bedrohlich erhöhte, habe ich dich hierhergebracht. Man hat dir den Magen ausgepumpt und dich an diese Flaschen gehängt. Das war gestern.«

Ich hatte trotz der Flaschen Durst. Lee sah es in meinen Augen und klingelte nach der Schwester. Die betrat das Krankenzimmer und strahlte Lee an. Mich beachtete sie nicht.

»Können wir eine Flasche Wasser bekommen?«, fragte Lee und setzte dabei ein charmantes Lächeln auf.

»Aber sicher doch.« Die Schwester warf keinen Blick auf den

Monitor über mir oder in mein Gesicht. Sie sah nur Lee. Auch als sie zwei Minuten später die Flasche Wasser brachte – immerhin mit zwei Gläsern –, sagte sie nichts, lächelte ihn an und schob ihm einen Zettel zu, der nach einem Rezept aussah.

Als sie die Tür wieder geschlossen hatte, fragte ich Lee, was sie mir verordnet hätte.

»Nichts.«

Ich trank mein Glas Wasser in kleinen Schlucken, und als er den Zettel endlich weglegte, griff ich danach. Es war kein Rezept, auch keine ärztliche Anordnung, sondern eine Aufforderung. Sie hatte ihre Telefonnummer daraufgeschrieben. Mir wurde heiß. Es war nicht das erste Mal, dass so etwas geschah, wenn Lee mit mir zusammen war. Aber damals waren wir noch nicht zusammen gewesen. Und ich fand, er hatte sich nicht sonderlich bemüht die Schwester darauf hinzuweisen. Ich legte den Zettel wieder hin und schloss die Augen. Das hatte man davon, wenn man sich in einen Mann verliebte, der wesentlich besser aussah als der Durchschnitt.

Den ganzen Tag über ging es mir stündlich besser. Meine Mum, Anna und meine Freunde kamen mich besuchen. Sogar Phyllis, obwohl sie reserviert blieb. Wahrscheinlich war ihr ihr Ausbruch peinlich. Zumindest sah sie Lee nicht an. Dafür taten das all die Krankenschwestern, die auffällig oft mein Zimmer aufsuchten.

Ich lag übrigens in einem Einzelzimmer, und wenn ich mir Lees strahlendes Lächeln, mit dem er jede Pflegerin und Ärztin bezirzte, so ansah, ahnte ich, dass er dafür gesorgt hatte.

Das Resümee war, ich konnte gegen Abend nach Hause, aber ich fühlte mich nicht wirklich gut. Was weniger an Übelkeit oder schwachem Kreislauf als vielmehr an nagender Eifersucht lag.

BERKELEY SQUARE

Lee hatte Mum davon überzeugt, dass es mir am Berkeley Square besser gehen würde als zu Hause, wo sie doch so viel im Pub sei. Mum hatte sich allerdings erst überreden lassen, als sie mit uns zu Lees Haus gefahren war. Staunend hatte sie vor dem Gemälde mit den drei Elfen gestanden. Das war mir bei meinem ersten Besuch auch so ergangen, bis ich die drei kennenlernte. Es waren – zugegebenermaßen ziemlich unangenehme – Boten aus der Anderwelt, die Lee nachts Aufträge oder Nachrichten übermittelten.

Lee servierte ihr Tee und Biskuits und tat alles, damit Mum sich rundum wohlfühlte. Sie küsste mich auf die Stirn, als sie ging, und bat darum, ab und an mal angerufen zu werden. Das hörte sich für mich so an, als wäre ich hier ganz eingezogen. Lee geleitete sie zur Tür und versprach ihr alles, was sie wollte.

Ich war recht schweigsam für den Rest des Tages und ging früh ins Bett. Allein. Ich fühlte mich nicht wohl genug und Lees Atem verursachte mir im Moment noch immer ein wenig Übelkeit. Das sei das Drachengift, erklärte er und ging bedauernd in sein eigenes Zimmer.

Die Nacht hatte gutgetan. Ich hatte geschlafen wie ein Baby, und da Lee nicht mit mir in einem Zimmer gewesen war und ich seinen Geruch (den ich ja sonst wirklich liebte) nicht in der Nase gehabt hatte, ging es mir wesentlich besser.

Leider hatte ich gegen Morgen ziemlich wirres Zeug geträumt: Lee, der mit der Krankenschwester telefoniert; Lee, der Deirdre umschwärmt; Lee, der mit meiner Schwester Anna flirtet, so dass Carl seine Aufmerksamkeit auf sie überträgt.

Da besserte es meine Laune nicht unbedingt, als ich frisch geduscht die Küche betrat und Lee mit dem Rezept, auf dem die Telefonnummer der Pflegerin stand, herumspielen sah.

»Oh, gut. Geht es dir besser?«, begrüßte er mich.

»Ja.«

»Ich habe keine Eier im Haus, aber es sind noch Toast und Marmelade da.« Er zeigte auf den Tisch.

Ich ging zuerst zur Kaffeemaschine und schenkte mir eine Tasse ein.

»Fay?«

Den Ton kannte ich. Jetzt wollte er bestimmt wissen, was mit mir los war.

»Wie fühlst du dich?«

Ich sah ihn argwöhnisch an. »Sehr gut. Ehrlich. Keine Übelkeit, dafür Hunger. Das Gift ist raus.«

»Gut«, sagte er erleichtert. »Dann beeil dich mit dem Frühstück. Ich habe heute Nacht den Hinweis erhalten, dass sich die Drachen rüsten und es höchste Zeit wird, die restlichen Insignien zu finden.«

Ich beschmierte meinen Toast ganz gemächlich mit Marmelade. »Was geschieht, wenn wir sie übergeben? Werden dann alle Drachenwandler abgeschlachtet?«

Lee schwieg.

Also war es tatsächlich so geplant. »Du weißt, was das bedeutet?«, fragte ich ihn.

Er schwieg, nickte aber.

»Lee, dazu bin ich nicht bereit. Und ich werde einen Teufel tun und irgendeiner Partei zum totalen Sieg verhelfen.«

»Was hast du dann vor?«, fragte er leise.

»Das weiß ich nicht. Dafür müssen wir die restlichen Insignien erst einmal finden.«

»Dann iss fertig. Ich weiß, wo mindestens eine liegt. Heute Nacht habe ich den Hinweis bekommen.«

»Von FedEx, Hermes und UPS?«, fragte ich erstaunt.

»Nein, meine Süße, von dir – du redest im Schlaf.«

DIE GÄNGE VON CORNWALL

Das Fogou war eng. Genauso schmal wie in meinen Visionen. Kein Vergleich zu dem Tunnel, der auf Avalon zur Bücherei geführt hatte. Außerdem war der Boden sehr nass. Zwischen den Steinen waren kleine Pfützen. Meine Schuhe waren schon durchnässt.

Als sich der Hauptgang vor uns teilte, fragte Lee: »Welche Richtung?«

Ich achtete nicht auf ihn. In der Pfütze vor mir geschah etwas. Eine Wiese. Grandpa ging darüber. Er ging auf ein Haus zu. Nein, eine Kirche. Hatte ich das nicht schon einmal gesehen? Das kam mir so bekannt vor ... Es war mehr eine Kapelle. Die hatte ich definitiv schon mal gesehen! Das Schild mit dem Namen St. Cletherd's Chapel kannte ich. Grandpa trat dort ein. Ich sah ein einziges Fenster im Innenraum. Dessen Fensterbank war mit Runen verziert. Davor stand der Altar und unter dem Altar war eine Quelle. Ich sah in das Wasser der Quelle. Darin spiegelte sich das Gesicht Pans. Er trug den Goldreif auf dem Kopf. Jetzt zwinkerte er mir wieder zu, nahm den Reif ab und legte ihn ins Wasser. Ich blinzelte.

»Fay! Wohin?«

Lees Stimme rief mich zurück und die Vision verschwand. Aber im Wasser glitzerte es weiterhin. Ich griff hinein. In der

Pfütze vor mir lag der Goldreif. Er war schwer. Und bei genauerem Hinsehen war er mit hübschen Ziselierungen verziert. Das war die Krone! Eine von Pans Insignien. Nicht mehr als ein breiter Goldreif ohne Edelsteine, aber dafür sehr aufwendig verarbeitet.

»Fay! Träumst du?«

Ich hielt die Krone hoch.

Lees Mund klappte auf. »Woher ...? Obwohl, das ist jetzt nicht mehr wichtig. Lass uns verschwinden.« Er wollte den Weg wieder zurückgehen.

»Nein!« Ich hielt ihn auf. »In meinen Visionen war noch was anderes. Wir müssen weiter. Wohin hiermit?« Ich hielt die Krone hoch.

»Gib sie mir«, sagte Lee. Er öffnete seinen Gürtel, zog ihn heraus, hob sein Hemd und schnallte sie sich mit Hilfe des Gürtels um den nackten Bauch. »Wie gut, dass es ein Reif ist und die Krone keine Zacken hat. Wäre tragisch, wenn ich eine herausbrechen würde«, erklärte er grinsend. »Und du glaubst, hier ist noch mehr? Wohin sollen wir jetzt gehen? Links oder rechts?«

»Sehr gut, Felicity Morgan«, sagte hinter Lee eine mir bekannte Stimme. »Und damit gehört eine weitere Insignie endgültig den Drachen.«

Die Stimme ließ Lee zusammenzucken. Hinter uns standen fünf Menschen, unter ihnen Paul. Und der Sprecher war kein anderer als Reggie Raik. Der Lindwurm, der Lee fast getötet hatte.

»Gib mir die Krone«, forderte Reggie.

Er sah nicht so aus, wie ich ihn mir vorgestellt hatte. Er war stämmig, groß und trug ein kariertes Holzfällerhemd zu blauen Jeans und eine Cordmütze. Er sah eher aus wie ein Schafzüchter. Ein Schafzüchter mit einem Schwert an seinem Gürtel.

Lee schob sich vor mich. Ich konnte unter seinem Hemd deutlich die Krone erkennen.

Reggie zog das Schwert aus der Scheide.

»Keine Faxen, Elf. Du weißt, was das ist?«

Die Spitze des Schwertes zeigte auf Lees Brust. Es summte. Lee atmete hörbar tief ein.

Er rührte sich nicht. Ich merkte, dass ich meinen Atem anhielt.

»Es reicht. Wollen wir doch mal sehen, wie es funktioniert.« Reggie holte zu einem Schlag gegen Lee aus, aber der war schneller.

Er warf mich über die Schulter und sprengte durch die fünf hindurch. Ich sah, wie Paul durch Lees Stoß stolperte und in die Klinge des Schwertes fiel, und schrie entsetzt auf. Lee rannte unbeirrt weiter. Die anderen setzten zur Verfolgung an.

Gleich würden sie sich verwandeln, und dann?

DAS GEHEIMNIS VON ST. CLETHERD'S CHAPEL

Lee rannte eine gefühlte Ewigkeit mit mir, bis wir das Bodmin Moor erreichten. Dort setzte er mich ab.

»Paul! Glaubst du, er ist tot?« Pauls schmerzverzerrtes Gesicht hatte sich in mein Gedächtnis gebrannt.

»Ich weiß nicht«, antwortete Lee mitleidlos.

»Hätten wir ihm helfen können?«

»Fay, ich weiß nicht, ob du das mitbekommen hast, aber die wollten uns gerade umbringen.« Lee hatte wieder den geschäftsmäßigen James-Bond-Blick aufgesetzt, mit dem der Agent nach einem Mord einfach weiterging.

»Aber Paul doch nicht. Er wollte nie jemanden töten.«

»Er gehört zu ihnen. Wenn sie ihn direkt zu einem Arzt bringen, hat er, denke ich, recht gute Chancen. Der Hieb war zu tief, um sein Herz zu durchbohren. Wenn ich es richtig gesehen habe, traf es die Milz. Ohne die kann man leben.«

Das beruhigte mich etwas. Die Erinnerung an den Stollen rief dennoch eine Gänsehaut hervor.

»Kein Wunder, dass der erste Wachmann gerade hier verstümmelt wurde«, murmelte ich. »Hier wimmelt es vor solchen Fogous. Wenn das alles Drachenhöhlen sind, ist mir klar, was die Sage vom Monster im Bodmin Moor bedeutet. Hast du noch den Reif, also die Krone?«

Lee tastete an seine Kehrseite und nickte. »Wir haben nicht viel Zeit!« Er umfasste meine Schultern und sah mich eindringlich an. »Wo müssen wir jetzt hin? Wo liegen die anderen Insignien?«

»Das weiß ich nicht«, rief ich verzweifelt. »Ich weiß nur, irgendwo in Cornwall. Ich habe nur diese eine Vision von Grandpa, in der er eine Kirche aufsucht.«

»Wie groß ist die Kirche?«

»Klein. Winzig. Sie steht irgendwo in der Pampa, rundum ist nichts als Wiese oder Moor.«

»Gibt es irgendeine Besonderheit? Ein bestimmtes Fensterbild, einen auffälligen Altarstein, Heiligenfiguren?«

Ich überlegte fieberhaft. »Der Altar!«, rief ich auf einmal. »Der Altar steht auf einer Quelle. Er ist hohl wie ein Tisch und darunter ist ein Brunnen.«

Lee sah über meinen Kopf hinweg und konzentrierte sich. Es *musste* in Cornwall sein. Grandpa war nie aus Cornwall herausgekommen. Nur besaß Cornwall viele Kirchen und Kapellen und wir hatten keine Zeit, jede einzelne von ihnen abzusuchen.

»Am Fenster ist ein Runenstein«, fiel mir auf einmal noch ein.

Lee sah mich an. »Ich glaube, dann weiß ich, wo sie sein könnte.«

Er wollte mich gerade wieder über die Schulter werfen, aber dieses Mal war ich schneller.

»Untersteh dich! Schön langsam und sachte.«

»Natürlich. Tut mir leid.«

Ich kletterte auf seinen Rücken. Und schon rannte er los.

Es dauerte eine ganze Stunde, bis er wieder anhielt. Aber ich sah sofort, dass wir hier richtig waren.

»Und jetzt?« Ich stand vor der Kapelle und wartete, horchte, versuchte etwas zu erspüren.

»Streng dich an, Fay. Himmel, versuch doch irgendetwas zu erspüren. Wenn einer weiß, um welche Insignie es sich handelt, dann ja wohl du.«

»Mein Gott, woher soll ich das wissen!?«, schrie ich Lee an. »Du bist hier der Elf. Fühl du doch! Bezirze den Wind oder frag die Blumen.«

»Was soll das?«, fauchte Lee zurück. »Du weißt genau, dass das Quatsch ist.«

»Du flirtest mit jedem Rock, der dir begegnet. Die Krankenschwestern haben dir aus der Hand gefressen und du hast es genossen. Ich muss mich mit eifersüchtigen Nymphen oder Königinnen rumschlagen. Ich bin es auch und dabei bist du noch nicht mal in mich verliebt! Und das alles nur wegen eines Pheromons, das ich nicht kontrollieren kann. Verzieh dich, FitzMor. Von hier aus komme ich alleine klar. Sag deinem Elfenkönig, ich steige aus. Soll er mich umbringen. Dann kannst du dich wieder brünetten Schönheiten widmen. Die Elfen gewinnen ja doch. Oberon trägt schon eine Insignie bei sich und du kannst ihm Fafnirs Auge geben, damit sie auch Wirkung zeigt. Geh! Hau ab. Felicity Stratton wartet auf dich.«

Ich wollte ihn vor die Brust stoßen, doch er fing meine Hände ein. Einen Augenblick lang starrten wir uns in die Augen.

Und dann küsste er mich.

Er zog mich fest an sich und küsste mich hart und fordernd. Ich wehrte mich nicht, im Gegenteil. Ich küsste ihn genauso stürmisch zurück. Ich wollte nicht, dass er zu Felicity Stratton ging.

Es dauerte ewig, bis er sich von mir löste.

»Wir wollen jetzt ein für alle Mal klarstellen«, sagte er und ich entdeckte die süßen Fältchen zwischen seinen Augen. »A) Ich flirte mit anderen Frauen nur als Mittel zum Zweck und das weißt du ganz genau. B) Solange ich nicht weiß, was hier genau gespielt wird, werde ich Fafnirs Auge niemandem übergeben und C) …« Jetzt kniff er die Augen zusammen. »Habe ich noch nie mit Blumen gesprochen. Ganz ehrlich, Fay, es ist mir absolut egal, ob ein Pheromon dafür verantwortlich ist, dass ich so für dich empfinde. Tatsache ist, ich kann es nicht abstellen und ich bereue es auch nicht. Wenn du dich darauf eingelassen hast, obwohl du dachtest, ein Kuss von mir wäre bindend, warum soll es was ausmachen, wenn es andersrum ist?«

Ich schmiegte mich an ihn. »Weil ich Zeit hatte, mir zu überlegen, ob ich diese Bindung möchte. Du hattest die nicht.«

Lee hob mit dem Zeigefinger mein Kinn, damit ich ihn ansah. Sein Blick war ganz ernst. »Ich wiederhole es noch einmal, Fay: Es ist mir egal. Du bist mir nicht egal. Kannst du damit leben?«

»Küss mich noch einmal und dann sag ich es dir«, antwortete ich und reckte mich ihm entgegen.

Der nächste Kuss war sanfter, liebevoller und ich löste mich nur sehr ungern von ihm.

»So, nachdem das geklärt ist, können wir uns jetzt in der Kapelle umsehen. Bist du bereit?« In Lee kam der Agent wieder durch.

Ich seufzte. »Nein. Aber gehen wir trotzdem.«

Die Kapelle war recht schmucklos. Wahrscheinlich noch aus normannischer Zeit. Irgendjemand schien sie zu pflegen, denn auf dem Altar stand ein Strauß frischer Feldblumen. Wir sahen uns um.

»Spürst du was?«, fragte ich Lee.

»Nein. Ich höre auch keinen Wind singen.«

»Okay, ich habe verstanden. Lass uns was anderes versuchen.«

Ich ging zum Altar und kniete davor nieder. Die Quelle war direkt darunter. Glasklar und anscheinend sehr tief. Ich konnte keinen Boden sehen. Es dauerte ungefähr fünf Sekunden und dann formte sich im dunklen Wasser ein Bild.

Leider zeigte es keine von den noch fehlenden Insignien, sondern einen Mann. Den ich kannte. Es war Ciarans Vater Aonghus. Er befand sich am Eingang einer Höhle. Tatsächlich war es die Höhle, in der Ciaran mich gefunden hatte. Ich erkannte den Eingang aus Megalithen.

Aonghus sprach mit jemandem. Ich konnte nur eine Silhouette im Schatten des Eingangs erkennen. Aber die Figur, die Bewegungen der Hände, alles deutete auf eine Frau hin. Es schien ein sehr emotionales Gespräch zu sein, denn Aonghus fuhr sich oft mit beiden Händen durchs Haar. Seine spitzen Elfenohren traten deutlich hervor. Dummerweise war diese Vision ein Stummbild. Das Gespräch schien hitziger zu werden. Aonghus ging ein paar Schritte auf und ab.

Die Frau trat aus dem Schatten und ich erschrak. Sie sah aus wie Cheryl! Das perfekte Ebenbild von Coreys Stiefschwester Cheryl! Aonghus und die Cheryl-Doppelgängerin standen sich gegenüber und diskutierten. Ich glaubte, an den Lippenbewegungen ein »Bitte« und ein paarmal »Nein« abzulesen.

Hinter der Frau traten andere aus der Höhle. Alle trugen diese seltsame, altmodische Kleidung, die ich auch schon an Pan gesehen hatte. Es waren ungefähr fünfzehn Männer und Frauen. Alle stellten sich schützend hinter das Cheryl-Ebenbild. Aonghus wollte ihre Hände ergreifen, doch in diesem Moment traf ihn von hinten ein Pfeil.

Dann hagelten Pfeile regelrecht auf sie nieder. Entsetzt sah ich, wie alle – ausnahmslos alle – getroffen zu Boden gingen. Blut floss aus den Wunden und es war nicht wie in einem Film, wo jemand flüchten konnte. Alle, einschließlich Aonghus, lagen blutend vor dem Eingang. Und dann sah ich die Angreifer auf die Plattform kommen. Sie hielten in ihren Händen kurze Schwerter, die sie brutal und gnadenlos in die letzten zuckenden Leiber rammten. Es waren Elfen. Eindeutig Elfen mit den typischen blonden Haaren, blauen Augen und spitzen Ohren. Ein Elf kam mir vage bekannt vor. Er drehte sich nicht um, aber auch in dieser Stummbildvision war seine Haltung unverkennbar. Und sein Haarschnitt.

Eamon.

Ich stolperte zurück.

»Was ist? Was hast du gesehen?« Lee stützte mich hilfsbereit.

»Ein Massaker«, murmelte ich.

»Keine Insignie?«, fragte er.

»Himmel, nein.«

Er sah in mein entsetztes Gesicht und las in meinen Augen die Bilder, die mir durch den Kopf geisterten. »Verdammt. Eamon ...« Lees Stimme brach ab. Alle Farbe war aus seinem Gesicht gewichen. »Eamon ...« Er räusperte sich. »Wir müssen uns auf das Wesentliche konzentrieren. Weswegen wir hier sind.«

Da war er wieder, der Agent. Die Mission hatte Vorrang. Ich schluckte und nickte zögernd. Allerdings konnte ich – im Gegensatz zu diesem James Bond – nicht einfach das Massaker aus meinen Gedanken verdrängen.

»Fay, sieh mich an.« Lee umfasste wieder meine Schultern. »Wir sind wegen einer Insignie hier. Es fehlen der Umhang und der Halsreif.«

Ich atmete tief durch. Spüren konnte ich nichts. Außer Oberon konnte sie wahrscheinlich niemand spüren. Eine Kapelle mit Insignie. War hier überhaupt eine? Ich hatte nur diese kurze Vision von Grandpa gehabt, der das kleine Gebäude verließ. Ich sah mich um und wiederholte wie ein Mantra: Umhang, Halsreif. Umhang, Halsreif. Die Kapelle bot kaum Möglichkeiten für ein Versteck. Bis auf zwei kleine Bänke an den Seiten und dem Altar unter drei kleinen gotischen Fenstern war sie leer. Es gab bis auf die Aussparung in Form eines Kreuzes in der Tür nicht einmal ein Kruzifix.

»Klopf die Wände ab. Vielleicht gibt es einen Hohlraum. Was ist mit dem Dachgebälk? Könnte dort ...« Lee sah nach oben und schüttelte den Kopf. Das Gebälk lag offen, ohne Nischen, ohne Schnörkel. Trotzdem kletterte er die Wand hinauf und sah auf jedem Querbalken nach.

Ich näherte mich wieder vorsichtig dem Altar und der Quelle. Ich musste ja nicht ins Wasser schauen, um unter den Altar zu sehen. Ich kniete mich erneut davor nieder und hob das Altartuch hoch. Nichts. Vorsichtshalber tastete ich auch die Schnittstellen ab, wo der Stein auf den Stützen lag. Nichts. Ich ließ das Altartuch sinken. Mein Blick glitt ins Leere. Sollte ich einen weiteren Blick ins Wasser wagen? Was würde ich sehen?

Das brachte mich wieder zurück zu Eamon. Ich konnte es immer noch nicht fassen. Eamon war der Verräter! Er hatte die Drachenkinder brutal und hinterhältig getötet. Wollte er den Thron seines Vaters wirklich so sehr? Jetzt wusste ich auch, weshalb er mich gerettet hatte: Er wollte die Insignien, um an die Macht zu gelangen. Er brauchte die Insignien. Ich bezweifelte, dass irgendjemand ohne magische Kräfte gegen Oberon antreten konnte. Und trotzdem konnte ich nicht glauben, dass Eamon so tückisch sein konnte. Ich hatte irgendwo einen Denkfehler. Auch wenn ich glaubte Eamon eindeutig gesehen zu haben. Irgendwo war ein Denkfehler. Nur wo?

Ich starrte auf das braune Altartuch. Die Borte war hübsch. Mit goldenen Fäden bestickt, in einem dieser keltischen Muster. Ähnlich wie die Schrift auf der Fensterbank darüber.

Was war falsch an diesem Bild?

Ich wollte, der Altar könne sprechen und mir einfach sagen, welches Versteck Grandpa gewählt hatte. Ob die Goldborte auch etwas bedeutete? Ich starrte auf das Altartuch. Die Ranke mit dem feinen Stickmuster. Die Ranke …

»LEE!«

Plumps.

Er landete mit einem harten Aufprall direkt neben mir. Erschrocken machte ich einen Schritt zurück und geriet mit dem Fuß ins Quellwasser. Sofort zog er mich raus. Zu spät. Mein Fuß war klatschnass.

»Was ist? Du hast mich erschreckt.«

Ich schubste ihn empört. »Tu das nie wieder. Ich hab's.«

Er sah auf meine leeren Hände.

Kurzerhand schob ich die Blumenvase zur Seite und raffte das Tuch vom Altar. Triumphierend hielt ich es Lee vor die Nase. »Herzlichen Glückwunsch. Wir haben den Umhang!«

Lee betrachtete misstrauisch das Stück Stoff. »Ich fühle nichts. Bist du dir sicher?«

Ich nickte. »Ganz sicher. Immerhin habe ich Pan schon ein paarmal gesehen.«

»Gut. Pack ihn in deinen BH und dann nichts wie los.«

Ich sah ihn entgeistert an. »Spinnst du? Hast du gefühlt, wie dick der Stoff ist? Mit mehr als Doppel-D fallen wir mehr auf, als wenn David Cameron in einem Anzug von Graham Norton zum Geburtstagsbankett der Königin ginge.«

Lee grinste. »Schade. Ich hätte dich gern mal so gesehen.«

Ich rollte die Augen. »Lass uns verschwinden.« Ich fasste nach dem Türgriff. »Äh, Lee?« Dieses Mal blieb ich ruhig. Ich schrie nicht. Ich hüpfte nicht, obwohl mir danach zu Mute war. Ich drehte mich nur mit einem breiten Grinsen zu ihm um. »Wir haben den Halsreif!« Der bronzene Ring, der als Türgriff fungierte, war tatsächlich der gesuchte Halsreif.

Lee griff in seine Hosentasche. Der Karfunkel blinkte in allen Farben, schnell und hektisch. Lee wurde blass.

»Was ist? Was ist geschehen?«

»Die Drachen haben sich zum Kampf versammelt. Sie marschieren gen Avalon. Dort wird es zur Schlacht kommen. Ich muss sofort dorthin. Vorher bringe ich dich nach Hause.«

»Ich komme mit.«

»Auf keinen Fall! Hast du nicht gehört? Es wird gekämpft werden!«

»Ich bin doch angeblich die Retterin der Elfen oder der Drachenwelt. Vielleicht kann ich was verhindern? Nimm mich mit oder ich komme alleine hin. Das fällt mir nicht weiter schwer. Ich habe einiges gelernt. Und ich weiß jetzt, wer der Verräter ist.«

Lee sah mich groß an.

»Aber zuerst müssen wir die Insignien vernichten.«

»Vernichten?«, wiederholte Lee und seine Stimme überschlug sich.

»Natürlich. Es ist sonst nicht ausgewogen. Die Insignien dürfen keinem in die Hände fallen. Die Schlacht findet auch ohne sie statt.«

»Felicity, wenn wir die Insignien vernichten ...«

Ich legte beschwörend eine Hand auf seine Brust. »Ich weiß, dass du dein ganzes Leben lang nach ihnen gesucht hast. Aber überleg doch mal. Geben wir sie den Elfen, werden Menschen wie Ciaran sterben. Paul ist bereits tot. Geben wir sie den Drachen, sind wir dran. Ich möchte nicht für den Tod weiterer Personen verantwortlich sein. Und außerdem haben sie ja ihre Insignien. Jede Seite hat welche.«

Lee sah mich lange an. Endlich nickte er. »Du hast Recht. Es sind genug Menschen oder Elfen wegen der Insignien gestorben. Aber wie vernichten wir sie?«

»Im Feuer. Der Umhang lässt sich ganz leicht verbrennen. Nur die Krone und der Halsreif müssen eingeschmolzen werden. Ebenso der Bernstein. Wir haben an der Schule einen Brennofen für die Tonarbeiten im Kunstunterricht.«

»Du hast an alles gedacht, was?« Lee zögerte nur kurz, dann legte er den Arm um meine Taille und wir sprangen zurück auf den Tower Hill.

Um diese Uhrzeit war niemand mehr in der Schule. Nicht einmal mehr die Putzfrauen.

Es war ein Leichtes, den Ofen anzuwerfen und zu warten, bis er die nötige Hitze erreicht hatte. Durch das kleine Sichtfenster beobachteten wir, wie die Gegenstände langsam zu schmelzen begannen. Den Umhang hatten wir schon vorher in einem leeren Mülleimer auf dem Schulhof verbrannt.

Als sich das Metall der schlichten Krone endgültig zu einem Klumpen formte, sah ich etwas aus den Augenwinkeln. Es war der Schatten. Er wurde im Schein der Neonlampe an die Wand geworfen. Jetzt bückte er sich und hob etwas auf. Wenig später legte er sich einen Umhang um, setzte die Krone auf sein Haupt, legte den Halsreif an und dann gürtete er sich das Schwert an seine Hüfte. Dort, wo Fafnirs Auge sein müsste, war der Schatten heller und schimmerte etwas. Ich staunte und sah zu Lee hinüber. Dem war nichts aufgefallen. Er starrte mit traurigen Augen zu dem nun Blasen werfenden Metall im Innern des Ofens.

»Lass uns gehen«, sagte er, schaltete den Ofen aus und wandte sich ab, ohne einen Blick zurückzuwerfen.

Der Schatten war verschwunden.

Kurze Zeit später befanden wir uns auf dem Weg nach Hause. Es waren keine Raben anwesend. Die waren jetzt wohl anderweitig beschäftigt. Feindliche Truppen ausspähen zum Beispiel.

Lee sah mich an. »Mir wäre es lieber, du würdest hierbleiben. Aber ich kenne dich stures Frauenzimmer. Lasse ich dich hier, findest du einen Weg dorthin. Deswegen lass uns einen Kompromiss schließen: Versprich mir, dass, wenn gekämpft werden sollte, du dich in Sicherheit begibst und dort bleibst.«

Ich nickte heftig.

»Wenn wir nämlich verlieren, spielt es keine große Rolle, ob du in London bist oder auf Avalon. Und dann weiß ich dich lieber in meiner Nähe.«

Ich schluckte.

»Dann auf. Es geht los.«

VORBEREITUNG AUF DEN KAMPF

Als wir Avalon erreichten, war man dort bereits in heller Aufregung. Die Schule, die noch nie umkämpft worden war, wurde verbarrikadiert. Elfen und Halbelfen eilten umher, schärften ihre Waffen, legten Pfeile, Bogen und dergleichen zurecht. Wir eilten an allen vorbei.

Der Kronrat tagte im Refektorium. Ciaran saß auch da, mit unbewegter, eiserner Miene. Jemand, der nicht über seine zweite Identität Bescheid wusste, musste glauben, er sei nervös. Ich glaubte eher, dass er sich in einem Zwiespalt befand.

»Sie werden in einer Stunde hier sein«, erklärte eine Frau mit einer aufwendigen Flechtfrisur, was ihr, gepaart mit dem Schwert am Gürtel, ein kriegerisches Aussehen verlieh.

»Das ist Dana, die Seneschallin«, erklärte mir Lee leise. »Die Frau mit den langen roten Haaren ist Morgaine, die Schatzmeisterin. Den Merlin kennst du ja.« Ich sah das Ebenbild von Hugh Laurie, der mich keines Blickes würdigte. »Eamon ist der Siegelbewahrer und Hofmarschall, mein Vater der Kanzler und der blonde Mann dort hinten der Konstabler. Er heißt Colm.«

Den letzten Mann im Kronrat musste er mir nicht vorstellen. Oberon war niemand, den man vergaß.

Letzterer sah in diesem Moment auf und entdeckte mich. »Was tut sie hier?«, fragte er Lee.

»Sie«, sagte ich betont laut. »Bringt euch die Insignien.«

Schlagartig war es mucksmäuschenstill. Ich trat an den Tisch und legte die verzierte Krone und den Ring darauf. Das Summen der Insignien setzte unwillkürlich ein, sobald ich sie aus der Hand gab. Ich wagte einen Blick in die Gesichter. Überraschung und Staunen waren zu sehen. Nur Oberons Gesicht zeigte keine Regung, das hatte ich von ihm auch nicht erwartet. Ciaran dagegen sah aus, als hätte ich ihn geschlagen.

»Wo ist das Schwert?«, fragte Dana, die Seneschallin.

»Das haben die Drachen«, erklärte ich und sah zu Boden.

Niemand sollte in meinen Augen die Wahrheit lesen können.

»Die Drachen haben Gram mit Fafnirs Auge?«, brauste der Konstabler auf. »Wie konnte das passieren?« Er sah Lee wütend an.

»Sie haben uns aufgelauert«, erklärte ich schnell.

»Das ist nicht so wichtig«, sagte die rothaarige Morgaine. »Wir haben zwei Insignien, sie besitzen eine. Oberon, möchtest du das deinen Kriegern mitteilen?«

Oberon musterte mich. Ich wusste, er versuchte meine Gedanken zu lesen. Ich dachte angestrengt an den Moment, in dem ich den Drachen das Schwert übergeben hatte.

»Ja. Es ist an der Zeit.« Er setzte sich die Krone aufs Haupt und steckte sich den Ring an den Finger. Dann verließ er das Refektorium. Der Kronrat folgte ihm. Bis auf Meilyr, Eamon und Ciaran.

»Was ist mit ihr?«, fragte Eamon. »Sie kann nicht kämpfen.«

»Fay hat mir versprochen sich in Sicherheit zu begeben«, erklärte Lee. »Nur weiß ich nicht genau, wohin.«

»Es gibt einen Tunnel oben am Klippenwald«, schlug Eamon vor.

»Dann sehe ich ja überhaupt nichts«, protestierte ich.

»Es gibt eine kleine Höhle, eher eine Apsis, von wo aus man die Schule und die Apfelhaine überblicken kann. Es ist nur nicht einfach, dorthin zu gelangen.« Meilyr sah Lee an.

»Ich kann sie hinbringen.« Lee nahm meinen Ellbogen.

Doch genau in diesem Moment begannen draußen Hunderte oder Tausende von Kriegern zu schreien. Ich zuckte zusammen. Das war markerschütternd und mein Herz begann wie wild zu klopfen.

»Es geht los«, sagte Meilyr. »Lee, wir brauchen dich. Du kannst nicht den Babysitter spielen. Du musst uns helfen. Du wirst eine eigene Truppe anführen.«

Lee sah mich an.

»Ciaran wird mich hinbringen. Er kennt den Weg«, sagte ich zu ihm. »Er kann dann wieder zu euch stoßen.«

Lee sah mich noch immer an. Dann nickte er. Und dann zog er mich in seine Arme und küsste mich. Heftig. Ich klammerte mich an ihn und betete inständig, dass das nicht unser letzter Kuss gewesen sein sollte. *Gib auf Eamon acht. Wir wissen nicht, was er vorhat,* dachte ich, als ich ihm in die Augen sah. Er nickte leicht.

Lee löste sich widerwillig aus unserer Umarmung. Dann folgte er seinem Vater und seinem Cousin, die bereits vorausgegangen waren. An der Tür warf er einen kurzen Blick zurück. *Ich liebe dich, Fay,* hörte ich seine Stimme in meinem Kopf.

Dann war er weg.

»Wieso, Felicity?« Ciaran stand neben mir. »Wieso ich? Ich sollte ebenfalls kämpfen.«

»Du hast dich nicht gewehrt, oder?«

Er fuhr sich mit beiden Händen durch die Haare.

»Komm schon, Ciaran. So musst du dich für keine Seite entscheiden. Du bringst uns zu dieser Apsis und dort warten wir auf das Ende. Je nachdem, was geschieht, können wir vielleicht auch eingreifen. Lee wusste, dass du dich nicht wirst entscheiden können. Er wird auf sich achtgeben und notfalls zu uns stoßen.« Ich gab mich zuversichtlicher, als ich war.

Ciaran musterte mich.

Ich sah den inneren Zwiespalt in seinem Gesicht. »Du wirst weder die eine noch die andere Seite verletzen. Du musstest auf mich aufpassen, weil ich sonst zum Schlachtfeld gerannt wäre. Verstanden?«

»Du hast an alles gedacht, was?«

Ich hoffte es.

DIE SCHLACHT

Der Weg zu der kleinen Höhle war beschwerlich. Für Ciaran natürlich nicht. Aber ich hing auf seinem Rücken und unter uns befand sich eine ziemlich tiefe Schlucht, bei deren Anblick sich mir der Magen umdrehte. Der Wald hieß nicht umsonst Klippenwald.

Wir erreichten die kleine Höhle, die nicht größer als zwei mal zwei Meter war. Es war tatsächlich nicht mehr als eine Einkerbung im Fels. Auf einmal dröhnte es. Entsetzt klammerte ich mich an Ciaran. Sein Gesicht war düster.

»Das sind die Drachen. Sie brüllen.«

»Das klingt wie im Film *Der Soldat James Ryan*, als die Panzer anrücken«, sagte ich und spürte, wie meine Knie zu zittern begannen.

»Das hier ist ernster. Die Drachen können dich über große Entfernungen hinweg riechen und sind genauso tödlich wie ein Panzer.«

Von hier aus sah ich die Elfen vor der Schule aufmarschieren. Sie positionierten sich in Reih und Glied, wie Truppen. Lee konnte ich nicht unter ihnen ausmachen. Aber er war dort unten, das war schlimm genug.

Und dann sahen wir sie ankommen.

Die Drachen flogen über die Nebelbank hinweg auf die Insel

zu. Sie waren riesig, schuppig und Furcht einflößend. Der Himmel verdunkelte sich, so viele flogen auf Avalon zu. Wie sollten die Elfen gegen diese Macht ankommen? Sie mochten zahlenmäßig überlegen sein, aber fliegen konnten sie nur, wenn sie sich in winzige Libellen verwandelten. Mir schien, das hier würde eine sehr unfaire Schlacht werden.

»Vertu dich nicht«, sagte Ciaran leise. »Die Drachen können keinen Elf mit einem Streich töten. Die Elfenmagie verhindert das.«

Und dennoch hatte ich Lee einmal aus den Klauen eines Drachen befreit. Ich würde nie den Anblick seines geschundenen Körpers vergessen. Und Lee war dort unten. Er stand inmitten all dieser Krieger und würde kämpfen. Ich klammerte mich an Ciaran. »Was geschieht jetzt?«

Ciaran sah mich an und ich sah in seinen Augen Angst und Leid zugleich. Für ihn musste es unerträglich sein. Er konnte weder auf der einen noch auf der anderen Seite kämpfen, ohne zum Verräter zu werden. Schützend schlang er einen Arm um mich. »Das wissen nur die Götter«, murmelte er.

Und dann ging es los. Der erste Feuerball flog mitten in die aufgereihten Elfen. Sie stoben auseinander. Drachen packten ein paar von den Flüchtenden, hoben sie in die Luft und ließen sie aus mehreren Metern Höhe fallen. Die Elfen schossen Pfeile auf die Drachen. Nur wenige durchdrangen die Schuppen. Ein Speer erwischte einen Drachen im Auge. Ich sah ihn aus mindestens hundert Metern Höhe zu Boden stürzen. Er begrub mehrere Elfen unter sich, die ihn nicht hatten kommen sehen.

Weitere gespuckte Feuerbälle trafen das Schloss. Ein Turmdach geriet in Brand. Drachenklauen hieben nach Elfen. Elfen schlugen mit Schwertern auf einen Drachen ein, der gerade Atem schöpfte, um wieder Feuer zu speien.

Und dann erkannte ich einen Drachen, der ein Schwert in seinen verkümmerten Pranken hielt. Etwas, das aussah wie Fafnirs Auge, leuchtete bis hierher. Er hieb auf ein paar umstehende Elfen ein und fügte ihnen tiefe Wunden zu. Getroffen torkelten sie weg und brachen ein paar Meter weiter zusammen.

Zwei Drachen griffen das Elfenheer von hinten an. Ich konnte Eamon sehen, der einem der Drachen einen Flügel abschlug. Der Drache brüllte auf und versuchte mit seinen spitzen Zähnen nach ihm zu schnappen.

»Was ist da los?«, hörte ich Ciaran sagen. Er klang verwundert.

Ich folgte seinem Blick. Die Elfen, die von dem Insignien-Schwert getroffen worden waren, waren wieder im Kampf. Die Wunden waren mit der ihnen eigenen Magie verheilt. Mich wunderte das nicht wirklich.

»Elfenmagie lässt doch Wunden schneller heilen, oder nicht?«

»Nicht wenn es sich bei dem Schwert um eine von Pans Insignien handelt. Eine Wunde davon wäre tödlich.«

Ich sagte nichts dazu – ich kannte ja die Wahrheit – und sah wieder zu dem Drachen mit dem Schwert. Und tatsächlich. Er schien ebenso verwundert. Das nutzten die Elfen aus und überwältigten ihn. Ich blickte fort, als sie ihm ihre Schwerter in den Leib rammten. Einer der Elfen nahm die falsche Insignie in die Hand. Das Aufblitzen des Bernsteins war bis hier oben sichtbar.

»Da stimmt was nicht«, murmelte Ciaran.

Ich schluckte. Ich wusste genau, was nicht stimmte. Was die Drachen für eine Insignie hielten, war keine.

»Felicity, was weißt du?«

»Nichts!«, piepste ich.

»Du bist eine miserable Lügnerin. Was ist da los? Sag es mir.«

Er hatte mich an den Oberarmen gepackt und schüttelte mich. Seine Augen begannen zu glühen. Ich hatte schon die ganze Zeit über gespürt, dass er sich stark zurückhalten musste, um sich nicht zu verwandeln. Jetzt war er kurz davor, alle Beherrschung zu verlieren. Es rauchte leicht aus seiner Nase.

»Das ist das falsche Schwert«, gestand ich.

»Das ist unmöglich. Der Bernstein ...«

»... ist nicht Fafnirs Auge«, fiel ich ihm ins Wort.

»Was sagst du da?« Der Rauch aus seiner Nase wurde stärker und roch schwefeliger. »Es steht da unten zwei zu eins. Du weißt, was es für mich bedeutet, wenn die Drachen verlieren. Das Schwert Gram ist die einzige Möglichkeit, einen Sieg zu erringen.«

Das wusste ich.

»Es ist das einzige Instrument, die Elfen zu einer Verhandlung zu bewegen. Krone und Ring sind nicht ganz so mächtig. Aber wenn Gram nicht Gram ist ...«

»Krone und Ring sind auch keine echten Insignien«, erklärte ich schnell.

Ciaran starrte mich an, als hätte ich mich vor seinen Augen in einen Drachen verwandelt.

»Ich habe die echten Insignien ... na ja, nicht mehr. Ich habe sie zerstört.«

»Was redest du da?«

Ich erriet die Frage mehr, als dass ich sie verstand, denn ein Drachengebrüll von ungeheurer Stärke erschütterte die Luft. Am

Fels neben uns bröckelten ein paar kleine Steine herab. Ich klammerte mich voller Angst an den bebenden Ciaran und drehte mich gleichzeitig zurück zum Schlachtfeld.

Mindestens zwanzig Drachen stürzten sich gleichzeitig auf eine formierte Gruppe von Elfen hinab. Pfeile und Speere flogen gegen eine Feuerwand, manche trafen, anderen prallten nutzlos ab und fielen zu Boden. Die Drachen krallten sich wieder ein paar der Elfen und schwebten erneut hoch in die Lüfte. Ich konnte sehen, dass ein Elf sein Schwert dem Drachen, der ihn trug, in den Unterleib rammte. Der Drache schrie auf, torkelte und stürzte gemeinsam mit dem Elf ab. Als er am Boden aufschlug, lag dort ein junger Mann mit einer klaffenden Wunde im Brustkorb. Der Elf schob den Leichnam auf die Seite und stand auf.

Und dann sah ich Lee.

Er kämpfte gerade gegen einen Drachen mit hellbraunen Schuppen und Flügeln aus seidigem Anthrazit. Er kämpfte erbittert, denn der Drache war extrem aggressiv. Fast wirkte es, als habe er einen persönlichen Kampf gegen Lee auszufechten.

»Felicity! Was meinst du damit, du hättest die echten Insignien vernichtet?«

Ich hatte Ciaran komplett vergessen. »Lee ...«, murmelte ich außer mir vor Sorge.

Ciaran folgte meinem Blick. »Verdammt.«

Der Drache hatte Lee zurückgedrängt. Lee kämpfte mit aller Kraft. Ich wusste, er hielt die Luft an, weil der Atem des Drachen für ihn giftig war. Es war offensichtlich, dass er nicht mehr lange durchhalten würde.

Ciaran ließ mich los.

»Du bleibst hier! Verstanden? Ich will mir nicht auch noch Sorgen um dich machen müssen.«

»Ciaran, nein!«

Doch es war schon zu spät. Er war den Abhang bereits hinuntergeklettert. Natürlich an einer Stelle, an der ich ihm nicht folgen konnte wie eine Spinne. Wieder einmal verfluchte ich meine Unfähigkeit. Die schloss meine Höhenangst mit ein. Der Pfad zu dieser kleinen Höhle war schon mit Ciarans Hilfe eine Herausforderung gewesen. Ohne ihn musste ich mich ganz dicht an die Felswand pressen, an jeden noch so kleinen Stein klammern, der Halt bot. Meine Turnschuhe rutschten ständig ab, unter mir klaffte der Abgrund und ich zwang mich, nicht unnötig hinabzuschauen. Ich fühlte meine Fingernägel brechen, so sehr krallte ich mich am Fels fest. Ein Blick in die bodenlose Tiefe und ich käme ins Straucheln.

Mühsam setzte ich einen Fuß vor den anderen und es kam mir endlos lang vor. Bis ich in meinem Schneckentempo die Ebene erreicht hätte, wäre die Schlacht vorbei. Und Lee und Ciaran … *Nicht nachdenken, Felicity.* Ein Schritt nach dem anderen.

Als der Pfad breiter wurde und ich endlich den Waldweg erreichte, dröhnte erneut Drachengebrüll. Ich sah nach oben. Fünf Drachen stürzten sich hinunter, doch durch die Bäume konnte ich nicht sehen, wen oder was sie angriffen.

Ich sah neben dem Schlossturm mittlerweile auch Rauch aus einem Gebäude aufsteigen, da, wo sich das Refektorium befinden musste. Ich rannte los. Durch das Blätterdach hindurch versuchte ich dem Rauch zu folgen. Weshalb war dieser Klippenwald so groß?

Und dann erreichte ich endlich die Apfelhaine. Von hier aus

konnte ich besser sehen. Die Schule brannte. Ich blieb stehen und sah entsetzt auf das Flammenmeer.

»Felicity!«

Erschrocken drehte ich mich um: Liam und Fynn.

»Was tust du hier?«

»Das sollte ich besser euch fragen«, konterte ich. »Ihr flieht?«

Liam nahm meine Hand. »Das ist die perfekte Gelegenheit. Komm mit. Wir nehmen eines der Boote unten am Klippenwald. Keiner achtet im Moment auf diese Seite der Insel. Wir setzen uns ab. Nach dieser Schlacht wird niemand mehr nach uns suchen.«

Ich riss mich los. »Nein. Ich muss Lee helfen. Und Ciaran. Viel Glück.«

Fynn wollte mich zurückhalten, aber Liam nahm seine Hand. Er sah mich noch einmal an, dann nickte er und beide rannten in den Klippenwald hinein.

Ich starrte ihnen fassungslos nach und dann schrie ich: »FEIGLINGE!«

Damit hatte ich einen großen Fehler begangen. Denn ein Schatten senkte sich über mich. Einer der Drachen hatte mich entdeckt. Ich rannte, suchte Schutz unter jedem Baum und sicherlich sah ich von oben aus wie ein Hase, der Haken schlug. Hinter mir wurde es zeitweise heiß. Ich drehte mich nicht um und lief schneller. Ich wusste auch so, dass der Drache Feuer nach mir spie. Und im Gegensatz zu den Elfen wäre ich verletzlich.

Dann erreichte ich das Schlachtfeld. Ohne zu überlegen, rannte ich auf die Felsen zu, auf denen sich die ältesten Türme der Schule befanden. Dort hatte ich Lee zuletzt gesehen. Dafür musste ich nur leider quer über das Schlachtfeld.

Nein, Elfen waren nicht unverwundbar. Ich sah sie mit blutigen Armen, Beinen oder Wunden am Rumpf auf allen vieren über die einstmals grüne, jetzt rotbraune Wiese kriechen. Manche richteten sich wieder auf und torkelten, um erneut nach einem Schwert oder Speer zu greifen. Andere blieben keuchend liegen. Doch kaum einer war tödlich getroffen worden. Elfenmagie war stärker, als ich je angenommen hatte.

Die Drachen dagegen waren viel gefährdeter. Trotz ihrer Größe und der schützenden Schuppen. Es lagen viele tote Menschen auf dem Rasen. Menschen, die keine blonden Haare hatten und deren geöffnete, blicklose Augen braun und grün waren. Menschen, die zuckten, Menschen, denen Gliedmaßen fehlten und aus deren klaffenden Wunden noch immer Blut sickerte.

Etwas anderes drang noch zu mir durch, als ich mich durch das Chaos kämpfte: Es stank. Die Luft war nicht allein von Schwefel und Rauch erfüllt, sondern auch von einem kupferhaltigen Geruch, Schweiß und Ausscheidungen. Ich war entsetzt. Ich stolperte, rutschte aus, fing mich in letzter Sekunde wieder. Dann bemerkte ich den Schatten erneut.

»FAY!«

Lee rannte auf mich zu, einen gezückten Speer in der Hand. Ich drehte mich erschrocken um. Hinter mir war der hellbraunanthrazitfarbene Drache, der ihn so attackiert hatte. Ich sah, wie er Atem holte, um Feuer zu speien. Ich wäre verloren. Hier bot sich nirgends Schutz. Kein Baum, kein Fels, nur freie Fläche übersät von toten Körpern.

Da rannte jemand schützend vor mich und schleuderte einen Speer.

Ciaran.

»Ich habe doch gesagt, du sollst oben bleiben«, schrie er mir zu.

Der Speer streifte einen der Flügel des Drachen. Der Drache brüllte, flog aber weiter und wandte sich Ciaran zu, der nur zwei Meter entfernt vor mir stand. Er hatte die Arme schützend ausgebreitet. Der Drache streifte Ciaran mit einer Klaue, flog wieder hoch, machte einen Bogen und griff erneut an. Seine Klauen gruben sich in Ciarans Rumpf, der giftige Atem traf ihn mitten ins Gesicht. *Das sollte ihm eigentlich nichts ausmachen,* dachte ich noch. Aber Ciarans Kopf sackte herunter. Der Drache schleuderte seinen Körper zu Boden und hieb mit einer Klaue auf ihn ein. Blut spritzte. Ich schrie. In diesem Moment sah der Drache mich an. Diese Augen! Diese braunen Augen mit den goldenen Schlitzen hatten eine sehr vertraute Farbe. Der Drache bleckte die Lefzen, senkte seinen Blick wieder und grub seine spitzen Zähne in Ciarans Mitte. Entsetzen lähmte mich.

Nur ein Pfeil hielt ihn davon ab, das Fleisch aus Ciarans Körper herauszuzerren. Er stob erneut in die Lüfte. Gerade als er sich wieder auf Ciaran stürzen wollte, traf ihn ein Speer genau dorthin, wo sein Herz sitzen musste. Der Drache brüllte auf, torkelte in der Luft zurück und seine anthrazitfarbenen Flügel begannen zu schrumpfen. Er fiel ein paar Meter weiter zu Boden und blieb liegen.

Ich lief zu Ciaran und kniete mich neben ihm nieder. Seine blauen Augen sahen mich an, ohne mich wahrzunehmen. Ich versuchte mit meinen Händen das herausströmende Blut aus seinem Brustkorb zurückzudrängen. Es gelang mir nicht. Wieso konnte ihm das Drachengift etwas anhaben? War es die gleiche Mischung, die auch mich außer Gefecht gesetzt hatte? Ich zog meine Jacke aus, presste sie auf seinen Brustkorb. Der Blutstrom hörte auf. Hoffnung keimte in mir auf. »Ciaran!« Meine Stimme überschlug sich. »Ciaran. Sieh mich an!« Ich drehte vorsichtig sein Gesicht zu mir. Der Kopf fiel leblos zur Seite. Er atmete nicht mehr.

Lee stürmte an mir vorbei, das Schwert zum Schlag erhoben. Ich hoffte, er würde den Drachen nun endgültig erledigen. Egal wer er war. Aber dann zögerte Lee.

»Worauf wartest du?«, schrie ich. Ich fühlte Tränen über meine Wangen laufen. »Tu es. Sonst tu ich es.«

Lee rührte sich nicht. Ich sprang auf, lief zu ihm und wollte ihm schon das Schwert aus der Hand reißen, um es dem Drachen in den Körper zu stoßen.

Doch da war kein Drache mehr.

Mit zwei Speeren, einem in der Brust und einem im Oberarm, lag vor uns am Boden – Phyllis.

Sie lebte noch, atmete aber schwer. Bebend fixierte sie Lee und mich und röchelte dabei.

»Phyllis.« Mir sackten die Knie weg. Erst Ciaran. Dann Phyllis? Phyllis. Meine beste Freundin, Phyllis. Das hübscheste Mädchen vom Horton College. Meine beste Freundin, seit wir von Cornwall nach London gezogen waren. Ihre Freundschaft war nur Berechnung gewesen? Sie war ein Spion, der mich überwachte?

Phyllis sah mich mit ihren schokoladenbraunen Augen an. Es lag keine Reue darin, kein Bedauern. Dann brach der Blick.

Lee half mir auf die Beine. »Du musst hier weg. Sofort.«

Ich war zu erschüttert, um zu widersprechen. Ciaran tot. Phyllis ein Drachenkind und auch tot.

»Komm schon, Fay.« Er warf mich kurzerhand über die Schulter. Es war mir egal. Dann rannte er mit mir über das Schlachtfeld. Ich schloss die Augen. Und sah sofort wieder Ciaran vor mir, dessen Kopf wegknickte. Also öffnete ich sie wieder. Wir rannten über leblose Körper. Einmal strauchelte Lee und ich erkannte eine große rote Lache. Immer wieder dröhnte es oder jemand schrie. Es war schrecklich laut. Ich wollte, es wäre ruhig. Ich wollte, die Schreie würden enden. Oder das Gebrüll.

Den Wunsch erfüllte mir jedoch niemand. Es wurde nur etwas ruhiger, als Lee die Schule erreichte. Die Elfen hatten das Feuer bereits gelöscht. Es rauchte und stank nach Qualm. Lee brachte mich dennoch in den hinteren Teil des Gebäudes, dorthin, wo die Bibliothek war.

Er ließ mich langsam zu Boden gleiten und lehnte meinen Rücken an eine Wand. »Fay, ich muss wieder gehen«, sagte er und nahm mein Gesicht in seine Hände.

Ich wusste, er würde gehen, auch wenn ich ihn bäte zu bleiben. Er war nicht so feige wie Liam und Fynn. Ich atmete tief ein. Er roch nach Moos und Heu. Wer wusste, ob ich diesen unverwechselbaren Lee-Duft noch einmal riechen würde.

»Wenn ich nicht zurückkomme, bring dich in Sicherheit. Versprich es mir.«

Ich sah ihn an, versuchte mir sein Gesicht einzuprägen. Diese markanten blauen Augen mit dem dunklen Rand um die Iris, seine kleinen Fältchen zwischen den Augenbrauen.

»Ich liebe dich. Vergiss das nie.« Lee beugte sich vor und küsste mich. Dann war er fort.

Und ich blieb heulend zurück.

»Na, wenn das nicht die auserwählte Unruhestifterin ist«, sagte unvermittelt eine Stimme aus dem dunklen Gang.

Ich wischte mit dem Ärmel über meine Nase. Ich wollte allein sein. Ich wollte jetzt heulen und meiner Trauer freien Lauf lassen. Ich war nicht in Stimmung für Gesellschaft und wollte auch nicht dabei gesehen werden.

Aber die Gestalt, die sich jetzt aus dem Dunklen löste, konnte man nicht ignorieren oder zum Teufel wünschen.

Oberon trat aus dem Schatten.

DER VERRÄTER

»Endlich«, sagte er und um seinen Mund lag ein siegessicheres Lächeln. »Ich hätte diesen Moment gerne schon früher herbeigeführt, aber du warst ständig unter den Argusaugen meines Sohnes.«

Er blieb vor mir stehen und ich schluckte. Oberon war niemand, in dessen Gegenwart man sich wohlfühlte.

»Du bist erstaunlich rege, Felicity Morgan. Die Auserwählte und Retterin der Elfenwelt. Aber irgendwie sieht es im Moment nicht danach aus, als könntest du uns retten.«

Nein, ich hatte Ciaran nicht retten können. Ich, die ich angeblich diesen Krieg hätte vermeiden sollen, hatte nichts dagegen tun können. »Wie hätte ich euch retten sollen?«, fragte ich schluchzend. »Nie habt ihr mir was gesagt oder erklärt. Wie hätte ich dieses Gemetzel verhindern können?«

Oberon sah erbarmungslos auf mich herab. »Das konntest du nicht. Das Buch der Prophezeiung ist schon oft falsch gedeutet worden. Dieses Mal aber habe ich nachgeholfen.«

Ich sah ihn verständnislos an.

»Du warst nie die Erlöserin oder Retterin unseres Reichs. Du warst nur das Werkzeug. Du weißt mittlerweile, dass du ein Wechselbalg bist, nicht wahr, Felicity Morgan?«

Ich nickte langsam.

»Aber niemand konnte dir erklären, was es bedeutet. In den alten Märchen der Menschen handelt es sich um ein Feenkind, das anstelle eines Menschenkindes in die Wiege gelegt wird und unter den Menschen aufwächst. Das ist absoluter Unsinn. Wir Elfen sind für jedes Kind dankbar, das uns geboren wird. Wie du weißt, gibt es nicht besonders viele Nachkommen, und die, die wir bekommen, ziehen wir nach unseren Vorstellungen, unseren Idealen groß.«

Oberon ging zwei Schritte zurück und setzte sich auf den Scherensessel, der am Studiertisch stand. »Ein Wechselbalg ist genau das, was der Name besagt: Halb Elf, halb Drache. Ich weiß, dass es schon in der Vergangenheit Elfen gab, die sich mit Drachenwandlern einließen, so dass Nachkommen daraus entstanden. Sie nannten sich Drachenkinder, wurden als Menschen geboren und verwandelten sich mit der Zeit. Du aber kommst aus einem Ei. Das einzige Ei, das ein Drachenwandler je gelegt hat.«

»Falls es dich interessiert: Wenn Fafnir seine Drachengestalt ablegte, war er nicht, wie die Nibelungensage behauptet, ein Halbriese, sondern ein ganz normaler Mensch. Er herrschte über Britannien unter dem Namen Uther Pendragon, bis sein Sohn Arthur alt genug war.«

Oberon lächelte sarkastisch. »Die Geschichtsschreiber wundern sich bis heute, aus welcher Versenkung Uther damals auftauchte und wohin er wieder verschwand. *Pendragon* – sagt der Name nicht schon alles? Aus Pan-Dragon wurde Pendragon, eine Schreibweise, die dem modernen Englisch zum Opfer fiel.«

Ich sah Oberon fest in die Augen. »Pan und Fafnir, der erste Elf und der erste Drache, waren also Brüder.«

Oberon stand unvermittelt auf. »Mein Vater Pan übernahm

die Herrschaft über das Elfenreich, während Fafnir alias Uther Britannien bekam. Dummerweise kamen ungefähr zur gleichen Zeit die ersten katholischen Mönche nach Irland und Britannien. Sie predigten von Gott und einem Leben nach dem Tod und verdammten unsere Unsterblichkeit. Die gebühre nur ihrem Heiland. Damit begann der Kampf. Das Elfenreich verschwand immer mehr aus dem Reich der Menschen, Fafnir starb unverhofft und hinterließ seinem Sohn ein Reich, das sich ständig im Krieg gegen die eindringenden Sachsen befand. Arthur siegte. Zumindest für eine Weile. Mein Vater half ihm, so gut er konnte, aber ich sah ganz andere Möglichkeiten für uns. Ich sah das große Ganze, eine Einheit. Wir hätten Britannien erobern, alle Eindringlinge vernichten und es zu einem blühenden Reich machen können. Die ererbten Insignien meines Vaters waren die beste Voraussetzung dafür.«

Oberon begann vor mir auf und ab zu gehen. »Mit dem Schwert, das jeden tötet, dem Halsreif, der nie versiegenden Reichtum verspricht, dem Umhang, der unverwundbar macht, und der Krone, die ihrem Träger zu Weisheit verhilft, hätten wir nicht verlieren können. Nur wollte mein Vater Pan in dieser Beziehung nicht auf mich hören. Er wollte *verhandeln*.«

Oberons Lachen erschütterte mich bis ins Mark.

»Er wollte Arthur helfen und mit den Eindringlingen verhandeln. Dabei hätte er ein zusätzliches Königreich übernehmen können. Also beschloss ich, es selber zu tun.« Er lachte hämisch. »Leider war mein Vater niemand, der je an eine Rente gedacht hätte.«

Ich starrte ihn mit offenem Mund an. Bedeutete das etwa, dass er seinen Vater *getötet hatte*?

Oberon sah mir in die Augen. »Ja, das habe ich. Ich brauchte die Insignien, um mein Ziel zu erreichen. Aber sie verschwanden an jenem Tag.«

Sie waren also am Tag von Pans Tod verschwunden, nicht am Tag meiner Geburt.

»Nein.« Oberon hatte mich wieder angesehen und war meinen Gedanken gefolgt. »Das Buch der Prophezeiung erwähnte dich erstmals in Zusammenhang mit Lees Geburt. Als seine Partnerin und als Erbin Fafnirs.«

Oberon ließ mich nicht aus den Augen. »Ich habe das echte Buch der Prophezeiung verbrannt. Direkt nach dem Tod meines Vaters Pan. Die Kopie, die jetzt hier liegt, war wie die zweite in meinem Schloss einfach ein Buch, das schrieb, was ich ihm diktierte. Nichts anderes.«

Er beugte sich über mich und ich rutschte so dicht wie möglich an die Wand. Ich roch seinen Duft: Veilchen. Genau wie Lee manchmal. Das machte die ganze Situation mehr als irreführend.

»Mit dieser Erwähnung änderte sich alles und meine Hoffnung kehrte zurück. Du warst die einzige und direkte Nachkommin Fafnirs. Bedenke, was das für dich bedeutet. Was du bewerkstelligen kannst.« Seine Augen funkelten triumphierend.

»Wir beide, du und ich, wären in der Lage, das Elfenreich übermächtig zu machen. Mit dir an meiner Seite und den Insignien der Anderwelt, dem Vermächtnis Pans und Fafnirs, könnte uns nie wieder jemand etwas anhaben. Alle Ressourcen dieser Welt sind irgendwann aufgebraucht. Aber nicht mit den Insignien.«

Hörte er sich eigentlich selbst zu? Hörte er, was er da sagte?

Oberon sah mich in diesem Augenblick zum Glück nicht an, denn in meinen Gedanken erschien gerade Charlie Chaplin als Diktator, mit einer Weltkugel spielend.

»Ich musste nur nach dir suchen. Du bist der Schlüssel zu diesem Reich. Ich habe über zweihundert Jahre gebraucht, bis ich das Ei gefunden habe, und noch einmal hundertzwanzig, bis ich wusste, wie man es zum Ausbrüten bringt. Und als ich wegen einer dringenden Angelegenheit zurück in die Anderwelt musste, ging alles daneben, was ich seit Jahren vorbereitet hatte.«

Ich schluckte.

Oberons Augen schossen Blitze. »Das Buch, das ich geschrieben habe, fing an sich zu verselbstständigen. Es begann von allein alte Weissagungen zu wiederholen und neue hinzuzufügen. Meine sorgfältige Planung lief aus dem Ruder. Vor den Augen des Merlin und des Kronrats berichtete es von dir und deiner Geburt und ich konnte nicht mehr eingreifen. Als ich endlich die Stelle aufsuchte, an der ich dich zurückgelassen hatte, zeugte nur noch die zerbrochene Eierschale von dir. Ich vernichtete sie. Ich dachte, ich hätte sie komplett beseitigt, aber ich habe es nie überprüft. Das war ein Fehler gewesen. Das Stück, das Lee uns vorlegte, musste dieser alte Mann, der sich als dein Großvater ausgegeben hatte, entwendet haben.«

Ich setzte mich aufrechter hin. Jetzt wurde es richtig interessant.

»Du wurdest von diesem alten Mann im Wald gefunden. Ich hatte nicht bedacht, dass ein Mensch so tief dort eindringen würde. Die meisten Anwohner mieden die Elfenhaine intuitiv. Zwar wusste ich immer, wo du warst, aber ich konnte dich nicht einmal entführen, ohne dass es in dem von mir geschaffenen

Buch aufgeführt worden wäre. Seit deinem Ausbrüten gerieten meine Pläne in Gefahr. Und die Insignien waren noch immer verschwunden.« Oberon hatte seinen unruhigen Gang wieder aufgenommen.

»Wie kam das Stück Eierschale zum Urquhardt Castle?«, fragte ich, als ich mich entsann, dass Ciaran es dort in der Hand des zweiten toten Wachmanns gefunden hatte.

Der Elfenkönig sah mich an. »Sehr unglücklich, dass ausgerechnet Monahan es fand. Er war ein guter Wachmann gewesen. Zu gut. Er hatte das Stück Schale schon bei Connor gefunden und der war im Bodmin Moor darauf gestoßen. Den Schwingungen nach hatte es in der Nähe einer der Insignien gelegen. Ich musste leider dafür sorgen, dass Monahan die Schale nicht weitergab. Das hätte den Kronrat vielleicht auf die richtige Spur gebracht. Auf den wahren Erben Pans, dich.«

Hieß das etwa …? Ich sah ihm entsetzt in die Augen.

Oberon nickte. »Ja, ich musste Monahan … na ja … *unschädlich* machen. Er stellte eine neue Gefahr dar. Eine Gefahr für die Zukunft, die ich mir für mein Reich ausgemalt hatte. Dummerweise war das alles umsonst gewesen, denn er hatte die Eierschale gar nicht bei sich. Um nicht entdeckt zu werden, legte ich eine Drachenkralle neben ihn, eine gute Ablenkung.«

Er hatte seine eigenen Leute umgebracht. Und ich hatte Eamon verdächtigt. Alles war ganz anders gewesen als gedacht. »Was war mit den beiden anderen Wachmännern? Wer hat den im Bodmin Moor getötet? Und wer war für die Vergiftung in Böhmen verantwortlich?«, hakte ich nach.

»Das war ich nicht. Die Drachen waren dichter an dir dran als gedacht.«

»Ich stand aber nicht ständig im Buch der Prophezeiung«, überlegte ich weiter. »Als ich die Anderwelt zum ersten Mal betrat, war mein Name verschwunden. Eamon hat es mir erzählt.«

Oberon holte tief Luft. »Ich probierte damals etwas anderes aus, um an die Insignien zu kommen. Ich diktierte dem Buch der Prophezeiung deine Löschung. Kurzzeitig befolgte es meinen Befehl, dann tauchte dein Name aber wieder darin auf. Und zu allem Überfluss stellte sich dann heraus, dass die Drachenwandler in den Besitz von einer Seite des echten Buches der Prophezeiung gekommen waren. Das konnte ihnen nur Aonghus zugespielt haben. Er war der Einzige, der mit beiden Seiten verbunden war.«

Er und Ciaran, dachte ich.

»Ich musste verhindern, dass die Drachen die Insignien vor mir fanden. Ich musste sie auf die falsche Fährte locken.«

Oberon setzte sich, stand aber gleich wieder auf, machte ein paar Schritte, kehrte um und setzte sich erneut auf den Stuhl. Er wirkte rastlos. Völlig rastlos. Im Gegensatz zu mir. Meine Beine versagten mir den Dienst und ich war froh sitzen bleiben zu können. Und mehr als neugierig ...

Oberon räusperte sich. »Also schuf ich neue Insignien. Ich versteckte mein eigenes Schwert, meine Krone und den Ring und erklärte dem Kronrat, das Vermächtnis Pans sei entgegen allen vorangegangenen Gerüchten erst am Tag deiner Geburt verloren gegangen und bestehe nur aus drei Insignien. Damit wurdest du zum Brennpunkt unserer Nachforschungen. Ich konnte dich also mit Hilfe des Kronrats im Auge behalten, dich bei den Menschen, die dich aufzogen, überwachen und herausfinden, ob die Drachen Kontakt zu dir suchten. Gleichzeitig schickte ich meine

Agenten los, um nach den Insignien zu fahnden, ohne in allzu große Gefahr zu laufen, dass sie die richtigen fanden – diejenigen, nach denen ich selbst suchte. Die Insignien Pans. Dummerweise begannen die durch mich erschaffenen Gegenstände nach ein paar Jahren auf sich aufmerksam zu machen, während die echten trotz meiner Suche und den Berichten der Agenten verschollen blieben.« Oberons Blick durchbohrte mich.

Ich fühlte mich, als müsse ich mich rechtfertigen. »Aber ich habe die Insignien wiederbeschafft, oder nicht?«

Oberon sah mich an, als wolle er mich schütteln. »Die falschen hast du beschafft. Meine! Hörst du sie noch summen?« Er deutete mit dem beringten Finger auf seine Krone.

Nein, nichts summte mehr. »Ich konnte sie nur summen hören, wenn ich direkt vor ihnen stand, nie über weite Entfernungen hinweg. Das konnten nur die Elfen oder Halbelfen«, erklärte ich ihm. »Riefen die etwa nach ihrem Besitzer?«

»So könnte man es ausdrücken. Was ich will, sind die echten. Die Insignien Pans und Fafnirs. Und die rufen *dich*. Hast du das jetzt verstanden?«

Ich hatte alles verstanden. Jedes einzelne Wort. Er war der Auslöser des Krieges. Er hatte all diese Toten dort unten verschuldet. Ihm und seinem Hunger nach Macht waren diese Menschen und Elfen zum Opfer gefallen.

Er las es in meinen Augen und lächelte zufrieden. »Nun gut, kommen wir zum eigentlichen Punkt, *Cousine*.« Er lehnte sich vor und stützte die Ellbogen auf den Knien ab. »Wo sind die echten Insignien? Sie sind mit deiner Geburt nicht verschwunden, sondern wiederaufgetaucht. Ich weiß, dass du sie hast. Ich spüre sie an dir. So viel ist mir von meines Onkels Erbe geblieben. Jeder Elf kann die Schwingungen der falschen Insignien spüren. Ich alleine aber spüre die der echten. Die drei toten Wachmänner waren den echten sehr nahe gekommen. Das fühlte ich. Aber niemand, ich wiederhole, niemand kam ihnen so nahe wie du. Also: Wo sind sie?«

Mein Blick glitt an seine Hüfte. »Da ist eine«, sagte ich, so fest ich konnte.

Er warf einen kurzen Blick auf das Schwert. »Das ist nutzlos ohne den Stein. Die Insignie ist doch eigentlich der Bernstein, das sogenannte Auge Fafnirs. Und den hast du, das weiß ich genau.«

Richtig, der hatte lange genug in meinem Spind in der Schule gelegen. Er war in der Fibel gewesen, die Karl der Große mir bei meinem ersten längeren Zeitsprung geschenkt hatte.

»In deiner Schule?« Oberon hob überrascht die Augenbrauen. »So einfach? Nein. Dort ist er jetzt nicht mehr.«

Ich senkte den Blick. Den Teufel würde ich tun und ihm sagen, wo die Insignien waren oder nicht mehr waren. Ich durfte nichts preisgeben, sonst wäre ich geliefert. Ganz gleich ob das Schwert an seinem Gürtel eine Insignie war oder nicht, mich konnte es noch immer töten. Mir blieben nur Improvisation und die Hoffnung, dass Lee oder sonst wer rechtzeitig zurückkam, um mir zu helfen mich zu retten. Ich tat, was in jedem schlechten Krimi oder Thriller vom Opfer verlangt wird: Ich musste Zeit schinden.

»Was war das mit Ciarans Vater? Deinem Bruder Aonghus.«

»Sind wir etwa schon beim Du angelangt?«, fragte Oberon hochnäsig.

Und so wollte er mich auf seine Seite ziehen, um die Welt zu beherrschen? »Ich denke schon, *Cousin*«, versuchte ich den gleichen ironischen Tonfall anzuschlagen.

Oberon kniff die Augen zusammen. »Eines muss man dir lassen: Du hast Mut. Meistens zumindest. Nun, Aonghus' Heirat stellte sich als eine Mesalliance heraus. Seine Frau Rhiannon war die Tochter von Mairìn und dem irischen Königssohn Connla. Niemand wusste, dass Mairìn eine illegitime Tochter Arthurs war. Ja, genau, eine Enkeltochter Fafnirs oder Uthers. Damit hatte Aonghus sich mit einem Drachenkind vermählt. Mit jemandem, der meinen Thron gefährdete.«

»Und Meilyr gefährdete deinen Thron nicht?«

Oberon winkte verächtlich ab. »Meilyr war zu dieser Zeit noch ein kleines Kind. Er bewunderte seinen großen Bruder und vertraute ihm vorbehaltlos. Das ist bis heute so geblieben.«

»Aber nur, weil er nicht weiß, dass du Aonghus umgebracht hast«, sagte ich leise.

Oberons Augen verengten sich. »Woher weißt du das?«

»Ich habe es gesehen«, gestand ich. »Ich hatte eine Vision. Ich dachte, Eamon hätte ihn getötet, jetzt weiß ich, du warst es. Angeblich ist er versehentlich im Pfeilhagel getroffen worden, der auf die Drachenkinder niederregnete. Tatsächlich hatte er mit ihnen gesprochen. Mit einer Frau. Wahrscheinlich mit seiner Frau.« Der Frau, die Cheryl, Coreys Stiefschwester, so unglaublich ähnlich gesehen hatte. »Du hast den Pfeilhagel in Auftrag gegeben, obwohl Ciarans Vater im Weg stand. Und ich habe gesehen, dass du bei seinem Tod nachgeholfen hast. Ganz so nutzlos kann das Schwert ohne Fafnirs Auge also doch nicht sein.«

»Es war auch nur mit einer in Drachengift getränkten Klinge möglich. Aonghus war stark. Genauso stark wie ich. Und genauso eng verwandt mit Fafnir wie ich. Die Gefahr, dass die Insignien ihm in die Hände fielen, war viel zu groß. Das durfte nicht geschehen.«

»Und du hast nie daran gedacht, dass ihr beide Seite an Seite zwei Königreiche hättet regieren können? Einträchtig?«, fragte ich bissig.

»Nein, nicht, wenn er weiter mit den Drachen verbunden bleiben wollte. Ich hatte eine Scheidung beauftragt, aber er wollte bei seiner Frau bleiben. Du hast die Drachen erlebt, oder nicht? Sie sind gefährlich. Sie können ihre Verwandlung nicht kontrollieren und dann werden sie zu reißenden Bestien. Willst du wirklich in einem Königreich leben, das solche Kreaturen als Bewohner hat? Sie sind eine Gefährdung für die Menschheit und alle anderen Lebewesen.«

Den Aspekt konnte ich nicht ganz von der Hand weisen. Ich bemerkte Oberons stechenden Blick.

»Du bist anders. Du hast dich nie verwandelt, obwohl Fafnirs Blut in dir fließt.«

Ich schüttelte den Kopf.

»Ich denke, du wirst dich auch nie verwandeln. Du kannst Wasser zum Sprudeln bringen, nicht wahr?«

Ich nickte langsam.

»Das war eine von den Eigenschaften meines Vaters. Es beweist, dass in dem Ei mehr steckte, als wir angenommen haben. Aber zurück zu meiner Frage, Felicity Morgan: Wo sind der Bernstein, die Krone, der Umhang und der Halsreif?«

Aus dem Nichts stand plötzlich Pan – oder der Geist Pans – hinter Oberon. Er zwinkerte mir wieder zu. Ganz so, als wolle er mir Mut machen.

Oberon wandte sich blitzschnell um. »Wer ist da?«, fragte er und sah mich wieder an. »Dort war jemand. Wer?«

»Kannst du ihn etwa nicht sehen?«, fragte ich einerseits überrascht, andererseits erleichtert. Pan stand noch immer hinter ihm.

Oberon sprang auf. »Wen? Wen siehst du?«

Es war bezeichnend, dass er nicht sein Schwert zückte.

»Pan«, erklärte ich und stand auf. »Dein Vater Pan. Ich sehe ihn schon seit geraumer Zeit. Er erscheint mir immer dann, wenn wir den Insignien ganz nahekommen.«

»Also sind sie hier?« Oberon wandte sich wieder zu mir um.

»Er trägt sie«, erklärte ich ihm.

Oberon sah mich durchdringend an.

»Eines ist mir noch immer nicht ganz klar«, sprach ich weiter. »Wenn es doch eigentlich seine Insignien waren, wieso hat Fafnir sie Pan übergeben? Weshalb nicht direkt Arthur?«

»Hast du mir nicht zugehört?« Oberon wirkte ungehalten. »Fafnir hasste es, sich verwandeln zu müssen. Auch wenn er dieses Gen natürlich an seinen Sohn weitergeben musste, sein Bruder, mein Vater, hatte es nicht. Und er wollte verhindern, dass die Drachen sich vermehrten. Was glaubst du, warum Arthur Pendragon keine legitimen Nachkommen hatte? Man hatte ihm absichtlich eine Frau ausgesucht, die keine Kinder bekommen konnte. Niemand ahnte, dass er doch welche zeugen würde. Jedoch nicht mit seiner Frau Gwenwhyfar, sondern mit einer irischen Prinzessin, die ihn verführte.«

Ich schluckte.

Oberon trat an die Fenster. »Komm her, Felicity Morgan, sieh hinaus.« Er winkte mich zu sich.

Zögernd stand ich auf und ging zu ihm. Nicht nur seine Gegenwart schüchterte mich extrem ein. Er war Furcht einflößend. Und ich mochte ihn nicht. Gebührend Abstand zu ihm haltend sah ich aus dem Fenster. Der ganze Schrecken des Schlachtfeldes bot sich mir dar. Mit einem Mal glaubte ich durch die geschlossenen und gut isolierten Fensterscheiben wieder den Lärm und das Gebrüll hören zu können. Die Apfelhaine waren verkohlt, die Wiese bis hinunter zur Anlegestelle der Boote war von Leichen übersät, alles, was ursprünglich grün gewesen war, war jetzt verbrannt oder rot von Blut.

Es war ein Bild, das ich sicher nie wieder vergessen würde. Ein Bild, für das zu vergessen ich jeden Preis gezahlt hätte.

Immer noch kämpften Elfen gegen Drachen. Manchmal gegen Menschen, weil der Drache verwundet war. Auf dem Boden lagen beide Parteien, Seite an Seite, Blut in Blut.

Oberon trat näher an mich heran. »Du kannst das beenden. Übergib mir die Insignien und das Töten hat ein Ende.« Er war so groß wie sein Sohn Eamon und Eamon ähnelte ihm sehr. Aber Oberons Augen waren stechender, härter, alles an ihm strahlte Macht und Autorität aus.

Unvermittelt stellte sich mir eine weitere Frage. »Wieso zuckt es, wenn Eamon mich berührt?«

»Es zuckt?«

Ich hatte ihn überrascht. »Ja, genauso, wie wenn Lee mich berührt hat, ehe wir ...« Ich musste ihm nicht mein Intimleben auf die Nase binden.

Das brachte Oberon ein wenig aus der Fassung. Sein Mund war vor Überraschung geöffnet. »Es ist eine alte Erkenntnis, dass, wenn man jemanden trifft, der diese Impulse auslöst, man den

Partner fürs Leben gefunden hat. In der Regel zuckt es immer nur bei einem einzigen Elf. Eine solche Verbindung wird als sehr gut angesehen, denn die Chancen auf Nachkommen steigen damit. Mitunter kommt es vor, dass man nie jemanden trifft, bei dem es zuckt ... Und jetzt, da du alles weißt, sag mir, wo die Insignien sind. Bedenke, dass wir beide mit den Insignien ein einzigartiges Königreich schaffen können.«

Ein Königreich, das auf Blut aufgebaut wurde, konnte kein gutes Königreich werden. So gut hatte ich in Geschichte aufgepasst. Ciarans Geschichtsunterricht.

In diesem Moment knallte es. Nicht draußen, sondern direkt neben uns, und es wurde schlagartig dunkel. Das Fenster zerbarst, Glassplitter flogen durch die Luft, ich fühlte, wie sich einer davon in meine Hand bohrte. Als ich aufsah, war das Fenster durch unzählige Schuppen verdeckt und eine Klaue krallte sich an den Fenstersims.

Ein Drache!

Er beugte seinen Kopf vor und das geschlitzte Reptilienauge erfasste Oberon und mich.

Ich sah Oberon an. Er war genauso erschrocken wie ich. Seine Geduld hatte mit einem Mal ein Ende. Er umfasste meine Schultern und schüttelte mich energisch. »Wo sind die Insignien? WO?«

Die Klaue des Drachen begann am Fenstersims zu zerren, als wolle er die Steine abreißen.

»Siehst du nicht, dass wir sie brauchen?«

Die Fensterbank begann zu bröckeln. Oberon drängte mich aus der Bibliothek in den Flur. Von außen konnten wir es kratzen hören. Der Drache bearbeitete weiter die Mauer. Wie es aussah, wollte Oberon ihn mitnichten daran hindern. Er bearbeitete stattdessen mich. Er verpasste mir eine Ohrfeige, deren Klatschen im Gang widerhallte.

Niemals würde ich ihm helfen. Lieber wollte ich mich diesem Drachen ... äh, eher doch nicht. Mir fiel nur noch ein Ausweg ein, wenn ich jemanden auf mich aufmerksam machen wollte: schreien wie ein kleines Mädchen. »HILFE!«, schrie ich.

»Das nutzt nichts mehr«, sagte Oberon. »Alle kämpfen. Niemand hört dich. Die Schule ist verlassen. Sag mir, wo wir sie finden. Dann können wir all dem ein Ende setzen.«

»HILFE! Kann mich jemand hören? Pan! Lee! Hilfe!«

Der Drache in der Bibliothek brüllte. Das Kratzen hörte auf und dann sahen wir seinen Schatten vorbeifliegen. Oberon zog sein Schwert. Da kam ein Sonnenstrahl durch die Fenster und ich konnte ihn an der Wand sehen. Den Schatten.

»Hilf mir! Bitte hilf mir!«

Oberon drehte sich überrascht in die Richtung, in die ich gerufen hatte. Und im Gegensatz zu Pans Schatten sah er diesen Schatten ebenfalls. Er ließ das Schwert so schnell fallen, als hätte er heißen Kaffee über die Hand gekippt bekommen.

UNERWARTETE HILFE

»DU!?« Oberon war sichtlich aus der Fassung. »Du kannst sie nicht retten. Du bist ein Geist. Weniger als ein Geist. Du kannst nur im Licht existieren. Und du kannst ihr nicht helfen.«

Der Schatten nahm seinen Umhang ab und schwenkte ihn. Oberon sah ihn verständnislos an.

Der Schatten legte den Umhang nieder und fasste an seinen Hals, dann hielt er uns den Halsreif so hin, dass man ihn gut erkennen konnte. Zum Schluss nahm er die Krone vom Kopf, wie ein Mann seinen Hut lüften würde, um jemanden zu grüßen.

Oberon starrte wie gebannt auf das Schattenspiel. Dann wandte er sich langsam zu mir um. Er hatte verstanden.

»Toll!«, sagte ich zu dem Schatten. »Hättest du das nicht etwas subtiler machen können?« Jetzt bekam ich richtig Angst.

»Du hast Arthur die Insignien gegeben?« Oberons Ton war leise. Zu leise. Jede Silbe war überdeutlich artikuliert.

Arthur? Der Schatten war König Arthur? Mein Bruder?

»Nein, du hättest sie ihm natürlich nicht *geben* können.« Oberon klang, als spräche er zu sich selbst. »Du hast sie zerstört.«

Ich wich einen Schritt zurück. Ich wusste, ich hatte keine Chance, ihm zu entkommen, aber ich würde trotzdem nicht kampflos aufgeben. Und vor allem nicht, ehe ich ihm gesagt hatte, was mir auf der Seele lag. Danach konnte ich ruhig sterben.

Dann würde ich mich besser fühlen. Auch, wenn es nutzlos war. »Ja, ich habe sie zerstört. Monatelang habe ich Fafnirs Auge aufbewahrt. Wie viele sind wegen dieser Insignien gestorben oder getötet worden! Ein Königreich, das auf Blut gegründet wird, ist kein gutes Königreich. Ich habe den Umhang ins Feuer geworfen. Den Bernstein, den Halsreif und die Krone habe ich eingeschmolzen. Der Schatten hat sie aufgenommen. Er hat sie ins Schattenreich mitgenommen und somit sind sie unwiderruflich verloren für die reale Welt. Und nach allem, was du mir vorhin eröffnet hast, war es der richtige Weg. Die Insignien sind wieder in den Händen dessen, dem sie gehören. Und weißt du was? Das Buch der Prophezeiung hatte Recht: Ich bin die Auserwählte. Ich habe tatsächlich das Elfenreich gerettet. Vor einem Diktator und Herrscher, der mit Intrigen und Gewalt ein Imperium aufbauen wollte. Und soll ich dir noch was sagen? Ich bin stolz darauf, es verhindert zu haben. Du wirst nie über so ein Reich regieren, wie du es dir erträumt hast.«

Jetzt hob Oberon sein Schwert wieder auf und meine triumphale Ansprache blieb mir im Hals stecken.

Auch der Schatten zog sein Schwert. Aber wie wollte der mir helfen?

Hinter Oberon erschien wieder Pan wie aus dem Nichts. Er zwinkerte.

Oberon stieß zu. Ich sprang zur Seite, konnte aber nicht verhindern, dass mich das Schwert am Oberschenkel traf. Es brannte und meine Jeans tränkten sich augenblicklich mit Blut. Verdammt. Oberon hob erneut sein Schwert und ich rollte mich zu Boden und schloss angstvoll die Augen. Doch der erwartete Hieb blieb aus. Ich hörte Schwerter klirren.

Oberon kämpfte, aber nicht mit dem Schatten – das wäre auch nicht gegangen –, er kämpfte mit Liam!

Wo kam der auf einmal her? Liam war über einen Kopf größer als der Elfenkönig, hatte aber keine Kampferfahrung. Er schlug ungelenk und voller Kraft zu, während Oberon flink und geschickt parierte. Wenn Liam wieder hier war, wo war dann Fynn? In diesem Augenblick stürmten Lee und Eamon durch die Bibliothek in den Gang.

»Fay!«, schrie Lee entsetzt, als er mein blutendes Bein sah.

»Helft Liam! Oberon ist der Verräter. Er will die Insignien für sich und uns alle töten«, schrie ich den beiden zu.

Eamon stand wie erstarrt vor den beiden kämpfenden Männern. Lee zögerte nur kurz, nicht weil er den Kampf scheute, sondern weil er Angst um mich hatte. Ich sah es in seinen Augen. Dann sprang er Liam zu Hilfe.

»Du stellst dich gegen deinen König?«, fauchte Oberon Lee an. Er klang nicht einmal sonderlich außer Puste. »Du stellst dich damit auch gegen deinen Vater und gegen alles, was ich dich gelehrt habe.«

»Hör nicht auf ihn«, rief ich wieder. »Er hat seinen eigenen Vater getötet, um den Thron zu besteigen. Er hat auch Ciarans Vater getötet, alles nur, um sein Reich zu vergrößern.«

Eamon stand mit unruhig flackernden Augen neben mir. Er verfolgte jede Bewegung, jeden Hieb, aber er schien sich nicht dazu durchringen zu können, seine eigene Waffe zu heben. Ich sah, dass Liam ermüdete. Dann wurde er getroffen, konnte sich mit einem Ausfallschritt aber gerade noch außerhalb des nächsten Schlags bringen.

Oberon hieb jetzt noch erbitterter auf ihn ein. »Gib auf! Du wärst nie Merlin geworden. Ich weiß, dass du diesen Menschenjungen liebst. Meine Raben haben euch schon vor Jahren entdeckt. Hilf mir, und du und er könnt Avalon verlassen. Ich verspreche euch ein freies Leben.«

»Hör nicht auf ihn, Liam«, beschwor ich ihn. »Er lügt. Er duldet eure Beziehung nicht. Er braucht Nachkommen für das Elfenreich.« Ich spürte, wie der Blutverlust meinen Kreislauf durcheinanderbrachte. Mir wurde schwindelig.

Eamon stand noch immer mit gesenktem Schwert neben mir. Ab und an umfasste er es, als wolle er losschlagen, dann ließ er es wieder sinken. »Ist das wahr, Oberon?«, fragte er, obwohl sein Vater gerade mit Lee focht.

Lee war wesentlich geübter als Liam. Er war Oberon ein würdiger Gegner. Liam dagegen war schon müde und fiel zurück. Nur noch ab und an hob er den Arm zu einem Streich. Oberon jedoch kämpfte beide verbissen zurück. Seinem Sohn antwortete er nicht, was bezeichnend genug war. Dann entdeckte Eamon den Schatten an der Wand. Seine Augen weiteten sich. Arthurs Geist nickte Eamon zu.

»Das ist Arthur Pendragon«, murmelte Eamon. »Ich erkenne seine Silhouette wieder.«

Der Schatten deutete auf Oberon, dann auf mich. Eamon sah mich an. Ich lehnte mich an die Wand unterhalb der Fenster, wo ich alle im Blick hatte. Ich wollte so gern aufstehen und Lee helfen, aber ich konnte nicht mehr. Mir war jetzt richtig schwindelig und ich musste mich arg konzentrieren, um nicht das Bewusstsein zu verlieren.

Eamon sah noch einmal von mir zum Schatten. Dann blickte er auf seinen kämpfenden Vater und Cousin. Endlich beugte er sich über mich und hauchte mich an. Der Duft von Minze, Zitronenmelisse und Liebstöckel umfing mich und der Schwindel verblasste. Ebenso die Schmerzen. Eamon zog sein Hemd aus, riss es in Streifen und band diese um die Wunde an meinem Bein. Es sickerte noch immer etwas Blut durch, aber es tat nicht mehr weh.

In der Zwischenzeit war Liam nass geschwitzt, sogar Lee keuchte etwas. Oberon hieb nach wie vor unerbittlich auf beide ein. Liam rutschte das Schwert aus der wahrscheinlich schweißnassen Hand und er stolperte erschöpft zurück. Jetzt begann Lee erst richtig, als hätte er Rücksicht auf Liam nehmen wollen.

Der Kampf veränderte sich, die Schläge fielen in kürzeren, härteren Abständen, das Klirren nahm zu. Es war nicht auszumachen, wer von beiden der bessere Kämpfer war oder über mehr Vorteile verfügte. Lee überragte seinen Onkel um einen halben Kopf, aber der hatte Elfenmagie, die Lee nur halbwegs besaß. Und man konnte deutlich erkennen, dass Oberon diese jetzt einsetzte, weil er sonst verloren wäre. Seine FISS-Agenten waren eben gut ausgebildet. Anscheinend zu gut.

Jetzt tauchte Fynn doch noch auf. Die Bibliothek besaß scheinbar mehrere Ausgänge. Er stellte sich neben Eamon und mich und sah mit großen Augen und geöffnetem Mund dem Gefecht zu. Liam stand auf der anderen Seite der Kampfszene, neben ihm der Schatten.

Lee drängte Oberon immer weiter zurück. Doch plötzlich schlug Oberon einen Haken und änderte somit die Kampfrichtung. Sie kamen auf uns zu. Eamon stellte sich schützend vor mich. Ich rückte zur Seite, um an seinen Beinen vorbeizuschauen.

Oberon kam nun rückwärts auf uns zu, immer noch Lees Schlägen ausweichend. Liam suchte sein Schwert, aber es lag direkt neben den Fechtenden auf dem Boden – unerreichbar, wenn er nicht zwischen ihre Beine geraten und sein Leben riskieren wollte. Oberon holte aus, es wirkte, als sammle er sämtliche Kräfte, und drängte Lee dazu, zwei Schritte zurückzuweichen. Dann wandte er sich blitzschnell zur Seite und rammte dem abseits stehenden Liam sein Schwert in den Bauch.

Ich keuchte. Fynn schrie auf. Liam sackte zu Boden. Sogar Lee blieb einen Augenblick lang wie erstarrt stehen.

Damit hatte Oberon das erreicht, was er sich erhofft hatte: Er hatte einen Moment der Ablenkung geschaffen. Er ließ das Schwert los und zog wie aus dem Nichts einen stattlichen Dolch heraus. Sein nächster Hieb traf Lee am rechten Arm. Lees Schwert fiel zu Boden und wurde durch einen gezielten Tritt Oberons außer Reichweite geschleudert.

Lee sah Oberon fest in die Augen. Beide standen nur drei Meter von uns entfernt. Ich konnte Lees Augen sehen und in diesem Moment hörte ich auch seine Gedanken: *Nicht Fay. Nicht sie.* Und dann sah ich uns beide in Fays Grotte, als Lee mich auf die Nasenspitze küsste, und im Flur der Schule, als ich ihm um den Hals gefallen war und ihn geküsst hatte. Es waren Lees Gedanken, die ich mit einem Mal lesen konnte. Seine Gedanken galten uns. *Ich liebe dich,* dachte ich. Seine blauen Augen lächelten leicht, ehe er sie schloss.

Oberon holte mit dem Dolch zum tödlichen Schlag aus.

Doch der erfolgte nicht.

So schnell, dass es meine menschlichen Augen kaum wahrnehmen konnten, steckte ein Schwert in seinem Rücken. Oberons Körper erschlaffte, er wandte sich noch einmal mühevoll um. Das Erstaunen war ihm ins Gesicht geschrieben. Er sah Eamon an, der noch immer mit gesenktem Schwert vor mir stand, dann sah er auf Fynn. Neben Fynn stand der Schatten. Es schien, als starre der Schatten Oberon entschlossen in die Augen. Fynns Wurfarm war noch immer halb erhoben.

Ich wartete darauf, dass die Elfenmagie zu wirken begann, das Schwert aus Oberons Rücken herausfiel und er weiterkämpfte. Stattdessen tropfte ein Rinnsal Blut aus seinem erstaunt geöffneten Mund. Seine Knie knickten ein und er fiel wie ein Sack vornüber zu Boden. Oberon war tot.

Jetzt erst sah ich das Schwert in seinem Rücken genauer. Fafnirs Auge blinkte mir entgegen.

DAS ENDE

Wir alle blickten gleichermaßen erstarrt auf den Leichnam vor uns. Lee war es, der sich schließlich bewegte und Oberons Pulsschlag zu erspüren versuchte. Er schüttelte den Kopf, als er nichts fühlte.

»Wie hast du das gemacht?«, fragte ich Fynn. Meine Stimme war ganz leise. Trotzdem klang sie laut in dieser Stille.

»Jemand hat mir das Schwert in die Hand gedrückt«, sagte er nur und eilte zu Liam. Der lag röchelnd am Boden. Er war aschfahl im Gesicht und es war deutlich zu erkennen, dass Oberons Schlag vielleicht sein Ende bedeutete.

Ich gab Eamon einen Schubs. »Hilf ihm!«

Er bewegte sich wie ein Roboter in großem Bogen an seinem toten Vater vorbei und zog das Schwert seines Vaters aus Liams Wunde heraus. Der Minz-Melisse-Duft strömte bis zu mir, als er ihn anhauchte. Ich sah auf Lee, dessen Arm bereits verheilte, und dann auf den Schatten. Ihm fehlte das Schwert am Gürtel.

Lee kniete sich vor mir nieder. Er musterte mich besorgt. Ich strich sanft über den Schnitt an seinem Arm, der schon verkrustet war. Dann drängte ich mich in seine Arme. Er drückte mich an sich und ich beschwerte mich auch dann nicht darüber, als es fast zu fest wurde und es in meinem Rücken leicht knackte. Allerdings hörte Lee das Knacken und löste sich von mir. Dann küsste er mich auf die Stirn und half mir auf die Beine. Wir überzeugten uns, dass Liam außer Lebensgefahr war, erst jetzt wandten wir uns zu Eamon, der neben der Leiche seines Vaters kniete.

Eamon schluckte hart. Dann sah er Lee an. »Es tut mir leid.«

Lee kniete sich ihm gegenüber hin. »Dir muss nichts leidtun.«

»Doch. Ich hätte dir helfen sollen.«

»Du konntest nicht gegen deinen eigenen Vater kämpfen«, sagte Lee. »Das verstehe ich.«

Mit einem Mal wirkte Eamon sehr verletzlich. »Ich habe ihn immer bewundert. Er regierte streng, aber gerecht. Ich wollte genauso sein. Dabei strebte er nur nach immer mehr Macht.«

Ich fasste nach Eamons Hand, es zuckte leicht, aber ich ließ nicht los. Eamon umschloss meine Finger, als müsse er sich an ihnen festhalten. »Dann mach es fortan besser«, sagte ich eindringlich. »Du hast jetzt die Gelegenheit dazu.«

Er sah mich an. Ganz lange. Wieder einmal wünschte ich mir, ich könne Gedanken lesen. Richtig Gedanken lesen und nicht immer nur sporadisch.

Lee aber konnte Eamons Gedanken lesen und ich sah aus den Augenwinkeln, wie sein Adamsapfel zu hüpfen begann. Er zog sein Hemd aus und reichte es Eamon, der ja seines für meinen Verband geopfert hatte. Dann nahm Lee meine andere Hand, richtete sich auf und zog mich mit sich. »Lasst uns die Schlacht beenden.«

Eamon atmete ein paarmal tief ein und aus, erhob sich, ließ meine Hand schließlich los und streifte das Hemd über. Sobald er stand und der letzte Knopf geschlossen war, kam der Prinz in ihm wieder hervor. Beziehungsweise jetzt der König. »Ja. Lasst uns den Krieg beenden. Ein für alle Mal.« Ohne sich noch einmal umzudrehen, schritt er den Gang entlang, hinaus zum Schlachtfeld.

Liam und Fynn sahen uns an.

»Geht mit ihm«, sagte Lee und wandte sich an Liam, der wieder eine bessere Gesichtsfarbe hatte, wenn er auch noch blass war. »Du wirst der nächste Merlin sein. Er braucht dich als seinen Verbündeten an seiner Seite.«

Fynn stützte seinen Freund und sie beide folgten Eamon.

Ich zögerte, dann zog ich das Schwert aus dem Rücken des toten Königs. Ein widerliches Geräusch begleitete den Zug.

Lee reichte mir ein paar Überreste von Eamons zerrissenem Hemd. Zerstreut wischte ich das Blut von der Klinge. Dann wandte ich mich dem Schatten zu, der noch immer im fahlen Sonnenlicht an der Wand hinter uns stand.

»Du bist also mein Bruder?«, fragte ich ihn.

Er nickte.

»So ein Mist.«

Er reckte sich beleidigt.

Frustriert schob ich mir mit der freien Hand die Haare aus dem Gesicht. »Ich entdecke, dass ich einen Bruder habe, den ich wirklich mag, und dann kann ich nicht richtig mit ihm sprechen.«

Die straffe Haltung des Schattens entspannte sich.

Ich hielt ihm das Schwert hin. »Hier. Das gehört dir.« An der Klinge hielt ich es gegen die Wand. Der Bernstein blitzte auf und schon verschmolz der Knauf mit dem Schatten an der Wand. Wenig später waren meine Hände leer und der Schatten gürtete Gram an seine Hüfte.

»Sehen wir uns trotzdem weiterhin? Auch wenn ich Scharade eigentlich hasse, die Unterhaltungen mit dir waren immer gut.«

Der Schatten nickte und warf mir dann eine Kusshand zu.

»Ich nehme dich beim Wort«, sagte ich und wandte mich wieder Lee zu.

Anscheinend hatte er unser Gespräch staunend verfolgt, denn seine Augen waren noch immer groß.

»Ich bin mir nicht mehr sicher, ob ich mich je mit deiner Familie arrangieren werde«, sagte er.

Das erinnerte mich an etwas. »Sie ist auch deine Familie. Tatsächlich bin ich so was wie deine Großtante. Es ist daher fraglich, ob wir überhaupt zusammenbleiben können.«

Lee umfasste mit einem Arm meine Mitte und zog mich fest an sich. »Nicht schon wieder, Morgan. Das Thema haben wir bereits durch. Und bei uns Elfen ist das nicht weiter schlimm. Also, such bloß keine Ausflüchte mehr. Uns ist eine gemeinsame Zukunft vorherbestimmt.«

Der Schatten neben uns an der Wand nickte heftig.

Was sollte ich sagen? Gegen das Schicksal konnte man nicht kämpfen, oder? Ich nahm Lees Gesicht in meine Hände und küsste ihn. Lange. Ich hatte geglaubt, wir würden sterben. Und hier standen wir.

Lee beendete den Kuss und legte seine Stirn sacht gegen meine. »Glaubst du immer noch, dass wir nicht füreinander bestimmt sind?«, fragte er.

Aber er sagte es nicht laut. Ich konnte seine Gedanken in meinem Kopf hören. Das funktionierte mit niemandem so gut wie mit Lee. »Ich liebe dich«, murmelte ich. »Können wir hier abhauen und irgendwohin springen, wo wir alleine sind?«

»Was schwebt dir vor? Ein einsamer Sandstrand in der Karibik?«

Ich sah ihn an und dachte, was mir wirklich vorschwebte. Er lächelte zärtlich.

»Gute Wahl. Fays Grotte ist wirklich wesentlich schöner.«

Und dann küsste er mich noch einmal.

BERKELEY SQUARE
FÜNF JAHRE DANACH

Ich stand vor dem Spiegel und konnte den Anblick nicht wirklich fassen. Weiß. Alles weiß. *Ich* in Weiß.

Fünf Jahre waren seit den Ereignissen auf Avalon vergangen. Fünf Jahre, in denen Lee Eamon geholfen hatte das Feenreich wieder aufzubauen. Auf Avalon hatten dieses Jahr alle Apfelbäume zum ersten Mal wieder geblüht und die Schule war vor ein paar Monaten wieder in Betrieb genommen worden. Mit Liam als Merlin und Fynn an seiner Seite.

Fünf Jahre. Ich hatte die A-levels geschafft – wenn auch durch meine ganzen Zeitsprünge an Lees Seite mit Müh und Not – und die Schule damit abgeschlossen. Sogar mein Lehramtstudium lag jetzt hinter mir und am ersten September – nach unseren Flitterwochen – würde ich an einer Grundschule in Camden Town zu arbeiten anfangen.

Jayden hatte während seines Informatik-Studiums eine Software für Sportstudios entwickelt, die einschlug wie eine Bombe. Nicole hatte Betriebswirtschaft studiert und war letztes Jahr bei ihm eingestiegen. Jetzt jettete sie um die ganze Welt und verkaufte die Software an alle großen Fitnessketten.

Ruby war seit der Wiedereröffnung auf Avalon glücklich. Sie wollte sich nach ihrer Druiden-Ausbildung für Hilfsorganisationen einsetzen. Eamon unterstützte das. Es sei ein Bereich, in dem er noch keinen Kontaktmann habe. Seit Ruby auf Avalon studierte, war Eamon auch des Öfteren dort anzutreffen. Nicht immer geschäftlich.

Corey hatte, zum Erstaunen aller, Theologie zu studieren begonnen und trat in die Fußstapfen seines Vaters, des Reverends. Vor einem halben Jahr hatte er endlich erkannt, dass er für seine Stiefschwester mehr empfand als nur geschwisterliche Fürsorge. Seither waren Cheryl und er ein Paar. Zum Entsetzen ihrer Eltern – und unserem. Zumindest am Anfang. Cheryl hat seitdem viel von ihrer Biestigkeit verloren. Sie würde trotzdem nie meine beste Freundin werden.

Jetzt warteten alle unten. Alle meine langjährigen Freunde waren heute hier, am Berkeley Square. Bis auf eine. Und von der sprach nie jemand. In den letzten fünf Jahren war sie nur noch einmal erwähnt worden.

Ich war nach diesen Ereignissen nie mehr dieselbe. Es dauerte Monate, bis ich wieder lachen konnte. Ciarans Tod und Phyllis' Verrat hatten mich lange aus der Bahn geworfen. Alle waren geschockt gewesen über Phyllis' Verhalten. Nach der Schlacht hatten wir erfahren, dass sie mir das Gift ins Essen gemischt hatte. Phyllis hatte versucht mich zu töten. Zwei Mal. Wir hatten den anderen erzählt, dass sie Ciaran getötet hatte und auch mich umbringen wollte. Ihr Tod war öffentlich als Unfall deklariert worden. Wie, spielte keine Rolle. Nur Ruby kannte die Wahrheit, aber sie war zum Stillschweigen verpflichtet.

Und jetzt waren alle am Berkeley Square versammelt, um Lees und meiner Hochzeit beizuwohnen. Sogar meine Familie – mit Ausnahme von Philip, der schon wieder im Knast saß.

»Feli, du siehst wunderschön aus.« Nicole zupfte vorsichtig eine Falte an meinem Kleid gerade.

»Finger weg!« Florence schlug ihr auf die Hand und drapierte nach.

»Warte ab, wenn sie erst das hier aufhat!« Ruby überreichte Florence die kleine filigrane Krone, die schon Eleonore von Aquitanien getragen hatte. Die texanische Französin setzte sie mir auf die hochgesteckten Haare und fixierte den Schleier am Hinterkopf.

»Meine Güte!«, hauchte Anna ehrfürchtig, die gerade mit ein paar Sektgläsern das Zimmer betrat. Mum war direkt hinter ihr und hielt eine geöffnete Flasche Champagner in den Händen.

»Prima«, sagte ich mit rauer Stimme. »Das brauche ich jetzt unbedingt.«

»Ich weiß nicht, ob das so klug ist«, meinte Ruby stirnrunzelnd. Ihr nach Avalon-Manier geschorener Kopf ließ sie noch zierlicher und fragiler aussehen. »Ich habe gehört, Alkohol hat ein paar seltsame Auswirkungen bei dir.«

Hoffentlich hatte sie nicht auch alles andere über mich erfahren, seit sie auf Avalon lebte ...

»Papperlapapp«, widersprach Florence und reichte mir ein Glas. »Was soll schon passieren? Sie soll sich ja nicht die Kante geben. Wir sorgen nur für genug Stimme, damit gleich jeder das *Ja* hört.«

»Das hören wir gerne«, sagte Nicole und Mum goss den Champagner in die Gläser.

»Also«, verkündete Nicole, als jeder von uns ein Glas in der Hand hatte. »Auf dich, Feli. Auf dich und Lee, den schärfsten Typen, den London je gesehen hat.«

»Das habe ich überhört«, sagte eine Stimme hinter uns.

Eamon sah umwerfend aus. Er trug einen sehr eleganten Anzug – ich tippte auf John George.

»Bist du fertig?«, fragte er mich.

Ich kippte den Champagner in einem Zug hinunter, woraufhin sich Eamons Augen missbilligend verdüsterten.

»Mensch, bist du ein Miesepeter«, sagte Nicole in ihrer direkten Art. Ruby riss die Augen entsetzt auf. So getraute sich sonst niemand, mit dem König der Elfen zu sprechen. Aber das wusste Nicole ja nicht. Für sie war Eamon einfach nur Lees Cousin. Sie deutete mit beiden Händen auf mich. »Wie sieht sie aus?«

Ich fing Eamons Blick im Spiegel auf. Er musterte mich von oben bis unten, seine Augen verharrten kurz auf der Krone, dann lächelte er ein umwerfendes Lächeln, das ich nie zuvor an ihm gesehen hatte. Ich konnte Anna dahinschmelzen sehen.

»Du siehst großartig aus, Felicity. Du bist eine wunderschöne Braut.«

Ich lächelte im Spiegelbild strahlend zurück und freute mich, dass die dämliche Zahnspange ein solches Wunder vollbracht hatte. »Ich bin so weit. Falls man für so was so weit sein kann.«

Eamon nahm meine Hand – es zuckte leicht – und hakte mich unter. Ruby, Nicole, Anna und Mum stiegen in das Auto vor der Tür. Dann kam das Brautauto. Es hatte ein hübsches Blumenbouquet auf der Haube.

Die Fahrt zur Kirche war sehr kurz. Eamon und ich sprachen nicht. Ich war einfach zu nervös. Nicht allein wegen der Feier gleich, auch Eamon selbst schüchterte mich nach wie vor ein. Ich dachte an Ciaran. Mit ihm als Brautführer wäre mir wesentlich wohler gewesen. Ich vermisste ihn. Es tat weh, dass er nicht dabei war, nie wieder dabei sein würde.

Eamon half mir aus dem Auto. Wir standen ganz allein vor der Kirche. Leise Orgelmusik drang nach draußen.

Und plötzlich wurde mir übel.

Was tat ich hier? Folgte ich tatsächlich den Erwartungen eines Buches? Einen kurzen Moment lang erwog ich Eamon zu bitten mich weit weg zu bringen. Am besten in die Anderwelt. Dorthin konnte mir niemand folgen. Nicht einmal Lee. Doch in diesem Moment öffneten sich die Flügeltüren.

Ich sah die Menschen im Innern, die mir mit strahlenden Gesichtern erwartungsvoll entgegenblickten. Und am Ende des Ganges, direkt vor dem Altar, stand Lee. Er trug fast den gleichen Anzug wie Eamon. Und er lächelte mich über all die Menschen hinweg wissend an. So, als erahnte er meine Gedanken.

Mit einem Mal hörte ich seine Stimme in meinem Kopf. *Kalte Füße, Morgan? Willst du etwa kneifen?*

Ich straffte mich und sah ihm in die Augen. *Habe ich je gekniffen?*

Die Orgelmusik setzte laut und fulminant ein. Eamon beschritt den Mittelgang und zog mich mit sich. Lee sah uns zufrieden entgegen. Hinter dem Altar konnte ich den Schatten König Arthurs ausmachen. Da alle mich anblickten, nahm ihn sonst niemand wahr. Ich lächelte. Er war ebenfalls hier. Er war immer in meiner Nähe geblieben.

Tapfer bis zum Schluss, hörte ich wieder Lees Stimme. *Und übrigens: Du siehst umwerfend aus.*

Von jemandem, der eigentlich Brünette favorisiert, fasse ich das als Kompliment auf, dachte ich.

Wir hatten den Altar erreicht. Eamon legte meine Hand in die von Lee. Der sah mir in die Augen und ich hörte ihn in meinem Kopf sagen: *Falls du es noch nicht bemerkt haben solltest: Seit ich dich kenne, bevorzuge ich Blondinen.*

Ende

NACHWORT

Als ich Felicity und Lee erschuf, habe ich nicht damit gerechnet, dass die beiden eine so große Fan-Gemeinde erreichen würden. Ich hatte mir ein Konzept für drei aufeinanderfolgende Bücher ausgedacht (ja, die Cliffhanger sind auf meinem Mist gewachsen!) und überhaupt keinen Gedanken daran verschwendet, wie schwierig es werden würde, all die Ideen irgendwann auch aufzuklären.

Mit Einfällen ist das so eine Sache: Sie fliegen einem zu. Sie sind großartig, spontan und fühlen sich richtig gut an. Bis man zur Umsetzung kommt. Die gestaltet sich dann doch oft schwierig. Aber ich glaube, deswegen mag ich Fantasy auch so gern. Die Lösung kann man *erfinden*. Der Fantasie sind keine Grenzen gesetzt. Das ist herrlich. Und scheint bei euch Lesern auch gut anzukommen.

Vielleicht sollte ich eine Sache noch aufklären: Richard Löwenherz wurde auf dem Rückweg vom Kreuzzug in Österreich gefangen genommen und man verlangte ein horrendes Lösegeld. Prinz John weigerte sich es zu zahlen. Er, der Jüngste von fünf Kindern und derjenige, der am wenigsten geerbt hatte, führte die englische Regentschaft. Sein Bruder würde somit noch viel länger fernbleiben, falls er je heimkommen sollte.

Eleonore von Aquitanien, die Mutter der beiden, trommelte das Lösegeld zusammen, und ja, Prinz John versuchte das zu verhindern. Ob sein Schwiegervater, der Earl of Gloucester, tatsächlich dabei sehr hilfreich war und intrigierte, habe ich nicht wirklich nachgeforscht. Das entsprang meiner Fantasie.

Die Blutfürstin in Krummau hat es tatsächlich gegeben. Die arme Frau hatte wohl ein Krebsleiden, das ihr unerträgliche Schmerzen bereitete, und nahm alles zu sich, wovon sie sich Linderung versprach. Im siebzehnten Jahrhundert gab es leider eine Menge Quacksalber. Sie muss wohl frisches Blut zum Trinken verordnet bekommen haben, konnte nachts nicht schlafen und wurde immer blasser. Der böhmischen Bevölkerung wurde dieses Gebaren sehr suspekt, und als sie starb, wurde sie auch gesondert begraben. Bram Stoker wurde angeblich von der Geschichte dieser armen Frau zu seinem Dracula inspiriert.

Wenn ich schon mal dabei bin, ein paar historische Details zu erläutern, kann ich auch noch auf Marie-Antoinette von Frankreich eingehen. Die Recherche über sie war überraschend. Sie war keineswegs die doofe Kuh, als die sie immer dargestellt wird. (Den Spruch »Wenn sie kein Brot haben, sollen sie Kuchen essen« hat sie anscheinend nie gesagt. Der wurde ihr nachträglich in den Mund gelegt.) Sie hatte einfach keine Erziehung gehabt. Ihre Mutter Maria-Theresia von Österreich war so mit Regieren beschäftigt, dass ihre sechzehn (!) Kinder mehr oder weniger sich selbst überlassen aufwuchsen. Sie waren allenfalls als Bündnispartner zum Verheiraten gut. So kam es, dass Marie-Antoinette kaum lesen und schreiben konnte, als sie nach Frankreich kam. Natürlich konnte sie auch kein Französisch. Sie war damals vierzehn.

Es erübrigt sich zu sagen, dass sie am französischen Hof in einem Haifischbecken landete und von allen Seiten nur gehätschelt und getätschelt wurde. Die Bevölkerung war zu der Zeit schon arg sauer auf die Monarchie, aber davon bekam sie im abgeschotteten Versailles, das sie kaum verließ, nichts mit. Sie hatte ein großes Herz. Sie adoptierte mehrere Kinder. Nicht die von verstorbenen Hofdamen, sondern von Bauern aus der Umgebung. Diese Kinder überlebten die Revolution und konnten aufgrund der guten Schulausbildung, die sie von ihrer Adoptivmutter erhalten hatten, gute Ehen eingehen.

Im Gegensatz zu ihren eigenen Kindern. Marie-Antoinette hat zwei Kinder vor Ausbruch der Revolution begraben (eines davon zwei Wochen vor dem Sturm auf die Bastille), zwei Fehlgeburten erlitten, musste miterleben, wie ihre Tochter im Gefängnis misshandelt wurde, und ihr Sohn wurde ihr weggenommen und ebenfalls misshandelt, damit er vor Gericht gegen seine Eltern aussagen konnte. Er überlebte das Gefängnis nicht. Die letzten Bilder von Marie-Antoinette zeigen eine gebrochene Frau. Das lag mit Sicherheit nicht an dem Verlust ihres Königreichs oder Reichtums, sondern eher daran, zwei Kinder im Ungewissen zurücklassen zu müssen.

Ich möchte mich jetzt noch einmal ganz kurz bei ein paar Menschen bedanken, die mich bis zu diesem Ende (das doch ein Happy End geworden ist – außer für Ciaran) begleitet und unterstützt haben.

Allen voran bei meiner Familie. Das schließt nicht nur meinen Mann und die Kinder ein, sondern auch unsere Mütter, die alles Mögliche tun, um mir in der Endphase den Rücken freizuhalten.

Sogar meine jüngere, große Schwester Tina, die kein Karate kann und dafür zweiundzwanzig bis dreiundzwanzig Möglichkeiten findet, um meinen Rücken wieder zu richten. Danke, Schwesterherz.

Dann bei den vielen »Buch-Bloggern«, die so begeistert über Pan geschrieben haben: Katja, Sandra, Hanne, Manja, Nicole, Ina, Melanie, Carola, Desiree, Nina, Nele (eigentlich Manuela) und noch viele mehr, ich hoffe, ihr verzeiht mir, wenn ich jetzt nicht alle namentlich nennen kann. Eure Rezensionen beinhalten so viele liebevolle Details und Beschreibungen, eigentlich müsste es dafür mal einen Award bei einer Abendgala geben: *Und der Preis für die am besten verfasste Rezension in der Kategorie Fantasyroman geht an ...*

Was ich auch unglaublich hilfreich und motivierend finde, ist die Facebook-Fan-Gemeinde, die unmittelbar nach der Veröffentlichung von »Die dunkle Prophezeiung des Pan« über fünfhundert Stimmen erzielte. Mit all den vielen lieben Kommentaren und Ermunterungen oder auch E-Mails, die mich erreichen, habe ich nie gerechnet. Ich bin überwältigt und versuche jedem auch persönlich zu antworten.

Last but absolutely not least: Danke dem Carlsen-Impress-Team.

Zuallererst Pia Trzcinska, meiner Lektorin. Du hast immer ein offenes Ohr – egal ob die Welt rundum zusammenbricht –, bist immer begeistert dabei, hast immer einen guten Ratschlag für den Verlauf der Geschichte und wir führen immer anregende Diskussionen, und vor allem liebe ich die süßen Kommentare im lektorierten Manuskript. Danke, Pia.

Dann Andrea Luck, die meine Marketing-Ideen alle aufgreift,

umsetzt und oft noch einen draufsetzt. Das ist nicht selbstverständlich und deswegen danke ich auch dir ganz herzlich.

Danke, Evi Draxl, die meinen Dialekt aus dem Text wischt und ihn zu einem wunderschönen Schmuckstück formt.

Der Grafikerin Kerstin Schürmann und dem gesamten Formlabor-Team, die die wunderschönen Cover gefertigt haben.

Vielen herzlichen Dank an jeden Einzelnen von euch, auch an die, die ich jetzt nicht namentlich erwähnt habe und die zum Erfolg von Pan beigetragen haben!